민(MIN) 장편 소설

SCARLET ROMANCE STORY

Contents

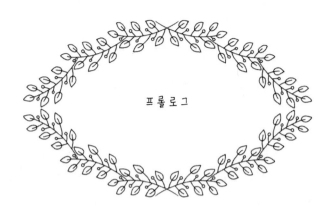

프롤로그

　무덥던 여름에 지쳐 서늘하게 불어오는 가을바람이 반가운 어느 주말 오후. 마당에는 커다란 개가 늘어지게 낮잠을 자고 있었고 벤치에는 가족처럼 보이는 사람들이 웃으며 이야기를 나누고 있었다.

　처음에는 늘 하던 대로 일주일 동안 있었던 일에 대한 것으로 이야기가 시작되었지만 결국은 얼마 전에도 했던 이야기가 또다시 화제로 떠올랐다.

　지겨울 법도 하건만 2년 전쯤부터 도돌이표처럼 반복되어 오던 실랑이는 오늘도 어김없이 계속되고 있었다.

　"처제, 이제 그만 우리 회사로 들어오지?"

　"안 돼요, 형부. 형부 회사 사람들은 제가 누군 줄 다 안다고요."

"아니, 당연히 알지. 어렸을 때부터 그렇게 들락거렸는데."

"그게 문제라니깐요. 형부 회사 직원들은 나를 아직도 어렸을 때 그 꼬마로 생각한다는 게 문제라고요."

보율이 어렸을 때부터 일혁의 손을 잡고 시시때때로 방문했던 회사는 그녀에게는 놀이터와 같은 곳이었다. 회사 직원들도 그녀를 예뻐했고 그녀 역시 그런 직원들이 좋았지만 막상 다 커서 형부 회사에서 일을 하려고 하니 직원들이 그녀를 일혁의 어린 처제가 아닌 직장 동료로 봐 줄지가 가장 의심스러운 일 중에 하나였다.

지금도 가끔 회사에 가면 오랜 시간 그녀를 봐 온 직원들은 그녀를 보자마자 '우리 귀여운 보율이 왔어?' 이러는 거다. 그래, 내가 좀 귀엽게 생기긴 했지만 같이 일하게 될 사람들에게까지 그런 소리를 듣고 싶지는 않았다.

뭐, 그것 말고도 직원들이 사장의 처제인 자신의 눈치를 본다는 것도 하나의 이유가 되겠지만 말이다.

지금 당장 형부 회사에서 일하는 것보다 나중에 실력이 더 쌓이고 경력이 많아지면 친구들과 함께 자신만의 회사를 차리고 싶은 게 그녀의 꿈이다. 그 외에도 형부네 회사에서 일할 수 없는 수많은 이유가 있음에도 형부는 이유를 막론하고 또 이리 물어온다.

"그래서, 계속 다니던 회사에 다니겠다는 거야?"

"네. 에너지 쪽은 제 전문 분야가 아니잖아요."

"내 회사가 에너지만 있는 건 아니잖아. 처제가 잘하는 금융권이나 회계 쪽도 있잖아."

"아, 지금 다니는 회사가 좋아요. 거기다 이번에 잘하면 다른 곳으로 옮길지도 모르겠어요."

"다른 곳? 그 회사보다 월급 더 줄게."

"아이참. 월급이 문제가 아니라 이번에 면접 볼 회사가 민지랑 예솔이가 다니는 회사라고 말씀드렸잖아요."

옆에 같이 앉아 이모와 아버지가 하는 이야기를 유심히 듣고 있던 재민이 대화 속으로 불쑥 끼어들었다.

"아, 그 마녀 삼총사?"

"오호, 박재민. 방금 이모 보고 마녀라고 했니? 아니면 미녀라고 했니?"

귀는 어찌 이리 밝은지. 자신을 보고 씩 웃으며 손가락을 드드득 푸는 이모를 보고는 방금 전 하늘 높은 줄 모르고 치켜 올라갔던 꼬리는 깨깽 하고 밑으로 처졌다.

"그, 그야 당연히 미녀지."

"그래, 우리가 좀 한 미모 하지."

미모? 그래, 세 사람 다 그 정도면 미모 괜찮지. 하지만 아 다르고 어 다르다더니 한 끗의 차이가 미녀와 마녀로 구분 짓는 것처럼 이모와 이모의 친구들은 미녀 같은 외모를 가지고 있지만 성격은 마녀보다 더 사악했다.

한 번은 대학 때 이모 친구 중 그래도 셋 중에 가장 착한 민지 이모의 첫 남자친구가 바람피우는 것이 다른 두 사람에게 딱 걸렸다. 이모와 예솔 이모는 그 남자를 소리 소문 없이 집요하게 괴롭히기 시작했는데, 그 괴롭힘이 얼마나 독했는지 모른다. 결국 남자가 스스로 머리를 깎고 군대로 도피했으니 말 다했지.

보통 남자들이 외치는 의리보다 더 끈끈한 의리를 자랑하는 게 이모와 이모 친구들의 자칭 '미녀 삼총사' 모임이다. 물론 자신이 몰래 부르는 '마녀 삼총사'가 저 모임의 실체였다.

그런 세 사람이 같이 회사를 다닐 수 있는 기회가 왔다는데, 이모는 당연히 그 기회를 놓치지 않고 잡을 거다. 하지만 앞에 앉은 아버지는 아직도 미련을 버리지 못하셨다.

"그 회사는 기업 투자 전문 벤처 기업 아니야?"

"네. 맞아요. 이번에 새로운 CPA가 필요한가 보더라고요."

그녀의 직업은 CPA, 회계사다. 보율이 이쪽 분야의 길을 걷게 된 데에는 물론 형부인 일혁의 영향이 가장 크다. 어렸을 때부터 늘 형부가 하던 재무 관련 일을 어깨너머로 봐 왔으니 흥미를 가지는 것은 당연한 일이었다.

꼼꼼하고 착실한 자신의 친구 민지는 지금 회사 사장실의 비서로 있었고 어렸을 때 공부도 잘하고 발표도 잘하던 예솔이는 같은 회사의 마케팅팀에 근무 중이었다.

처음부터 두 사람이 일하는 곳에서 같이 일하고 싶었으나 자리를 구할 수가 없어 자신만 회계법인 사무소에서 일을 시작했다. 그리고 드디어 두 사람이 일하는 회사에서 좋은 조건으로 사람을 구한다기에 서류를 넣었고 마지막 면접만 남겨 두고 있었다.

뭐, 민지가 자신이 추천했다고 우스갯소리로 말하지만 그리 신뢰할 수 있는 정보는 아닌 것 같았다. 서류 최종 합격자는 그녀뿐이라니까 내일 사장과의 면담만 무사히 넘기면 채용은 거의 확정일 것 같았다.

"그래도 다시 한 번 생각해 보라고."

계속되는 일혁의 제안에 하나하나 대꾸하는 것도 지쳐 갈 즈음 보민이 주방에서 예쁘게 깎은 과일과 방금 갓 구운 쿠키를 가지고 나왔다.

"여보, 그만해요. 보율이가 하고 싶은 대로 하게 돼요. 아직 고생을 덜 해서 저래요. 어디 고약한 사장을 만나서 고생을 좀 해 봐야 정신을 차리죠."

"우와. 언니 지금 동생한테 성질 더러운 사장 만나라고 악담하는 거야?"

"그래. 악담이다. 어디 가서 네 형부처럼 좋은 상사 만나기가 쉬운 줄 아니?"

"형부도 알고 보면 직원들한테는 고약한 상사일 수도 있어."

"아니야. 너희 형부는 안 그래."

언니는 예쁘게 칼집을 낸 멜론을 집어 형부의 입에 대령하면서 세상에서 가장 행복하게 웃는 얼굴로 말했다. 언니가 주는 멜론을 어떤 과일보다 맛있게 먹는 형부는 언제나처럼 언니의 볼에 입을 맞췄다.

이러면 보통 눈꼴 시려 못 봐 주겠다고 한 소리가 나올 법도 한데 이제는 하도 봐서 익숙한 장면에 보율과 재민은 그러려니 하고 앞에 놓인 과일을 조용히 집어 먹을 뿐이었다.

이제 지나가다 보는 이들에게 아줌마 아저씨라 불리는 나이가 되어서도 여전히 애정행각을 서슴지 않는 두 사람의 모습은 그들에게는 그저 평범한 일상에 불과했다.

여전히 아름답고 예쁜 언니와 총각 시절보다 더 멋있어진 형부가 서로를 향한 사랑의 눈길을 거두지 않고 있었고, 그 옆엔 그들을 심드렁하게 바라보고 있는 보율, 그리고 이제 어엿한 청년이 된 재민이 있었다. 그런 그들 사이로 가을의 알록달록한 단풍 바람이 스쳐 지나갔다.

♣

그날 저녁 조금 늦은 시간, 보율이 살금살금 아무도 모르게 현관을 향하고 있었다. 이런 차림을 하고 밖에 나가는 것을 들키기라도 하면 당장 목덜미를 붙잡혀 자신의 방에 감금되고 말 것이다.

붉게 칠한 입술과 짧은 가죽치마는 그녀의 인생에서 처음으로 시도한 패션이다 보니 걷는 것도 보통 어색한 게 아니었다.

이런 불편한 옷차림으로 나가는 이유는 바로 오랜만에 미녀 친구들과 뭉치기로 했기 때문이다. 모이기로 한 장소가 장소이다 보니 이런 옷을 입을 수밖에 없었다.

평소에 늘 만나곤 하는 커피숍 같은 곳이 아니라 우리도 이제 클럽이라는 곳을 가 보기로 했다. 자신과 예솔이는 클럽은 구경도 못 해 봤지만 그래도 셋 중에 클럽 문턱이라도 넘어 본 민지가 옷차림에 신경 쓰라며 당부에 당부를 했다.

뭐라도 잡아먹은 것 같은 입술과 허벅지를 훤히 드러낸 치마를 일혁이 보기라도 하는 날에는 외출은커녕 이제 바깥의 햇빛을 볼 수 없을지도 모른다.

만반의 준비를 마친 그녀는 거실에 아무도 없는 것을 확인하고는 구두를 들고 살금살금 현관문을 열고 나와 잔디 위를 사뿐사뿐 걸었다. 고양이가 담장을 넘어가듯 살금살금 대문까지 다다른 그녀는 조용하게 문을 열고 밖으로 나왔다. 성공이다. 커다란 관문을 통과한 사람처럼 보율은 크게 안도했다.

"으휴, 다행이다."

그리고 손에 들고 있던 빨간 하이힐을 발에 끼워 넣고는 허리를 곧추세웠다. 이제 좀 키가 커 보이려나? 어렸을 때부터 유난히도 잘 먹었건만 그 먹은 많은 양의 음식들은 다 어디로 갔는지 보율은 남들 다 자랄 때 성장이 멈춰 더 이상 자라지 않아, 좋은 말로 하면 아담했다.

이런 아담한 키로 인해 보율이 단 하나 포기하지 못하는 것이 바로 이 하이힐이다. 구두를 뿌듯하게 한 번 바라본 그녀는 약속 장소를 향하기 위해 빨간 하이힐을 신은 발을 한 발자국 내디뎠다. 그 순간 가로등 불빛에 반사되어 반짝이던 하이힐이 검은 그림자에 덮였다.

"이모? 정말 이모 맞아?"

소리가 들리는 쪽을 올려다보니 이 밤에 어디서 운동이라도 하고 왔는지 재민이 트레이닝복 차림으로 그녀 앞에 서 있었다. 자신을 부르는 소리가 안까지 들릴까 봐 보율은 재빨리 재민의 입을 틀어막았다.

"조용히 해. 박재민."

"윽, 뭐야. 놔줘."

"조용히 하면 놔준다."

재민은 고개를 끄덕였고 보윤은 그의 입을 꽉 막고 있던 손을 놓았다. 그녀에게서 벗어난 재민이 믿기지 않는다는 듯이 눈을 비비고 조용히 물어 왔다.

"이모, 못 알아보겠는데? 이렇게 입고 어디를 가는 거야?"

"민지랑 예솔이랑 클럽 가기로 했어."

"클럽?"

옷차림보다는 그녀가 간다는 곳이 클럽이라는 소리에 재민은 더 놀랐다. 아니, 이건 정말 놀랄 노 자다. 클럽이라면 북클럽밖에 모를 것 같은 세 사람이 지금 '그' 클럽을 가겠다고 했다는 사실이 그에게는 엄청난 충격이었다.

작은 키에 어린 얼굴을 가져 최강 동안을 자랑하는 이모가 이렇게 입으니 또 나름 성숙해 보이기도 하고 어색함 없이 잘 어울리는 것 같기도 했다. 오늘 같은 달밤에 늑대들 여럿 울겠는데?

"어. 클럽. 너, 언니랑 형부한테 말하면 죽을 줄 알아."

"몰라. 엄마랑 아빠가 이모 없어진 거 알고 물어보면 나는 대답할 수밖에 없어. 나는 아빠 눈만 보면 그냥 사실대로 말하게 되는 거 알잖아."

"그러니깐 오늘은 너희 아빠와 눈이 마주치지 않도록 노력을 해보란 말이야. 나 갔다 올게."

보율은 자신보다 훨씬 높이 있는 재민의 어깨를 톡톡 치고는 자신의 차로 향했다. 그녀의 여유로운 발걸음 뒤로 재민의 목소리가 따라붙었다.

"이모, 너무 늦지는 마. 그리고 남자는 다 늑대야. 명심하라고!"

보율은 이모를 향한 진심 어린 조카의 충고를 대수롭지 않게 넘겼다. 그녀가 탄 차는 집 앞을 빨리도 빠져나갔다.

진짜 조심해야 되는데. 자신도 이모가 어디서 늑대한테 잡혀갈까 이리도 걱정인데 행여나 아버지가 아시는 날에는! 이모를 노리는 남자가 있다면 정말 그 남자는 자신의 간을 어디다 숨겨 놔야 할지도 모른다. 아버지가 이모를 노리는 늑대의 배 밖으로 나온 간을 빠방 하고 저격하실 테니.

아, 그나저나 어떻게 아버지의 눈을 피한단 말인가. 숨기는 것이 있을 때 아버지 눈을 마주치면 눈은 불안하게 흔들릴 테고, 그러면 아버지는 무슨 일이냐고 추궁하실 거고, 그럼 나는 이모가 클럽 간다고 날라리처럼 입고 나갔다는 것을 순순히 일러바칠 거다.

재민은 대문 앞에서 들어가지도 못하고 집 앞을 서성였다. 한참을 서성이던 재민은 결국 집으로 들어가지 않고 발길을 돌렸다. 근처 공원이나 몇 바퀴 더 돌고 와야겠다.

♣

분위기 좋은 바와 번쩍거리는 클럽들이 즐비한 이태원의 한 골목. 검정색 외제차가 한 클럽 앞에 멈춰 섰다. 적당한 곳에 차를 대고 운전석에서 내리는 남자. 검정색 휴고보스 셔츠를 입고 있는 남자는 주위의 시선을 끌기에 충분했다.

큰 키에 잘생긴 얼굴도 한몫했지만 그의 주위로 풍기는 분위기가 카리스마 있고 멋있어 보여 누구나 한 번은 그에게로 시선이 향했다. 클럽 앞에 삼삼오오 모여 있던 여자들은 그에게 말이라도 한번 걸어 보고 싶어 하는 듯했다.

누가 먼저 저 멋진 남자에게 말을 걸까 서로 눈치만 살피다 그 중에 제일 예쁘고 늘씬한 키에 몸의 굴곡이 잘 드러나는 짧은 검정 원피스를 입은 여자가 자신 있게 그에게로 다가섰다.

"저기."

여자는 손을 들어 그의 어깨를 건드리며 매혹적인 웃음 지었으나 그 웃음은 얼마 되지 않아 사라졌다. 이어서 들려오는 남자의 단 한 마디로 인해.

"꺼져."

남자의 무례함에 얼굴에 화가 잔뜩 오르기 시작한 여자가 분한 목소리로 뭐라고 소리쳤지만 남자는 소리치는 여자를 무시하고는 그 자리를 벗어났다.

그때 어디선가 요즘엔 듣기 어려운 단조로운 기계음이 띠리리리 하고 울렸다. 검정 셔츠 남자의 손에 들린 핸드폰에서 나는 소리였다. 벨소리가 울리자 화면을 확인하고 전화를 받은 남자는 전보다 더 낮은 소리로 으르렁거렸다.

"다 왔어. 지금 들어가. 들어간다고!"

상대방의 말은 듣지도 않고 자신의 할 말만 하고 끊어 버린 남자는 종이 구겨지듯 인상을 찌푸렸다.

그의 몇 안 되는 친구들 중에 그래도 가장 친한 친구 한 놈이 오늘 생일이라고 한턱 쏜다고 하기에 어디 레스토랑에서 밥이나 한 끼 할 줄 알았더니 그가 오라고 한 곳은 새로 생겼다는 클럽이었다.

가기 싫다는 그에게 안 오면 저번에 같이 일하면서 알게 된 회사 기밀을 다른 데로 넘겨 버리겠다는 협박 아닌 협박을 했다. 그리하여 그는 지금 생일을 축하하기 위해서가 아니라 친구의 목을 졸라 버리기 위해 이곳에 일부러 걸음 했다.

내 오늘 무슨 일이 있어도 그놈의 모가지를 비틀어 버릴 테다. 그는 속으로 단단히 결심하고 또 결심했다. 찌푸린 얼굴 그대로 남자는 시끄러운 음악 소리가 가득한 클럽 안으로 발을 옮기려고 했다. 하지만 또다시 그를 부르는 소리에 그의 발이 멈춰 섰다. 성가시게 또 누구야?

"저기요."

그를 부르는 소리에 뒤를 돌아보자 긴 생머리에 쭉 뻗은 다리가 훤히 보이는 짧은 가죽 치마를 입고 입술은 새빨갛게 칠한 여자가 눈에 들어왔다. 딱 봐도 '나 클럽에 자주 와요' 티를 팍팍 내는 클럽 죽순이처럼 보였다. 아까 말을 걸어온 여자와 똑같은 부류.

설마 아까 그 꼴을 보고도 어떤 여자가 자신에게 겁도 없이 작업을 거나 싶어서 안 그래도 구겨져 있던 그의 인상이 더 구겨졌다. 친구 놈 때문에 안 그래도 짜증이 나 있는데 여자가 계속 들러붙자 그의 기분이 더 언짢아졌다.

"뭐야?"

그러나 여자는 차림새와는 달리 정중하고 공손한 말투로 그를 향해 용건을 말했다.

"차를 조금 앞으로 **빼** 주실 수 있으세요?"

흘낏 뒤를 보니 차 한 대가 들어가고도 사람이 왔다 갔다 할 수 있을 정도의 공간이 있어 보였다. 굳이 앞으로 차를 더 **빼** 달라고 하는 여자의 말에 남자는 코웃음을 쳤다.

"싫다면?"

그의 거절에도 불구하고 여자는 다시 한 번 정중히 청했다.

"조금만 앞으로 **빼** 주시면 제가 차를 댈 수 있을 것 같아서요."

"뒤에 공간 충분한 것 같은데? 공간이 부족해서가 아니라 당신 운전 실력에 문제가 있는 것 아닌가?"

기어이 차를 앞으로 조금도 **빼** 주지 않겠다고 이야기하는 남자 때문에 여자의 눈썹 끝이 하늘로 점점 올라갔다.

아니, 뭐 이런 사람이 다 있나. 오랜만에 만나는 친구들 생각에 좋았던 기분이 단번에 날아가 버렸다. 이 클럽에 온다고 사 놓고 한 번도 입어 본 적이 없던 치마를 꺼내 입었건만. 이럴 줄 알았으면 버스를 타고 오는 건데.

처음 입어 보는 짧은 치마가 불편하고 어색해서 기어이 차를 끌고 왔더니 이 좁은 서울 땅덩어리에 차란 차는 다 나왔는지 좁은 골목에 주차할 곳이 마땅치 않았다. 한참을 주위를 돌다 때마침 눈에 들어온 공간! 차를 돌려 주차를 하려고 했지만 앞의 차가 어정쩡한 위치에 주차된 탓에 뒷자리에 다른 차가 주차하기에는 조금 애매했다.

앞차가 조금 앞으로 빼 주기만 하면 자신의 차를 충분히 댈 수 있을 것 같은데. 그래서 차에서 내려 차 주인을 쫓아가 불러 세우고는 공손히 부탁했더니 돌아오는 건 싸가지 없는 대답이었다. 보율은 머리 뚜껑이 열릴 정도로 화가 났다. 그런 자신을 두고 유유히 사라지는 남자를 보고 약이 오른 보율은 다시 자신의 차에 올라 씩씩거렸다.

"내가 외제차라고 겁먹을 줄 아나 본데? 왜 이래, 나 이 보율이야."

그냥 한 말이 아니라는 것을 입증하듯 보율은 차에 시동을 걸고 바로 액셀을 힘차게 밟아 남자의 값비싼 외제차 뒤를 들이받았다.

쾅!

자기 갈 길을 가고 있던 남자는 뒤에서 들리는 소리에 발을 돌려 차로 향했다. 보율은 그가 다가오는 걸 지켜보다 천천히 차에서 내려 그녀를 향해 죽일 듯이 눈을 부라리고 있는 남자에게 유유히 말했다.

"어머, 죄송해요. 제가 운전이 미숙해서. 변상해 드릴게요."

전혀 죄송하지 않는 얼굴로 말하는 여자 때문에 한결같이 낮게만 울리던 그의 음성이 조금 올라갔다.

"설마 일부러 그런 거야?"

"호호, 설마요. 좀 전에 그쪽이 말한 것처럼 제가 좀 운전에 미숙해서요."

보율의 비꼬는 말에 남자는 팔짱을 끼고는 비웃음을 띤 채 그녀를 향해 한 걸음 한 걸음 다가왔다. 남자가 점점 다가오자 보율도 한 걸음씩 뒤로 물러났다. 한 걸음, 두 걸음, 세 걸음. 그리고 더 이상 물러설 곳이 없는 벽에 다다르자 남자는 벽을 짚어 도망가려는 보율을 두 팔로 가두었다. 놀라 동그랗게 뜬 보율의 눈을 마주하고 선 남자의 눈이 순간 섬뜩하게 번쩍 빛났다.

"그냥 연락처가 알고 싶다고 했으면 가르쳐 줬을 텐데."

남자의 말도 안 되는 뻔뻔한 소리에 보율은 순간 할 말을 찾지 못해 금붕어처럼 어버버 입만 벌리고 있었다. 놀라 굳어 있는 그녀의 얼굴 위로 서서히 남자의 얼굴이 다가오기 시작하자 번쩍 정신을 차린 보율은 굽 높은 힐을 들어 남자의 구두에 살포시 얹고 될 수 있는 한 힘을 주어 밟았다. 어딜 감히! 힐 맛 좀 봐라.

"아!"

짧고 굵은 외마디 비명 소리와 함께 남자는 뒤로 물러섰다. 보율은 씩 웃으며 발이 아파 인상을 쓰고 있는 남자를 향해 소리쳤다.

"내가 미쳤냐? 너 같은 남자를 꼬시게. 내 주위에 있는 남자들에 비하면 너는 상중하 중에 하도 못 줄 등급이라고, 이 나쁜 놈아. 수리 다 하고 나서 계좌번호만 문자로 보내. 혹시나 전화 걸거나 하면 죽을 줄 알아. 우리 다시는 만나지 말자."

그에게 명함만 툭 하고 날리고 보율은 외제차 뒷부분을 처참히 찌그러트리기 위해 범퍼를 희생한 자신의 차를 타고 거기에서 벗어났다. 차에서 올라 운전을 하면서도 분이 풀리지 않는지 보율은 연신 씩씩댔다.

"아니 뭐 저런 놈이 다 있냐? 아주 웃기시네. 너 같은 놈은 한 트럭을 가져다 줘도 싫다. 으아, 분해!"

그래, 오늘은 좀 운이 안 좋았던 거야. 항상 좋을 수는 없지 좋은 쪽으로 생각을 해 보기도 했지만 분한 마음을 어쩔 수가 없었다.

여자가 말만 걸면 작업 건다고 생각하는 말도 안 되는 착각 종자가 아직도 존재한다니. 본때를 보여 주기 위해 그 비싼 외제차를 들이받은 게 백번은 잘한 일이라고 보율은 속으로 자신에 대한 칭찬을 거듭했다.

한편, 감히 그의 발을 밟을 정도로 간 큰 여자가 던지고 간 명함을 주워 든 남자는 아픔도 잊었는지 씩 웃었다. 명함에 적힌 세 글자가 익숙하다.

"회계사 이보율? 어쩌지. 우리 다시 만나게 될 것 같은데?"

1.
그녀, 그를 다시 만나다.

월요일 아침. 보율은 평소보다 일찍 일어나 만반의 준비를 하고 있었다. 오늘 있을 면접은 정말 중요하다. 그녀의 친구들과 일하기 위한 마지막 관문.

형부가 처음 직장을 구하기 위해 면접 갈 때 사 주셨던 하얀 투피스 정장을 꺼내 입은 보율이 거울을 보며 입술을 올려 웃었다.

"스마일. 면접에 가장 기본이 되는 건 첫인상이지. 암 그렇고말고."

마지막으로 웃고 있는 입술에 살짝 립글로스를 바른 후 거울을 보고 다시 웃는 연습을 하고는 가방을 집어 들고 집을 나섰다.

아직 면접 시간이 되려면 시곗바늘이 한참이나 더 가야 하지만 그보다 일찍 도착해서 친구들이 연신 자랑하던 회사의 분위기를 느껴 보고 싶었기 때문이다. 그녀가 지금 면접 보러 가는 회사는 여느 회사에 비해 분위기가 자유롭고 말단 직원도 위치와 상관없이 각자의 능력과 아이디어를 맘껏 펼칠 수 있는 곳이라고 했다.

하지만 보율이 깜빡하고 있었던 것이 있었다. 바로 어젯밤 처참히 찌그러진 자신의 자동차였다. 그녀와 같이 집을 나섰던 형부와 조카 재민은 그녀의 차 앞부분이 뭉개진 것을 보고는 소스라치게 놀랐다.

"처제, 차가 왜 이래?"

"이모, 어제 사고 난 거야?"

차의 찌그러진 정도를 봤을 때 일부러 전봇대에 갖다 박은 것 같았다. 그것도 아니라면 다른 차와 부딪힌 거라면 작은 사고는 아니었을 것이다.

두 남자는 보율이 다친 건 아닌가 싶어 그녀의 몸을 이리저리 살펴보기 시작했다. 하지만 보율은 자신이 다치지는 않았으니 대수롭지 않게 넘어가려 했다.

"나 안 다쳤어. 사고가 난 게 아니라 어떤 남자 엄청난 착각을 좀 고쳐 주려다 보니 내 차가 희생한 거지, 뭐."

이럴 줄 알았다. 이모가 클럽에 간다고 할 때부터 어찌 불안불안하더라니. 결국은 사고가 생긴 모양이다. 한 살이라도 정신 연령이 높은 내가 말렸어야 했나 싶어 재민의 잘생긴 얼굴이 구겨졌다.

"그러게 내가 클럽 같은 데 가면 늑대들 조심해야 된다고 했잖아."

"……클럽?"

재민이 혀를 차며 타이르는 말에 일혁의 목소리가 끼어들었다. 그의 낮은 목소리에 순간 보율과 재민은 굳어 버렸다. 아차 싶었지만 때는 이미 늦어 버렸다. 일혁이 자신의 큰 키보다 한 뼘이나 더 자란 아들의 귀를 잡아당겼다.

"박재민. 너는 알고 있었어? 알고 있으면서 얘기 안 한 거야?"

"아아, 아버지. 이모가 이야기하지 말라고 했어요. 이모, 맞잖아? 이모가 그랬잖아."

여전히 정정하신 아버지의 손에 붙잡힌 귀가 점점 아파 오자 재민은 이 모든 원인의 제공자인 이모를 쳐다봤다.

지금 이 상황에서 어제의 이야기를 들춰내는 순간 보율은 이제 새롭게 다닐 직장과는 빠빠이 하는 거다. 형부가 꼬치꼬치 캐묻는 것을 감당하다가는 보율은 면접을 보러가기는커녕 기어이 하루의 해가 넘어가는 것을 보고 말 것이다. 사태의 심각성을 재빨리 인지한 보율은 뒷걸음치며 두 사람에게서 벗어났다.

"나 갔다 올게. 형부, 내가 갔다 와서 다 얘기해 줄게요."

저렇게 찌그러진 차를 끌고 갈 수는 없을 테니 대중교통을 이용해야 했다. 여기서 더 시간을 지체했다간 도착하는 시간이 아슬아슬할 거다.

"으아, 이모! 정말 이럴 거야?"

재민은 억울하게 그녀를 향해 소리쳤지만 또각또각 그녀의 하이힐 소리는 두 사람에게서 멀어져만 갔다. 그날 아침, 아버지에게 귀를 잡혀 전날 밤에 있었던 일에 대해 대답하느라 재민은 생애 처음 지각이라는 것을 했다.

♣

V투자회사 맨 꼭대기 층에 위치한 사장실. 여기 비서로 있는 민지의 하루 일과는 8시 정각부터 시작된다.

가장 먼저 사장님이 오시기 전에 직접 원두를 갈아 커피를 내려야 한다. 그래서 사무실에 방금 내린 원두 향이 가득하도록 해야 한다. 거기에 건너편 길목 빵집에서 사 온 방금 구운 베이글이 항시 준비되어 있어야 한다.

그다음엔 그날의 있을 스케줄이 꼬이지 않도록 삼십 분 단위로 체크하면서 어제저녁 각 부서의 부장들이 올려 보낸 문서들을 전부 파일철에 꽂아 한눈에 볼 수 있도록 준비해야 한다. 이때 파일에 꽂히는 서류는 사장님이 보시기 쉽게 가나다라순으로 정리가 되어 있어야 하는 것은 물론이다.

이 모든 일을 다 마치면 시계는 거의 9시를 가리킨다. 그리고 9시 정각 땡 하고 시계가 울리면 딱 그 시간에 맞춰 사장님께서 출근하신다.

다른 회사의 비서들 말로는 사장 애인들 관리며 진상 부리는 상사들 때문에 회사를 때려치고 싶을 때가 한두 번이 아니라고 하는데 그에 비하면 올해로 나이가 서른다섯이 되는 자신의 상사는 좋은 상사 축에 속했다.

입맛 까다롭고 일에 완벽을 추구한다는 것에 딸려 오는 일들로 조금 힘들기는 하지만 그런 것들은 사장의 뒤치다꺼리를 하느라 스트레스받는 것에 비하면 양반인 수준이다.

민지는 주위를 한 번 둘러보며 모든 준비를 마친 것을 확인하고는 일어서서 엘리베이터 소리에 집중했다. 하나, 둘, 셋, 넷 다섯, 땡. 그녀의 보스 윤헌 사장이 출근했다.

오늘도 참 슈트발이 끝내준다. 드라마에 나오는 배우들처럼 오늘도 그녀의 상사는 멋진 스타일을 보여 줬다. 몸에 적당하게 핏 되는 네이비색의 정장은 사장의 잘생긴 얼굴을 더욱 돋보이게 했고 거기다 아무나 소화하지 못하는 독특한 무늬가 새겨진 저 은색 실크 넥타이를 보라.

민지는 오늘도 사장의 겉모습에 또 홀라당 넘어갈 뻔했다. 하지만 곧 사장의 겉모습으로도 덮어지지 않는 성격이 나오면 아까혹하고 넘어갔던 마음은 다시 제자리로 돌아올 것이다. 비서의 본분을 잊지 않고 민지는 오늘도 어김없이 허리를 숙여 그를 맞이했다.

"좋은 아침입니다. 사장님."

"저는 오늘 좋은 아침이 아닙니다."

이건 또 뭐를 걸고넘어지려고 이러는 것일까? 오늘 시간이 없어 사무실 창문을 5분 덜 열어 뒀는데 그걸 알아챈 건가 싶어 민지는 잔뜩 긴장했다.

"네? 무슨 일 있으십니까?"

"네. 어떤 겁을 상실한 여자가 제 차를 처참히 찌그러트리지 않았겠습니까?"

"네? 아니 어떤 겁도 없는 여자가 사장님 차를 박았단 말씀입니까?"

정말 겁도 없는 여자구나. 사장님이 제일 싫어하는 것이 바로 자로 잰 듯한 질서에서 벗어난 것들이다. 서류가 깔끔히 정리되어 있지 않았다든지, 사무실이 청소되지 않아 더럽다든지. 그런데 사장이 아끼는 깨끗하고 흠집 하나 없는 상태의 차를 찌그러질 정도로 박았으니, 그 여자 어제 아주 혼쭐이 났겠네.

"그러게요. 그러고는 명함만 던지고는 도망가기까지 했다는 거 아닙니까?"

이렇게 시시콜콜하게 사고 난 이야기를 한다는 것은 이제 자신이 수습에 들어가야 한다는 것이다. 여기서 일한 지가 벌써 2년이 다 되어 가는데 척하면 척이지.

"그 명함 주십시오. 제가 확인하고 처리하겠습니다."

윤헌은 주머니에서 꺼낸 명함을 꽉 쥐고는 놓질 않았다.

처음 명함에 박혀 있는 세 글자의 이름을 봤을 때 어딘지 모르게 익숙하다 싶었는데 얼마 전 새로 뽑는다고 올라온 이력서에 적혀 있던 회계사의 이름과 똑같았다.

흔한 이름도 아니었지만 여자가 제출한 자료가 그의 맘에 쏙 들어서 이름을 기억하고 있었다. 좀 이따 면접을 보러 온 어제 그 여자가 자신의 얼굴을 보고 어떤 표정을 지을지 궁금해졌다.

"아닙니다. 이상하게 자기 발로 찾아올 것 같은 느낌이 들어서요. 오늘 면접 몇 시에 보기로 했지요?"

"아홉 시 삼십 분입니다."

"알겠어요. 아, 오늘 면접 보러 오기로 한 이보율 씨가 김 비서 친구라고 했나요?"

"네, 사장님. P회계 법인에서 2년 동안 근무한 유능한 인재입니다."

"아, 나도 자료를 봐서 그건 알고 있습니다. 그런데 김 비서 친구는 참 용감한가 봅니다."

"네?"

"아닙니다. 김 비서 일 보세요."

사장은 이상한 말만 남기고는 자신의 사무실 안으로 자취를 감췄다. 민지는 사장이 사라지자 기다렸다는 듯이 핸드폰을 집어 들었다. 9시 출근 때부터 계속 걸려고 벼르고 있던 전화다. 경쾌한 컬러링이 흐르다 뚝 끊겼다. 그리고 한창 달리기 중인 듯한 숨소리가 들렸다.

— 헉, 헉, 여보세요?

"이보율! 아직 도착 안 한 거야?"

— 아니야, 다 왔어. 아직 면접 시간 좀 남았잖아.

"그래도 네 성격에 벌써 도착했어야 되는데 늦어서 걱정돼서 전화했어. 다 온 거지?"

— 어. 다 왔어. 이제 들어가고 있어. 나 바로 사장실로 올라가면 되는 거야?

"어. 얼른 와, 얼른. 1분이라도 늦으면 넌 무조건 불합격이라고."

─ 알았어. 다 왔어. 5분만 기다려.

민지는 전화를 끊고 시계만 초초하게 쳐다봤다. 아직 넉넉하게 시간이 남아 있기는 하지만 사람 일이라는 건 모르는 거니깐. 그리고 5분도 지나지 않아 보율이 흐트러진 모습으로 들어왔다.

"나 안 늦었지? 우와, 요즘 지하철에 사람이 왜 그렇게 많은 거야?"

"지하철 타고 왔어? 네 차는 어쩌고?"

"어제 사고 있었다고 했잖아."

어제 클럽에서 뭉치기로 했지만 보율은 결국 오질 못했다. 전화로 가벼운 사고가 생겨서 못 간다고 오늘 합격하게 되면 한턱 쏜다고만 말하고는 급히 전화를 끊어서 그저 그런 가벼운 사고인 줄 알았다. 워낙 아무렇지 않게 말해서. 그런데 차를 쓸 수 없을 정도로 망가진 거라면 보통 사고는 아니었을 것이다. 민지는 놀라 보율의 온몸을 살피기 시작했다.

"뭐야, 차를 못 탈 정도로 사고가 난 거였어? 별일 아니라고 했잖아. 어디 봐 봐. 다친 거 아니지?"

친구의 진심 어린 걱정에 보율은 흐뭇하게 웃으며 친구를 달랬다.

"안 다쳤어."

꼼꼼히 살펴봐도 크게 사고가 난 것 같지는 않다. 거기다 조금이라도 다쳤다면 지금 친구는 면접을 보러 여기 올 수 없었을 것이다. 유난히 그녀를 사랑하는 형부와 언니, 다 큰 조카가 병원에 입원시키고도 남았지. 민지는 보율이 다친 곳이 없는 것을 확인하고는 안심했다.

"그래도 지하철 타기 힘들었을 텐데 너희 형부 보고 좀 태워 달라고라도 하지."

"그럴 일이 있었어. 나 뭐 특별히 주의할 거 없어?"

민지가 보율의 가방을 뺏어 들고는 흐트러진 머리와 옷을 정리해 주기 시작했다.

"특별히 주의할 건 없는데, 오늘 사장님 기분이 영 아니야."

"왜?"

"어떤 미친 여자가 어제 사장님 차를 박았다나 뭐라나. 사장님 기분이 별로여도 사장님은 실력 하나만 보시니깐 아주 큰 실수가 없으면 바로 합격일 거야."

민지의 말에 고개를 끄덕이며 심호흡을 할 때 사장실 문이 벌컥 열렸다. 사장이 나왔나 보다. 순간 보율은 사장의 얼굴을 보지도 않고 고개를 숙였다.

"안녕하십니까? 오늘 면접 보러 온 이보율입니다."

그리고 보율이 오는 내내 연습하고 연습했던 미소를 지으며 고개를 들었을 때 그녀의 입술에서 경련이 일어나기 시작했다.

사람 일이라는 게 늘 뜻밖의 일의 연속이라지만 어떻게 한 치 앞을 못 보냐! 다시는 만날 일이 없다고 생각했던 어제의 남자가 그녀를 내려다보고 있었다. 게다가 그는 아주 재밌는 것을 발견한 얼굴로 그녀를 쳐다보고 있었다.

서늘한 가을바람에 밖은 시원함에도 사무실 안은 히터를 튼 것처럼 엄청나게 더웠다. 사장이 내뿜는 무거운 아우라에 보율의 등으로 여름이 지나 이제 당분간 흘릴 일 없을 줄 알았던 땀줄기가 흘러내렸다. 남자는 제출한 서류만 쳐다보고 보율에게는 시선을 두지는 않았다.

클럽에 놀러 갔다 재수 없는 남자를 만나 순간 욱하는 화를 참지 못하고 남자의 차를 들이 받고 명함만 던지고 왔는데, 알고 봤더니 그 차 주인이 다음 날 면접 볼 회사의 사장이라니. 이럴 확률이 얼마나 되겠나. 로또 맞을 확률보다 낮을 거다. 사장이 아무 말이 없으니 보율은 점점 초조해지기 시작했다.

"저기."

서류에 시선을 고정하고 있던 그의 날카로운 눈이 보율을 향했다. 순간 남자의 눈빛에 보율이 움찔거렸다.

"이보율 씨. 우리 구면인 것 같은데?"

하지만 보율은 눈에 힘을 주고 그의 눈빛을 받았다.

"네."

그 날라리 같은 화장 대신 한 듯 안 한 듯 한 옅은 화장과 어제와 달리 단정한 정장 차림은 어제의 그 여자와 동일 인물이 맞는 건지 의심을 하게 만들기도 했다. 하지만 저 도전적인 눈빛은 잊으려고 해도 절대로 잊을 수가 없다.

"오늘은 옷이 참 단정합니다?"

"네. 저는 장소를 구분할 줄 압니다."

역시나 한 마디도 지질 않는다. 보율의 도전적인 목소리를 뒤따라 윤헌은 의자에 깊숙이 몸을 기대고 그녀를 응시하며 물었다.

"우리 회사가 무슨 일을 하는지는 알고 있습니까?"

"네. 정보와 아이디어를 기반으로 투자 포트폴리오를 작성해서 고객에게 투자 방향을 제시하는 것이 이 회사에서 하는 전반적인 일입니다. 또한 가장 적합한 방법을 생각해 내서 기업을 회생시키거나 합병하는 등 부수적인 일들도 하는 것으로 알고 있습니다."

여자의 대답이 정확했다. 거기다 회계 쪽으로 그녀가 분석해서 제출한 자료들은 그의 눈을 의심하게 할 정도로 실력이 굉장했다.

전에 있던 회계 법인에서 실무 실력을 쌓은 지 2년밖에 되질 않았다는데, 오랜 일한 사람들보다 더 정확하고 새로운 분석들을 내놓았다. 좁은 시야로 회계만을 분석해서 올렸던 다른 경쟁자들보다 훨씬 더 넓은 시야로 투자 대상을 볼 줄 아는 여자였다.

자료를 보고 단번에 맘에 들어서 오늘 별다른 일이 없으면 채용할 의사가 충분했다. 그런데 설마 했던 어제 그 여자가 이 여자라니.

"잘 알고 있군요. 그런데 우리 회사에서 일할 수 있겠습니까?"

결국 이렇게 나오시겠다는 거지? 어제 자신이 순간을 참지 못하고 잘못하긴 했지만 앞에 계신 사장님도 잘못을 하셨으니 쌍방과실이구만.

전에 다니던 회사에는 당당히 사표를 던지고 나왔고 거기다 형부 회사는 가지 않겠다고 큰소리쳤는데 어쩐다. 쉬울 줄 알았던 마지막 면접이 이리도 어려운 관문으로 남아 있을 줄이야.

"네, 저는 열심히 일할 수 있습니다. 무슨 일이든 맡겨 주시면 최선을 다하겠습니다."

"이보율 씨가 분석해서 제출한 자료들이 맘에 들어서 채용을 하고 싶은데……."

사장은 초조한 그녀의 맘을 아는지 모르는지 뜸을 들였다. 잠깐의 틈 뒤에는 역시나 뒤끝이 작렬하는 말이 따라왔다.

"이보율 씨가 또 어디를 박아 버릴까 봐 그게 걱정입니다."

역시나, 우리 집에 있는 남자들과는 다르게 당신 마음은 아주 콩만 하군요. 그 일로 두고두고 괴롭히실 태세다. 아니꼽다. 여기서 내가 싹싹 빌기라도 할까 봐? 내가 이 회사 안 다녔으면 안 다녔지, 할 말은 하고 가야겠다.

"걱정 마십시오. 정상적인 남자 차를 박을 만큼 몰상식하지는 않습니다."

보율의 말이 끝나자 마주친 두 사람의 눈에 찌릿하고 불꽃이 튀며 눈싸움이 시작됐다. 윤헌의 눈에 시퍼런 독기가 차올랐다.

"지금 내가 정상적인 남자가 아니라는 겁니까?"

"그건 대표님이 더 잘 아시겠지요."

그에 맞서는 보율도 눈에 지지 않겠다는 의지를 담아 힘껏 그를 째려봤다. 나를 안 뽑으면 그건 그쪽이 땅을 치고 후회할 일이 될 거라고.

어디 뽑혀도 맘 놓고 즐거워할 수 있겠냔 말이다. 상사 무서워서 회사에 출근하는 자체가 스트레스가 되는 건 말도 안 되는 일이다. 보율은 합격을 위해 비굴해지지 않는 것을 택했다. 이렇게 대표와 말싸움까지 했는데 보율은 당연히 불합격일 줄 알았다. 그런데 웬걸.

"이보율 씨, 합격입니다."

사장의 합격이라는 말에 보율이 눈을 동그랗게 떴다. 지금 잘 못 들은 거 같은데? 합격이라고? 보율은 아직도 어안이 벙벙한 채로 고개를 숙였다.

"감, 감사합니다."

윤헌은 시시각각 변하는 여자의 얼굴을 빤히 응시했다.

"감사하기는 이를 텐데? 내가 어떻게 할 줄 알고?"

서늘한 한마디에 보율은 앞으로 다가올 험난한 일들이 영화 예고편처럼 스쳐 지나가기 시작했다. 아주 잡아먹을 것처럼 쳐다보는데 순간 벌컥 겁이 들었다. 생전 무서운 것이 없었던 그녀가 지금 겁을 먹고 있었다.

"어떻게 하실 건데요?"

겁을 잔뜩 먹은 토끼 같은 그녀에게로 늑대 같은 그가 의자에서 일어나 다가왔다. 그가 바짝 다가온 것을 느낀 보율은 의자를 뒤로 빼며 그에게서 벗어나려 했다. 하지만 그녀가 앉은 의자를 더 이상 움직이지 못하게 붙잡고는 그녀에게로 몸을 숙여 그녀의 귀에다 대고 음침하게 속삭였다.

"내가 직접, 당신이 지쳐 스스로 나가게 만들어 주지."

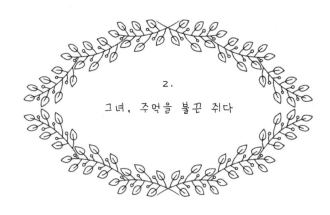

2.

그녀, 주먹을 불끈 쥐다

면접에 합격했음에도 보율은 그리 썩 좋은 기분은 아니었다. 합격했으면 기분이 날아갈 듯 좋아야 하는 것이 당연한데 이리도 기분이 바닥을 치는 것은 이제 다녀야 하는 회사의 사장이 '그 남자'란 것이 가장 큰 이유일 것이다. 거기다 사장은 자신이 스스로 회사를 나가도록 괴롭히겠다는 의지를 내비치기도 했다.

이런 상황이다 보니 이 회사를 그냥 포기해 버릴까 하는 생각까지 하게 된다. 보율의 맘을 아는지 모르는지 그녀의 가장 친한 친구들은 합격 기념이라며 자주 가는 와인 바로 그녀를 끌고 갔다. 민지가 먼저 잔을 들었다.

"이보율, 축하해. 우리가 드디어 같은 곳에서 일을 하는구나."

아침에는 바쁜 보고가 있어 얼굴을 보지 못했지만 꼭 잘하고 오라고 어제저녁 전화를 잊지 않았던 다른 친구 예솔이도 그녀가 합격한 것을 자신의 일처럼 좋아해 줬다.

"나도 축하해. 우리 고등학교 때처럼 점심도 같이 먹을 수 있고 일 마치고 저녁에도 만날 수 있어서 나도 좋다."

친구들은 좋다고 잔을 기울이고 있었지만 보율은 바짝바짝 타는 목 때문에 술이 술인지도 모르고 연신 술잔을 입으로 가져갔다. 지금쯤이면 좋다고 웃으며 이제부터 회사에서 함께 할 일들을 나열하는 게 정상인데 술만 연신 마시고 있으니 의아해진 민지가 그녀를 보며 묻는다.

"왜 이래? 합격된 거 안 좋아?"

"좋지. 근데 나 회사 얼마 다니지 못하고 잘릴지도 모르겠어."

합격 통보 받은 지 10시간도 채 지나지 않았는데 벌써부터 잘릴 걱정을 하는 건 자신들의 친구 이보율이 아니다. 자신들의 친구는 항상 좋은 것만 생각하고 모든 일에 긍정적인 면을 먼저 볼 줄 아는 친구였다. 이런 친구가 출근도 하지 않은 회사에서 벌써부터 잘릴 걱정을 하고 있다니. 두 사람은 동시에 보율을 쳐다봤다.

"왜? 무슨 일 있어?"

"그래, 무슨 일이야, 대체."

두 친구의 재촉에 보율은 어제에 있었던 일을 정말 객관적인 입장에서 서술하듯 이야기했다. 어제 말했던 작은 사고가 너희 사장을 만나 그 사장이 나를 열 받게 해서 결국 그 사장의 벤츠를 들이받은 것이었다고. 이 사실을 들은 민지는 안주로 먹을 치즈를 집고 있던 포크를 떨어뜨렸다.

"그러니깐, 사장이 말한 그 미친 여자가 너란 말이야?"

아침에 사장에게 대충 들어 알고 있던 민지는 단번에 아침에 보았던 사장의 불유쾌한 얼굴을 떠올렸다.

"너희 사장이 나보고 미친 여자래?"

"아니, 내가, 내가 그랬어."

으휴, 다행이다. 사장은 그런 소리 한 적이 없다. 만약 진짜 사장이 그런 말을 했다면, 그래서 사실대로 말했다면 불난 집에 기름을 붓는 격일 테다. 보율이 아주 길길이 날뛰면서 한밤중에 사장에게 따지겠다고 그의 집에 찾아가 초인종을 연신 눌러 댈지도 모르니까.

"그럼 너희 사장은 뭐라고 했는데?"

"어? 어, 겁을 상실했다고만 했어."

"내가 겁을 상실했다고? 웃기시네. 너희도 나 같은 상황이었으면 그렇게 했을 거잖아?"

보율은 이 말도 안 되는 상황들이 억울한 듯 두 친구를 끌어들였다. 분명 그 상황에 닥친다면 뭐 밟았다고 생각하고 돌아섰거나 화를 내며 싸웠을지도 모른다. 그러나 보율과 달리 그녀들은 차를 뒤에서 박는 그런 용감한 일을 할 배짱이 없다. 두 사람은 고개를 저었다.

"아니. 우리는 안 그래."

한 가닥의 빛을 구하며 친구들을 보던 보율의 눈은 친구들의 반응에 빛을 잃어 갔다.

"내가 잘못한 거야?"

보율이 고개를 숙이고 처량하게 어깨를 내리는 것을 보던 민지는 재빨리 손을 내저었다.

"아냐, 아냐. 잘못한 기 없어. 우리 사장님 그런 일로 막 함부로 대하고 하시는 분 아니야."

하지만 민지의 어설픈 위로는 보율을 더 절망으로 빠뜨렸다.

"사장이 나보고 내 발로 걸어 나가게 만들어 주겠대."

보율은 사장이 했던 말을 그대로 민지에게 전했지만 민지는 아니라며, 그렇게 생각하지 말라며 그녀를 다독였다.

"걱정 마. 우리 사장님 그렇게 좀생이 아니야."

"정말?"

다시 한 줄기의 구원의 빛을 찾은 사람처럼 보율이 눈에 생기가 돌았다. 하지만 세 사람 중에 가장 이성적이고 합리적인 예솔은 직설적으로 그녀에게 상황을 일깨워 줬다.

"사장이 그렇게 말했으면 뭐, 회사 생활이 좀 힘들 수도 있겠다. 우리 사장 한번 한 말은 꼭 지키는 성격이라서."

"그럼 나 어떻게 해?"

머리를 뜯으며 절규하는 보율의 처절한 말에 예솔은 그녀가 할 수 있는 두 가지의 선택지를 줬다.

"첫 번째는 그냥 회사에 나가지 마. 그리고 너희 형부네 회사를 들어가는 거야. 그러면 너는 편한 직장이 생기는 거지. 너는 맘도 편하고 일도 편하고 집에서 일하는 것처럼 심신이 행복할 거다. 하지만 그렇게 되면 우리 사장은 자기가 이겼다고 좋아할 걸? 두 번째는 사장이 뭐라고 하든지 간에 회사에 나와서 사장

보란 듯이 열심히 일하는 거야. 그리고 네가 우리 회사에 없어서는 안 되는 존재라는 사실을 각인시켜 주는 거지. 그러면 네가 이기는 거 아니겠어?"

생각할 것도 없이 보율은 두 주먹을 불끈 쥐며 두 번째 선택지를 선택했다.

"그래. 내가 기필코 열심히 일해서 그 코를 납작하게 만들어 줄 테다."

옆에서 두 사람의 대화를 듣고 있던 민지는 남몰래 웃었다. 예슬이가 두 가지 중에 하나만 선택하라고 했지만 실상 그녀는 지금 보율에게 하나의 선택지밖에 주지 않은 거다.

형부의 회사에서 편히 일하며 안정적인 일을 선택하는 것은 자신의 친구에게는 있을 수 없는 일이었다. 거기다 남다른 승부욕을 가진 그녀가 지는 것을 선택할 리는 더더욱 없었다. 보라. 저기 저 결의에 찬 친구의 모습을. 민지는 보율의 어깨를 두드렸다.

"그래그래, 잘 생각했어. 사장 코를 납작하게 만들어 주자고. 우리가 있잖아."

"고마워. 너희밖에 없다."

보율이 두 사람을 향해 웃어 보였다. 그래. 내가 너의 그 높은 콧대를 눌러 주마. 내가 정말 열심히 일해서 결국 네가 내게 나가지 말라고 사정하는 꼴을 꼭 보고 만다. 다시 와인 잔을 들어 술을 마시는 보율이다. 아까는 그리도 쓰기만 하더니 생각을 정하고 마음을 단단히 하고 나니 와인이 달다. 술이 아주 달구나. 이직 기념 술자리는 기분 좋게 계속되었다.

♣

출근 첫날 아침. 가을 아침 해가 보율의 얼굴을 간질였다. 그 간지러움에 그녀는 잠에서 깨기 시작했다. 어제 달다고 연거푸 마셔 댄 와인이 과했는지 침대에서 몸을 일으키던 보율은 깨지는 것 같은 고통을 호소하는 머리를 부여잡았다.

"아, 머리야. 너무 많이 마셨어."

침대에서 머리를 잡고 있던 그녀는 한눈에 딱 들어오는 시계를 보고 놀라 침대에서 벌떡 일어나 시계를 다시 쳐다봤다.

여덟 시다. 비교적 늦게 출근하던 직장과는 달리 여기는 출근 시간이 삼십 분이나 이르다. 거기다 가깝던 전 직장과는 달리 출근하는 데 걸리는 시간은 더 길어졌다. 이런, 낭패다. 시간이 아슬아슬할 것 같은데. 보율이 거실로 뛰어나갔다.

"언니! 나 왜 안 깨웠어."

주방에서 콩나물국을 끓이고 있던 보민이 동생의 소리에 놀라 국자를 들고 밖으로 나왔다. 시계를 잘못 봤나 싶어서 다시 봐도 지금이 여덟 시가 다 되어 간다. 아직 아홉 시 반까지 출근하려면 한 시간 반이나 남았는데?

"왜? 아직 출근 시간 많이 남았는데?"

"아니야. 전 회사랑 다르게 여기는 아홉 시까지란 말이야. 어떡해. 첫날부터 지각하면 날 잡아먹으려고 할 텐데."

"그럼 미리 말을 좀 해 주지. 누가 그렇게 술을 마시고 들어오

40

래? 술 마시고 들어와서 거실에 뻗은 주제에 말이 많아."

"잉. 몰라. 나 씻고 나올게."

말은 그리했지만 동생이 첫 출근부터 지각을 하게 될까 봐 보민도 손이 빨라졌다. 동생이 새 직장에 첫 출근하는 날, 빈속으로 출근시키고 싶지 않았다. 밖에서 들리는 자매의 분주한 소리에 서재에서 신문을 읽고 있던 일혁이 모습을 드러냈다.

"무슨 일이야?"

"보율이 출근 시간이 아홉 시까지래요. 그래서 지금 첫 출근부터 지각하게 생겼어요. 회사 사람들한테 미운털 박히는 거 아닌지 모르겠어요."

"그래? 잘됐네. 미운털 박혀서 거기서 쫓겨나면 우리 회사에 오면 되겠다."

"여보!"

"알았어. 농담이야, 농담."

아침부터 자신에게 소리치며 눈을 흘기는 아내의 모습도 예쁘다. 일혁이 보민의 허리를 가만히 끌어안았다. 그리고 그녀의 입에 살짝 입을 맞췄다. 그의 가벼운 키스에 보민의 얼굴로 웃음이 내려앉았다. 그 웃음에 일혁은 또 주책없이 맘이 말랑말랑해졌다.

"오늘은 아침은 뭐야?"

"콩나물국 끓였어요."

"콩나물국?"

"어제 보율이 술 마셨잖아요."

"아, 맞다. 처제 술 좀 그만 마시라고 해. 술만 마셨다 하면 졸면서. 나중에 술 취해서 아무 데서나 자고 그러면 어떡해?"

일정량 이상의 술이 넘어가면 보율은 스르르 잠이 든다. 아직 까지는 친구들과 술 마실 때 이외에는 주량을 넘기지 않아 어디 서 자고 올 동생의 술버릇에 대해 걱정은 하지 않았다. 하지만 친 한 친구들과 있으면 편해서 그런지 꼭 주량을 넘겨 어디서나 픽 픽 잠들어 버린다.

친구들이 집에다 잘 모셔다 주니 걱정은 없지만 행여나 무슨 일이 일어날까 봐 남편은 오늘도 걱정이다. 보민의 걱정하는 남편 의 손을 잡았다.

"설마요. 우리 보율이 그 정도는 아니에요."

"그건 맞지. 내가 그렇게 키우지는 않았어."

일혁은 잡고 있는 보민의 손을 들어 입을 맞췄다. 보민이 얼굴 을 붉히는 새색시처럼 부끄러워했다. 아침부터 또 이리 애정표현 을 하는 남편 때문에 아직도 연애할 때처럼 설레는 그녀가 누가 볼까 싶어 놀라 일혁의 가슴을 가볍게 밀어냈다. 하지만 일혁은 보민을 놓을 생각이 없었고 보민도 싫지 않은지 밀어내는 힘도 점점 줄어들고 있었다.

두 사람의 아침엔 오늘도 어김없이 무지개가 떴다. 그리고 빛 의 속도로 씻고 옷을 갈아입고 나온 보율이 그 무지개를 지나쳐 갔다.

"다녀오겠습니다."

급하게 신발을 신고 나가는 보율의 뒤로 일혁과 보민의 목소리 가 따라왔다.

"보율아, 밥 먹어야지."

"그럴 시간 없어, 언니."

"기다려. 내가 태워 줄게."

"차 밀려요. 지하철이 빠를 것 같아."

벌써 대문까지 다다른 보율은 형부의 제안에 소리치고는 모습을 감췄다. 보민은 쓰린 속으로 출근한 동생이 걱정돼서 울상을 했다.

"국이라도 한 숟갈 뜨고 가지."

"괜찮을 거야. 당신이 끓인 맛있는 콩나물국은 내가 다 먹어 줄게."

일혁은 걱정하는 아내를 웃으며 토닥여 주었다. 여전히 동생에 대해서는 걱정이 넘치는 언니인 보민이다. 그렇기에 보율이 저렇게 예쁘게 잘 커 준 거라고, 걱정하는 와중에도 흐뭇하게 생각했다.

출근 시간 데드라인 3분 전. 보율은 높은 힐을 신고 아슬아슬하게 달리고 달려 딱 시간에 맞춰 출근 카드를 찍었다. 그리고 마침 딱 올라가려는 엘리베이터를 잡았다.

"잠시만요!"

문이 닫히려는 엘리베이터 안에 올라 감사하다고 이야기하고 고맙게도 엘리베이터를 잡아 준 사람이 누군가 봤더니 헉, 엘리베이터 안에 홀로 사장이 있었다.

풀 세팅한 것 같은 옷차림에 한 손은 바지에 꽂고 여유로운 모습을 한 그와 확연히 대비가 될 정도로 보율은 상태가 엉망이었다. 늦잠을 자는 바람에 화장은커녕 수건으로 대충 닦고 나온 긴 머리는 아직도 물기를 머금고 있었다. 보율이 먼저 헌에게 인사했다.

"좋은 아침입니다, 사장님."

보율의 인사를 받은 헌은 그녀의 모습을 아래위로 훑어보고는 고개를 까딱했다.

"네, 좋은 아침이네요. 그런데 이보율 씨는 좋은 아침이 아닌 것 같습니다. 늦잠이라도 잤나 보지요?"

늦잠이라는 소리에 보율이 바늘에 찔린 듯 흠칫 떨었다. 하지만 놀란 목소리를 숨기고 평소와 같은 말로 차분하게 대답했다.

"늦잠이라니요? 아닙니다, 사장님."

"그래요?"

사장은 다시 보율의 차림을 아래위로 훑더니 피식하고 웃었다. 이 사람 보게. 보율은 흐트러진 옷을 정리하고 아직 물기가 남은 머리를 질끈 묶고는 또 순간 발끈해서 말도 안 되는 소리를 늘어놓았다.

"저는 머리를 자연 바람에 말리는 걸 좋아합니다."

"그래요? 그럼 겨울에도 차가운 자연 바람에 머리를 말린단 말입니까?"

"네."

"대단하군요."

대단하다는 말을 하는 사장의 표정과 목소리는 전혀 다른 뜻을 표현하고 있었다. 얼토당토않은 이상한 변명을 비꼬는 의미의 대단하다는 말이겠지.

가만있었으면 본전을 찾았을 텐데. 이놈의 입이 항상 문제다, 문제. 보율은 남자에게 첫날부터 우스운 꼴을 보인 것 같아 이 좁은 엘리베이터 안에서 없는 쥐구멍이라도 찾고 싶어졌다.

입을 다물고 사장을 등진 채 엘리베이터 숫자만 응시하고 있던 보율은 4층에 온 것을 알리는 알림 소리가 들리자 튀어나가듯 그곳을 벗어났다.

보율을 계속 지켜보던 헌은 그녀가 나가고 나자 웃었다. 사실 그는 오늘 그녀가 출근할 거라고 생각하지 못했다. 그렇게까지 말했는데 당연히 겁먹고 도망갈 줄 알았다.

그런데 웬걸, 당연한 듯 당당하게 회사로 출근을 했고 여자의 첫 출근 모습은 그에게 적잖은 흥미를 불러일으켰다. 딱 봐도 늦잠 잔 티가 역력함에도 한 마디도 안 지려고 하는 여자가 재밌었다.

딱 자로 잰 듯한 그의 딱딱하고 네모난 일상에 어디로 튈지 모르는 재밌는 일들이 생길 것 같은 느낌. 회사 오는 것이 어쩌면 즐거워질지도 모르겠다.

엘리베이터를 내린 보율은 더 아파 오는 머리를 붙잡고 절망했다. 하늘이 내게 이럴 수는 없는 거다. 내가 얼마나 바르게, 착하게 살았는데 꽃다운 28세에 이런 시련을 안겨 주다니. 하늘, 정말 오늘따라 나쁘다. 머리를 부여잡고 하늘을 원망하고 있는 그녀에게로 누군가 다가왔다.

"이보율 씨?"

자신을 부르는 소리에 보율은 아무런 일이 없었던 것 같은 본래의 표정을 하고는 잽싸게 고개를 들었다.

"네. 제가 이보율입니다."

"어서 와요. 기다리고 있었습니다. 나는 회계팀장 최영준이에요."

팀장이라고 소개한 남자는 보율을 향해 손을 내밀었다. 보율이 웃으며 그 손을 잡고 인사했다.

"잘 부탁드립니다. 이보율입니다."

"자, 그럼 우리 들어가 볼까요? 팀원들이 기다리고 있어요."

팀장이 안내하는 곳의 유리문을 열고 들어가자 각자의 업무를 보던 열 명 남짓한 사람들이 두 사람을 향해 고개를 돌렸다. 팀장은 팀원들에게 그녀를 소개했다.

"자, 여기는 오늘부터 우리와 함께 일할 이보율 씨입니다. 보율 씨, 자기소개 부탁해요."

"안녕하세요, 이보율입니다. 열심히 일하겠습니다. 잘 부탁드립니다."

자기소개를 하며 보율은 모두를 향해 고개를 숙였다. 그녀의 인사가 무색하지 않게 팀원들은 모두 박수를 치며 그녀를 반겨 줬다. 그리고 팀장의 이어지는 말로 그녀의 첫 출근 인사는 끝이 났다.

"아직 여기가 익숙하지 않을 테니 여러분이 많이 도와주세요.

저기 맨 끝자리가 보율 씨 자리예요."

팀장이 가리키는 자리를 찾아가 의자에 앉고 나니 비로소 이 회사에서 일한다는 것이 실감이 나기 시작했다. 기필코 내 실력을 보여 주리라. 그리고 사장의 높은 코를 꺾어 주마 결심했다. 때마침 울리는 핸드폰 알림 소리. 예솔이었다.

[첫 출근 축하 축하. 모르는 거 있으면 무조건 물어보고. 이보율 아자아자 화이팅이야! 나중에 보자.]

친구의 문자 한 통에 보율은 새 힘이 샘솟는 것 같았다.

팀장이 우선 일을 파악하라고 나눠 준 자료들을 보며 분석을 하던 보율은 점점 집중하며 일 속으로 빨려 들어갔다. 점심시간이 다 된지도 모르고 집중하고 있던 보율은 회사가 맡았던 프로젝트들을 보고 연신 감탄을 할 수밖에 없었다.

사장이라는 남자는 겉보기보다 능력이 있는 사람이었다. 투자할 대상을 정확하게 파악할 줄 알았고 또 그 투자를 실현시키기 위해 기발한 아이디어들을 쏟아 냈다.

처음에는 몇 명 안 되는 벤처기업으로 시작했던 회사가 이렇게 성장하게 된 데에는 전부 사장의 모험적이고 적극적인 투자 방향 제시도 한몫을 했다. 분석 회계팀, 마케팅팀, 투자 계획팀까지 해서 적은 수의 직원들을 가지고 여기까지 왔다는 것은 그의 리더십도 나쁘지 않다는 거겠지.

정신없이 자료를 보고 있던 보율을 깨운 건 팀장이었다.

"이보율 씨, 지금 사장실로 올라가 볼래요?"

"네? 사장실로요?"

"네. 사장실에서 연락이 왔어요. 사장님 뵙고 오면 점심 먹으러 내려와요."

잘 보고 있던 자료를 내려놓고 보율은 사장실로 올라갔다. 별일 아닌 듯이 사무실을 나왔지만 막상 사장실 앞에 선 그녀는 무슨 일인가 싶어 선뜻 들어가지 못하고 복도를 왔다 갔다 하며 서성였다.

그때 문밖에 있는 그녀를 알아보고는 민지가 사장실을 조용히 나와 그녀를 끌고 모퉁이로 숨어들었다.

"너, 마음의 준비 단단히 하고 들어가."

"왜?"

"사장이 너한테 한 말이 거짓말이 아니었나 봐."

민지는 발을 동동 굴렀다. 아침에 출근한 사장이 갑자기 3년 전부터 실패한 프로젝트들을 모아 오라고 할 때부터 알아봤어야 하는 거였다.

사장은 출근을 하자마자 민지를 불러 고객들에게 거절당한 투자 포트폴리오를 전부 한 부씩 복사하라고 했다. 무슨 일인가 싶어 그녀는 잠자코 복사만 줄기차게 했다.

워낙 했던 프로젝트도 많았고 성공한 것이 많이 있다는 것은 그만큼 거절당한 것도 많다는 것이다. 복사를 해서 파일에 끼워 정리를 다 하고 나니 자료의 양은 어마어마했다. 큰 박스 두 개는 족히 넘을 문서들이었다. 갑작스러운 일에 궁금해진 민지는 사장을 보고 넌지시 물었었다.

'사장님, 갑자기 이 문서는 왜……?'

'아, 새로 온 이보율 씨가 볼 서류들입니다.'

자신이 복사한 엄청난 문서들이 결국은 친구를 힘들게 하는 것임을 알았을 때 민지는 비서로서의 본분을 잊고 큰 소리를 냈다.

'네?'

'왜요? 친구라서 마음이 아픕니까?'

'아, 아닙니다.'

이런 나쁜 사장을 봤나. 내가 우리 사장님은 그렇게 좀생이 같은 놈이 아니라고 편까지 들어 줬건만. 새로 시작할 프로젝트도 아니고 다 지나간, 그것도 실패한 프로젝트로 친구를 괴롭힐 줄이야.

사장실을 나와서 보율을 호출하고 나서도 민지는 자리에 앉지 못하고 서성였다. 자신과 똑같이 문밖에서 서성이고 있는 친구를 데리고 가서 미안한 마음에 닥쳐올 날벼락을 살짝 귀띔해 줬다.

하지만 사장이 지금 너를 한입에 잡아 드시려고 벼르고 있는 중이라고 해도 그녀의 마음을 아는지 모르는지 보율은 마음을 굳힌 얼굴이었다.

"괜찮아. 자기가 나를 죽이기야 하겠어?"

자신만만하게 이야기하고 사장실로 들어선 보율이었다. 그러나 테이블 위에 산더미같이 쌓인 문서의 양을 보고, 사장의 직접적인 지시가 내려지고 나서는 사장이 자신을 문서에 깔려 죽게 하려는 계획이라는 것을 알았다.

"지금 이 많은 걸 이번 주 금요일까지 해 오라는 말씀이십니까?"

보율의 경악한 모습에도 윤헌은 아무 미동 없이 그녀를 응시했다. 목소리도 별거 아닌 일이라는 듯이 단조로웠다.

"네. 무슨 문제 있습니까?"

"아, 아닙니다. 금요일까지 꼭! 해 오겠습니다."

그래, 이제 오기가 생긴다. 이렇게 해서까지 자신을 쫓아내고 싶은가 보지만 이 정도에 물러서면 내가 이보민 동생 이보율이 아니다. 보율은 할 수 있다고 오기로 대답하고는 혼자서는 들지도 못하는 엄청난 서류를 들고 사장실을 나왔다. 저절로 투덜거리는 소리가 나온다.

"그래. 내가 아주 끝까지 이 회사에 찰거머리처럼 붙어 있어 주마."

회계팀 사무실로 돌아와 자리에 앉은 보율은 첫 출근 날부터 불타올라 서류들을 분석하기 시작했다. 이 많은 양을 3일 안에 하기 위해서는 날밤을 꼴딱 새워야겠다.

쌀쌀한 날씨라 걸치고 나왔던 재킷을 벗어 버리고 얇은 블라우스 차림으로 보율은 서류에 파묻혀 갔다. 엄청난 숫자들과 기호들이 그녀의 머릿속에서 헤엄쳤다. 시간은 계속 흘렀고 주위에서 하나둘 퇴근한다는 소리가 들려올 때 그녀는 비로소 서류에서 눈을 뗐다. 팀장이 퇴근을 하면서 그녀에게 인사를 건네 왔다.

"보율 씨, 사장님이 주신 일 많은 건 알지만 그만 퇴근해요. 첫날부터 너무 무리하는 거 아닙니까?"

"먼저 퇴근하세요. 저는 이것만 보고 들어갈게요."

"그럼 우리 먼저 퇴근할게요."

바닷물이 빠지듯이 직원들 한 번에 우르르 빠져나간 사무실은 조용했다. 거기다 유리창 너머로 보이는 야경마저 조용했다. 그런 조용하고 아름다운 야경은 눈에 보이지도 않는지 보율은 다시 서류로 눈을 돌렸다.

눈은 정신없이 서류를 읽고 머리는 서류를 분석하고 있었지만 밥을 먹지 못한 그녀의 배는 눈치 없이 밥 달라고 아우성이었다. 오늘 하루 종일 이 망할 놈의 서류 땜에 점심시간이 조금 지났을 때 간단히 먹은 샌드위치가 전부다.

배는 고픈데 당장 문서에서 눈을 거둘 수가 없으니 보율은 고픈 배를 부여잡았다. 그런데 그때 전형적인 종이와 잉크 냄새가 가득한 사무실에 갑자기 맛있는 냄새가 풍겨 오기 시작했다.

냄새까지 맡으니 또 꼬르륵 소리를 만들어 내는 배를 잡고 고개를 돌리자 사무실 입구에서 민지와 예솔이 흰 봉투를 흔들며 웃고 있었다.

"우리 왔어."

"배고프지? 아직도 보고 있는 거야?"

"응……."

친구들은 배고파 쳐져 있는 보율의 손을 끌어 커다란 회의용 탁자에 앉혔다. 배고파 힘이 하나도 없는 그녀를 위해 사 온 저녁 식사를 늘어놓고 손수 그녀의 손에 수저까지 쥐여 줬다.

친구들이 사 온 김밥을 한 개, 두 개 급하게 마구 집어 고픈 배를 달래는 보율을 향해 예솔은 음료수를 따서 내밀었다.

"천천히 먹어. 너 또 체해."

"어? 어……."

급하게 먹다 목이 막혀 음료수를 벌컥벌컥 마신 보율은 그제야 살겠다는 듯이 한숨을 쉬며 제정신으로 돌아왔다.

"근데 어떻게 왔어?"

"어떻게 오기는 당연히 와야지."

사장에게서 일을 받아 간 후 계속 보율에게 문자를 넣었지만 친구는 답이 없었다. 한 번 집중하기 시작하면 누가 잡아가도 모르는 친구니 분명히 집중하고 있을 것이라고 예상은 했다. 그리고 예솔에게도 문자를 보내 상황을 설명했다.

친구를 위해 뭐든지 도와주고는 싶은데 예솔이나 자신이 대신 일을 해 줄 수는 없고. 할 수 있는 거라곤 일한다고 밥도 안 먹고 집중하고 있을 친구를 위해 간단히 먹을 것을 사서 오는 것이 전부였다.

얼마나 배가 고팠으면 저렇게 걸신들린 듯이 먹을까. 친구의 고생이 짠해진 민지가 흥분해서 소리쳤다.

"우리 사장이 그럴 줄은 몰랐다. 너 괴롭히는 일을 나에게 돕게 하다니. 그리고 너는 그걸 또 굳이 하겠다고 이렇게 밤을 지새우고 있는 거야?"

"어떡하냐, 그럼. 금요일까지 해 오라는데."

자기 일인 양 흥분한 민지의 목소리가 한층 더 높아졌다.

"그냥 때려치워, 이 회사. 네가 여기 아니면 갈 데가 없니?"

당장 때려치울 수도 있겠지만 자신의 책상 왼쪽에 쌓인 서류들을 보니 못 그만두겠다. 오늘 내내 여기까지 해 놓은 게 아까워서라도 내 기필코 금요일까지 완성한다.

"아니야. 이렇게 된 마당에 내가 아주 본때를 보여 주겠어."

"야, 하지 마. 아니 실패한 프로젝트는 봐서 뭐하게."

민지는 여전히 흥분을 가라앉히지 못했지만 옆에 있던 예솔은 곰곰이 생각에 빠졌다. 3년 동안 실패했던 프로젝트를 분석하라고 했단 말이지. 나름 합리적이라고 생각하는 사장이 오로지 보율을 괴롭히기 위해서 이런 일을 지시했다고?

그러기에 사장은 너무 이성적인 사람이었다. 분명히 무슨 의도가 있을 거다. 예솔은 잠자코 앞에 놓인 음료수만 홀짝였다. 민지가 조용히 있는 예솔의 옆구리를 찔렀다.

"너는 왜 가만히 있어?"

"그냥."

"야, 너도 흥분해야지."

"보율이가 한다잖아. 쟤는 지가 정한 건 무슨 일이 있어도 한다고."

예솔의 바른 소리에 민지의 입이 꽉 다물어졌다. 맞다. 보율은 한 번 한다고 말을 내뱉으면, 죽으면 죽었지 절대 포기하지 않는 친구였다.

음식을 다 먹고도 더 있다가 가겠다는 친구들을 애써 돌려보내고 보율은 다시 서류로 눈을 돌렸다.

"아까 봤던 게 인도네시아 도로 사업이었고. 음, 다음은……."

그 후로도 옆에 위치한 빌딩들에 불이 꺼진 지 한참이 지나서까지 보율이 일하는 사무실의 불빛은 꺼질 생각을 하지 않았다.

다 본 서류 왼쪽으로 넘긴 보율은 잠깐 침침해진 눈을 감고 뭉친 어깨를 주물렀다. 그때 보율의 핸드폰이 연신 울려 댔다. 한시간 전 밤늦게까지 일하는 그녀를 데리러 온다고 연락했던 재민이었다.

— 이모? 나 밑에 있어. 얼른 내려와.

"알았어."

보율은 대충 책상을 정리하고 집에 가서도 봐야 할 서류를 챙겨서 사무실을 나섰다. 컴컴한 밤 불빛이 다 꺼진 빌딩 사이로 홀로 켜져 있던 불빛마저 꺼지자 사방에 어둠이 내려앉았다.

어두워진 건물 밖으로 나와 재민을 발견하고 반갑게 손을 흔든 보율은 조카가 열어 주는 차에 우아하게 탑승해서 바로 눈을 감았다.

"이모 집에 가면 깨워 줘. 잠깐 눈 붙이고 다시 서류 봐야 해."

"알았어. 근데 그 회사 너무 악덕 회사 아니야?"

"시끄러. 운전이나 조심해."

말을 마치고 피곤했는지 눈을 감고 잠든 이모의 좌석을 뒤로 살짝 젖혀 준 재민은 이모의 안전벨트를 끌어다 조심히 매어 주었다.

너무 고생하는 것 같은데? 계속 이렇게 늦게까지 야근하다가는 안 그래도 작은 우리 이모 얼굴이 사라지겠다. 재민은 조심히 시동을 걸고 보율이 깨지 않게 차를 천천히 출발시켰다. 재민과 보율을 태운 차가 사라지자 아무도 없다고 생각한 컴컴한 어둠 속에서 누군가 모습을 드러냈다.

"뭐야? 남자친구가 있었어? 그것도 저렇게 어린놈이?"

어둠 속에서 모습을 드러낸 사람은 보율이 밤늦게까지 야근하도록 만든 악덕 사장 윤헌이었다.

헌은 다른 직원들이 퇴근할 때 같이 퇴근했었다. 그러다 밤늦게 갑자기 생각난 아이디어 때문에 확인해 볼 서류가 있어서 잠깐 회사에 들른 참이었다.

그런데 천천히 계단을 오르다 컴컴한 복도 사이로 불빛이 하나 삐져나오고 있는 걸을 발견했다. 누가 불을 안 끄고 갔나 해서 살짝 열린 문틈 사이로 보니 누군가 사무실을 지키고 있었다. 금요일까지 해 오라고 넘긴 엄청난 양의 서류를 그대로 받아들였던 그 여자다.

사실, 금요일까지 어떻게 하냐고, 조금 더 시간을 달라고 말하면 더 시간을 주려고 했다. 그런데 기어이 하겠다고 말하더니 결국 저렇게 야근을 하고 있었다. 이런 식이면 정말 금요일까지 보고서를 작성해 올릴 수 있을 것 같았다.

헌은 점점 여자의 근성이 맘에 들었다. 거기다 이 밤까지 일하는 여자가 올릴 보고서들이 기대되기 시작했다.

그는 새로운 프로젝트에 필요한 서류를 챙겨 들고는 밖으로 나와 집으로 가기위해 차에 올랐지만 시동이 걸린 그의 차는 한동안 움직이지 않았다. 그리고 이내 시동이 꺼졌다.

밤 10시가 넘어가는데 퇴근할 생각이 없는 여자는 아마 더 늦게 집으로 갈 것 같았다. 그래도 직장 상사가 돼서 이 야심한 밤에 여자 혼자 택시를 타고 가게 할 수는 없지 싶어 그는 차 안에서 그녀를 기다리고 있었다. 역시나 버스와 지하철이 다 끊긴 시간에 회사를 나온 여자를 보고 헌은 차에서 내렸다.

'지금까지 일한 겁니까? 밤도 늦었는데 데려다주겠습니다.'

속으로 연습했던 말을 걸려는 순간 아까 전부터 건물 입구 앞에 서 있던 차에서 내린 젊은 놈이 여자를 태워 갔다. 태우러 올 애인이 있었어? 그것도 아직 대학생인 것처럼 보이는 어린놈이?

여자가 기다려 달라고, 태워 달라고 한 것도 아닌데 자기 멋대로 기다려 놓고서는 방금 전의 상황에 그의 마음이 이상하게 불쾌해졌다.

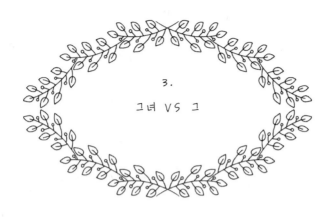

3.

그녀 VS 그

　어김없이 시간은 흘러 결전의 금요일 아침이 다가왔다. 어제도 새벽까지 일하다 몇 시간 전에 잠이 든 보율은 무겁게 축 늘어진 몸을 겨우 일으켰다. 꼬박 3일 동안 이 많은 서류들을 보고 분석하느라 보율은 제대로 잠을 자지 못했다.

　뜬눈으로 지새우는 밤이 거듭되자 점점 초췌해져 갔고 안 그래도 작은 얼굴은 점점 더 야위어 사라지기 일보 직전이었다. 침대에서 몸을 일으켜 앉아는 있었지만 그녀의 감긴 눈은 아직도 떠질 생각이 없어 보였다. 절로 투정하는 소리가 나온다.

　"피곤해. 더 자고 싶어."

　하지만 보율은 이내 딱 달라붙은 것 같던 눈을 번쩍 뜨고는 웃었다.

　"흐흐, 그래도 다 했다."

불가능하다고 생각했던 일을 결국 해내고 말았다는 자부심은 그녀의 피곤과는 비교가 되지 않을 만큼 값진 것이었다.

오늘만 일하면 드디어 토요일이다. 오늘은 무슨 일이 있어도 일을 마치자마자 집으로 곧장 와서 침대에서 벗어나지 않겠다는 생각밖에 들지 않았다.

이제 그만 일어나자. 일찍 나서지 않으면 또 그 남자와 같은 엘리베이터에 탈지도 모르니까. 그 일이 있은 이후로 사장과 부딪치지 않기 위해 그녀도 그녀 나름의 엄청난 노력을 하고 있다.

일찍 출근하는 건 기본이요, 자신의 행동반경을 일하는 곳에서 크게 벗어나지 않게 했다. 뭐, 물론 너무 바빠서 다른 곳을 둘러볼 시간이 없었다는 것도 하나의 이유가 되겠지만. 여하튼 그녀는 오늘 이 보고서만 잘 넘겼으면 하는 바람뿐이었다.

보율은 서둘러 회사 갈 준비를 마치고 열심히 준비한 파일을 챙겨 들고 당당하게 집을 나섰다.

"좋은 아침입니다."

사무실 문을 열고 들어가자 누군가 그녀를 향해 인사를 해 왔다. 제일 일찍 왔다고 생각했는데 사무실에는 자신보다 더 부지런한 사람이 있었다. 바로 최영준 팀장이었다.

일주일 동안 겪은 것으로 사람을 지레짐작하기에는 조금 이른 감이 있지만 그래도 보율의 눈에는 참 괜찮은 사람이다 싶었다.

누구랑 다르게 매너도 좋고 성격도 시원시원하고, 무엇보다 그를 높이 평가한 것은 부하 직원에게 자신이 할 일을 미루지 않는다는 것이다. 능력도 좋은 것 같고 사람 참 괜찮다는 평가를 내리기에 부족함이 없었다.

"네, 좋은 아침이에요. 팀장님 일찍 나오셨네요."

"보율 씨도 일찍 왔네요. 오늘 보고 올라가는 날이죠? 다 끝냈어요?"

"네. 사장님께서 맘에 들어 하실지 모르지만 최선을 다해서 끝마쳤어요."

"이번 주 많이 힘들었죠?"

끙끙거리며 혼자 일을 해야 했던 보율은 동료들과 동떨어진 느낌을 받기도 했다. 하지만 내가 열심히 일한 것을 알아주는 사람이 있다니. 그녀의 큰 눈이 감격으로 반짝였다.

"네."

"아니라고는 말 안 하네요?"

"안 힘들었다고 한다면 그건 거짓말이잖아요."

"하하, 맞네요. 그럼 이제 보고하러 갈 준비해야죠? 이제 방해 안 할게요. 그리고 오늘 일 끝나면 우리 회식하죠. 보율 씨 들어온 날 했어야 하는 건데. 제가 사장님 협박해서 한턱 쏘시게 할게요."

사장을 협박하다니, 어림없는 소리. 딱 봐도 온순하고 사람 좋아 보이는 팀장님은 성질 고약한 사장님께 안 되실 것 같습니다만? 보율은 그가 그저 지나가는 말처럼 하는 농담인 줄 알았다. 그래서 웃음으로 대답하고는 자리에 앉아 보고 준비를 시작했다.

점심때가 지나 준비한 것들을 보고하러 올라간 사장실 앞에서는 친구가 초조한 얼굴로 기다리고 있었다. 평소 비서의 품위를 지키기 위해 힐을 신고 절대 뛰지 않는다는 그녀가 본분을 잊고 높은 힐을 신고 흥분해서 달려왔다.

"보율아. 그 많은 걸 다 한 거야?"

"그럼. 걱정 마. 열심히 준비했으니 딴소리는 못 하겠지."

"다행이다. 어서 들어가 봐. 가서 사장 코를 납작하게 눌러 버리고 나오라고. 파이팅!"

자신보다 더 긴장한 표정으로 파이팅을 외치는 민지를 뒤로하고 보율은 크게 한 번 심호흡을 하고 마음을 단단히 무장했다. 그리고 어떤 쓴소리도 막아 낼 마음의 준비가 끝나자 문을 열었다.

"어서 와요, 보율 씨."

그녀에게 상냥하게 인사를 건네 온 사람은 다름 아닌 최 팀장이었다. 사장만 있을 줄 알았더니. 의아한 그녀의 시선을 알았는지 최 팀장이 말을 이었다.

"아, 오늘 보고 저도 같이 받거든요."

"네?"

"저도 보율 씨가 열심히 작성한 보고 듣고 싶어서 올라왔어요."

"팀장님도 보고받으시는 줄 몰랐어요."

"걱정 마요. 나는 보율 씨가 잘 해낼 거라 믿어요."

멋지게 웃으며 격려하는 최 팀장의 얼굴을 보니 보율도 저절로 웃음이 지어졌다. 그런데 그 순간 두 사람 사이를 비집고 들어온 사장의 말에 예쁘게 웃던 보율의 얼굴에서 웃음기가 싹 빠졌다.

"최 팀장, 그만하지."

아무리 부하 직원이라지만 저렇게 정색하고 말할 필요는 없지 않은가? 보율의 얼굴이 저절로 굳어 갔다. 그런 그녀를 응시하고 있던 최 팀장이 주먹을 쥐고 사장의 옆구리를 한 방 때렸다.

"야! 내가 그렇게 정나미 떨어지게 말하지 말라고 했지!"

"시끄러. 보고 안 받을 거야?"

아니, 이건 또 무슨 상황이냐. 지금 사람 좋고 경우를 아는 최 팀장이 사장을 때렸고 성질 더러운 사장은 맞고도 가만히 있는 거야? 예상치 못한 방향으로 돌아가는 상황에 보율의 머리가 복잡해지기 시작했다.

"헌이랑 나랑 친구예요. 같은 초 · 중 · 고에 대학까지 같이 나왔어요."

뜻밖의 말에 보율의 목소리가 하늘을 찔렀다.

"네? 정말요?"

그제야 보율은 이 상황이 이해가 가기 시작했다. 그런데 정말 인자하게 웃고 있는 최 팀장님이랑 저기 저 불만스러운 표정이 가득한 사장이랑 친구란 말인가? 정반대 성격의 두 사람이 친구라는 사실이 그녀에게 적잖은 충격으로 다가왔다. 아직도 믿기지 않는다는 표정이 역력한 그녀에게 사장은 무심한 말투를 툭 내뱉었다.

"계속 그렇게 있을 겁니까?"

생각이 많아졌지만 사장의 말에 보율은 생각을 접고 가지고 온 두툼한 파일을 앞으로 건넸다.

"아닙니다. 제가 분석한 보고서들입니다."

그녀가 건네준 파일을 헌과 영준이 천천히 살펴보기 시작했다. 짧은 시간이었지만 그동안 보율은 심장이 콩닥거렸다. 떨리는 마음으로 평가만을 기다리고 있는 보율이 초조하게 두 사람을 응시했다. 의외라는 헌의 시선이 그녀에게 향했다.

"다 끝내기는 했군요?"

자기가 오늘까지 해 오라고 해 놓고는! 보율이 헌을 날카롭게 쳐다봤다.

"사장님께서 오늘까지라고 하지 않으셨습니까?"

"나는 못한다고 나가떨어질 줄 알았는데?"

보율은 입을 다물었다. 맘씨 고약한 사장 같으니라고. 내가 무슨 일이 있어도 네가 제발 좀 회사에 있어 달라 매달리는 꼴을 보고 만다.

보율의 째려보는 눈빛을 무시하고 헌은 다시 눈길을 서류로 돌려 한 장씩 파일을 검토하기 시작했다. 먼저 파일을 다 보고 난 헌이 옆에 앉은 영준을 보며 무언의 눈빛을 보냈다. 그러자 영준은 앞에서 있는 보율에게 질문을 시작했다.

"보율 씨, 보고서 잘 봤어요. 2년 전 우리가 계약을 따내지 못한 중국 활천강업 말인데요. 우리가 실패한 이유가 뭐라고 생각합니까?"

"솔직히 투자안은 괜찮았던 것 같았습니다. 회계 쪽밖에 모르는 제가 봐도 제안하신 투자안들은 전부 다른 회사와 달리 신선했고 큰 수익을 거둘 수 있을 것도 같았습니다. 저 역시 돈만 있다면 투자하고 싶을 정도로 잘 짜여진 투자안이었습니다. 하지만 이 투자가 실패한 가장 큰 이유를 들자면 미국 TR에서 먼저 손을 뗀 것이 문제였던 것 같습니다. 당시 금융위기를 맞은 미국 TR이 국외 사업을 접게 되면서 가장 큰 투자자가 사라지게 됐습니다. 다른 투자자들은 TR이 떠나고 비어 버린 부분을 메우는 동시에 리스크를 감당해야 했어요. 그렇게 미국이 빠지고 나니 최고의 투자안은 쓸모없는 것이 되고 말았더군요."

가만히 그녀의 말을 듣고만 있던 헌이 불쑥 질문을 던졌다.

"만약 이보율 씨가 그 당시에 있었다면 어떻게 했겠습니까?"

갑작스러운 사장의 질문에 긴장하고 있던 보율이 당황하며 되물었다.

"네?"

"그것까지는 생각 안 해 봤나요? 그저 자료만 분석한 겁니까?"

날카로운 사장의 말에 보율이 주먹을 말아 쥐고는 자신의 생각을 피력했다.

"다른 잠정적인 고객에 대해서도 중점적으로 분석했을 겁니다. 거기에 다른 고객들과의 가격유동평가도 했었다면 사정이 달라졌을지도 모르겠습니다."

자신 있게 말은 했지만 보율은 솔직히 자신의 답이 제대로 된 것인지 알 수 없었다. 그녀의 대답을 듣고 난 헌은 뭔가 맘에 안 드는지 인상을 쓰고 있었다.

갑작스런 사장의 질문과 대답을 듣고 난 반응을 보자 겉으로는 내색하지 않았지만 목이 바짝바짝 타고 긴장으로 손에 땀이 차기 시작했다. 옆에 앉아 있던 영준이 헌의 팔을 툭툭 쳤다.

"보율 씨가 네가 생각했던 거랑 똑같은 생각을 하고 있다. 네가 기를 쓰고 뽑은 이유를 알겠다."

똑같다. 당시에 헌이 했었던 말과 똑같았다. 1년 가까이 공을 들여 준비한 프로젝트는 거의 99%의 확률로 우리가 따낼 것이라고 예상했었다. 엄청난 준비와 노력이 들어갔기 때문에 당연히 채택되는 것에는 의심이 없었다. 하지만 끝에 전혀 예상하지 못한 변수가 발생하면서 그 노력들은 물거품으로 돌아갔다.

그때 실패에 대한 분석으로 헌이 보율과 같은 말을 했던 걸 영준은 기억하고 있었다. 영준의 장난스러운 말에 헌이 안 그래도 있는 대로 구기고 있던 얼굴을 더 구기며 정색했다.

"쓸데없는 소리 좀 하지 마."

허나 영준은 재미있는 것을 발견한 것처럼 눈을 반짝이며 보율을 향해 말하기 시작했다.

"아니 글쎄, 이 녀석이 다른 지원자들은 보지도 않고 보율 씨가 낸 짧은 보고서만 보고 무조건 데리고 와야겠다고 그러는 거 아니겠어요?"

물어보지도 않았는데 잘도 이야기하는 영준 때문에 안 그래도 큰 보율의 눈이 더 커졌다. 그래 놓고는 나를 내보내겠다고 큰소리친 거란 말이지. 보율의 입꼬리가 슬며시 올라가려 했다. 하지만 그녀의 기분과는 반대로 헌의 기분은 썩 좋아 보이지 않았다.

"최영준."

목소리를 저렇게 낮게 깐다는 것은 그만하라는 소리다. 영준은 웃으며 계속해서 나오려는 말을 단속했다.

"알았어. 이만하면 보율 씨 이번 프로젝트에 넣어도 될 것 같은데, 네 생각은 어때?"

"마음대로 해."

헌이 이렇게 말한다는 것은 반허락이라는 뜻이다. 새로 시작되는 프로젝트에 보율도 합류하게 될 것이다. 영준은 두 사람의 조합이 왠지 모르게 재밌어질 것 같다는 생각이 들기 시작했다. 그는 입을 굳게 다문 헌을 대신해 이제 시작하게 될 새로운 프로젝트팀에 대해 보율에게 설명했다.

"보율 씨, 이번에 시작하는 프로젝트팀에 들어오게 될 겁니다. 지금 팀원으로 정확하게 정해진 사람은 저, 헌이 그리고 마케팅팀의 박예솔 팀장, 기획팀의 정해돈 대리, 이보율 씨 이렇게 되겠네요. 축하해요. 신입이 벌써 프로젝트에 참가하는 건 대단한 거예요. 거기다 헌이가 지휘하는 프로젝트팀에 들어온 건 이 녀석이 보율 씨 능력을 높이 샀다는 것을 증명한 거나 다름없어요."

회사에 들어온 지 일주일도 되지 않아서 얼떨결에 새로 들어가는 프로젝트팀에 합류하게 된단다. 영준이 보율을 향해 악수를 청하는 손을 내밀었다.

"고생 많았죠?"

"네? 네."

고생 많았지. 힘들었던 일주일이 지나가고 또 이렇게 보고까지 다 마치고 나니 보율은 이제야 밝게 웃을 수 있었다.

좀 대충 하지 그러냐고 그럴지도 모르지만 명색이 회사에 들어와 처음으로 맡겨진 일이었다. 처음에는 사장이 자신을 골탕 먹이려고 일부러 일을 맡기는 줄 알았는데 모든 일을 다 분석하고 났을 때 어렴풋이 사장의 의도를 알아차릴 수 있었다.

그 많은 서류들을 분석하는 과정에서 이 회사에서 어떤 일을 해야 하는지 알 수 있었다. 거기다 실패한 것들을 다시 살펴봄으로써 실수들을 발견할 수 있을 것이고 그것으로 더 나은 결과물을 만들어 낼 수 있을 것이다. 결국은 실패로부터 배울 수 있다는 것이 아니겠는가? 아직 이쪽 일이 손에 익지 않은 보율에게 많은 도움이 되는 일이었다.

하지만 그녀가 아직도 사장을 고약한 상사로 생각하는 이유는 시간을 너무 조금만 줬다는 것 때문이다.

아무튼 그렇게 짧은 시간 동안 고생해서 완성시킨 보고서로 커다란 프로젝트에도 참여할 수 있게 됐다. 아직도 믿기지 않는지 어벙벙한 보율을 두고 영준은 뭐가 그렇게 신나는지 들뜬 목소리로 말했다.

"사장님! 우리 팀에 유능한 인재도 새로 왔고 한데 한 번 쏘셔야지요. 설마 기획팀 신입만 챙기시고 저희 신입은 안 챙기시는 건 아니죠?"

영준은 나름 보율을 생각해 준다고 저러는지 모르지만 보율은 최 팀장이 하는 말이 하나도 반갑지 않았다. 퇴근하고 집에 가서 씻고 당장 눕고 싶은 마음밖에 들지 않는 그녀에게 회식은 그리 달갑지 않은 것이었다. 최 팀장의 말에 사장은 무심하게 한마디 했다.

"법인 카드 가지고 가."

"우와, 이러실 겁니까, 사장님? 기획팀 신입 회식 때는 사장님이 풀코스로 한턱 내셨다면서요. 지금 저희 팀이랑 기획팀이랑 차별하시는 겁니까?"

"시끄러. 나가."

"요 건너 건너편에 새로 생긴 한우집 예약해 놓을게. 너 지갑 두둑이 챙겨서 와. 자고로 환영회에는 한우지."

영준은 '최 팀장' 모드를 버리고 바로 친근하게 말을 덧붙였다. 더 이상 말하면 내 입만 아프지. 시끄러운 놈. 헌은 영준을 향해 나가 보라고 손짓했다.

"일곱 시까지야. 무조건 와. 나 카드 안 가지고 갈 테니까."

뭐라 하기도 전에 영준은 자기 할 말만 다 하고는 보율을 이끌고 사무실을 나가 버렸다.

시끄럽게 떠들던 영준이 나간 사무실은 조용했다. 완성까지 해 올 줄은 몰랐는데 여자의 보고서는 그가 주었던 그 많은 양의 자료들을 일일이 읽고 분석한 것이 한눈에 보였다.

이렇게 만들어 내기 위해서 분명 일주일 내내 거의 날밤을 새우다시피 했을 거다. 역시나 화장으로 가리긴 했지만 여자의 얼굴은 처음 봤을 때보다 더 초췌해져 있었다.

다른 사람 같았으면 그 시간 동안에다 해내지 못했을 것이다. 스스로 나가게끔 해 주겠다는 소리가 무색하게 여자의 근성이 맘에 들었다. 헌은 다시 보율이 해 온 보고서를 매의 눈으로 살펴보기 시작했다.

♣

　최 팀장이 말하던 새로 생긴 고깃집에서 보율의 입사 기념 회식이 열리고 있었다. 고기라면 자다가도 벌떡 일어나는 그녀는 한우라는 소리에 이 회사가 점점 맘에 들기 시작했다. 회식으로 대패 삼겹살도 아니고 한우를 쏘는 회사라니, 이 회사는 직원들 아낄 줄 아는구먼.

　오늘 아침에는 퇴근하자마자 집에 가서 잘 생각밖에 없었기 때문에 난데없이 회식이라는 소리에 짜증도 났다. 하지만 군침 돌게 구워진 고기 냄새에 그런 짜증은 소리 소문 없이 자취를 감췄다.

　'피할 수 없다면 즐겨라!' 이게 보율의 인생 좌우명이 아닌가. 거기다 자신의 입사 환영을 위한 자리라 빼도 박도 못하고 참석해야 할 회식이다 보니 이왕이면 본전을 뽑고 오겠다는 생각에 보율은 고기를 집는 젓가락을 멈추지 않았다.

　보율만 그런 것이 아니라 오랜만의 팀 회식인 데다가 메뉴가 한우이다 보니 모두들 고기가 구워지는 족족 입으로 넣느라 정신이 없었다. 시끌시끌한 사원들 사이에서 최 팀장이 술잔을 들고 일어났다.

　"자자, 오늘 회식은 이보율 씨의 입사를 환영하는 자리입니다. 이보율 씨, 저희 팀에 온 걸 환영합니다."

　고기를 집던 젓가락을 멈추고 사람들은 일제히 보율을 쳐다봤다. 그 시선에 보율은 입속에 있던 고기를 꿀꺽 삼키고는 자리에서 일어나 모두에게 인사했다.

"많이 부족하겠지만 잘 부탁드립니다."

보율의 인사에 모두 박수를 치며 좋아했다. 그리고 주위에 있는 사람들이 그녀에게 술을 권하기 시작했다. 이 회사에 들어온 지 2년 만에 대리를 달았다는 이 대리가 그녀에게 술을 권했다.

"보율 씨, 잘 지내 봐요. 자, 한 잔."

"네. 저도 잘 부탁드립니다."

사람들이야 각자 한 잔씩이었지만 그 한 잔들이 모이니 보율에게는 꽤 많은 양이 되었다. 주량을 넘기지는 않았지만 피곤한 상태에서 술이 들어가니 벌써 정신이 몽롱해지고 있었다.

그러나 그녀는 취해 잠들면 안 된다는 생각에 바짝 정신을 곤두세웠다. 그리고 다시 잘 익은 한우를 입에 넣었다. 입안에서 고기가 살살 녹았다.

술보다는 고기를 더 많이 집어 먹고 있던 그녀가 먹는 것을 멈춘 것은 옆에 앉은 사람들이 전부 일어났을 때였다. 누군가 왔는지 사람들이 우르르 일어섰다. 보율도 누가 왔는지도 모르고 벌떡 일어섰다. 최 팀장이 버선발로 달려가 들어오는 사람을 맞이했다.

"여러분, 사장님이 오늘 저희 회식비 계산하러 오셨습니다. 박수! 사장님이 사시는 거니 맘껏 드셔도 됩니다."

그 소리에 직원들은 박수치며 환호했다. 최 팀장은 맨 구석에서 눈에 띄지 않고 조용히 있던 보율의 앞자리로 사장을 끌어다 앉혔다.

"사장님. 마침 여기 자리가 비네요."

잘 넘어가고 있던 고기가 보율의 목에 턱 하고 걸렸다. 이놈의 사장은 눈치도 없이 회식 자리에는 왜 끼는 거야? 직원들의 사기를 위해서 딱 계산만 하고 자리를 비켜 주는 그런 센스를 좀 장착하라고!

하지만 사장 자신도 그리 원하지 않았는지 자리에 앉은 그의 얼굴 위로 딱 봐도 억지로 온 티가 역력한 표정이 드러났다. 그럼 그렇지. 조금 있으면 일어나겠군.

직원들은 사장의 옆에서 조금씩 떨어져 틈을 벌리기 시작했다. 다른 사람들이 사장에게서 떨어졌을 때 타이밍을 놓쳐 옆으로 이동하지 못하고 그 자리에 있던 보율은 앞에 앉은 사장의 눈과 마주치지 않기 위해 테이블 위에 놓인 반찬들에 시선을 고정했다. 그리고 그 상태로 고기만 집어 먹었다.

두 사람 사이에 조용히 침묵이 흐르고 고기 익는 소리만 가득했다. 그 정적이 점점 신경 쓰인다 싶을 무렵 사장이 보율을 불렀다.

"이보율 씨?"

"네?"

"그렇게 먹으면 체할 것 같은데. 좀 천천히 먹어요."

하지만 그 소리에 보율의 젓가락이 느려지기는커녕 더 빨라졌다. 흥! 내가 먹는 고기값이 아까운가 보지? 어림없지. 네가 일주일 동안 고생시킨 만큼 내가 엄청난 고깃값으로 갚아 주겠다. 비장한 각오를 하고 불판에 고기를 더 올린 보율은 헌을 보고 씩 웃었다.

"사장님, 설마 회식비 걱정하시는 거예요?"

하지만 그녀의 의도와는 다르게 헌은 더 사악하고 여유롭게 웃었다.

"설마요."

보율의 도발에 헌은 아랑곳하지 않고 테이블 끝에 위치한 벨을 눌렀다. 식당 종업원이 벨 호출을 듣고 그들의 테이블로 달려왔다. 헌은 종업원에게 보율 근처에 앉아 있던 사원들이 모두 경악할 말을 내뱉었다.

"여기 고기 좀 더 추가해 주십시오. 한 5인분 정도?"

사장의 갑작스러운 주문에 놀라 조금 떨어진 곳에 앉아 있던 이 대리가 손을 내저었다.

"사장님. 저희 배부릅니다. 그걸 누가 다 먹겠습니까?"

하지만 헌은 보율의 얼굴을 쳐다보며 이 대리의 말에 대꾸했다.

"여기 이보율 씨가 다 먹을 겁니다."

"네?"

이 대리는 경악했고 보율은 뭔가 즐거운 듯 보이는 헌의 얼굴이 너무 얄미워 고기를 집는 집게로 앞에 앉은 남자의 코를 확 집어 버리고 싶었다. 보율이 부드득 이를 갈며 한 자 한 자 힘주어 말했다.

"그.럼.요. 제가 다 먹을게요. 사장님이 직원을 사랑하는 마음이 이리도 크신지 몰랐습니다!"

"이번에 알게 되었으니 다행이군요."

두 사람 사이에 파바박 하고 파란 불꽃이 튀었다. 서로에게 지기 싫어하는 지기 어린 마음들이 불꽃을 만들어 냈다.

보율은 지지 않겠다며 종업원이 가져다준 5인분의 고기 접시에서 고기를 집어 들어 불판에 올려 구웠다.

저 많은 고기를 다 먹으려면 다른 것들은 손대지 말아야 한다. 그녀는 그리도 좋아하는 쌈 채소마저 포기해야 했다. 또한 밥이나 물 같은 것으로 배를 채우면 안 된다. 보율은 보란 듯이 앞의 사장을 보며 고기를 한 점씩 먹어치웠다. 오기로 고기를 먹고 있는 보율을 보는 헌의 얼굴 위로 이상하게 즐거움이 넘쳐 났다.

다른 직원들은 다 돌아가고 난 뒤 한참 더 지난 후에야 보율은 그 많은 고기를 다 먹어치울 수 있었다. 본디 잘 먹기도 하는 그녀였지만 옆에서 꾸역꾸역 먹는 보율을 보다 못한 이 대리가 몰래 좀 도와줬다. 천천히 오래오래 소화도 시키면서 그 긴 시간 동안 보율은 그 많은 고기를 다 먹었다.

너무 많이 먹어서 배가 불러 숨이 턱까지 찬 그녀는 다 먹고 난 후에 자리에서 일어나지 못했다. 앞에 앉아 기어이 자리를 뜨지 않고 있는 헌을 보고 보율이 이를 갈았다.

"감사합니다. 사장님 덕분에 잘 먹었습니다."

전혀 감사하지 않은 말투임에도 헌은 또 보율을 약 올렸다.

"뭐, 그 정도 가지고. 저도 직원을 사랑한다는 것을 몸소 보여 줄 수 있어 기쁠 따름입니다."

다른 직원들은 다 가고 없는 회식 자리에서 기어이 그 많은 고기를 먹겠다고 쓸데없는 고집을 부리는 보율이나 또 그걸 보겠다고 앉아 있는 헌이나 둘 다 똑같았다. 보다 못한 영준이 두 사람 사이에 끼어들었다.

"두 사람 이제 그만하고 집에 가야죠."

영준의 소리에 보율은 어지러운 속을 부여잡고 자리에서 일어나 인사했다.

"저는 그럼 가 보겠습니다. 월요일에 뵙겠습니다."

보율이 무거워진 몸을 이끌고 식당을 나가고 나자 계산을 하기 위해 일어선 헌의 뒤로 이상한 듯 쳐다보는 영준의 시선이 따라왔다.

"너 수상해. 왜 이보율 씨만 보면 못 잡아먹어서 안달이야?"

"시끄러. 저 여자가 먼저 시작한 거야."

"그러니까, 네가 언제 여자가 다가온다고 어디 반응이나 하던 녀석이냐. 그런데 이상하게 이보율 씨만 봤다 하면 으르렁거려."

영준의 계속되는 지적에도 헌은 계산을 마치고 뭐라 궁시렁대는 그를 두고 밖으로 나왔다.

그냥 이상하게 그 여자만 보면 자신도 모르게 유치해진다. 여자가 걸어오는 말에 대꾸하고 싶어지고 약이 올라 얼굴이 붉어진 여자를 보는 것도 재밌다.

집에 가기 위해 오른 차 안에서도 헌은 좀 전의 상황을 떠올리며 웃었다. 자신에게 절대로 지기 싫어하는 여자라. 처음 본다. 자극하는 대로 바로 반응이 오니 재밌을 수밖에.

헌은 대리기사를 기다린다는 영준을 내버려 두고 바로 차를 출발시켰다. 주차장에서 나와 유턴을 하려고 신호를 기다리고 있는데 옆의 약국에서 나오는 여자가 그의 눈에 들어왔다. 보율이었다.

속이 안 좋은지 소화제처럼 보이는 병에 담긴 약을 다 마시고는 연신 가슴을 두드렸다. 그러고는 앞에 위치한 파라솔 의자에 앉더니 바로 테이블에 이마를 박는 것이 아닌가. 기다리고 있던 신호에서 벗어나 헌는 약국 옆길에 차를 세우고 보율을 응시했다.

시간이 계속 흐르는데도 여자의 머리는 다시 올라올 생각이 없어 보였다. 점점 밤은 어두워져 가는데 일어날 기미가 없는 여자를 보다 못한 헌이 할 수 없다는 표정으로 차에서 내려 엎드려 있는 그녀에게 다가갔다. 헌은 미동 없이 엎드려 있는 보율을 흔들어 깨웠다.

"이보율 씨. 일어나요."

설마 여기서 잠든 건 아니겠지. 아까 약국을 나올 때만 해도 멀쩡하더니만. 헌이 계속해서 보율을 흔들었다.

하지만 며칠씩 잠도 못 자고 일한 데다 고기를 그렇게나 많이 먹었다. 바짝 정신을 곤두세웠던 헌과의 신경전이 끝나고 긴장이 풀린 상태에서 술까지 들어갔다. 주량을 넘기지 않았지만 이런저런 이유들로 인해 보율은 누가 잡아가도 모를 만큼 깊이 잠이 들어 버렸다.

가을 저녁의 바람이 쌀쌀하게 그들을 치고 지나갔다. 곤란한 듯 미간을 좁히던 헌은 결국 추워서 어깨를 웅크리는 여자를 안아 올렸다. 작은 몸집만큼 가벼운 그녀는 번쩍 그의 팔에 들어 올려졌다.

성큼성큼 걸어가 그녀를 차에 태운 헌은 운전석에 올라 히터를 켰다. 그리고 이제 어떻게 해야 하나 싶어 핸들을 잡고 그대로 멈춰 있었다.

보통 때의 그라면 테이블에 이마를 박고 자고 있는 게 누구든 당연히 무시하고 지나갔을 것이다. 하지만 오늘 이렇게 여자가 기절한 데는 자신의 탓도 조금은 있는 것 같아 이런 오지랖을 떨고 있다고 합리화를 시키는 그였다.

이제 어떻게 해야 하나? 얕은 한숨을 내쉬며 주저하고 있을 때 차 안에 핸드폰 벨이 크게 울렸다. 자신의 핸드폰 벨소리는 아니니 보율의 핸드폰일 것이다. 차 안에서 크게 울리는 소리에도 깊이 잠이 든 보율은 꿈쩍도 하지 않으니 결국 헌이 핸드폰을 들고 통화버튼을 눌렀다.

— 너 어디야? 오늘은 일찍 들어온다며?

여자의 목소리가 다짜고짜 화를 냈다.

"여보세요?"

헌이 침착한 목소리로 전화를 받자 상대방은 당황했는지 잠깐 말을 더듬었다.

— 저기, 이보율 씨 핸드폰 아닌가요?

"맞습니다. 지금 이보율 씨가 회식을 마치고 잠이 들어서 제가 대신 받았습니다."

— 내가 못 살아. 기어이 이 사달을 만들어. 죄송합니다, 정말.

거기가 어딘가요?

화를 내던 여자의 목소리는 어느새 우아하게 바뀌어 있었다. 헌은 여자에게 지세한 위치를 설명했다. 그리고 수화기 너머에서는 금방 사람을 보낸다고 죄송하다는 말만 계속하고는 전화를 마무리했다.

이 시간에 왜 안 들어오냐 묻는 전화라면 가족일 것 같은데 어머니라고 하기엔 조금 목소리가 젊은 것 같기도 했다. 목소리에 대한 추측을 간단히 끝내고 얼마쯤 시간이 지나자 왠지 익숙한 차가 그의 차 앞에 섰다.

어디서나 볼 수 있는 차라 대수롭지 않게 생각하고 있는데 차에서 내린 어린놈을 보고는 며칠 전에 있었던 일이 생각이 났다.

저번에도 이 여자를 데리러 왔던 놈이다. 차에서 내려 저돌적으로 다가온 그는 여자가 앉아 있는 쪽의 문을 벌컥 열더니 헌에게는 일언반구도 없이 여자를 단번에 안아 들었다.

헌이 차에서 내려 그녀를 안고 돌아가려는 그의 앞을 막아섰다. 길을 막고 있는 헌의 눈에 맞서는 어린놈의 시선이 막강했다.

"비켜 주시죠."

"못 비키겠는데? 누군 줄 알고 이 여자를 덜컥 데리고 가는 것을 보기만 하나?"

"당신보다는 안전하겠죠."

어린놈은 보율을 단단하게 안은 채로 헌을 밀어내고 지나갔다. 헌은 자신의 차를 향해 걸음을 옮기는 어린 남자의 등에 대고 한마디 했다.

"고맙다는 말도 안 하나?"

그러자 성큼성큼 걸어가던 남자가 뒤를 돌아 살짝 고개를 숙여 보였다. 이 와중에도 깨지 않는 보율을 조수석에 조심히 태운 남자는 이쪽에 시선 한번 주지 않고 그대로 운전해 시야에서 사라져 버렸다.

혼자 남은 그에게로 쌀쌀하고 찬 가을바람이 스치고 지나갔다. 이상하게 가슴이 쓸쓸하고 허전했다. 헌은 대수롭지 않게 차가워진 바람 때문이라 치부해 버렸고 다시 자신의 차에 올랐다.

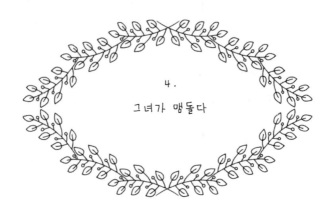

4.

그녀가 맴돌다

빨간 이층 벽돌집. 20년 가까이 살면서 평화로움만 가득했던 이 집에서는 그 흔한 고함 소리 한 번 난 적이 없었다. 그런데 오늘은 무슨 일인지 아침부터 보민의 큰 목소리가 집 안에 쩌렁쩌렁 울렸다. 10년에 한 번 들릴까 말까 한 보민의 높은 소리였다.

"뭘 잘했다고 아직도 자고 있어. 그만 안 일어나!"

매서운 손이 보율의 잠자는 등을 짝 하고 때리고 지나갔다. 시간 가는 줄 모르고 곤히 자고 있던 보율이 갑작스런 등짝 스매시에 놀라 잠에서 깨어났다.

"아! 아파⋯⋯."

아픈 등을 문지르며 보율이 고개를 들자 무섭게 자신을 째려보고 있는 언니의 눈과 마주쳤다.

언니의 이런 무시무시한 눈빛은 전에 딱 한 번 본 적이 있다.

고등학생 때 너무 공부가 하기 싫어 친구들과 바닷가에 갔던 날. 밤늦게 몰래 집으로 들어오다 들켰을 때 언니가 딱 이런 눈빛으로 그녀를 보았었다.

아, 당장이라도 머리를 풀고 석고대죄라도 해야 하나? 그런데 무슨 잘못을 했는지 알아야 엎드려 빌든지 하지.

"왜? 나 또 뭐 잘못했어?"

잠에서 덜 깬 보율의 주춤한 물음에 보민은 허리에 손을 얹고는 동생을 한심하게 쳐다봤다.

"네가 어제 무슨 짓을 했는지도 모른단 말이지."

어제? 회식 때 그놈의 사장 때문에 고기를 미어터지게 먹고 속이 너무 안 좋아 약국에 들어가 소화제를 사 가지고 나왔다. 그리고……. 거기까지는 기억이 나는데 그다음 일들은 필름이 끊겼는지 머릿속이 흑백화면처럼 컴컴했다. 무슨 일 때문인지 감도 못 잡고 있는 보율의 등으로 다시 보민의 스매시가 날아왔다.

"내가 못 살아. 너 어제 어떻게 집에 들어왔는지는 알아?"

그러게. 어제 분명히 약국 앞에 앉아 있었던 것까지는 기억이 나는데 어떻게 집에 왔지? 아픈 등을 잡고 보율이 보민을 다시 올려다보며 조심스럽게 입을 열었다.

"택시 타고?"

"웃기시네. 너 어제 뻗어 있는 걸 재민이가 가서 데리고 왔어. 이제 재민이가 하다하다 네 대리기사까지 해야겠니?"

"그럼 됐지. 집에 잘 들어왔으면 된 거잖아."

"너, 어제 그 남자는 누구야?"

"남자? 무슨 남자? 몰라. 나 졸려. 더 잘래."

어젯밤 동생의 전화를 받은 남자가 누군지 궁금해서 물었지만 보율은 이불을 머리끝까지 덮어썼다. 보민이 얼마나 화가 났는지 알아채지 못한 그녀는 기록적인 속도로 잠에 빠져들어 버렸다.

회사 동료 같던데. 재민의 말로는 보율을 차에 태우고 있었다고 했다. 그 남자가 아니었으면 분명히 어디 길바닥에서 전봇대를 붙잡고 자고 있었을 거다.

그 후로도 보민은 동생을 흔들며 계속해서 질문 공세를 퍼부었지만 일주일 동안 부족했던 잠을 보충하고 있는 보율은 일어날 생각이 없어 보였다.

결국 일어나면 이번에는 그 버릇을 단단히 고쳐 주겠다고 벼른 보민은 동생의 방을 나왔다. 식탁에 앉아 있던 두 남자는 보민이 나오기를 기다렸다는 듯이 질문을 퍼부었다.

"이모, 어제 일 기억 못 하죠?"

"그래서 처제가 뭐래?"

우리 집 두 남자는 아침 식사도 거르고 저 방에서 늘어지게 자고 있는 애물단지를 걱정하고 있었다. 하지만 보민도 뭘 알아야 대답을 해 줄 텐데 동생은 어젯밤에 자신이 무슨 짓을 한 건지 통 모르는 것 같았다.

"잠들고 나서의 일은 아예 기억을 못 하나 봐요."

보민의 대답을 들은 일혁은 흥분하기 시작했다.

"아니. 아무 데서나 자면 어쩌자는 거야? 응? 안 되겠어. 회사 그만두게 해야지."

보민이 흥분하는 일혁의 손을 잡고 토닥였으나 그의 흥분은 가라앉을 기미가 보이지 않았다. 그리고 옆에서 흥분하고 있는 일혁을 달래며 보민은 더 이상 궁금한 걸 못 참겠는지 보율과 같이 있었던 남자를 보기라도 했던 아들에게 묻기 시작했다.

"재민아. 이모랑 같이 있던 남자 어떻게 생겼던?"

재민은 어제 이모를 지키고 서 있던 남자를 떠올렸다. 자신을 노려보던 눈빛이 썩 맘에 들지 않았다. 우리 이모가 어떤 이모인데, 감히.

뭐, 겉으로는 멀쩡해 보였다. 얼굴은 잘생기고 키도 크고, 하고 있는 행색을 보니 회사에서도 한자리하고 있는 것 같았다.

그 정도면 최고의 조건 아니냐고 물을지 모르지만 딱 하나 맘에 안 드는 점이 있었다. 바로 너무 차가워 보인다는 것. 딱 봐도 차갑고 냉정한 사람처럼 보였다. 자신에게 반말할 때부터 한 200점쯤 감점된 상태였는데. 이모부감으로 땡, 탈락이었다. 재민은 고개를 흔들었다.

"별로였어요. 절대로 이모 짝이 아니에요."

"그래? 전화상으로는 목소리도 좋고 괜찮아 보이던데?"

전화를 통해 들었던 목소리는 진중하고 침착했다. 거기다 경우도 있는 사람처럼 보였는데 아들이 저렇게나 단호하게 반대하니 보민은 의아해졌다. 두 사람의 대화를 가만히 듣고 있던 일혁이 갑자기 사이로 끼어들었다.

"아니, 당신은 목소리만 들어 보고는 어떻게 처제 짝으로 결정지으려고 해? 아직은 안 돼."

"당신 정말 이럴 거예요? 보율이 나이가 벌써 28이라고요."

"안 돼. 내 맘에 차지 않으면 절대로 처제 못 보내."

일혁의 억지스러운 말에 재민이 갑자기 끼어들어 크게 고개를 끄덕이며 동의했다.

"그럼요, 아버지. 지당하신 말씀입니다."

이 남자들이 정말! 이럴 때만 대동단결되는 부자 때문에 보민은 할 말을 잃었다. 이래서 보율이가 함부로 남자를 못 데리고 오는 거다.

자신을 공주처럼 떠받드는 두 남자 때문에 눈이 높아지기도 했겠지만 좋아하는 사람이 생겨 집에 데리고 오려고 해도 그 상대방이 이 두 남자를 보면 겁먹고 지레 도망가지 싶다. 제발 동생이 데리고 올 남자가 우리 집 남자들에게 밀리지 않을 만큼 정신력 하나는 강했으면 좋겠다.

아침부터 이 집의 애물단지 이야기를 하느라 벌써 시간이 훌쩍 지나 있었다. 시계를 보고 놀란 보민이 아들을 불렀다.

"박재민, 오늘 스터디 모임 있다고 안 했어?"

보율에 대한 이야기로 시간이 가는 줄도 모르고 있던 재민은 보민의 말에 벌떡 의자에서 일어났다.

"아! 늦었다. 다녀오겠습니다. 엄마, 저 오늘 늦게 들어올 것 같아요!"

방에서 가방만 집어 들고 나와 뛰어나가면서 재민은 두 사람을 향해 인사했다. 그 뒤로 보민이 아들을 향해 손을 흔들었다.

"잘 갔다 와, 아들! 뭐라도 배워 와."

강의가 없는 토요일임에도 공부하겠다고 학교에 간 재민까지 나가고 나니 집 안은 고요함이 내려앉았다. 거실 창으로 보이는 풍경에 보민은 가을이 벌써 성큼 다가온 것을 느꼈다. 가을이라 정원의 나무들도 노란 잎들을 떨어뜨리고 있었고 바람도 서늘했다. 일혁이 보민의 어깨 위로 손을 올렸다.

"오늘 가을 바람도 맞을 겸 산책이나 갔다 올까?"

"당신 오늘 바쁘지 않아요?"

"어허. 내가 아무리 바빠도 당신이랑 산책할 시간도 없을까 봐? 나갑시다."

두 사람은 손을 잡고 가을을 맞으러 밖으로 나갔다. 온 가족이 다 나가고 없는 집에는 보율만 남아 있다. 어젯밤에 무슨 일이 있었는지 아무것도 기억하지 못하는 보율이 토요일 아침 내내 미동도 없이 잠들어 있었다.

♣

새롭게 시작하는 월요일. 늘어지게 자고 일어난 토요일 저녁부터 오늘 아침까지 보율은 온 가족의 끈질긴 질문에 시달려야 했다. '그 남자'가 누구냐고 쉴 새 없이 물어 오는데, 자신은 기억도 나지 않고 누군지도 모르는 남자를 물어보니 속 시원히 대답해 줄 수도 없었다. 이젠 길 가는 남자만 봐도 진절머리가 날 지경이었다.

널 데리고 있던 남자가 누구냐부터 시작해서 형부와 조카는 그녀가 애인이라고 데려온 것처럼 남자를 벌써부터 경계했다. 덕분에 그 물음과 경고들을 피하느라 서둘러 출근한 보율은 느긋함을 만끽했다.

출근 시간 엄청나게 막히는 도로 때문에 차를 두고 지하철을 이용하는 그녀가 역에서 내려 숨이 차게 뛰지 않고 이렇게 여유만만하게 걸었던 적은 이 회사로 옮기고 나서 처음 있는 일이다.

그래. 일찍 일어나는 새가 커피도 마신다고. 보율은 휘핑크림을 잔뜩 올린 달달한 카라멜 마끼야또를 들고 회사로 들어갔다. 느긋하게 커피를 들고 걷다가 마침 올라가려는 엘리베이터를 잡았다.

"잠깐만요."

재빨리 버튼을 눌러 닫히던 문이 다시 열리기 시작했다. 그러나 보율은 열리는 문틈 사이로 나타난 사람을 보고는 열림 버튼을 누른 것을 후회했다. 월요일 아침부터 웬일인지 일찍 출근한 윤헌 사장이 떡하니 엘리베이터 안에 있는 게 아닌가. 어쩌지, 어쩌지 하고 갈팡질팡하고 있는데 그 모습을 본 헌이 입을 뗐다.

"안 탑니까?"

"네? ……탑니다."

올라가는 엘리베이터를 잡아 놓고 안 타는 건 더 이상하지. 보율이 어쩔 수 없이 엘리베이터 안으로 발을 들였다.

문이 닫히고 좁은 공간 안에는 침묵이 내려앉았다. 보율은 이 어색한 침묵에 애꿎은 빨대만 만지작거렸다.

헌은 옆에 서서 커피만 만지작거리고 있는 보율을 내려다봤다.

한 번도 자신의 눈빛을 피한 적이 없고 당당한 여자는 어디서 그런 강단이 생겨나는지 모를 정도로 작았다. 높은 힐을 신고 있는데도 자신의 어깨에 닿지도 않을 정도로 작은 키였다.

아래로 보이는 발도 작고 커피를 들고 있는 손도 작고 숙이고 있는 얼굴 역시 조막만 했다. 언제나 과묵하고 침묵을 사랑하는 헌은 이상하게 아무 말 없이 서 있는 침묵이 어색하게 느껴져 맘에 들지 않았다. 그래서 먼저 이 침묵을 깨뜨렸다.

"오늘은 지각 안 했네요, 이보율 씨."

그때 딱 한 번 할 뻔했다. 그 후로는 지각은커녕 지각 근처에도 안 갔는데. 참 오래도 우려먹으시네. 보율이 이를 꽉 물고는 단답형으로 대답했다.

"네."

다시 내려앉은 침묵. 또 먼저 말을 꺼낸 건 헌이었다.

"금요일엔 잘 들어갔습니까?"

"네."

"속은 좀 괜찮습니까?"

"네."

단답형으로 끝난 대답 뒤에는 질문 전보다 더 어색한 침묵이 자리했다. 보율은 엘리베이터에 탔을 때부터 쭉 층수를 가리키는 숫자에만 눈을 두고 있었다. 민지 말로는 과묵하다더니 과묵은 무슨, 계속된 쓸데없는 질문들에 대답하기가 점점 싫어지고 있었다.

빨간 불이 4를 가리키고 땡 하는 소리가 나자 보율은 쏜살같이 밖으로 튀어 나갔다. 다행이다. 더 있었다가는 성질을 못 참고 한 소리를 뱉었을지도 모른다. 월요일 아침부터 사장과의 신경전이라니. 이번 주는 재수가 없으려나 보다고 푸념했다.

한편 보율이 내린 엘리베이터 안에는 헌이 정작 물어보고 싶은 것을 물어보지 못해 궁금함이 가득한 표정으로 서 있었다.

'금요일 날 데리러 온 남자는 누구였습니까? 애인입니까?'

그녀에게 제일 묻고 싶었던 것은 다른 것들이 아니라 바로 이것이었는데. 맨 꼭대기 층에 도착해서도 내리지 않고 헌은 멍하니 서 있었다.

사장과의 아침의 신경전을 기억할 수 없을 정도로 보율은 바쁜 하루를 보냈다. 새롭게 들어갈 프로젝트팀에 적응하기 위해 보율은 오전 내내 자리에서 일어날 수가 없었다. 최 팀장은 그녀에게 사장이 줬던 것보다는 양이 적지만 얼핏 보기에도 두툼한 서류 뭉치를 맡겼다.

"보율 씨. 이번에 들어갈 프로젝트의 전반적인 내용입니다. 중국 철강 산업 중 30%가 넘는 철광산을 소유하고 있는 지형광산에 대한 투자 계획안을 작성해야 합니다. 다음 주는 중국 출장이 있을 거고 그다음 주쯤에 프로젝트에 들어갈 겁니다."

최 팀장은 서류들이 꽂혀 있는 노란 서류철을 그녀 앞으로 밀었다.

"우선 지형광산의 전반적인 자료들입니다. 이번 주와 다음 주는 여유가 있을 것 같지만 실전 프로젝트에 들어가면 정말 바쁠 테니 개인적인 일들은 미리 처리해 두는 것이 좋을 거예요."

"네. 알겠습니다."

보율은 서류를 받아 들고 고개를 끄덕였다. 새롭게 들어갈 프로젝트팀에 도움은 못 줄망정 거치적거리지 않기 위해서는 프로젝트가 들어가기 전에 준비를 철저히 해야 한다. 아무런 준비 없이 무작정 프로젝트에 뛰어드는 것보다 이렇게 미리 준비하는 것이 천 배쯤은 더 유리할 게 당연하다.

보율은 미리 귀띔해 주고 자료도 챙겨 주는 최 팀장이 고마웠다. 그녀는 그때부터 자리에 앉아 예솔과 민지의 문자가 오기 전까지 시간 가는 줄 모르고 집중했다.

[보율. 밥 먹자. 우리 먼저 가서 직원 식당에서 기다릴게.]

문자를 확인하고 나니 배꼽시계도 배가 고프다고 신호를 보내오고 있었다. 보율은 보던 서류를 그대로 두고 식당으로 향했다.

그녀가 이 회사로 옮기고 나서 가장 맘에 드는 것을 꼽아 보라고 한다면 바로 이 직원 식당이었다. 지하에 위치한 직원 식당은 요리하시는 이모님의 솜씨가 끝내줬다.

보율은 언니가 음식 솜씨가 좋다 보니 입맛만 높아져서 조미료를 쓴 음식은 입에 맞지 않았다. 그래서 밖에서 밥을 먹으려고 하면 늘 고생하는데 여기는 반찬 가짓수는 많지 않지만 깔끔하고 맛이 정갈했다.

균형 잡힌 식단과 매일 하나씩 나오는 특별한 반찬과 국. 오늘은 또 무슨 반찬이 나올까 궁금해진다.

아침 일찍 가족들을 피해 나오느라 아침을 거른 그녀의 배가 먹을 것을 달라고 아우성이었다. 거기다 학창 시절처럼 제일 친한 친구들과 점심을 같이 먹을 수 있으니 보율이 점심을 기다리는 것은 당연한 것이었다. 그런 설렘들은 서둘러서 도착한 식당에서 마주한 남자를 보기 전까지는 최고조에 달했다.

오늘은 다시는 볼 일이 없다고 생각했던 사장이 식당 앞에 최 팀장과 함께 있었다. 그녀의 입맛이 달아나려 했다. 모른 척하고 지나가려 했지만 사장과 눈이 마주쳐 버렸다. 할 수 없이 보율이 먼저 고개 숙여 인사했다.

"점심 드시러 오셨어요?"

보율의 인사에 최 팀장은 언제나처럼 상냥하게 인사를 받아 줬다.

"네. 보율 씨도 점심 먹으러 왔나 봐요? 우리는 다른 데서 먹으려고요."

"네. 그럼 저는 이만."

뭐 둘이 어디서 밥을 먹든 상관이 없는 보율은 그런가 보다 하고 식당으로 들어갔다. 오늘은 콩나물무침에 삼치구이와 겉절이. 오, 국은 쇠고깃국이네. 맛있겠다. 빨리 먹고 싶다. 서둘러 식판을 들고 밥을 푸려고 하는데, 다른 데서 먹는다던 좀 전의 두 남자가 식판을 들고 서 있는 것을 발견했다. 보율과 눈이 마주친 최 팀장이 식판을 들고 웃었다.

"보율 씨. 맛있게 먹어요."

"다른 데서 드신다고 하지 않으셨어요?"

"그랬는데 헌이가 그냥 여기서 먹자네요."

영준은 지금 웃겨 죽겠는데 그 웃음을 참느라 고역이었다. 보통은 직원 식당에서 식사를 하지만 반찬이 맘에 안 든다거나 하면 헌이는 자신을 이끌고 나가서 밖에서 식사를 하고 온다.

그리고 오늘의 메뉴를 확인한 두 사람은 점심을 밖에서 해결할 예정이었다. 바로 삼치구이 때문이었다. 입맛 까다로운 그가 절대로 입에 대지 않는 것이 있는데 바로 가시를 발라 먹어야 하는 생선이었다. 자신의 흐린 기억으로는 중학생 때까지는 잘 먹었던 것 같은데 이상하게 어느 순간부터 가시 바르는 게 싫다며 안 먹기 시작했다.

오늘도 삼치구이가 나왔으니 당연히 구내식당이 아니라 밖에서 먹는 줄 알았다. 식당 앞에서 이보율 씨를 만나기 전까지는. 식당 앞에서 만난 그녀의 뒷모습을 물끄러미 보던 헌이 무슨 이유에선지 그녀를 따라 식당 안으로 발을 들였다.

이것 봐라. 설마……? 설마가 맞는 거라면 친구에게 이제부터 엄청난 일이 일어날 것이다. 윤헌은 한 번도 누군가를 좋아해 본 적이 없는 남자였다. 그런 그의 시선을 뺏는 여자라니 꽤 재미있어질 것 같은 예감이 들었다.

영준은 식판에 수북이 밥을 푸고 있는 보율을 응시했다. 밥뿐만이 아니라 김치며 다른 반찬들도 많이 담았다. 하지만 그녀는 마지막 삼치구이 앞에서 울상을 지었다.

"삼치는 일인당 하나씩이에요."

배식하는 아주머니의 말에 아쉬운 듯 보율은 잘 구워진 삼치를 하나 골라 저쪽 창가에 먼저 앉아 있던 마케팅팀의 박예솔 팀장과 윤헌의 비서 김민지 대리가 있는 곳으로 향했다.

그리고 자신도 밥을 다 푸고는 이제 어디 앉을까 싶어 헌을 돌아보는데, 아니 글쎄, 생선이라고는 입에 대지도 않는 자신의 친구가 생선을 집어 든 것이 아닌가.

놀란 그가 뚫어지게 쳐다보자 헌은 멋쩍은 듯 시선을 피했다.

그의 반응에 피식 나오는 웃음을 달고 영준은 자연스럽게 세 여자가 앉은 곳으로 향했다. 친구 됐다가 뭐하겠나. 나중에 잘 되면 양복 한 벌? 아니지, 그보다 더 큰 거 하나 얻어야겠네.

아무것도 모르는 헌이를 대신해서 내가 나서줘지. 안 그럼 저 무뚝뚝한 놈이 보율 씨에게 어디 툭툭거리기밖에 더 하겠나.

가까이 다가서니 세 여자는 뭐가 그리 즐거운지 한창 수다에 빠져 있었다.

"아니, 언니랑 형부랑 재민이까지 나도 모르는 남자에 대해 캐묻더라니까. 나도 뭘 알아야 이실직고를 하지."

침착하게 보율의 자초지종을 듣고 있던 예솔이 상황을 다시 물었다.

"그러니깐, 술에 취해 약국 앞에서 잠이 들었는데 아침에 일어나 보니 네 방이었단 말이지? 그런데 잠든 네 옆에 어떤 남자가 있었고 가족들은 그 사람이 누군지 물어보는데 너는 기억이 안 난단 말이야?"

보율은 밥을 연신 먹으며 고개를 끄덕였다. 옆에서 밥은 안 먹고 보율의 이야기에 취해 있던 민지가 손을 모으며 감격했다.

"정말? 어떤 남자가 잠든 너를 지켜 주고 있었단 말이야?"

영화도 로맨스만 골라 보는 민지에게는 보율에게 일어난 일이 마치 영화처럼 느껴진 모양이다. 엉뚱한 민지의 말에 예솔과 보율은 웃을 수밖에 없었다. 정말 고등학교 점심시간으로 돌아간 것만 같았다. 그런 그녀들의 수다에 끼어든 것은 다름 아닌 식판을 들고 있는 영준이었다.

"여기 좀 앉아도 될까요?"

된다는 허락의 말도 없었는데 영준은 그녀들의 옆자리에 재빨리 앉아 버렸다. 그리고 뒤에 서 있는 헌을 불렀다.

"헌아, 여기서 먹자."

헌이 다가오자 예솔과 민지가 밥 먹던 숟가락을 내려놓고 벌떡 일어섰다. 입안에 밥이 가득한 채로 보율도 따라 일어섰다. 헌은 영준이 가리키는 보율의 맞은편 자리에 앉았다.

"나 신경 쓰지 말고 밥 먹어요."

어떻게 신경을 쓰지 않고 밥을 먹는단 말인가. 고등학교 학주 선생님이 떡하니 그녀들 앞에 앉아 밥 먹는 것을 지켜보는 것과 다를 바가 없는데.

잘못한 것도 없는데 예솔과 민지는 긴장으로 밥이 잘 넘어가지 않았다. 보율 역시 마찬가지였다. 오늘 하루 안 마주치고 잘 넘어가나 싶었더니 결국 자신이 가장 사랑하는 점심시간에까지 사장을 마주하고 있어야 하다니. 보율은 자신의 나쁜 일진을 탓했다.

하지만 나쁜 건 나쁜 거고 맛있는 건 맛있는 거다. 먹을 것을 앞에 두고 다른 생각을 하는 것은 음식을 대하는 자세가 아니다. 이내 보율은 숟가락을 들고 다시 식사를 시작했다.

그녀는 앞에 앉은 헌과는 눈을 마주치지 않으려 식판에 얼굴을 묻고 밥만 먹었다. 식사를 하면서도 흘깃 그녀가 식사하는 모습을 보고 있던 헌은 또 말없이 밥만 먹는 이 정적이 마음에 들지 않아 보율을 보며 물었다.

"그 많은 걸 다 먹을 수 있습니까?"

그럼 그렇지. 아침부터 신경전이더니. 남이 많이 먹든 말든.

"네. 누구랑 싸우려면 무조건 많이 먹어야 해서요."

보율은 그 누구더러 보란 듯이 더 열심히 밥을 먹었다. 헌은 살면서 이렇게 잘 먹는 여자는 본 적이 없었다. 금요일 회식 때는 자신에게 지기 싫은 오기에 억지로 먹었다고 생각했는데 본래 잘 먹는가 보다. 이 많은 것을 먹는데 키도 작고 살도 안 찐다. 꼭 크다가 만 것 같은 그녀의 몸이 미스터리였다.

그녀가 먹는 것을 신기하게 쳐다보는 사장 때문에 보율은 결국 숟가락을 멈췄다.

"사장님은 식사 안 하세요? 삼치가 맛있어요."

그러자 사장이 아니라 두 사람의 대화를 흥미롭게 듣고 있던 최 팀장이 불쑥 끼어들었다.

"헌이는 생선 안 먹어요."

이 맛있는 생선을 안 먹는다니. 언니가 알았으면 아주 혼꾸멍이 날 사람일세. 어렸을 때 유난히 편식을 했던 자신을 엄하게 혼내던 언니가 생각이 났다. 어렸을 때부터 음식은 남기지 않는 것이고 편식은 더 나쁜 것이라는 것을 귀에 가시가 박히도록 들었던 탓에 보율은 이 상황을 그냥 넘어갈 수가 없었다.

"이 맛있는 걸 왜 안 먹어요?"

보율이 사용하지 않은 깨끗한 젓가락으로 손대지 않은 삼치의 살을 발라 헌에게 건넸다. 두 사람을 보고 있던 옆의 세 사람은 경악했다. 예솔과 민지는 친구의 겁도 없는 대담함에 놀랐다. 이제 곧 닥쳐올 재앙이 눈앞에 선했기 때문이다. 영준도 좀 있으면 헌이 인상을 쓰며 한 소리 할 것이 당연하다고 생각했다.

그런데 웬걸, 헌은 보율이 발라 준 삼치를 집어 먹었다. 방금 일어난 일들이 믿기지 않아 눈을 비비는 세 사람을 두고 보율은 다시 남은 밥을 먹기 시작했다.

헌도 식판으로 고개를 내렸다. 참 오랜만에 먹은 생선이 그를 간질였다. 그가 중학교 때부터 생선을 입에 대지 않는 이유는 돌아가신 어머니 때문이다. 식탁에 생선이 올라오는 날이면 어머니는 항상 가시를 발라 그의 밥에 얹어 주시곤 했다. 그럴 때면 자신은 철없이 이렇게 말하곤 했다.

'나도 먹을 줄 알아요. 내가 애도 아니고.'

'알아. 하지만 엄마는 이렇게 해 주고 싶어.'

그런 어머니가 중학생 때 돌아가시고 난 후부터 헌은 생선을 먹을 수가 없었다. 돌아가신 어머니가 생각이 나서. 어머니가 발라 주신 생선을 다시 먹을 수 있다면, 그가 철없이 방황했던 시절로 돌아가 어머니를 기쁘게 해 드리는 것은 물론이고 어머니가 그를 위해 발라 주신 생선들을 전부 다 맛있게 먹을 수 있는데.

여자를 따라 식당에서 밥을 먹기로 하고 줄을 섰을 때 하나밖에 가져갈 수 없는 생선을 보며 아쉬워하는 여자를 보고 자신도 모르게 먹지도 않는 생선을 받았다. 거기다 이상하게 앞의 여자가 발라 주는 생선을 보자 어머니가 돌아가시고부터 입에 댈 수 없었던 생선을 먹을 수 있을 것 같은 느낌이 들었다.

저도 모르게 젓가락을 들어 생선을 집어 먹는데 맛있었다. 어머니가 살아 계실 적에 먹었던 그 맛있었던 생선의 맛과 하나도 다르지 않았다. 목구멍으로 넘어간 생선이 이상하게 잘 넘어가지 않고 가슴께에 걸린 것 같았다. 그의 마음속에 그녀가 맴돌기 시작한 것처럼.

5.

처음은 누구나 서투르다

화창한 금요일. 여느 때처럼 세 사람은 함께 점심을 먹었고 식사를 마친 후에는 자판기 커피를 빼 들고 휴게실 구석의 테이블에 앉아 학창 시절 때부터 늘 해 오던 수다를 떨고 있었다. 커피를 한 모금 마시고 보율이 신이 나 예솔을 붙잡고 이야기를 시작했다.

"이번 중국 출장, 예솔이도 가는 거지?"

프로젝트가 시작되기 전, 처음으로 지형광산과의 중국 미팅이 잡혔다. 프로젝트가 본격적으로 시작되지 않은 때에 고객을 만나는 것은 이례적인 일이지만 중국 쪽에서 먼저 초청해 온 것이었다. 이러한 초청에 응하기 위해 결정된 출장이었고 이번 프로젝트에 새롭게 합류한 보율도 중국으로 출장을 갈 수 있게 되었다.

다른 곳으로는 여행이나 출장을 가 봤지만 중국은 한 번도 가

본 적이 없는 보율은 중국으로 출장이라는 말에 굉장히 설레었다. 물론 일하러 가는 것이라는 것은 알고 있었지만 같은 프로젝트팀인 친구 예솔과 함께 가는 것이라 일이라고 해도 마치 여행처럼 느껴졌다. 하지만 보율의 기대와 달리 예솔은 다른 말을 했다.

"미안한데, 나는 이번에 중국 못 가. 진행 중인 프로젝트 때문에. 너 이번에 중국 출장 가는 거야?"

"응. 나는 당연히 새로 들어가는 프로젝트팀 전부 다 가는 줄 알았는데."

"아니야. 팀원 중에는 진행 중인 프로젝트가 있어서 못 가는 사람도 있을 거야."

"뭐? 그럼 누구누구 빠져?"

"모르겠는데. 여하튼 나는 중국 못 가."

보율은 한껏 실망했다. 회사에 들어와 처음으로 가는 출장이라 기대가 컸던 만큼 실망도 컸다. 그때 두 사람의 대화를 듣고 있던 민지가 불쑥 말을 꺼냈다.

"사장님은 가시는 것 같던데?"

민지가 하는 말에 보율은 실망 정도가 아니라 절망했다. 나쁜 기운이 스멀스멀 올라오는 게 꺼림칙하다. 자신의 나쁜 예감은 항상 비껴간 적이 없었으니까.

"설마 사장님이랑 둘이 가는 건 아니겠지? 사장님 가시면 민지 너도 가는 거 아냐?"

"나도 안 가. 우리 사장님 외근 나가시거나 출장 가실 때 비서 데리고 다니는 거 별로 안 좋아하셔."

그리고 놀라울 만큼 정확한 예감에 보율은 출장을 가게 된다고 다 덮어 두고 좋아하기만 했던 자신을 탓했다.

설마 사장과 단둘이 중국으로 출장을 가게 되는 그런 일이 벌어진다면 아마 자신은 스트레스로 돌아 버릴지도 모른다. 점심을 먹고 난 후의 식곤증을 쫓기 위해 뽑은 블랙커피의 맛이 더 쓰게 느껴졌다.

여유롭게 커피를 마시던 예솔이 보율의 주름진 이마에 손을 올려 미간에 만들어진 주름들을 폈다.

"최 팀장님도 같이 가시는 것 같던데?"

"휴우, 다행이다. 사장님이랑 단둘이 있는 상황이 오면 아마 나 숨 막혀 죽을지도 몰라."

보율은 사장이 자신을 못 잡아 안달 난 악덕 고용주라고 생각했지만 예솔과 민지의 생각은 조금 달랐다.

얼마 전 식당에서 같이 밥을 먹었을 때의 상황을 보자면 사장이 보율을 싫어하기는커녕 왠지 좋아하는 것 같다는 생각이 들기 시작했다. 깔끔하기가 지나쳐 결벽증이 있다는 소리까지 듣는 사장이 보율이 발라 준 생선을 먹다니, 기네스북에 오를 사건이었던 것이다.

보율이 이런 쪽으로는 영 문외한이라 그렇지 눈치가 좀 있는 사람이라면 사장이 보율에게 관심이 있다는 것을 누구나 알 수 있었다.

하긴 이보율을 한 번 만나면 누구든 그녀에게 호감을 가지게 된다. 모든 사람들에게 사랑을 받는 사람이 바로 자신들의 친구

이보율이었으니까.

♣

보율의 첫 출장 날. 오후의 비행기 시간에 맞춰 가면 되므로 따로 출근할 필요가 없다는 소리에 그녀는 평일인 수요일에도 아침 늦게까지 늘어지게 자고 있었다. 아침 9시가 다 되어 갈 즈음 침대 머리 위에 고이 두었던 핸드폰이 요란하게 울렸다. 잠결에 보율이 전화를 받곤 웅얼거렸다.

"여, 여보세요?"

— 이보율 씨? 아직도 잡니까?

수화기 너머로 들려오는 소리에 보율의 잠이 다 달아났다. 꿈에서도 나올까 무서운 그 목소리. 사장 목소리다. 핸드폰을 들고 침대에서 벌떡 일어난 보율은 목소리를 가다듬었다.

"음음. 아닙니다. 사장님께서 아침부터 무슨 일이십까?"

— 이보율 씨, 두 시까지 데리러 가겠습니다.

이건 또 무슨 소린가. 난데없이 사장이 집까지 데리러 온다는 소리에 보율이 보일 리도 없는데 손을 크게 내저었다.

"아닙니다. 귀찮으실 텐데 그러실 필요 없습니다. 저는 정말 괜찮습니다."

— 뭔가 착각하는 것 같은데 이건 이보율 씨를 위한 게 아니라 저를 위한 겁니다. 이보율 씨가 혹시나 지각할까 봐 그러는 겁니다.

그놈의 지각 지각 지각! 지각이라는 소리에 노이로제가 걸릴 것 같다. 전에도 말했지만 나는 첫날 지각 딱 한 번 할 뻔했을 뿐이라고!

보율은 핸드폰을 벽으로 내던지고 싶은 충동을 가까스로 억눌렀다. 사장의 이깟 도발에 핸드폰을 박살 내 버리기에는 얼마 전 벼르고 별러 산 최신형 핸드폰이 너무 불쌍했다. 보율이 이를 꽉 물었다.

"네. 사.장.님. 그런데 저희 집은 아십니까?"

— 그럼요. 사원 카드에 적혀 있더군요.

"네. 그렇겠네요. 저희 집 앞까지 오실 필요 없이 제가 큰길 사거리까지 나가겠습니다."

— 그래요, 그럼. 두 시에 봅시다.

"나중에 뵙……."

보율의 마지막 인사는 상대방에게 전해지지 않았다. 사장이 보율의 인사를 듣지도 않고 전화를 끊어 버렸기 때문이다. 전화 매너라고는 어디 갔다 팔았나 보지? 본래 싸가지가 바가지인 줄은 알고 있었지만 나 원 참. 어떤 여자가 데리고 갈지 고생길이 훤하네요.

갑작스런 전화에 잠은 다 달아났다. 약속 시간까지 한참이나 남아 있음에도 침대에서 일어난 그녀는 마음이 조급해져 준비를 시작했다.

초스피드로 씻고 나와 필요한 짐들을 캐리어에 쑤셔 넣기 시작했다. 3박 4일 일정이라 챙길 것이 많다. 옷만 챙기는 것이 아니라 거기에 맞는 신발도 챙겨야 하지, 거기다 액세서리는 옵션이 아니라 필수다. 보율이 이것저것 열심히 챙기고 있는데 그녀의 방문이 벌컥 열렸다.

"보율. 너 출장 갔다가 오면 우리 집에 없다. 알고 있지?"

보민이 그녀를 보며 서 있었다.

"왜? 어디 가?"

"또또, 얘가. 저번 주에 말했잖아. 너희 형부랑 나랑은 강원도 별장에 가고 재민이는 엠티 때문에 집에 없다고 이야기했잖아."

"아, 맞다."

"너 토요일 저녁에 온다고 했잖아. 그런데 우리는 일요일 저녁에나 올라올 건데. 너 집에 오면 아무도 없어서 어떡하지?"

"괜찮아. 내가 무슨 앤가? 걱정하지 마."

"오케이. 재민이는 아침 일찍 나갔고 우리는 지금 나가. 문단속 잘 하는 거 잊지 말고, 출장 잘 갔다 와. 그리고 도착하면 별장으로 연락하는 거 잊지 마. 너희 형부 걱정해."

"어, 언니. 잘 놀다가 와."

언니 부부를 배웅하고 들어와서도 보율의 준비는 계속되었다. 이제 보율만 나가면 이 집은 텅텅 비게 된다. 짐을 다 챙긴 보율이 창문이란 창문은 다 잠그고 캐리어를 끌고 밖으로 나왔다. 현관문과 대문까지 단단히 문단속을 한 그녀는 약속 시간보다 30분이나 일찍 집을 나섰다.

집 앞 골목을 지나 큰길로 나온 그녀는 하염없이 헌을 기다리기 시작했다. 그리고 정확하게 두 시 정각이 되자 그녀의 앞에 익숙한 차가 멈춰 섰다. 전에 홧김에 보율이 박아 버렸던 차는 멀쩡하게 복구가 되어 있었다. 보율의 짐을 본 헌이 차에서 내려 그녀의 캐리어를 뺏어 들었다.

"이리 줘요."

"괜찮습니다."

그녀의 사양은 그에게 통하지 않았고 그는 뺏어 든 캐리어를 트렁크에 실었다. 그리고 멍하게 있는 보율을 보고 한 마디 하는 것을 잊지 않았다.

"안 탑니까?"

"네? 네, 탑니다."

먼저 조수석에 올라탄 보율은 주인을 닮아 삭막한 차 안의 분위기에 숨이 막힐 것 같았다. 거기다 헌이 운전석에 앉자 보율은 공항으로 가는 길이 참 불편하겠다는 생각을 안 할 수가 없었다.

역시나 그녀의 생각대로 공항으로 가는 동안 한 마디도 나누지 않은 그들은 삼십 분 동안 묵언 수행을 했다.

노래나 아니면 라디오라도 들으면 좋을 텐데. '뭐라도 들으면서 갈까요?' 라고 권하기가 뻘쭘해 보율은 이 어색한 침묵을 견뎌 냈다.

그 침묵을 이겨 내고 드디어 저 앞에 공항이 보이기 시작했다. 둥근 천장을 발견한 보율의 얼굴에는 미소가 자리 잡았다. 드디어 이 숨 막히는 침묵에서 벗어날 수 있겠다는 생각 때문에.

하지만 그런 생각은 그녀의 크나큰 착각이었다. 출국 시간이 얼마 남지 않았는데 공항에 있는 건 사장과 자신 둘뿐이었기 때문이다.

"최 팀장님도 같이 가시는 거 아니었어요?"

"최 팀장은 오늘 급하게 부모님 댁에 내려가 봐야 한다더군요."

"그럼, 사장님과 저만 출장을 가는 건가요?"

"그렇습니다. 무슨 불만이라도 있습니까?"

지금 불만이라고 하셨습니까? 불만이 있는 정도가 아니라 아주 많아서 폭발하기 일보 직전이라고요. 하지만 보율은 그런 진짜 속의 마음을 밖으로 꺼낼 수가 없었다.

"아닙니다. 다만 제가 일에 도움이 안 될 것 같아서요."

"솔직히 그건 맞는 말이긴 합니다. 하지만 이번 미팅은 순전히 인사만 하는 정도여서 이보율 씨 능력이 그리 필요하지 않을 것 같으니 크게 걱정할 일은 없을 겁니다."

위로인지 아니면 욕인지 알 수는 없지만 보율은 더 이상의 말은 꺼내지 않았다. 이제 2박 3일을 꼬박 사장과 동행해야 한다는 생각만으로도 머리가 지끈거리며 아파 왔다.

짐을 부치고 체크인도 마친 두 사람은 베이징으로 가는 비행기에 몸을 실었다. 비즈니스석이라 공간도 넓고 자리도 너무 편안했으나 옆에 있는 사람이 워낙 불편하다 보니 보율은 그 좋은 비즈니스석에 앉아서도 이코노미석에 앉았을 때보다 더 불편함을 느꼈다.

행여나 여기서 선잠이라도 들면 큰일이다라는 생각에 자세를 곧게 세우고 온몸에 힘을 주고 있느라 보율의 온몸이 바짝 긴장을 했다.

아직 베이징에 도착하지도 않았는데 벌써부터 너무 피곤하다. 보율은 빨리 시간이 흘러서 다시 집으로 돌아오는 토요일이 되었으면 하는 생각밖에 없었다.

♣

출장 가는 날 아침. 일찍 일어나 준비를 하고 있는 헌에게 영준에게서 전화가 걸려왔다.

"무슨 일이야?"

— 나 오늘 출장 좀 빼 줘야겠는데? 아버지가 과수원 일 하시다가 허리를 삐끗하셨대.

"그래서 내려가 보려고?"

— 어. 네가 중국 가 있는 동안 내가 프로젝트 전반적인 틀은 다 진행해 놓을게. 제발 부탁이다, 친구야. 응?

"알았어."

친구의 전화에 오히려 그의 인생에서 몇 번 찾기 힘든 기분이 좋은 날이 되었다. 영준에게는 안 좋은 일이었지만 그에게는 좋은 기회가 될 것만 같았다

전화를 끊고 나서 헌은 바로 컴퓨터를 뒤져 익숙한 이름을 찾아냈다. 이보율의 사원 카드. 한참을 망설이다가 그녀에게 전화를 걸었다. 자다가 받은 것이 확연한 목소리에 절로 웃음이 나왔다. 하지만 그의 웃는 얼굴과는 상반되게 튀어나오는 말은 굉장히 까

칠했다.

"아직도 잡니까?"

그렇게 시작된 통화는 줄곧 맘과는 다른 쪽으로 흘러갔다. 통화를 마무리할 때까지 마음대로 잘 되지 않는 대화에 답답해진 그가 얼굴을 매만지다 들고 있던 핸드폰을 놓쳐 버렸다.

그녀의 마지막 인사 중간에 떨어져 재빠르게 다시 핸드폰을 집어 들었지만 벌써 통화 종료 화면만 나오고 있었다.

아침부터 꼬이기 시작한 일은 풀리지는 않고 계속 꼬여 가기만 했다. 그녀를 데리러 가서도 그 상냥한 말 한마디 못 해서 안 타고 뭐하냐는 퉁명한 말이 튀어나왔고 공항으로 가는 차 안에서도 한 마디의 말도 꺼낼 수가 없었다.

운전을 하면서 힐끔 옆을 쳐다봤을 때 긴장으로 굳어 있는 그녀의 얼굴이 보여 말을 꺼내 보려고도 해 봤지만 더 안 좋은 상황을 만들까 봐 입을 굳게 다물었다.

공항에 도착하자 한결 긴장이 풀린 듯 평소의 그녀처럼 보이던 보율이 다시 굳어진 것은 두 사람만 출장길에 오른다는 것을 알았을 때였다.

"최 팀장은 오늘 같이 못 갑니다."

보율은 영준이 오지 않는다는 소리에 눈에 띄게 인상을 썼다. 비행기에 올라서도 굳은 얼굴은 펴질 생각이 없어 보였다. 표정뿐 아니라 몸도 편히 있지 못하고 자세를 바르게 잡았다. 그리고 비행 내내 곧은 자세 그대로 있었다.

비행기에서 내릴 때 얼핏 그녀를 보니 얼굴에 피곤함이 묻어났고 안 그래도 작은 어깨는 더 움츠러져 있었다. 호텔에 도착해서도 체크인을 하기가 무섭게 보율은 그에게 인사를 했다.

"그럼 사장님, 쉬십시오."

인사만 하고 해방감이 가득한 얼굴이 되어 그녀는 방으로 쏙 들어가 버렸다. 보율이 묵는 바로 맞은편에 위치한 방으로 들어온 헌은 짐도 풀지 않고 침대에 걸터앉아 생각에 잠겼다.

오늘 하루 종일 되는 일이 없었다. 좀 더 편하게 말을 건네야 하는데 그게 잘 안 된다. 다가오는 저녁 시간을 대비하여 어떻게 말을 꺼낼까부터 시작해서 퉁명스럽지 않게, 또한 그녀가 편하게 받아들일 수 있게 이야기하기 위해 중얼중얼 연습하기 시작했다.

"이보율 씨? 보율 씨? 흠흠, 이건 좀 아닌 거 같고. 저녁 식사 안 합니까? 너무 딱딱하잖아. 저녁 먹으러 갑시다. 이것보다는, 우리 배도 고픈데 저녁 식사나 하러 갈까요? 이건 너무 최영준 말투 같고. 배도 고픈데 우리 저녁 식사나 하러 갑시다. 이게 제일 괜찮은 것 같은데. 말을 좀 부드럽게 해야 하나."

여자에게 식사하자고 청해 본 적이 있어야지 뭘 알지. 수십 번이 넘게 연습하고 연습한 말을 가지고 헌은 보율의 룸의 문을 두드렸다.

"누구세요?"

"이보율 씨? 안에 있습니까?"

헌이 부르는 소리에 보율이 문을 열고 나왔다. 그녀의 얼굴을 보자마자 헌은 아까 전부터 수십 번도 연습했던 말을 꺼냈다.

"배도 고픈데 우리 저녁 식사나 하러 갑시다."

그가 그렇게 연습해서 꺼낸 말이었건만 그녀에게서 돌아온 건 거절의 말이었다.

"저는 별로 생각이 없는데요?"

"그래요? 알겠습니다. 쉬어요. 그럼."

뒤돌아선 그의 등 뒤로 그녀가 문을 닫고 안으로 들어가 버리는 소리가 들렸다.

생각이 없다고 해도 같이 먹자고 한 번 더 권해야 하는 것이었는데, 바보같이 또 이렇게 기회를 놓치고 말았다. 갑자기 식욕이 뚝 떨어진 헌도 다시 자기 방으로 돌아갔다. 쾅 하고 큰 소리를 내며 굳게 닫힌 문은 그 후로 한동안 열리지 않았다.

중국에도 어김없이 아침은 밝았다. 어제 종일 긴장하고 있었던 탓에 배고픔도 잊고 푹 잠들었던 보율은 천천히 눈을 뜨고 시계를 쳐다보았다.

8시 30분. 맙소사, 호텔 조식이 9시까지라고 했는데! 보율은 대충 세수하고 부스스한 머리는 하나로 질끈 묶고 재빨리 옷을 갈아입은 후 밑으로 내려갔다. 조식 마감까지 25분 남은 시간에 도착한 보율이 접시를 집어 들었다.

중국에서 평점 별 다섯 개를 자랑하는 호텔이라더니 아침 조식부터 스케일이 달랐다. 뷔페식으로 준비된 조식에는 없는 것이 없었다. 중국 사람들이 해장으로 즐겨 먹는다는 흰죽부터 시작해서 다양한 음식들과 갓 구워진 빵들 그리고 각종 과일과 음료수와 커피가 가득 있었다.

어제 저녁도 거른 보율이 눈을 빛내며 접시에 이것저것 담기 시작했다. 그녀의 접시는 순식간에 수북해졌다.

산처럼 쌓인 음식과 오렌지 주스 한 잔까지 사수한 그녀가 앉을 자리를 찾기 위해 두리번거렸다. 그러다 군데군데 앉아 있는 사람들 중에 하필이면 창가에 앉아 있던 헌과 눈이 마주쳐 버렸다. 보율이 접시를 들고 갈팡질팡 망설였다.

"아, 어쩌지."

못 본 척하고 다른 곳에 가서 앉을까도 생각해 봤지만 그녀를 알아본 그가 신문을 접고는 그녀를 향해 고개를 까딱하며 인사했다. 할 수 없이 보율은 음식들을 가지고 그가 있는 곳으로 가야 했다.

하얀 와이셔츠 차림으로 긴 다리를 꼰 그는 접은 신문을 테이블 끄트머리에 올려 두며 고갯짓으로 앞자리를 가리켰다. 테이블 위에는 아직 다 마시지 않은 커피 한 잔만 놓여 있었다.

한 손에는 접시를 들고 한 손에는 주스를 든 보율이 테이블에 무거운 접시와 컵을 내려놓은 순간 아슬아슬하게 음식들 위에 걸쳐 있던 동그란 도넛이 데구르르 그에게로 굴러갔다.

당황한 보율이 헌 앞으로 굴러간 도넛을 재빨리 가져와서는 입으로 집어넣었다. 괜히 욕심부렸어. 보율의 시선이 아래로 떨어졌다.

"잘 잤습니까?"

아침 인사를 물어 오는 그의 말에 웃음기가 실려 있었다.

그녀는 지금 일어나 아침을 먹으러 왔지만 그는 벌써 두 시간 전에 일어나 보율의 방문을 두드렸었다.

그러나 그가 부르는 소리에도 방 안에서는 아무런 기척도 나지 않았고 다시 깨울까 싶기도 했지만 오늘 정식 일정은 오후부터 시작하기 때문에 일부러 깨우지 않기로 했다. 잠이 든 그녀를 내버려 두고 헌은 조용히 로비로 내려왔다.

아침은 커피 한 잔이면 충분한 그는 햇빛이 잘 보이는 창가 자리에 자리를 잡고 오늘 자 경제 신문을 펼쳐 읽기 시작했다. 얼추 신문을 다 읽어 갈 즈음 손목을 들어 시간을 확인했다.

이 시간이면 일어났겠다 싶어 그녀를 깨우러 가기 위해 일어나려던 그는 아침 식사를 들고 자리를 찾아 두리번거리는 보율을 발견했다

잠에서 방금 깬 듯 편한 복장에 화장기는 하나도 보이지 않는 그녀의 얼굴에서 반짝반짝 빛이 나는 것 같았다. 계속해서 그녀만 응시하고 있던 그의 눈과 자리를 찾고 있던 그녀의 눈이 마주친 건 당연한 일이었다.

그가 손짓하자 마지못해 그의 앞자리에 와 앉다가 그녀의 접시에서 굴러온 도넛을 집어 냉큼 입에 집어넣는 모습을 보는데 아침부터 기분이 즐거워졌다.

잘 잤냐고 묻는 말에 입에 도넛이 가득 차 양 볼이 빵빵하게 되어 대답 대신 고개만 끄덕인다. 그 모습에 절로 웃음이 나왔다.

또 앞에 앉아 있는 여자를 놀리고 싶어진다. 이러면 안 되는 걸 알면서도 헌은 사춘기 소년처럼 또 보율을 놀렸다.

"배가 많이 고픈가 봅니다?"

도넛을 급하게 먹느라 목이 막혔던 보율이 주스를 벌컥벌컥 마시더니 대답했다.

"네. 어제 너무 피곤해서 저녁도 못 먹었잖아요."

믿을 수 없다는 뉘앙스가 풍기는 그의 말이 뒤따랐다.

"피곤해서 안 먹은 겁니까? 나랑 먹기 싫어서 그런 게 아니고?"

헌의 말에 보율은 눈을 동그랗게 떴다. 설마, 어제 내가 같이 저녁 안 먹겠다고 해서 이러는 거야? 물론 헌과 같이 식사를 하기 싫은 것도 하나의 이유가 되겠지만 그것보다 가장 큰 이유는 피곤해서였다. 보율이 헌의 눈을 마주치며 '정말이에요. 이 사람, 믿어 주세요.' 하는 눈빛을 쏘아 댔다.

"그럼요. 설마 제가 사장님과 밥 안 먹으려고 그랬겠어요."

또 딴죽을 걸려고 시동을 거는 헌의 입술이 올라가는 것을 본 보율은 얼른 화제를 다른 곳으로 돌렸다.

"오늘 사장님 일정은 어떻게 되시나요?"

"오전에는 쉬면서 베이징을 둘러보고 오후 두 시에는 공장에 들를 겁니다. 그리고 저녁에는 천 회장이 초대한 파티에 참석할 겁니다."

헌이 나열한 오늘의 스케줄 중 보율이 할 일은 당연히 지형광산 공장 견학에 동행하는 것뿐이라고 생각했다.

"네. 알겠습니다. 그럼 저는 오후에 공장에 갈 때 시간 맞춰 로비에서 기다리겠습니다."

그러나 그녀의 생각과 달리 오늘의 스케줄은 헌만의 스케줄이 아니라 두 사람 모두의 스케줄이었던 모양이다.

"공장 견학뿐만 아니라 오전에 베이징 둘러보는 것과 저녁에 파티 참석도 이보율 씨가 해야 하는 일입니다."

"네?"

"오전에 잠깐 둘러보면서 천 회장님과 사모님 되시는 분의 선물을 구입해야 합니다. 그리고 저녁 파티에는 파트너로 저와 동행해야 하고요."

사장이 그러라는데 별수 있나. 보율이 알겠다고 고개를 끄덕였다. 하루 종일 일 아닌 일로 체력을 소모할 것이 뻔하니 든든히 먹어 둬야겠다는 생각에 보율은 가져온 음식들을 먹기 시작했다.

검은깨로 만든 검은깨죽도 고소하니 맛있고 갓 구운 빵들도 맛나고 각양각색의 과일들은 신선했다. 하나하나 맛을 볼 때마다 너무 맛있어서 보율은 앞에 누가 있는지도 까먹고 전투적으로 밥을 먹기 시작했다.

한참 먹다 보니 접시에 가져온 음식은 아직 많이 남았는데 주스가 모자랐다. 다 마신 컵이 바닥을 보이고 있었다. 보율이 주스를 다시 가지러 갈까 말까 고민하는 사이 그녀의 앞에 주스가 담긴 컵이 놓여졌다. 뭔가 싶어 고개를 드는데 주스를 놓아준 사람은 다름 아닌 사장이었다.

놀란 그녀를 두고 헌은 다시 자리에 앉아 긴 다리를 꼬고 신문을 펼쳐 들었다. 잘 먹이고 부려 먹겠다는 건가?

"제가 가지러 가도 되는데요. 감사합니다."

보율이 고개를 숙여 인사했다. 헌의 호의를 별 의미 없이 받아들인 그녀는 다시 접시에 코를 박고 먹는 데 집중했다. 하지만 주스를 놓아 주고 멋있게 다리를 꼰 헌이 읽겠다고 펼쳐 든 영자 신문은 거꾸로였다.

여자에게 이런 친절을 베푼 것이 처음인 그가 모든 말과 행동이 서투른 것은 당연한 걸지도 모른다. 누구에게나 처음이라는 것은 서투르다는 거니까.

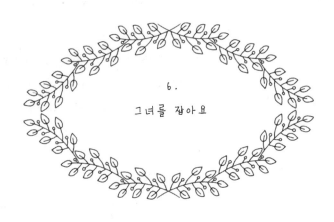

6.

그녀를 잡아요

아침 식사가 끝난 후, 룸으로 돌아온 보율은 재빨리 나갈 준비를 했다. 방으로 올라오기 전 사장이 준비하는 데 준 시간은 딱 이십 분이었다. 본래는 십 분밖에 안 주는데 아주 큰 선심을 쓰듯이 하는 말에 또 오기가 생겼다.

쏜살같이 엘리베이터를 타고 올라와 벌컥 문을 열고 방으로 들어온 보율이 신발을 벗어 던지고 달려간 곳은 욕실이었다. 일어나자마자 밥 먹으러 내려간다고 세수만 했을 뿐 머리도 안 감았기 때문이다.

십 분 만에 샤워까지 마치고 나온 보율은 머리를 말릴 새도 없이 재빨리 캐리어에서 아무 옷이나 꺼내 입었다. 지금 색깔을 맞추는 패션 같은 것을 생각할 겨를이 없다.

그녀는 혹시나 싶어서 가져온 운동화를 신고 내려가는 엘리베이터를 뛰어가 잡아타고 내려갔다.

엘리베이터에 타서도 사장이 말한 이십 분이 지나지 않았나 싶어 초초해했다. 땡 하고 일 층에 도착하자 보율은 사장이 앉아 있는 커피숍으로 달려갔다.

창가에서 다리를 꼬고 앉아 밖을 보며 여유를 부리고 있는 사장 앞에 순식간에 도착한 그녀는 가쁜 숨을 내쉬었다.

"헉헉, 아직 이십 분 안 지났죠?"

헌은 시계를 들어 시간을 확인하고는 고개를 끄덕였다.

"네. 딱 이십 분이네요."

제 시간에 맞춰 왔다는 것을 알고는 보율은 의자에 풀썩 주저 앉았다.

헌은 숨을 몰아쉬고 있는 보율의 얼굴을 응시했다. 늘 윤기가 흐르던 긴 머리는 말리지 못했는지 물기에 젖어 있었다.

한 십 분 더 줄 걸 그랬나? 하지만 그러면 그녀를 기다리는 시간이 너무 길어질 것 같아 싫었다. 계속 보고 있고 싶은데 준비하는 데 시간을 많이 주면 또 그 시간 동안은 그녀를 볼 수 없을 테니.

종업원이 갖다 주는 물을 마시고 있는 그녀의 모습을 또 눈으로 좇았다. 검정색 스키니진과 파란색 재킷을 입고 운동화를 신은 그녀의 모습이 너무 싱그러워 보였다. 뛰어와서 그런지 살짝 붉어진 볼도 예뻐 보였다. 헌이 보율의 얼굴에서 눈을 거두지 못하고 있을 때 보율이 그를 향해 물어 왔다.

"선물은 어떤 걸로 사야 할까요? 혹시 사장님, 생각해 놓으신 거라도 있으세요?"

그제야 그는 그녀를 향해 고정되어 있던 시선을 거두어들였다.

"아직은 없습니다. 한국에서 사 왔어야 하는데, 생각이 짧았습니다. 이보율 씨는 뭐 좋은 생각 없습니까?"

모든 사람들이 한 번쯤은 다 해 봤을 것이 분명한 고민. 선물은 뭐가 좋을까? 커다란 고민거리를 떡하니 안게 된 보율이 골똘히 생각하는 듯하더니 입을 뗐다.

"가격이 비싼 것보다는 뭔가 의미가 있는 것이면 좋겠어요."

"나도 같은 생각입니다. 천 회장님께 값은 그리 중요한 것이 아닐 겁니다."

헌이 말하는 와중에도 계속 생각하느라 아무런 말이 없던 보율이 갑자기 자리에서 벌떡 일어났다.

"나가요. 나가면 뭐 좋은 게 생각나지 않겠어요?"

대충이라도 어떤 선물을 할지 정하지 않았지만 두 사람은 호텔을 무작정 나섰다. 돌아다니는 목적은 관광이 아니었지만 처음 보는 베이징의 거리에 보율은 눈은 호기심으로 가득해졌다.

땅덩어리가 넓은 만큼 인파도 엄청났다. 관광객도 많이 보였다. 그녀는 인파 속에서 연신 주변으로 눈을 돌려 처음 온 중국의 모습을 눈에 담았다.

그때 한 무리의 인파가 그녀의 반대편에서 다가오는 것을 발견하고 옆으로 물러서려던 그녀를 누군가 반대편으로 잡아당겼다. 놀라 고개를 들어 보니 사장이 그녀를 끌어당겨 그의 앞에 데려다 놓았다. 헌은 뭐가 불만인지 인상을 잔뜩 쓰고는 고개를 기울여 옆을 가리켰다.

"조심해요."

헌의 고갯짓에 보율은 자신이 가려고 했던 방향의 바닥에 불쑥 튀어나온 돌부리를 발견했다. 분명히 그대로 걸었다가는 바로 걸려 넘어져서 무릎이 깨졌을 거다. 보율은 헌의 친절에 고개를 숙였다.

"아. 감사합니다, 사장님."

그 후로도 헌은 신기한 것을 보는 눈을 하고 정신없이 두리번거리는 보율에게서 눈을 떼지 않았다. 뭐가 저리도 신기한 게 많은지. 딱 열 살짜리 꼬마 같네.

보율이 넘어질까 봐 노심초사하며 그녀의 뒤를 쫓아가는 실없는 짓을 하고 있으면서도 헌은 찌푸렸던 인상을 펴고 희미한 웃음을 짓고 있었다.

계속 목적지 없이 걷던 두 사람의 눈에 커다란 화원이 들어왔다. 그곳으로 저절로 발을 옮긴 그녀를 따라 헌도 뒤따라 들어갔다. 처음 보는 나무와 꽃이 가득한 화원을 신기하게 둘러보던 보율이 무언가를 발견했는지 헌을 불렀다.

"사장님. 여기 좀 와 보세요."

헌이 다가서자 보율이 작은 나무가 심어진 하얀 화분 하나를 들고 있었다. 다른 화려한 꽃들을 제쳐 두고 그녀가 보라고 한 것은 볼품없는 나무 화분이었다.

"설마 이걸 선물로 주자는 겁니까?"

헌의 의심스러운 말에 보율은 의기양양하게 화분에 대해 설명했다.

"이건 매화나무예요. 지금은 가을이라 가지가 앙상하지만 봄에 아주 예쁜 꽃을 피워요. 눈 속의 매화를 찾아 나섰던 당나라 때 시인 맹호연은 매화를 아내로 삼았대요. 꽃이 얼마나 예뻤으면 그랬겠어요? 거기다 매화는 부부금실을 상징하기도 해요. 천 회장님과 사모님께 뜻깊은 선물이 되지 않겠어요?"

"……괜찮군요."

꿈보다 해몽이라더니. 그녀가 조곤조곤 설명하는 말을 듣고 나니 앙상한 가지만 있는 매화가 귀하고 고귀해 보였다.

헌은 고개를 끄덕이고 그녀가 건네는 화분을 받아 들고 계산을 하려 주인에게로 향했다. 계산 중인 헌의 옆에서 중국어를 할 줄 모르는 보율은 영어로 주인에게 말을 했다.

"Excuse me, Please wrap this plant pot as a gift."

하지만 주인은 영어를 전혀 알아듣지 못했다. 보율은 모든 관광객들의 공통 언어인 바디랭귀지로 화분을 감싸며 예쁘게 포장해 달라는 말을 설명하기 시작했다.

눈치도 없는 주인 때문에 답답해하는 보율의 모습을 보고 있던 헌은 나오려는 웃음을 꾹 참고 유창한 중국어로 주인에게 그녀가 하고자 하는 말을 전달했다. 그때서야 주인은 알겠다며 비닐과 리본을 꺼내 능숙한 솜씨로 화분을 예쁘게 포장해 줬다.

화분을 들고 화원을 나오면서 보율은 헌을 감탄의 눈으로 쳐다봤다.

"사장님, 중국어 정말 잘하시네요."

"뭐, 중국과 일하는 일이 많아지니 배울 수밖에 없더군요."

숫자와 계산에는 능하지만 언어에는 영 재능이 없었던 보율은 남들 다 한다는 영어밖에 할 줄 아는 게 없었다. 그런 탓에 영어 뿐만 아니라 중국어까지 능숙하게 하는 사장이 새삼 능력자로 보였다.

"저는 할 줄 아는 거라곤 영어밖에 없는데."

보율이 그를 보며 존경의 눈빛을 하니 헌의 얼굴이 순식간에 달아올랐다. 열이 오른 얼굴을 그녀에게 들키지 않기 위해 헌은 고개를 돌려 버렸다.

두 사람은 다시 왔던 길을 걸어가고 있었다. 시간이 조금 지나 차가운 바람이 불어와 그의 얼굴을 식히자 헌은 다시 그녀에게로 고개를 돌렸다. 그런데 옆에 있을 것이라 생각했던 보율의 모습이 보이질 않았다.

같이 잘 걸어가고 있다고 생각했는데 어디에서 길을 잃었나 싶어 헌이 급히 주위를 두리번거렸다. 그리고 그는 조금 떨어진 곳에서 한 상점의 유리창에 착 달라붙어 있는 그녀를 발견했다.

헌이 재빨리 유리를 뚫을 듯이 안을 들여다보고 있는 그녀의 뒤로 다가섰다.

"여기서 뭐 합니까?"

등 뒤에서 울리는 중저음의 목소리에 보율이 놀라 고개를 돌리자 코가 닿을 만큼 가까운 사장의 얼굴이 눈에 들어왔다. 보율이 유리창으로 등을 기대며 너무 가까운 그에게서 떨어졌다.

"아무것도 아닙니다."

화들짝 놀라 대답하는 보율에게서 떨어진 헌이 그녀가 방금까지 보고 있던 유리창으로 눈을 돌렸다. 마네킹이 여러 개 있고 그들은 각기 예쁜 드레스를 하나씩 입고 있었다.

"아무것도 아닌 게 아닌데요? 뭐 살 거 있습니까?"

오늘 당장 저녁에 파티에 가야 하는데 그녀의 그 큰 캐리어에는 막상 파티에 입고 갈 드레스가 없었다. 출장의 일정은 공장을 둘러보는 것이 전부인 줄 알았다. 그래서 그녀가 가져온 옷들은 전부 검정 정장 바지와 재킷들이었다.

파티에 참석할 예정이 있다는 걸 알았다면 준비를 했을 텐데. 나중에 잠깐 나가서 한 벌 사야겠다는 생각을 하고 있던 중에 우연히 지나가다 보인 상점이 그녀의 발을 멈추게 했다.

지금은 유리창 너머로 대충 구경만 하고 호텔로 돌아갔다 나중에 다시 몰래 와서 드레스를 살 생각이었다. 그런데 옷을 좋아하는 그녀가 너무 정신없이 구경하고 있었나 보다. 보율이 말끝을 흐렸다.

"일정에 파티가 있는 줄 모르고 옷을 안 챙겨 와서 한번 보고 있었습니다."

"그래요? 그럼 들어갔다 가죠."

괜찮다고 말하려고 했는데 보율의 대답을 듣지도 않고 헌은 상점 안으로 먼저 성큼성큼 들어가 버렸다.

결국 어쩔 수 없이 따라 들어간 보율은 혹시라도 사장의 심기를 건드리고 싶지 않아 맨 앞에 보이는, 옷을 하나 집어 들었다.

"사장님, 다 골랐습니다. 계산하고 오겠습니다."

아무 옷이나 집어 들고 계산대로 가려는 보율을 헌이 막아섰다.

"무슨 옷을 입어 보지도 않고 삽니까? 입어 봐요."

"아닙니다. 이게 제 맘에 아주 쏙 듭니다. 저는 이걸로 하겠습니다."

보율은 단호한 척하며 말했지만 입을 닫고 아무런 말없이 입어보라는 무언의 눈빛만을 보내는 사장 때문에 순순히 옷을 들고 뒤편에 보이는 탈의실로 들어갔다.

내가 내 돈 주고 사 입는 옷도 내 맘대로 하지 못하다니. 보율은 들고 온 옷을 노려봤다. 하지만 한 번에 그녀에게 낙점된 검정색의 튜브탑 드레스는 너무 짧았다.

물론 키가 작은 그녀는 키가 커 보이는 짧은 드레스를 선호하기는 한다. 하지만 다리만 노출하는 게 아니라 어깨까지 다 내보이고 가슴골까지 살짝 보이는 이 옷은 좀 무리가 따랐다.

고민하는 사이 시간이 많이 지났는지 밖에서 직원이 노크하는 소리가 들렸다. 결국 보율은 검정 미니 드레스로 갈아입고 밖으로 나섰다.

커다란 소파에 앉아 다리를 꼬고 있던 헌은 옷을 갈아입고 나오는 보율을 보고는 다른 감상은 없이 딱 한마디를 했다.

"별로군요. 다른 걸로 하죠."

옷도 제 맘대로 못 고르고 사장의 취향 따라 입어야 하나 싶어 보율의 입에서는 틱틱거리는 말이 나왔다.

"사장님이 원하시는 스타일로 꼭 입어야 하는 이유라도 있나요?"

"이보율 씨는 나의 파트너로 천 회장님이 초대한 파티에 가는 겁니다. 당연히 나의 의견이 중요한 거 아닙니까?"

그의 말이 맞는 소리기도 하고, 계속해서 따지자니 이 옷은 활동성이 너무 떨어져서 솔직히 그녀의 맘에도 들지 않았다.

보율은 그의 손짓을 따라 직원이 건네주는 노란색 드레스를 들고 다시 탈의실로 밀려 들어갔다. 보율이 원하는 스타일과는 상관없이 그녀는 다시 민소매의 노란 롱 드레스로 갈아입었다.

탈의실에 있는 거울로 봤을 때 썩 나쁘지 않았다. 하지만 길이가 문제였다. 롱 드레스는 키가 작은 보율에게는 너무 길었다. 이래서 내가 롱 드레스를 싫어한다고! 보율은 기다란 치맛자락을 번쩍 손에 들고 밖으로 나갔다.

여전히 다리를 꼬고 있던 헌은 치맛자락을 껴안고 울상을 짓고 있는 보율을 보고 희미하게 웃었다. 그래 안다, 알아! 힐을 신고 입는다고 하더라도 이렇게 긴 드레스는 바닥에 질질 끌려 온 땅에 떨어진 낙엽이란 낙엽은 다 쓸고 다닐 거란 거 나도 안다고! 웃는 그를 보고는 보율이 눈을 흘겼다.

"웃지 마세요. 내가 키가 작은 게 아니라 드레스가 너무 긴 거라고요."

"흠흠, 다른 걸로 입어 보죠."

그 후로도 계속해서 옷을 갈아입던 보율이 일곱 번째로 탈의실에 들어섰다. 보율은 이번이 마지막이다 생각하고 빨간색 원피스 타입의 드레스를 입었다.

넥은 입술라인이었고 잘록하게 들어간 허리에서 무릎까지 내려오는 에이치라인의 치마는 그녀를 한 5센티는 커 보이게 만들었다. 보율은 마지막이라고 생각한 드레스를 입고 지친 기색이 가득한 얼굴로 탈의실을 나섰다.

여전히 같은 자세로 앉아 있던 헌이 탈의실에서 나오는 보율을 보고 단번에 고개를 끄덕였다. 잘 어울린다. 짙은 빨간색이 새하얀 그녀의 얼굴을 더 돋보이게 했다. 헌의 고개가 허락의 의미로 끄덕여지자 보율은 이제 살았다 싶었다.

"정말 이거죠? 딴소리하기 없기예요. 저 더 이상은 못 갈아입어요."

죽다가 살았다는 표정이 역력한 그녀의 얼굴에 헌은 더 이상의 드레스는 없다고 생각하며 고개를 끄덕였다.

사장의 허락을 받고 나자 보율이 다시 자신의 옷으로 갈아입으러 뒤를 돌아섰다. 그때, 이제까지 소파에 앉아 꼬고 있던 다리를 풀지 않던 헌이 그녀의 뒷모습에 벌떡 소파에서 일어났다.

앞은 얌전하고 기품이 넘쳐 보이던 그녀의 드레스가 뒤로 돌아서니 등을 훤히 다 내보이고 있었다. 이런 젠장이다.

사실 처음의 검정색 튜브탑 드레스부터 지금까지 헌은 다 맘에 들었다. 처음 입고 나온 드레스는 짧은 치마 아래로 드러난 그녀의 늘씬한 다리가 그의 정신을 번쩍 들게 했다. 하지만 어떤 놈 좋으라고 저런 걸 입고 다니게 하겠는가. 그래서 보자마자 별로라고 말을 꺼냈다.

다음에 입고 나온 노란 드레스의 긴 자락을 잡고 울상을 짓던 그녀의 모습도 너무 귀여웠다. 그다음 드레스도 또 그다음 드레스도 그에게는 전부 최고였다. 하지만 어디에 구멍이 뚫려 있다거나 혹 파여 있는 드레스를 그녀가 입게 할 수는 없었다.

일곱 번째로 입고 나온 빨간 원피스 드레스는 어디 구멍이 난 곳도 없었고 노출이 하나도 없었다. 뭐, 제일 잘 어울리기도 했고.

너무 지쳐 보이는 그녀의 얼굴에 결국 헌은 다른 옷을 더 입혀 보고 싶은 마음을 접었다. 그런데 웬걸, 뒤돌아서는 그녀의 등이 훤했다. 매끈하게 드러난 등이 그를 비웃었다.

뒤늦게 그 옷은 안 된다고 말하려 했지만 동작 빠른 보율은 벌써 탈의실로 사라진 뒤였다. 자리에서 일어난 헌은 그 자리를 왔다 갔다 하며 그 주위를 서성였다. 옷을 다 갈아입고 나온 보율이 빨간 드레스를 들고 계산대로 향하고 있었다. 그 뒤를 따라간 헌이 그녀를 말려 보려고 입을 열었다.

"그 드레스가 정말 맘에 듭니까?"

갑자기 들려온 이상한 소리에 보율이 반문했다.

"네. 아까 사장님도 맘에 드신다고 하셨잖아요."

"지금 생각해 보니 별로인 것 같습니다."

손바닥 뒤집듯이 또 의견을 바꿔 버리는 사장 때문에 의아했지만 더 이상 드레스를 입어 보고 고르는 건 하고 싶지 않았다. 보율은 아무런 말없이 카드를 꺼냈다. 직원이 친절하게 인사하고 카드를 받아 들려는 순간 헌이 그녀의 카드를 뺏어 들고는 자신의 카드를 내밀었다.

"내가 계산하죠."

"사장님이 왜요?"

정말 모르겠다는 그녀의 얼굴과 괜찮다며 내젓는 그녀의 손을 외면한 헌은 결국 그의 카드로 그녀의 옷을 계산했다. 이제껏 남자가 사 준 옷이라고는 형부가 사 준 옷밖에 없는 보율은 자신이 입을 옷을 사장이 왜 계산을 하나 싶어 마음이 찜찜해졌다.

그녀는 원피스가 들어 있는 종이 백을 들고서도 안절부절못했다. 헌은 그런 그녀를 보며 아무렇지 않게 대답했다.

"회사 일 때문에 산 거 아닙니까?"

"하지만 법인 카드가 아니라 사장님 개인 카드로 결제하셨잖아요."

"그냥 내 카드로 사 주고 싶었어요."

자기 카드로 사 주고 싶었다니. 이건 또 무슨 소리지? 멍한 보율의 짐을 뺏어 들고 헌은 가게를 나갔다.

갑자기 왜 이러지? 사장이 좀 수상하다. 멍하니 있다 먼저 나간 그를 따라가는 그녀의 머릿속에 수많은 물음표가 떠다녔다.

♣

다음 일정인 공장 견학까지 마친 두 사람은 오늘의 마지막 일정을 남겨 두고 좀 쉬기로 했다. 서로의 방으로 들어가기 전 헌이 보율을 잡았다.

"수고했어요. 많이 피곤해 보이는데, 좀 쉬다 일곱 시에 봅시다. 파티는 여기 호텔 2층 연회장에서 있으니 십 분 전에 내가 데

123

리러 오겠습니다."

"네, 알겠습니다. 사장님도 잠깐이나마 쉬세요."

지친 몸을 이끌고 방으로 들어온 보율은 생각할 것도 없이 재
킷을 벗어던지고는 소파에 널브러졌다.

"으아, 피곤하다."

그 넓은 공장을 헌을 따라 돌아다니며 정신없이 이것저것 살펴
보고 나니 몸이 안 아픈 곳이 하나도 없다. 거기다 공장에 떠다니
는 많은 먼지를 마신 탓에 그녀의 머리가 두통을 호소했다.

아직 시간이 좀 남았으니 짧은 시간이나마 자 두는 것도 괜찮
을 것 같다. 우선은 온몸에 뒤집어쓴 먼지를 씻어 내기 위해 욕실
로 들어갔다.

간단하게 샤워를 마치고 나온 그녀는 알람을 맞춰 놓고는 머리
도 말리지 않은 채 곧바로 잠이 들어 버렸다.

시간이 흘러 창밖은 어둠이 내려앉았다. 곤히 잠든 그녀를 깨
운 것은 다름 아닌 그녀가 자기 전에 맞춰 놓은 알람 소리였다.
시끄럽게 울리는 알람에 보율은 무거운 눈꺼풀을 들어 올리고는
몸을 일으켜 침대에 한참을 앉아 있었다.

마주치는 사람들마다 인사하며 입에 경련이 날 정도로 웃어야
하는 파티 같은 거 안 가고 그냥 자고 싶다는 마음이 굴뚝같았지
만 파티도 일의 한 부분이라는 데 어쩌나.

어느 정도 잠이 깬 보율은 일어나서 다시 욕실로 들어갔다. 욕
실에 걸린 커다란 거울에 비치는 자신의 모습을 보고 그녀는 경
악했다.

"헐! 얼굴이 왜 이렇게 부었어?"

안 말리고 잔 머리는 이리저리 헝클어져 있었고 얼굴은 빵빵하게 호빵맨처럼 부어 있었다. 그녀는 또다시 머리를 감고 찬물로 세수도 했다. 다시 씻고 나니 그래도 부기가 가라앉아서 좀 봐 줄 만했다.

다 씻고 나온 그녀는 약속 시간에 맞추기 위해 서둘러 오늘 사장이 거금을 들여 사 준 빨간 원피스 드레스를 입었다. 그리고 긴 머리를 정성스럽게 다시 말리고 단정하게 포니테일로 묶었다.

화장대 의자에 앉아 얼굴에는 연하게 베이스를 깔고 입술에만 살짝 립스틱을 바르는 것으로 화장을 마무리했다.

준비를 다 마친 보율은 거울에 비친 모습을 한 번 더 점검했다. 거울에 비치는 모습을 연신 살피던 그녀는 뭔가가 빠진 것 같은 느낌이 들었다.

그녀는 집에서 챙겨 온 액세서리 파우치를 꺼내 들었다. 진주 귀걸이도 껴 보고, 은색 뱅글 팔찌도 껴 보고 여러 개를 꺼내 해 봤지만 그녀의 맘에 드는 것은 하나도 없었다.

액세서리 파우치에 남은 것은 남색 벨벳 주머니 하나였다. 보율은 그 안에서 목걸이를 조심히 꺼내 목에 걸었다. 빨간 원피스 위에서 세심하게 세공된 독특한 무늬의 펜던트가 그녀를 돋보이게 하며 반짝이고 있었다.

보율이 목걸이를 만지작거렸다. 목걸이의 외형만큼이나 이 목걸이는 그녀에게 특별한 것이다.

이 목걸이는 그녀가 7살쯤 언니가 병원에 입원해 있었을 때 만났던 친구가 선물로 그녀에게 준 것이었다.

언니가 입원했던 한 달 동안 매일같이 병실을 들락거렸었다. 외모도 곱고 친절했던 아줌마. 보율은 그 아줌마의 예쁨을 독차지했었다.

엄마를 일찍 여읜 보율이 죽기 전에 병원에 입원해 계셨던 자신의 어머니처럼 입원해 있는 아줌마를 보고 살갑게 군 건 어쩜 당연한 일이었는지도 모른다. 죽은 엄마가 생각이 났었으니까. 아줌마가 엄마 같았으니까.

언니가 퇴원하던 날 작별 인사를 하러 갔던 그녀에게 아줌마는 목에 걸고 있던 목걸이를 빼서는 그녀의 목에 걸어 줬다. 작은 선물이라면서. 그때는 어려서 뭣도 모르고 좋다고 받았는데 후에 보니 이건 마지막을 예견한 아줌마의 작별 선물이었다.

보율은 작별 인사를 하면서 약속했었던 것처럼 아줌마를 다시 만나기 위해 언니를 졸라 다시 병원을 찾았었다. 하지만 아줌마는 퇴원을 했는지 만날 수가 없었다.

사정을 알게 된 언니는 연락처라도 알 수 없겠냐고 부탁을 했지만 개인정보 때문에 가르쳐 줄 수 없다는 말만 돌아왔다.

그렇게 보율은 아줌마를 다시 만나지 못했다. 그 후부터 보율은 목걸이를 복주머니에 넣어 행운의 부적처럼 몸에 지니고 다녔었다. 시험을 칠 때도 뭔가 기분이 울적한 일이 있을 때도 언제나 목걸이는 그녀에게 좋은 일을 가져다줬다.

행여나 목에 걸고 다니다 잃어버릴까, 어디 상처라도 날까 아까워 잘 하지도 않고, 주머니가 낡으면 바꿔 가며 고이 넣고만 다니는 목걸이가 오늘따라 이상하게 하고 싶었다. 그녀는 만지던 목걸이에서 손을 떼고 다시 거울을 쳐다보고는 중얼거렸다.

"아줌마. 오늘 하루도 좋은 일만 가득하겠죠?"

준비를 다 마친 보율이 작은 클러치를 들고 방을 나서려 하는데 밖에서 문을 노크하는 소리가 들렸다.

"잠시만요. 다 됐어요. 나갑니다."

파티가 시작되는 일곱 시가 되기 딱 10분 전이었다. 검정색 에나멜 힐을 신은 보율이 문을 열고 밖으로 나갔다.

문 앞에선 검정색 턱시도를 입고 검정색 나비넥타이를 한 헌이 손목의 커프스 단추를 만지작거리고 있었다.

보율이 빨간 드레스를 입고 나왔다. 머리를 하나로 묶어서 그런지 조막만 한 얼굴이 더 작아 보였고 옅게 한 화장이 그녀의 얼굴을 더 아름다워 보이게 했다.

뒷모습만 아니면 정말 완벽한데. 그녀의 훤히 노출된 등이 눈에 선하게 떠오르자 헌이 인상을 찌푸렸다. 그의 얼굴을 응시하고 있던 보율이 인상을 쓰는 그를 보고는 넌지시 물었다.

"무슨 문제라도 있으세요?"

혹시나 스타킹 어디에 코라도 나갔나 싶어 다리를 살피고 이리저리 옷매무새를 점검했지만 아무런 이상이 없었다. 그녀는 습관처럼 목걸이를 만지작거렸다.

뒤를 돌면 보일 훤한 등만 생각하고 있던 헌은 그녀가 계속 만지작거리고 있는 펜던트로 시선을 옮겼다. 그리고 펜던트를 본 그의 두 눈이 휘둥그레졌다.

그 독특한 모양의 펜던트는 돌아가신 어머니에 목에 항상 걸려 있던 목걸이와 매우 비슷했다. 외할아버지께서 외할머니께 선물하기 위해 직접 디자인하고 보석상에 특별히 주문제작한 거라 세상에 하나뿐인 목걸이일 텐데. 그게 어떻게 그녀에게 있단 말인가.

어쩌면⋯⋯. 그가 아픈 어린 시절의 기억을 다시 끄집어냈다.

어머니가 돌아가시기 전 병실에 입원해 계실 적의 일이었다. 어머니가 항상 목에 걸고 벗지 않으시던 목걸이가 어느 날 갑자기 소리 소문 없이 자취를 감췄다. 그걸 알아챈 헌은 누가 훔쳐간 거 아니냐고, 잃어버린 거 아니냐고 흥분하며 물어봤지만 어머니는 그냥 웃으며 그의 등을 두드리셨다.

'그냥 엄마 예쁜 친구에게 선물로 줬어. 딸이 있으면 물려주려고 했는데, 엄마는 아들 하나뿐이잖니. 거기다 우리 아들은 결혼은 안 한다고 하니 며느리도 당연히 없을 거 아냐.'

'그렇다고 그걸 아무한테나 줘요?'

'아무나는 아니야. 여기서 사귄 꼬마 아가씨에게 선물로 줬어. 다음에 우리 아들이 그 아가씨를 한 번 만나 봤으면 좋겠어. 어린 나이라 돌아가신 엄마가 그리울 법도 한데 엄마는 항상 마음속에 있으니 괜찮다고 말하는 아이야. 엄마는 네가 그 아이를 꼭 만났으면 좋겠어.'

'아 그 말도 안 되는 소리 하던 꼬마요? 얼마 전에 만났어요. 뭐라더라. 엄마는 항상 내 가슴에 있다고 했었나?'

'만났어? 그 애 말이 맞아. 아들, 엄마가 혹시나 내일 죽더라도

슬퍼하지 않는 거다? 엄마는 항상 우리 헌이 옆에 있을 거니까.'

'뭐야. 엄마 내일 죽어? 아니잖아. 그런 소리 하지 마. 엄마 이렇게 빨리 죽으면 나는 매일 슬퍼할 거고 더 삐뚤어질 거야. 그러니까 죽지 마.'

어머니는 안 죽는다며 우리 아들 두고 어떻게 눈을 감겠냐고 하셨지만 결국 병을 이기지 못하고 돌아가셨다. 그때는 아직 철없는 중학생이었다.

그는 어머니께서 원한 대답을 해 주지 못한 것이 아직도 맘에 맺혀 있다. 그렇게 하겠다고, 슬퍼하지 않겠다고 말씀드리는 거였는데. 아직도 너무나 후회가 된다.

스스로 살날이 얼마 남지 않았다는 것을 알고 계셨던 어머니는 사실 자신이 죽고 나서도 씩씩하게 괜찮다고 말할 수 있는 아들이 되길 원하셨나 보다.

그녀의 목에 걸려 있는 어머니의 목걸이를 보는 순간 마음속에 맺혀 있던 것들이 그를 건드렸다. 헌이 그녀의 목에 걸려 있는 목걸이에서 눈을 떼지 못한 채 입을 열었다.

"목걸이가 예쁘네요."

만지고 있던 목걸이에서 손을 뗀 보율은 환하게 웃었다.

"예쁘죠? 제 행운의 부적이에요. 선물받은 거예요."

"……그래요?"

두 사람은 엘리베이터를 향해 걸었다. 긴 복도를 나란히 걸어가는 중에도 두 사람 사이에는 아무런 대화가 없었다. 연회장으로 내려가는 엘리베이터 안에 타고 있는 사람은 두 사람뿐이었다. 헌의 목소리가 엘리베이터 안을 울렸다.

"이보율 씨 부모님은 뭐 하십니까?"

갑자기 물어 온 사적인 질문에 보율이 다시 목걸이를 만지작거렸다.

"두 분 다 돌아가셨어요."

"아. 미안합니다. 괜한 걸."

헌이 미안한 듯 말을 흐리자 보율이 그를 보고 미소를 지었다.

"아니에요. 두 분 다 돌아가셨지만 항상 제 맘속에 계시거든요. 좀 웃기죠? 사실 이건 언니가 날마다 돌아가신 부모님이 너무 보고 싶어 우는 절 달랠 때 해 준 말이에요. 그땐 어린 맘에 진짜 엄마 아빠가 제 맘에 계시는 줄 알고 나쁜 생각 같은 건 안 하려고 막 노력하고 그랬어요. 근데 시간이 지나면서 그게 점점 진짜 같아지는 거예요. 그래서 다른 사람들이 부모님에 대해 물어봐도 저는 아무렇지도 않아요."

그를 보고 웃는 그녀의 예쁜 미소에, 그를 향해 대답하는 그녀의 예쁜 대답들에 그의 마음이 쿵쾅대며 뛰기 시작했다. 아주 오래전 처음 엄마의 병실 앞에서 만났을 때, 꼬마 아가씨였던 그녀가 그의 가슴에 손을 대고 했던 말이 다시 그의 맘의 문을 두드렸다.

'오빠. 오빠 엄마는 항상 여기에 계셔. 우리 엄마가 내 가슴속에 계신 것처럼.'

그 말에 사춘기 소년의 단단한 마음에는 그도 눈치채지 못했던 균열이 생겼고 시간이 흘러도 변함없이 말하는 그녀의 대답에 그의 심장이 반응하고 뛰기 시작했다.

　너무 미세하고 작은 균열이라 어렸던 그는 알아채지 못했을지도 모른다. 하지만 한 번 틈을 내준 그의 심장이 그녀를 원하는 마음을 모른 척하기에는 너무 멀리 와 버렸다.

　그는 그녀에게로 흐르는 마음을 더 이상 막지 않기로 했다. 이제 정말 모든 수단을 동원해서 그녀를 잡아야겠다. 연하남의 남자 친구가 있든 말든 그건 그에게 문제가 되지 않았다. 그녀를 잡기 위해서 그깟 장애물쯤이야 그에게 아무것도 아닌 일이었으니까.

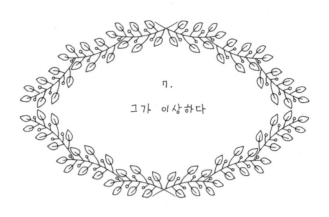

7.

그가 이상하다

화려한 불빛들이 가득하고 노래 소리가 들려오는 연회장으로 들어가는 입구에서 헌이 보율을 향해 팔을 들었다. 팔을 치켜들고 자신을 보는 그의 의도를 알아차리지 못한 보율은 멀뚱멀뚱 그를 쳐다보기만 했다. 그러자 헌이 보율의 팔을 들어 그의 팔에 둘렀다.

"우리 이 파티에 파트너로 온 거 아닙니까?"

"그야 그렇지만……."

보율은 팔짱이 어색한지 팔을 딱딱하게 굳혔다. 우리 집 남자들이 알면 큰일 나겠네. 고등학생 때 이후론 형부와 재민이 외에는 남자 팔짱을 껴 본 적이 없는데.

보율이 불편해 어쩔 줄 모르든 말든 헌은 그녀를 에스코트해서 파티장 안으로 들어섰다. 예정보다 일찍 시작했는지 파티는 벌써 한창 진행 중이었다.

헌이 보율을 이끌고 사람들이 모여 있는 곳으로 향했다. 흰머리가 희끗한 노신사와 나이가 들었지만 여전히 아름다운 부인이 헌을 알아보고는 먼저 다가와 인사를 건네 왔다.

「어서 와요, 윤 사장. 오랜만이야. 어떻게 더 멋있어졌어?」

말을 건넨 노신사는 지형 광산을 소유하고 있는 천 회장이었고 그의 옆에서 웃음을 잃지 않고 있는 부인은 천 회장의 아내였다.

「아닙니다, 회장님. 초대해 주셔서 감사합니다. 여기는 이번에 저희 프로젝트에 함께 합류하게 된 이보율 씨입니다.」

중국어로 인사를 나누고 있던 두 사람이 일제히 보율을 쳐다봤다. 중국어라 잘 알아듣지는 못했지만 대충 인사를 나누고 자신의 이름이 나오는 걸 보니 자신을 소개했다는 것 정도는 눈치챌 수 있었다. 보율은 파티 준비를 하면서부터 계속 연습했던 중국어 인사를 꺼냈다.

「처음 뵙겠습니다. 이보율입니다. 초대해 주셔서 감사합니다.」

「어허, 어서 와요. 나는 누군지 알 거고. 여기는 내 안사람 되는 사람이에요.」

천 회장이 보율을 보며 옆에 있는 여인을 소개하자 헌이 그녀가 천 회장의 부인이라는 것을 알려 줬다. 보율은 자신을 보며 온화한 미소를 짓고 있는 부인에게 고개를 숙이며 아까 말했던 중국어로 자신의 소개를 했다.

「처음 뵙겠습니다. 이보율입니다.」

인사를 하고 난 보율은 준비한 매화 화분을 선물로 전달했다.

옆에 있던 헌이 부인에게 뭐라고 설명하는 듯했다.

「매화입니다. 이보율 씨가 두 분이 언제까지나 함께 행복하시길 바라는 마음에서 준비한 겁니다.」

헌의 설명에 천 회장의 옆에서 온화한 웃음을 짓고 있던 부인이 뭐라고 말을 하며 그녀의 손을 덜컥 잡았다. 하지만 빠르게 지나가는 중국어를 보율은 도통 알아들을 수가 없었다. 그러나 그녀는 부인의 말을 알아듣는 척하며 미소를 잃지 않았다. 그때 귓가로 다가온 헌이 속삭였다.

"고맙다고 하시네요. 매화가 가장 좋아하는 꽃이랍니다. 다행입니다. 이보율 씨의 선물 고르기는 대성공인 듯하네요."

헌의 통역에 보율이 그제야 부인을 향해 손을 내저으며 '천만에요.' 하고 짧게나마 답했다. 급하게 준비한 선물이었는데 받는 사람이 맘에 든다고 하니 천만다행이었다.

천 회장의 부인은 선물을 갖다 놓고 오겠다고 사라졌고 헌과 천 회장은 다시 중국어로 사업에 관해 진지하게 대화를 하기 시작했다. 중국어로 하는 대화에 끼지 못한 보율은 못 알아듣는 티를 절대로 내지 않으려고 웃음을 지으며 그 자리를 지키고 한참이나 서 있었다.

시간이 지나자 슬슬 파티의 주최인 천 회장 주위로 사람들이 몰려들기 시작했고 그 사람들은 차차 천 회장과 헌의 대화에 끼어들었다.

보율은 사람들의 틈에서 저절로 뒤로 물러나게 되었고 그러다 보니 자연스럽게 그 자리에서 벗어날 수 있게 되었다.

자리를 벗어난 그녀가 파티장을 한 바퀴, 두 바퀴 정처 없이 떠돌다 향한 곳은 당연히 먹음직한 음식들이 나열되어 있는 곳이었다. 마침 저녁때고 하니 식욕을 자극하는 냄새를 따라 그녀의 발이 향한 것은 당연한 일이었다. 앞에 놓인 접시를 들고는 예쁘게 장식된 음식들 중 그녀가 좋아하는 음식들을 하나씩 담기 시작했다.

"우와, 맛있겠다. 파티에서 가장 중요한 건 자고로 음식이지. 음식의 질을 보면 그 파티의 질을 알 수 있다니까."

먹는 것만 보면 눈을 반짝이는 보율이 음식이 나열된 코너를 한 바퀴 돌았을 때 그녀의 접시가 가득 찬 것은 뭐 놀랍지도 않은 일이었다. 장소가 뷔페가 아니라 파티장이라든가 지금 몸매가 고스란히 드러나는 원피스를 입고 있다는 사실은 그녀에게 중요하지 않았다.

예쁜 얼굴과 잘 어울리는 고급 드레스가 무색하게 그녀의 손에는 음식이 가득한 접시가 들려 있었고 곱게 화장한 얼굴에는 빨리 먹고 싶다는 간절함밖에 보이질 않았다.

서둘러 먹을 자리를 물색하던 그녀가 구석진 자리에 마련된 아무도 없는 테이블로 가서 자리를 잡고 포크를 들었다.

하얀 천으로 가려진 테이블 밑에는 계속해서 그녀의 발을 괴롭히던 힐이 가지런히 놓여 있었다. 새로 산 힐은 그녀의 뒤꿈치를 다 까지게 만들었다. 본디 예뻐지는 것에는 대가가 따르는 법. 보율은 예쁜 힐을 신기 위해 발뒤꿈치가 까지는 고통을 감수해야 했다. 이제 아픈 발도 쉽게 했겠다, 그녀는 본격적으로 늦은 저녁 식사를 시작했다.

"오호, 이건 뭐야. 탕수육 같기도 하고 아닌 거 같기도 하고. 맛있는데?"

음식 하나를 먹을 때마다 감탄을 잊지 않으며 정신없이 먹고 있는데, 테이블 위로 파티장의 현란한 조명을 가리는 그림자가 드리워졌다.

"혹시 한국분이세요?"

중국어가 가득한 파티 장에서 들려오는 한국어는 그녀에게 충분히 반가웠다. 보율이 입안의 음식을 서둘러 삼키고는 남색 정장을 입고 있는 남자를 향해 고개를 끄덕였다.

남자는 덜컥 그녀의 앞에 자리를 잡고 앉아서는 보율을 보며 눈부시게 멋진 눈웃음을 날렸다.

"아니, 이런 데서 한국 분을 다 만나다니. 왠지 모르게 반갑네요?"

"네, 저도 반가워요."

"제 이름은 이정록이에요."

남자는 약간 들뜬 목소리로 자신을 소개하며 보율에게 손을 내밀었다. 그녀 역시 그의 손을 잡으며 그녀의 이름을 말하고는 서글서글한 인상의 남자를 향해 웃어 보였다. 그러자 기다렸다는 듯이 남자는 자신에 대해 쏟아 내기 시작했다.

"저는 U 투자 자문회사의 마케팅 부에서 일하고 있습니다. 천 회장님께 초대되어 왔고요. 보율 씨는요?"

"아, 저도 일 때문에 출장 와서 초대받았어요. 저희 회사 사장님과 함께요."

그 후로도 보율의 앞에 앉은 남자는 수다스럽다 싶을 정도로 자신에 대한 많은 이야기를 했다. 보율에게 좋은 인상을 남기기 위해 다다다 전력 질주하는 것처럼 보였다.

한창 남자의 이야기를 들으며 간간이 호응도 해 주는 즐거운 대화가 오가고 있을 때였다. 두 사람 위로 먹구름이 다가왔다. 싸늘한 바람을 몰고 온 것은 헌이었다.

"여기서 뭐 합니까?"

고개를 들어 다가온 사람이 사장이라는 사실을 확인한 보율은 맨발로 벌떡 자리에서 일어났다.

"사장님! 배가 고파서, 잠시 식사 중이었습니다."

헌이 가만있어도 충분히 날카로워 보이는 얼굴을 더 험악하게 굳혔다. 그 무서운 인상을 한 그에게선 무뚝뚝한 말들만 튀어나왔다.

"이보율 씨, 파티에 참석하는 것도 일의 연장입니다."

물론이다. 이 파티에 사장의 파트너로 참석하는 것도 이번 출장의 일정이었다. 당연히 사장 옆에 붙어서 파트너로서의 역할에 충실해야 하는 거였다. 그런데 사장의 옆을 이탈해서는 이렇게 팔자 좋게 밥이나 먹고 있었으니 변명의 여지가 없다. 보율은 잘못한 것에 대해 순순히 인정했다.

"죄송합니다. 제가 부주의했습니다."

옆에서 상황을 멀뚱멀뚱 지켜만 보고 있던 남자는 헌이 보율을 나무라는 상황을 인지하자 중재를 하겠다고 끼어들었다.

"안녕하세요, 윤 사장님. 말씀 많이 들었습니다. 저는 U투자회사 마케팅팀장 이정록입니다."

하지만 그가 상황을 좋게 만들려고 했던 시도는 한창 살아나고 있는 불꽃에 기름을 끼얹은 꼴이었다. 헌은 자신을 소개하는 남자를 깡그리 무시하고는 보율을 향해 아까보다 더 딱딱한 목소리를 꺼냈다.

"그만 일어나세요. 이곳에 무슨 미련이 남은 게 아니라면. 천 회장님 사모님께서 찾으십니다."

화가 난 것이 역력한 말투와 태도로 돌아서서 당장이라도 보율을 두고 가 버릴 것만 같은 헌을 본 보율은 의자에 앉아 허둥지둥 벗어 두었던 힐을 찾기 시작했다.

가지런히 놓인 힐을 찾아 발을 집어넣으려는 순간 누군가 자신의 발목을 잡았다. 그 손을 따라 시선을 옮기자 헌이 한쪽 무릎을 꿇고 있는 것이 보였다.

놀란 보율이 그녀의 발목을 잡고 있는 그의 손을 뿌리쳐 보려고도 했지만 단단한 그의 손을 뿌리치기에는 역부족이었다.

"사, 사장님."

"가만히 있어요. 발 뒤가 다 까졌잖아요. 그러게 뭐하러 이런 건 신습니까?"

화가 난 듯한 퉁명스러운 말투는 여전했지만 그녀의 발목을 감싼 손의 체온은 따뜻했다. 보율은 혼란스러운 상태로 멍하니 그를 내려다보고만 있었다.

헌은 계속해서 보율을 보고 있었다. 그는 천 회장과의 대화 중에도 사라진 보율을 눈으로 좇았다. 그에게서 벗어난 그녀는 파티장을 두리번거리고 돌아다니다 결국은 언제나처럼 음식이 있는 곳으로 향했다.

그런 보율을 보자 자연스럽게 웃음이 비집고 나왔다. 그녀에게 온통 정신이 팔려 대화에 집중하지 못하는 그를 보며 천 회장이 우스갯소리를 했다.

"아니, 이 사람이. 내 말을 듣고는 있는가? 허허. 하긴 자네 보물이 저기 있는데 지금 내 말이 들릴 리가 있나."

"죄송합니다."

눈치가 빠른 천 회장에게 들킨 것이 민망해 머리를 긁적거리면서도 다시 눈을 돌려 그녀를 찾았다.

보율은 이제 구석 테이블에 자리를 잡고 앉아 있었다. 높은 힐을 벗으며 살갗이 까지기라도 했는지 뒤꿈치를 보며 울상을 짓고 있었다.

그러나 곧 언제 아팠냐는 듯이 테이블 긴 천 아래로 맨발을 숨기고는 가지고 온 음식들을 맛있게 먹기 시작했다.

'어쩌면 저런 여자라서 더 눈이 간 건 아닐까.'

헌은 천 회장에게 양해를 구하고 파티장을 벗어났다. 호텔 라운지에서 부탁해서 밴드를 구해 다시 파티장으로 돌아왔을 때 헌의 눈에 들어온 것은 다름 아닌 보율이 다른 남자와 웃고 떠들며 이야기하는 모습이었다.

그 모습을 보는데 이상하게 짜증과 화가 나기 시작했다. 너무나 이성적이어서 감정이 메말라 버렸다는 소리를 듣는 그가 보율이 다른 남자와 함께 있는 것을 보고는 질투라는 걸 하고 있는 것이다. 질투심으로 가득 차 감정석이 되어 버린 그는 단번에 그녀가 있는 테이블로 다가갔다. 그리고 맘에 있는 것들을 거르지 못하고 결국 날카로운 말들을 하고 말았다.

사모님이 찾는다는 거짓말까지 해 가면서 보율을 앞에 앉아 있는 남자에게서 떼어 내고 싶었다. 하지만 서둘러 그를 따라가기 위해 높은 힐에 급히 발을 다시 넣으려는 그녀를 보고 아차 싶었다.

헌은 구해 온 밴드를 꺼내 들고는 생각할 것도 없이 그녀를 앞에 무릎을 꿇었다. 그녀의 얇은 발목을 잡고는 놀라 발버둥 치는 그녀를 단단히 붙잡고 까진 곳에 조심히 밴드를 붙여 줬다. 그리고 나서 그녀에게 힐을 신겨 줬다. 무릎을 꿇고 있던 헌이 위를 보며 보율을 향해 물었다.

"괜찮습니까?"

예상치 못한 헌의 친절에 보율은 어리둥절한 얼굴을 하고 있었다. 방금 전까지만 해도 찬바람 쌩쌩 불도록 화를 내던 그였으니까. 그녀는 얼떨떨한 표정을 숨기지도 못하고 고개를 끄덕였다.

"네, 감사합니다."

"그럼, 갑시다."

언제 일어났는지 헌이 그녀의 앞에 서서 손을 내밀고 있었다. 지금 자기 손을 잡으라는 건가? 보율은 재촉하는 듯한 그의 고갯짓에 그의 손을 잡고 일어섰다. 방금 전까지 즐겁게 이야기를 나누던 사람은 금세 잊어버렸다. 보율은 자신을 이끄는 그를 따라 발을 내디뎠다.

이상하게 언제나 차갑고 싸가지 없던 사장이 좀 착해 보였다. 그녀의 발에 붙여진 밴드 때문인지 아니면 부축하는 그의 손 때문인지는 모르겠지만 아까까지 발이 따끔거리고 아파서 불편했던 걸음이 한결 편해졌다.

♣

출장 첫째 날의 널널한 스케줄과 달리 다음 날 일정은 밥 먹을 시간도 없을 정도로 빡빡했다. 너무 이상할 정도로 편한 스케줄이긴 했지.

두 사람은 새벽부터 일어나 어제 가 보지 못한 천 회장의 공장들을 마저 둘러봐야 했고 점심시간이 되기 전에는 중국 쪽 투자자들을 만나 봐야 했다. 그리고 마치자마자 바로 천 회장의 회사이사들과의 미팅이 잡혀 있었다.

점심 식사를 해결할 시간이 없다 보니 두 사람은 이동하는 차에서 간단하게 점심을 해결해야 했다. 차 안에서 먹을 수 있는 간단한 음식이라고 해 봤자 샌드위치나 김밥 정도일 텐데 중국에서 김밥을 찾는 데는 무리가 있으니, 메뉴는 세계 어디에서나 찾을 수 있는 햄버거가 되었다. 이동 중 발견한 패스트푸드점에서 테이크아웃을 했다.

"잘 먹겠습니다."

아침도 먹지 못한 보율은 인사를 하고는 햄버거를 허겁지겁 먹기 시작했다.

어렸을 때부터 좋아하던 햄버거는 지금은 자주 먹지는 않지만 아직 좋아하는 음식이었다.

입맛 까다로운 헌은 햄버거 같은 건 안 먹을 줄 알았는데 웬걸, 그도 배가 고팠는지 아무런 불평 없이 잘 먹었다.

하지만 사실 그는 밥을 안 먹었으면 안 먹었지 햄버거 같은 건 입에 대지 않았다. 그냥 지나가다 커피나 한잔하려 했더니 차가 지나가는 동안 창문에 붙어서 눈을 떼지 않던 보율이 가다가 보이는 커다란 m 자를 보고는 차를 세워 달라고 했던 것이다. 말없이 한 입, 두 입 먹고 있는데 그가 먹는 것을 보고는 보율이 먹던 것을 멈추고 물어 왔다.

"맛있죠?"

뭐, 먹을 만했다. 상상한 것보다 꽤 괜찮았다. 헌은 고개를 끄덕였다. 그의 대답에 만족한 보율은 자신의 햄버거를 먹으며 뭐가 그리 즐거운지 수다를 멈추지 않았다.

"어렸을 적에는 햄버거를 너무 좋아해서 언니한테 매일 사 달라고 조르고 그랬어요. 진짜 오랜만에 먹어 보네요."

입에 잘 맞지도 않는 햄버거를 먹고 있는 자신이 믿기지 않았지만 그녀와 함께 하는 이 사소한 것에도 그는 또 입꼬리가 말려 올라갔다. 이 모든 게 이보율이라는 여자 때문에 일어나는 일이었다.

헌이 보율을 쳐다봤다. 그가 먹기 시작하는 것을 기다리느라 자신보다 늦게 먹기 시작했으면서 벌써 햄버거를 다 먹고 음료수를 마시고 있었다.

"벌써 다 먹었어요? 너무 빨리 먹는 거 아닙니까?"

걱정스런 그의 말과는 다르게 보율은 아무렇지 않아 보였다.

"아닙니다. 본래 좀 급하게 먹어요. 그 대가로 잘 체하기도 하지만요. 도착하기 전에 서류 좀 더 보려고요. 아직 다 못 봐서요. 사장님은 천천히 드세요."

다 먹은 햄버거 포장지를 정리하고 그녀는 서둘러 서류로 눈을 돌렸다. 헌은 잘 먹고 있던 햄버거 맛이 뚝 떨어졌다. 그녀와 같이 먹을 때는 맛이 괜찮던 햄버거가 혼자 먹게 되니 옛날과 같이 맛이라곤 하나도 없는 음식으로 바뀌어 버렸다.

헌은 더 이상 먹기 힘든 햄버거를 종이에 다시 싸서 같이 버려 버렸다.

계속 달리는 차 안에서 서류를 읽는다고 조용하던 옆자리에서 갑자기 쿵쿵 하는 소리가 들려왔다. 헌이 보율을 쳐다봤다. 그의 눈과 마주친 보율은 가슴을 쿵쿵 두드리며 멋쩍은 듯 웃었다.

"조금 체했나 봐요."

"괜찮은 겁니까?"

천 회장 회사 사람들과 만나는 미팅은 이번 출장에서도 가장 중요한 일정이었다. 그러니 자신도 지금 영어로 된 이사들의 프로필과 천 회장의 회사에 대한 자료들을 읽고 있는 게 아니겠나.

헌의 질문을 일정에 차질이 생기지 않겠냐는 뜻으로 알아들은 보율의 입에서는 당연히 괜찮다는 말이 나왔다.

"네, 걱정하지 마세요. 미팅에는 아무런 지장 없을 겁니다."

하지만 대답을 들은 헌은 얼굴이 굳어지고 입을 꾹 다물어 버렸다. 자신이 괜찮냐고 물은 것은 몸이 괜찮냐고 물은 것인데 그녀는 일에 대해 물은 것으로 착각했나 보다.

충분히 있을 수 있는 일이었지만 자신이 여자에게 얼마나 딱딱하게 굴었으면 조금의 고민도 없이 일로써만 알아듣나 싶어서 저절로 인상이 써졌다.

약속 장소에는 늦지 않게 도착했다. 체해서 속이 불편했지만 보율은 미팅 내내 그런 내색을 전혀 내지 않았다. 글로벌한 기업이다 보니 영어로 진행되는 회의에서 보율은 헌을 옆에서 잘 서포트 했다.

두 시부터 시작된 미팅은 장거리 달리기처럼 끝이 날 생각을 하지 않았다. 결국 길고 길었던 미팅은 저녁 여덟 시가 되어서야 끝이 났다. 체한 데다 잔뜩 긴장하고 있던 보율은 마지막 인사를 하고 회의실을 나왔을 때 현기증을 느꼈다. 휘청거리는 보율의 팔을 헌이 단단히 잡았다.

"정말 괜찮은 겁니까?"

"네, 좀 쉬면 괜찮을 것 같습니다."

괜찮다고 말하고 있지만 보율의 얼굴은 전혀 괜찮지 않아 보였다. 헌은 미련하게 참는 거냐고 당장이라도 버럭 하고 화내고 싶은 것을 참고 그녀를 타일렀다.

"병원에 가 봅시다."

하지만 어려서부터 병원을 유난히 싫어했던 보율은 질색하며 뒷걸음질 쳤다.

"아닙니다. 이젠 다 나았습니다. 제 걱정은 안 하셔도 됩니다."

괜찮다고, 쌩쌩하다고 팔을 들어 올리는 그녀에게 더 이상 강요하는 것은 의미가 없었다.

이럴 줄 모르고 하필 헌은 오늘 일정이 끝나면 그녀와 식사를 함께 하기 위해 중식당을 예약해 놓았다. 체하지만 않았다면 분명히 먹는 것을 유난히 좋아하는 보율이 기뻐했을 텐데.

체한 사람에게 저녁이나 같이 하자는 말을 꺼낼 수가 없었다. 헌은 보율이 빨리 호텔로 돌아가 쉬는 것이 좋을 것이란 판단에 예약해 뒀던 식당과 경극 관광까지 모두 취소했다.

내일 오전에 한국으로 돌아가야 하므로 오늘 저녁이 베이징에서의 마지막이었다. 지친 기색이 역력한 모습으로 방으로 들어가려는 보율을 붙잡고 헌은 아쉬움을 숨긴 채 태연하게 말했다.

"푹 쉬어요. 내일 일찍 한국으로 출발합니다."

"네, 사장님도 수고하셨습니다. 쉬세요."

방으로 들어온 보율은 아직도 내려가지 않은 체기 때문에 인상을 썼다. 집에서 비상약으로 챙겨 온 소화제도 먹어 보고 엄지와 검지 사이를 꾹꾹 눌러도 봤지만 단단히 체했는지 조금 내려가는 듯한 느낌만 나고 영 시원찮았다.

이럴 땐 언니의 이따시만 한 바늘이 있어야 하는데. 하루 종일 일정을 소화한다고 지친 데다 체해서 컨디션도 영 별로인 보율은 침대에 쓰러져 바로 자려고 했다. 하지만 좀 심하게 체했는지 침대에 눕자 속이 울렁거리고 머리는 핑글핑글거려 도저히 잘 수가 없었다.

결국 다시 몸을 일으켜 침대에 기대어 앉아 눈을 감고 있을 수밖에 없었다. 누워서 자고 싶었지만 속이 울렁거려 누울 수 없는 상태가 되자 보율은 점점 지쳐 가고 있었다. 그때 누군가 그녀의 방문을 노크했다.

"누구세요?"

"납니다. 문 좀 열어 봐요."

빙빙 도는 머리를 붙잡고 문을 여니 아까의 양복 차림 그대로 헌이 하얀 비닐봉지를 들고 서 있었다.

"사장님?"

"아직도 속이 안 좋아요?"

"네. 뭐……."

아까 헤어지고 시간이 좀 지난 것 같은 데 아직도 같은 양복을 입고 있었다. 그러나 전까지와는 다르게 흐트러진 넥타이를 매고 있는 사람은 자신이 아는 사장과는 다른 사람처럼 보였다.

무슨 일이냐는 뜻을 담은 눈으로 쳐다보는 그녀에게 헌이 한 손에 들고 있던 커다란 봉지를 그녀에게 안겨 줬다.

"먹어요."

그리고 가타부타 다른 설명은 없이 어리둥절한 그녀를 두고 뒤돌아 자신의 방으로 들어가 버렸다. 어디 약국이라도 털어 왔는지 그녀가 받은 봉지 안에는 중국어로 쓰인 수많은 약들이 들어 있었다. 중국어를 모르는 보율은 큰 난관에 부딪쳤다.

"이 많은 약 중에 내가 뭘 먹어야 하는 거야?"

♣

다음 날, 한국으로 돌아가기 위해 나온 공항. 비행기에 몸을 싣기 전에 시간이 좀 남았으니 가족들을 위한 선물을 구입할 생각에 보율은 대기석에서 일어났다. 그리고 옆에서 신문을 읽고 있는 헌에게 양해를 구했다.

"사장님, 잠깐 어디 좀 갔다 와도 될까요? 비행기 시간에는 늦지 않게 오겠습니다."

헌이 보고 있던 신문을 접고는 보율을 올려다봤다.

"어디 갑니까?"

"선물 좀 사려고요."

알겠다고 대답한 헌에게 감사하다고 말하고 돌아서려는데 그가 자리에서 일어나더니 보율을 따라왔다. 그녀가 의아한 눈으로 헌을 보자 그는 아무렇지 않게 어깨를 으쓱할 뿐이었다.

"같이 갑시다. 최 팀장이 꼭 사 오라고 부탁했던 게 생각났습니다."

그러나 정작 최 팀장이 부탁한 것을 산다던 헌은 선물을 고르는 보율의 뒤를 졸졸 따라다니기만 했다. 좀 신경이 쓰이기는 했지만 그런 헌에게 따지기엔 가족과 친구들의 선물을 고르는 시간이 너무 빠듯했다.

그녀는 서둘러 형부가 좋아할 것 같은 중국 술과 언니가 좋아할 것 같은 차와 찻잔을 집어 들었다. 선물을 고르는 보율을 지켜만 보고 있던 헌이 보율이 집어 든 술을 보고 지나가듯 이야기했다.

"그 술 누구한테 줄 겁니까?"

"네? 저희 형부요."

"그럼 그것보다 더 고급스러운 걸로 하시죠. 이게 더 좋겠습니다."

"그래요?"

그의 말을 듣고 보니 자신이 들고 있는 술보다 그의 손에 들린 술이 더 고급스럽고 좋아 보였다. 보율은 못 이기는 척 그가 들고 있던 술을 받아 들었다. 그리고 술과 언니에게 선물할 차와 찻잔을 함께 계산하려는데 또 헌이 보율이 막아섰다.

"제가 계산하죠."

"아닙니다. 제가 계산하겠습니다."

이번에는 정말 안 된다. 회사 일 때문에 옷은 얻어 입었다 치지만 언니와 형부의 선물까지 헌이 계산하게 둘 수는 없었다. 보율이 안 된다는 의사를 분명히 했다. 워낙 완강하게 말하니 헌도 강제로 계산을 할 수는 없는 노릇이라 아쉽지만 한 발 물러섰다.

두 사람 선물은 골랐고 이제 친구인 예솔이, 민지랑 조카 재민이 것만 남았다. 면세점 화장품 코너로 가서 친구들에게 선물할 립스틱을 골랐다. 민지가 갖고 싶다고 노래를 부르던 브랜드 매장으로 가서 보율은 립스틱 두 개를 집어 들었다. 민지는 이번에 유행하는 **빨간색** 버건디로 예솔이는 얌전한 분홍빛 도는 립스틱으로.

화장품을 고르는데도 헌은 보율의 뒤를 따라다녔다. 불편하지만 내색도 못 하던 보율은 결국 한 손을 주머니에 넣고 뒤를 따라오는 헌을 돌아보았다.

"사장님, 계속 저 따라다니실 거예요? 최 팀장님 선물 사신다고 안 하셨어요?"

"아, 살 겁니다."

주변을 두리번거리던 헌은 바로 옆에 있는 초콜릿을 집고는 흔들었다.

"여기 있네요. 최 팀장이 사 오라는 거."

"초콜릿을요?"

"최 팀장 초콜릿 중독입니다. 그것도 카카오 79%로."

사실 최 팀장은 초콜릿 같은 단 건 먹지도 않는다. 보율의 뒤를 따라다니기 위해서 친구를 판 헌은 한국에 있는 친구에게 마음속으로 고개를 살짝 숙여 미안한 마음을 전했다.

그런 사실을 모르는 보율은 마지막으로 조카의 선물을 사기 위해 다른 곳으로 발을 돌렸다.

여기저기 물건을 많이 팔고는 있었지만 막상 재민이 선물을 사려고 하니 무엇을 사야 할지 도통 모르겠다. 누굴 닮아 그런지는 모르지만 어려서부터 유난히 좋고 싫음이 분명하던 자신의 조카는 선물이라도 맘에 안 드는 건 안 든다고 딱 잘라 말하곤 했다.

선물을 받았을 때 '감사합니다', '맘에 쏙 듭니다' 하고 공손히 이야기는 하지만 맘에 안 드는 건 예의상으로라도 절대로 사용하지 않는다.

재민이 고등학생이 되었을 때 나름 비싼 재킷을 선물해 준 적이 있었다. 고맙다고 인사를 하기에 좋아하는 줄 알았더니 한 번도 입고 다니질 않았다. 그래서 하루는 물어봤더니 한다는 말에 그녀는 뒷목을 잡았다.

'이모가 사 준 재킷은 간지가 안 나잖아.'

그 후로 재민이의 선물은 무조건 제가 맘에 들어 하는 것을 사도록 현금으로 주었다. 이번에도 그냥 현금으로 줄까 싶었지만 중국까지 왔다가 가족들 선물을 사서 가는데 조카만 덜렁 돈으로 주기에는 좀 그랬다.

심각한 고민에 빠진 듯한 보율의 눈에 딱 하고 띈 것은 바로 재민이 늘 사용하는 향수였다. 옳거니. 마침 쓰던 향수도 다 돼 가는 것 같았는데. 보율은 눈을 반짝이며 심플한 보틀의 남자 향수를 집어 들었다.

보율의 뒤를 졸졸 따라다니던 헌은 그녀가 집는 남자 향수가 누구 것인지 짐작하고는 인상을 썼다.

"남자 향수? 애인 줄 겁니까?"

남자 향수를 고른 것을 보고는 선물할 상대가 바로 애인이라고 단정해 버리는 헌의 말에 보율이 웃었다.

"호호. 제가 애인이 어디 있어요? 일하기도 이렇게 바쁜데요."

"그럼 누구 줄 겁니까?"

"제 대학생 조카요. 얼마나 까다로운지 자기가 맘에 드는 것만 쓴다니까요. 이건 뭐 계속 쓰던 거니깐."

굳어 있던 헌의 얼굴이 풀리고 눈이 반짝였다. 그럼 전에 봤던 그 건방진 연하 놈이 조카란 말인가? 언니랑 나이 차이가 얼마나 나기에, 대학생이 된 조카가 있단 말인가. 반가움과 혼란 속에서 그가 다시 보율을 향해 물었다.

"그럼 전에 회사로 데리러 온 남자가 조카란 말입니까?"

"전에? 회사요? 재민이가 회사로 데리러 온 걸 보셨어요?"

조카라는 남자가 그 연하남이라는 것이 확실해지고 있었다. 혼자 오해하고 있었던 것이 우스워졌다. 그럼 그녀가 술에 취해 있을 때 데리러 온 놈도 그 조카란 소린데. 아니, 무슨 조카가 그렇게 이모를 철벽수비한단 말인가.

그의 머릿속은 그녀에 대해 오해하고 있던 부분들과 이제 다시 알게 된 부분들이 얽혀서 뒤죽박죽이 되어 버렸다.

생각이 많아져 그 자리에 굳어 버린 그를 두고 보율은 향수를 계산하기 위해 계산대로 발을 옮겼다. 이것만 사면 모든 쇼핑이 끝이 난다. 한결 가벼워진 마음으로 그녀가 카드를 꺼내는 순간 또 헌이 불쑥 그녀의 앞을 막아섰다.

"이건 제가 계산하지요."

"사장님. 아까도 말씀드렸지만 정말 괜찮습니다."

하지만 아까는 순순히 그녀의 입장을 이해하고 물러나던 헌은 절대로 물러설 수 없다는 뜻을 비치며 완강하게 말했다.

"다른 건 다 양보해도 이건 제가 계산해야겠어요."

"네?"

"이상하게 내가 보율 씨 조카에게 선물하고 싶어서요."

헌이 무슨 의도로 그러는지 도통 짐작할 수 없는 보율은 헌이 서둘러 계산을 마친 향수가 포장된 종이 백을 그녀에게 건네며 기분 좋아 보이는 웃음을 지었다.

"왠지 보율 씨 조카랑 친해질 것 같은 예감이 들거든요."

그의 말부터 행동, 거기다 저기 저렇게 실없이 웃는 미소가 전부 이상하다. 이번 출장 동안 헌의 행동은 모두 이상한 것투성이였다.

8.
하늘이 무너져 내릴 수 있을까?

"이모!"

토요일 늦은 밤. 고요하고 썰렁한 집 거실에 재민의 고함 소리
가 울렸다. 밤늦게 엠티에서 돌아온 재민이 배낭을 벗지도 않고
제일 먼저 보율의 방문을 열어젖혔다. 출장을 다녀와 피곤해 침대
에서 곤히 자고 있던 보율이 재민의 큰 소리에 눈을 비비며 일어
났다.

"어? 왔어? 지금 몇 시야?"

"아홉 시. 이모, 근데 내 선물 사 왔어?"

다 컸다고, 자신은 이제 민증까지 가진 어엿한 성인이라고 말
하며 어른 흉내를 내지만 아직은 이리 어려 보이는 짓을 하는 조
카 때문에 보율이 졸린 눈을 비비며 기분 좋게 웃었다.

"선물 받은 거 맘에 안 들면 쓰지도 않으면서 그래도 선물은

받고 싶은가 보지?"

재민은 어깨를 으쓱하며 기대에 찬 눈빛을 쏘아 댔다. 거기다 빈손을 내밀며 능청스럽게 눈웃음을 지었다.

"그럼, 당연하지. 설마 중국까지 갔다 왔으면서 내 선물 안 사 온 거야?"

"사 왔어. 네 방 책상에 갖다 놨어."

보율의 말에 재민은 서둘러 자신의 방으로 달려갔다. 그리고 5분이 지나지도 않았는데 재민이 선물로 받은 향수를 들고 그녀에게로 돌아왔다.

"이모! 나 향수 다 쓴 거 어떻게 알았어?"

이제 다 커 버려 선물 같은 건 좋아하지 않을 것 같던 조카는 기쁜 마음을 숨기지 않고 표정과 행동으로 마구마구 표현하고 있었다. 조카가 이렇게나 좋아하는 걸 보니 보율도 덩달아 기분이 좋아졌다.

"이모가 모르는 게 어디 있냐? 맘에 들지?"

"응! 이거 비쌀 텐데. 짠순이가 웬일이셔?"

"그게 그렇게 비싼 향수야? 향수 가격 다 비슷하지 않아?"

옷이나 신발 같은 건 명품이나 값비싼 것들보다 자신에게 잘 어울리는 것을 더 선호하는 그가 딱 하나 큰돈을 쓰는 것이 있는 데 바로 향수였다.

적당한 가격의 향수들은 너무 향기가 인위적이고 냄새를 맡는 순간 머리가 너무 아파서 싫어했다. 그런 그가 유일하게 좋아하는 향수가 있는데 바로 가격대가 꽤 높은 이 브랜드의 향수였다.

하지만 대학생이 되어서도 용돈을 쥐꼬리만큼밖에 주지 않는 아버지 때문에 그에게 이런 고가의 향수는 사치품이었다. 지금 쓰고 있는 게 얼마 남지 않아 애가 탔던 터라 더욱 고마워하고 있었다. 재민은 이모를 보고 향수를 흔들었다.

"아냐. 이건 다른 거보다 좀 비싸. 뭐야? 얼만지 모르고 산 거야?"

사장이 사 준 선물을 자신이 사 온 선물로 둔갑시키려 했던 보율이 말끝을 흐렸다.

"어. 내가 산 게 아니라서……."

"그럼 누가?"

"우리 사장님이 너 주라고 사 주셨어."

사장? 보율이 꺼낸 말에 재민은 번뜩 한 남자가 떠올랐다. 설마 저번에 술에 취해 잠든 이모를 데리러 갔을 때 봤던 그놈은 아니겠지. 재민의 눈이 눈에 띄게 굳어졌다.

"이모네 사장이 나를 어떻게 알고?"

"모르지. 나 데리러 회사에 왔을 때 봤나 보던데?"

재민의 영특한 머리가 바삐 돌아가기 시작했다. 한 번 본 자신을 기억하고 선물까지 챙겨 줬다? 거기다 그리 유쾌한 만남도 아니었는데, 선물을 준다는 것은 확신하건대 그 사장이란 남자가 이모를 맘에 담은 것이다.

그때도 자신을 보던 눈빛이 예사롭지 않았다. 도전적이고 싸움을 거는 듯한 눈빛. 그 사장이랑 출장 간 거였어?

"이모. 혹시 출장, 사장이랑 단둘이 갔어?"

"어떻게 알았어? 원래는 한 명 더 있었는데, 같이 가기로 했던 팀장님 집에 갑자기 일이 생기는 바람에. 어쩔 수 없었지."

보율은 대수롭지 않게 이야기 했지만 재민은 어디 큰일이라도 난 것처럼 소리를 질렀다.

"이모! 지금 정신이 있는 거야, 없는 거야! 남자랑 둘이서 출장을 간 거야?"

별일도 아닌데 또 괜한 걱정으로 어린 조카가 잔소리를 시작하려고 했다. 누가 언니 아들 아니랄까 봐. 잔소리쟁이 같으니라고.

"내가 남자랑 뭐 여행이라도 갔냐? 일하러 갔다고. 시끄러."

이런 둔탱이 같은 이모를 봤나. 다른 데는 눈치가 백단이면서 남자에 대해서는 아주 무지한 사람이 자신의 이모다.

그쪽에 굉장히 둔한 이모는 남자들이 이모를 좋아해서 하는 모든 행동들을 알아차리지 못했다. 그 사람이 본래 친절한 성격이라고 생각하거나, 아님 이모 주변 친구들에게 마음이 있어서 잘해 주는 거라고 생각하곤 했다. 그래서 친구에게 다리를 놔주는 오지랖을 부리기까지 했다.

이모 한번 잡아 보겠다고 많은 시간과 물질, 마음까지 바쳤던 남자들은 정작 본인이 그걸 눈치 못 채고 헛다리만 짚어 대니 엄한 나무에 도끼질만 한 꼴이 돼 버린다.

어머니는 우리 집 남자들이 너무 이모를 관리해서 그렇다고 생각하셨다. 그것도 그것 나름대로 영향을 미치긴 했겠지만 정작 이모가 애인을 못 만든 데는 이모 본인의 탓도 어느 정도 있다.

하지만 이번 경우는 다르다. 어떻게 지켜 온 이모인데 어디서 나타난 건지도 모르는 엄한 놈에게 넘어가게 생겼다, 재민이 머리를 거칠게 쓸어 넘겼다.

"이래서는 죽 쒀서 엄한 놈만 배불리겠네."

보율은 그가 왜 그렇게 씩씩거리고 있는지도 모르면서 재민을 돌려세워 방에서 쫓아내 버렸다. 이모의 방 밖으로 쫓겨난 재민은 방을 두드리며 보율에게 소리쳤다.

"이모! 그 사장이라는 남자 조심해. 듣고 있어?"

하지만 사장이 한 모든 이상한 행동들이 자신을 좋아해서라는 것을 알 리가 없는 보율에게 재민의 외침은 닿지 않았다.

자다가 깬 보율은 다시 이불을 덮어썼다. 남자 조심하란 소리는 수시로 듣던 말이라 신경도 쓰이지 않았다. 그녀는 이내 눈을 감고 푹 잠이 들어 버렸다.

♣

한 주를 시작하는 월요일 아침 출근길은 말 그대로 전쟁이었다. 지하철 안에 꾸역꾸역 올라탄 사람들이 출근 전쟁을 치르고 있었다. 그 틈에는 차가 밀려 혹시나 지각할까 봐 대중교통을 이용하기 위해 지하철을 탄 보율도 있었다.

정말 사람들 사이에서 압사당하다시피 하다가 겨우 살아 나온 그녀는 시계를 보며 발걸음을 재촉했다. 지금 바삐 걸어가면 출근 시간에 겨우 맞출 수 있을 것 같았다.

지각 한 번 한 적 없던 그녀가 오늘 이렇게 간당간당하게 출근 시간에 맞춰 나오게 된 건 전부 쓸데없는 걱정으로 자신을 괴롭히는 조카 때문이었다.

어제저녁, 재민의 끊이지 않는 잔소리는 늦은 시간까지 이어졌다.

'이모, 조심해. 분명히 사장이라는 남자가 이모를 좋아한다니까.'

'조카. 그만 좀 하자. 이모 내일 출근해야 해. 또 지각하면 그 사장이 나를 자를지도 모른다니까.'

'잘됐네. 거긴 그냥 잘려 버리고 아버지 회사로 출근해.'

'박재민! 나가. 이모 잠 좀 자자.'

덕분에 늦게 잠든 보율은 오늘 아침 늦잠을 잤다.

첫 출근 날처럼 시간이 없어 머리도 말리지 못하고 나와 출근하는 길. 힐을 신고 빠르게 걷는 그녀의 다리가 지쳐 보였다. 회사가 다 와 가자 한숨을 돌린 보율은 시간이 없어 아침도 못 먹고 나와 주린 배를 잡으며 혼잣말을 했다.

"크림이 잔뜩 올려진 카라멜 마끼야또 마시고 싶다."

그녀의 혼잣말이 마법이라도 부렸는지 눈앞에 흰 크림이 가득한 커피가 불쑥 나타났다. 아침부터 자신이 좋아하는 커피를 가져다주는 사람은 그녀에게 구세주였다. 이 커피를 내민 사람은 당연히 천사일 거라고 생각했던 보율은 고개를 돌려 커피를 든 사람을 보고는 입을 떡 벌렸다.

아침부터 그녀를 구원한 천사는 다름 아닌 재민의 잔소리의 주제였던 사장이었다. 헌이 그녀에게 커피를 내밀고 있었다.

"마셔요."

보율은 멀뚱멀뚱 커피와 헌의 얼굴을 번갈아 가며 쳐다봤다. 커피를 든 손을 그녀에게 다시 내밀며 헌이 보율을 재촉했다.

"방금 마시고 싶다고 했잖아요. 마셔요."

다시 권하는 헌의 성의가 무색하게 보율은 그에게서 한 발자국 물러섰다.

"아닙니다. 사장님 드십시오."

"나는 달달한 커피는 안 마십니다."

달달한 커피는 안 마시는 사람이 휘핑크림이 잔뜩 올라간 카라멜 마끼야또를 왜 샀을까나? 의아함이 가득해 보이는 보율의 손을 들어 강제로 커피를 쥐여 주고는 헌은 말도 안 되는 핑계를 댔다.

"잘못 주문했습니다. 마셔요."

그녀의 손에 쥐여진 따뜻한 커피가 가을바람에 추워 웅크리던 몸을 녹이고 있었다. 재민의 잔소리에도 꿋꿋이 하늘이 무너지지 않는 이상 사장이 자신에게 관심이 있지 않을 것이라 장담하던 보율이 하늘을 쳐다봤다.

"설마? 아니겠죠? 하늘 멀쩡해 보이는데?"

정작 보율이 하늘이 무너지나 안 무너지나 걱정하게 만든 헌은 유유히 뒤를 돌아 길 옆에 주차해 둔 차에 올랐다.

그는 차 안에 가득히 식은 커피들을 보며 웃었다. 그는 오늘 이 근방 회사원들 중에서 가장 먼저 출근했다. 언제 올지 모르는 그녀를 무작정 기다리다 머릿속에 번뜩하고 어떤 장면이 떠올라 회사에서 조금 떨어진 커피점으로 향했다.

전에 그녀가 출근할 때 커피를 마시며 행복하게 웃던 것이 생각났기 때문이다.

그녀가 마시던 종류의 커피를 사서 차 안에서 그녀를 기다렸다. 사 왔던 커피가 식으면 다시 따뜻한 커피를 사 와서 기다리기를 반복하던 그가 다섯 번째의 커피를 사 왔을 때 마침 출근하는 그녀를 발견했다.

출근 시간에 간당간당하게 맞춰 출근한 그녀는 또 늦잠을 잤는지 말리지 못하고 나온 머리카락에는 물기가 촉촉했다. 헌은 서둘러 그녀에게로 다가섰고 혼잣말로 달달한 커피가 마시고 싶다고 하는 그녀에게 커피를 불쑥 내밀었다.

커피를 보고 웃던 그녀가 고개를 들어 그를 보고 놀란 얼굴을 했다. 이 정도로 놀라면 큰일 날 텐데. 내가 이제 당신을 잡기 위해서 이것보다 더한 수단과 방법을 동원할 거라고. 커피 한 잔 같은 작은 것에 놀라면 안 되지.

괜찮다고 사양하는 그녀에게 커피를 쥐여 주고는 잘못 주문했다는 어설픈 핑계를 대고 그녀에게서 돌아섰다. 차 안에 자신이 싫어하는 달달한 냄새가 진동했지만 헌은 그리 나쁜 표정이 아니었다. 오히려 기분이 좋아 보였다.

아침에는 하늘이 무너지지는 않을까, 하는 쓸데없는 고민을 했던 보율은 출근 후 하늘 따위는 생각할 수도 없을 만큼 몰아치는 일을 해낸다고 정신이 없었다. 그러다 보니 아침에 사장이 커피를 건네줬다는 사실은 점점 지워져 어딘가의 점 하나로 사라져 버렸다.

우선 지난 프로젝트의 4분기 실적과 손실 부분을 살펴보고 보고서를 작성해야 했다. 그것만으로도 양이 많았는데 새로운 프로젝트에 들어가기 전에 전반적인 상황들을 숙지해야 했다.

오후에 새롭게 들어가는 프로젝트팀 회의가 잡혀 있었다. 회의에 들어가기 전에 최대한 완벽하게 준비를 마치고 싶은 그녀는 일에 대한 열정 탓에 점심시간도 일하는 데에 바쳐 버렸다. 점심도 거르고 일에 집중하던 그녀의 눈을 서류에서 떨어지게 만든 것은 최 팀장이었다.

"보율 씨, 우리 회의 갑시다."

"네. 알겠습니다."

보고 있던 회의 자료와 대충 요약해 놓은 종이를 들고 최 팀장 뒤를 따라 보율은 회의실로 향했다. 좀 일찍 나섰더니 프로젝트에 참여하기로 한 팀원들이 아직 도착하지 않았다.

빈 회의실에는 오늘의 회의를 위해 서류며 물, 볼펜 등 사소한 것들을 준비하고 있는 민지가 있었다. 보율의 그녀에게로 다가갔다.

"민지야. 뭐 먹을 거 없어?"

"뭐야? 점심 먹으러 내려오라고 할 땐 됐다더니. 아무것도 못 먹은 거야?"

"응."

"어휴. 잠시만 있어 봐."

민지는 서류 가방 안을 뒤지더니 먹다 남은 초코바를 꺼냈다.

"이것밖에 없어. 이거라도 먹을래?"

아침도 거르고 점심도 거른 그녀에겐 먹다 남은 초코바도 감지덕지였다.

"응! 나 밖에서 먹고 올게."

회의실 밖으로 나온 보율은 주위를 살피며 초코바를 베어 먹기 시작했다. 서류를 보고 있을 때는 너무 몰두하다 보니 몰랐는데 배가 고프긴 고팠나 보다. 초코바가 이렇게 맛있는 것이었다니. 누가 볼까 허겁지겁 한입에 초코바를 집어넣고 급히 먹고 있는데 익숙한 목소리가 그녀를 불렀다.

"이보율 씨?"

사장 목소리다. 보율이 돌아서서 고개를 숙였다. 아직 다 먹지 못한 초코바가 그녀의 말을 더듬거리게 만들었다.

"흐흠, 오, 오셨습니까?"

"뭐 먹고 있었습니까?"

입에 있던 초코바를 급히 넘긴 보율은 입을 손으로 가리고 사장의 질문에 답했다.

"네, 점심을 못 먹어서요."

"점심을 왜 거릅니까? 나를 너무 악덕 사장으로 만드는군요. 누가 보면 직원 점심 먹을 시간도 안 준다고 오해하겠습니다?"

헌은 농담으로 한 말인데 보율은 또 그의 말을 진지하게 받았다.

"그럴 리가요. 볼 서류가 있어서 제가 스스로 안 먹은 겁니다."

"들어가죠."

회의실로 들어간 보율과 헌은 각자의 자리에 앉았다. 아직 오지 않은 팀원들을 기다리는데 헌이 회의 준비를 마치고 나가려는 민지를 불러 조용히 속삭였다.

"김 비서, 팀원들 수대로 도시락 좀 부탁해도 될까요?"

점심 먹은 지 얼마 지나지도 않았는데? 부탁하는 것이 서류도 아니고 커피도 아니고 팀원들 도시락이라는 소리에 민지는 잘못 들은 게 아닌가 싶어 고개를 갸우뚱했다.

"네?"

"제가 점심을 부실하게 먹었나 봅니다. 출출한데 혼자 먹기는 뭐하고, 팀원들 수대로 부탁합니다."

"알겠습니다."

헌이 주는 카드를 받아 들고 나와 도시락을 사러 가면서도 민지는 사장이 부탁한 것이 도시락이라는 사실이 아직도 믿기지 않는지 멍해 보였다. 그러다 문득 정작 도시락이 필요한 사람은 사장이 아니라 다른 사람일 것 같다는 예감이 들기 시작했다. 그리고 그녀는 점점 설마설마 의심하던 일들에 대해 확신을 가지게 되었다.

민지가 나가고 나자 한 명씩 회의 시간에 맞춰 들어온 팀원들이 자리를 잡았다. 헌이 앞에 준비된 서류를 넘기며 회의를 시작했다.

"이번에 들어갈 지형광산 프로젝트 건은 모두들 아시다시피 여태껏 했던 프로젝트 중에서 가장 규모가 큰 프로젝트입니다. 그래서 이번에는 저번 활천강업 때처럼 리조트에서 숙소를 잡고 진행할 겁니다. 다음 주부터 해서 틀까지 잡는 데 이 주 정도 걸릴 테니 장기 출장 정도로 생각하시면 됩니다. 이 주 농안은 프로섹트에 집중해야 하니 그전에 바쁜 일이 있으신 분들은 미리 처리하시길 바랍니다."

이 주 동안 집을 떠나 어디서 합숙 비슷한 걸 한다는 소리 같은데 다른 팀원들은 별 이의가 없어 보였다. 하지만 프로젝트팀에 처음 합류한 보율은 궁금한 점이 많은지 옆에 앉아 있는 예솔에게 귓속말로 속삭였다.

"이 주 동안 집에 못 가는 거야?"

보율의 귓속말에 예솔이 눈치를 보며 그녀의 귀에다 대고 대답했다.

"어. 외부랑 차단된다고 보면 돼. 여기는 정보의 수집과 보호가 성공과 실패에 직결되거든."

두 사람이 속삭이는 동안 최 팀장이 준비해 온 프레젠테이션과 함께 지형광산에 대한 자료를 브리핑하기 시작했다. 모든 팀원들이 최 팀장이 분석해 온 광산 산업에 대한 자료를 유심히 듣고 있는데 그 집중력을 방해하는 노크 소리가 울렸다.

문이 열리고, 민지가 여러 개의 종이 백을 들고 들어왔다. 잘 발표하고 있던 최 팀장도 집중하고 있던 다른 팀원들도 흐름을 끊고 뭔가를 들고 들어온 민지를 쳐다봤다.

그 시선들에도 아랑곳없이 민지는 가져온 종이 백을 팀원들에게 하나씩 나눠 주고는 헌에게 고개를 숙이고 회의실을 나갔다.

각자 앞에 놓인 종이 백을 보고 의아해했고 이어서 헌이 하는 말에는 경악했다.

"제가 점심을 부실하게 먹어서요. 먹으면서 합시다."

그제야 안에 들어 있는 게 도시락이라는 걸 알아챈 팀원들은 경악했다. 일할 땐 고도의 집중력을 보이는 헌은 회의 중엔 아무리 사소한 것이라도 딴짓을 하는 걸 용납하지 않았다. 회의를 하며 무언가 먹는다는 건 상상도 못 해 봤을 사람이었다.

그런 사장이 지금 팀원들의 도시락까지 챙겨 와서는 밥을 먹으며 회의를 하자고 말한 것이다. 사장이 평소 어떤 인물인지 익히 알고 있던 팀원들은 너무 놀란 나머지 종이 백을 건드릴 생각도 못 하고 있었다.

하지만 그들이 놀람과 어이없음을 표정으로 온전히 드러내고 있는 것과는 상관없이 헌은 자연스럽게 도시락을 펼치고 먹기 시작했다.

"들어요. 다음에는 도시락 말고 나가서 더 좋은 거 먹읍시다."

사장이 권하니 팀원들도 당연히 도시락을 열어 펼쳤다. 하지만 점심 먹은 지 얼마 지나지 않은 시간이라 음식이 넘어갈 리가 없었다.

그 사실을 알 리 없는 보율은 이게 웬 도시락이냐 싶어 눈을 초롱초롱하게 빛냈다. 주위 사람들도 도시락을 꺼내 펼친 것을 본 보율은 곧바로 늦은 점심 식사를 시작했다.

팀원들도 사장이 보여 준 성의에 도시락을 깨작깨작 건드렸다. 하지만 정작 출출하다고 도시락을 부탁한 헌은 먹는 둥 마는 둥

하고 젓가락을 내려놓았다. 그리고 맞은편 자리에 앉아 잘 먹고 있는 보율을 쳐다봤다.

역시나 잘 먹는다. 배가 고팠는지 정신없이 먹고 있었다. 초코바 같은 걸로 점심을 대신하는 보율을 봤을 때 그가 생각해 낸 방법은 이런 것뿐이었다. 당장 끌고 나가 밥을 사 먹이고 싶었지만 그게 여의치 않으니 이런 얄팍한 수라도 낼 수밖에.

다른 팀원들이 억지로 도시락을 먹고 있다는 사실을 알지 못하는 헌은 보율에게 점심을 먹였다는 사실에 기분이 좋아져 남몰래 실실 웃었다.

꾸역꾸역 도시락을 먹는 사람들 사이에서 맛있게 도시락을 먹는 보율이 있었고 그런 보율을 보기 위해 눈을 고정하고 있는 헌이 있었다. 그리고 분위기가 요상해진 회의실 안에서 사장을 보며 의심의 눈초리를 날카롭게 빛내는 예솔이 있었다.

도시락을 다 먹고 시작된 회의는 긴 시간이 지난 뒤에야 끝이 났다. 회의를 마치자 팀원들은 회의실을 우르르 빠져나갔다. 사장을 포함한 사람들이 다 빠져나간 뒤 보율도 발표 내용 중 중요한 부분을 메모해 놓은 종이를 챙기고 일어섰다.

나가려는 보율을 옆자리에 앉아 헌을 유심히 살피던 예솔이 붙잡았다. 그리고 민지가 회의가 끝나기를 기다렸다는 듯이 회의실로 들어왔다. 두 사람에게 성급히 달려온 민지는 보율을 보자 다짜고짜 질문부터 날렸다.

"보율아. 사장님이 너한테 뭐라 안 하시던?"

"응? 별말씀 없으셨는데?"

"그래? 수상한데."

"뭐가?"

민지는 아직도 정리되지 않은 생각들 때문에 심각해졌다. 심상치 않은 표정으로 보율을 끌어당겨 자리에 앉힌 예솔이 그녀의 팔을 잡고 진지하게 물었다.

"솔직히 말해 봐. 사장님이 요즘 너 좀 다르게 대하시지 않던?"

예솔은 나름 진지하게 물었건만 정작 당사자인 보율은 잠시도 생각하지 않고 시큰둥하게 반응했다.

"잘 모르겠는데?"

민지는 답답한 마음에 가슴을 치며 보율을 향해 다시 물었다.

"잘 생각해 봐. 사장님이 갑자기 친절하다던가? 응? 그래, 오늘만 해도 무슨 일 없었어?"

"그러고 보니…… 아침에 잘못 주문한 거라며 내가 좋아하는 커피를 줬지, 아마?"

보율의 말에 예솔과 민지는 눈을 마주치며 단 하나의 결론을 내렸다. 사장이 보율이를 마음에 담은 게 분명하다고. 예솔이 아직도 무슨 일인지 감도 못 잡고 있는 보율이에게 직설적으로 알려 줬다.

"우리 사장이 너 좋아하는 것 같다."

"하하. 장난하지 마. 있을 수 없는 일이잖아. 아하하, 완전 웃기다."

직접적으로 대놓고 말해 줬건만 보율은 웃긴 코미디를 본 것처럼 웃어 젖혔다. 한참을 웃고 나서 눈에 맺힌 눈물을 닦아 내는 보율을 보며 두 친구는 고개를 저었다.

자신은 웃겨 죽겠는데 아주 진지한 얼굴을 하고 있는 친구들을 보고, 보율은 이건 웃자고 한 장난이 아니라 훨씬 더 진지한 것이라는 사태의 심각성을 짐작했다.

"에이, 장난이지? 정말 장난 아니야?"

믿을 수 없다는 것이 역력한 표정의 보율을 붙잡고는 예솔이 심각하게 말했다.

"우연처럼 네가 좋아하는 커피를 사 들고 나타나?"

"버리기 아까워서 준 거 아닐까?"

"이 바보야. 잘못 주문했다는 말을 믿는 네가 더 이상해."

"커피 하나로 나를 좋아한다고 짐작하는 건 너무 큰 비약이 아닐까?"

이번에는 민지가 아직도 믿지 못하는 보율을 붙잡았다. 진작부터 의심을 해 왔지만 확신이 없어 나서지 못했던 민지는 이제 확신을 가지고 그녀에게 단단히 일렀다.

"오늘 도시락도 사실은 너 주려고 사 오라고 한 것 같아. 사장님 점심 때 식사하셨어. 거기다 사장님 회의 시간에 뭐 먹는 거 정말 싫어하셔."

"출출하다고 하셨잖아. 배가 많이 고프셨나 보지."

이렇게까지 이야기해 주는데 아직도 현실을 직시하지 못하는 보율을 보고 예솔은 갑자기 지끈거리는 머리를 부여잡았다.

"아오, 이보율! 잘 생각해 봐. 사장이 너 좋아하는 거 맞아."

예솔의 말에 보율은 커다란 망치로 뒷통수를 얻어맞은 것처럼 굳어 버렸다. 거기에 이어지는 민지의 말은 그녀를 흔들기에 충분했다.

"어련하시겠어. 이보율 양께서 눈치채는 것이 더 이상한 거지. 너 기억 안 나? 우리 대학 다닐 때 보율이한테 잘해 주던 선배? 우리의 이보율 양께서 그 선배가 너 좋아하는 줄 알고 너한테 그 선배 소개시켜 줬잖아? 그 충격에 그 선배 바로 군대 갔고."

옛날에 그랬었나? 내가 그렇게 눈치가 없었나? 나름 눈치가 빠르다고 자부하고 살았는데. 그럼 정말 출장 때 옷도 사 주고 약도 사다 주고 가족 선물도 골라 주고 재민이 선물까지 사 준 게 전부 날 좋아해서라고?

보율은 정말 믿을 수가 없다. 그런데 예솔이와 민지가 하는 말을 들어 보니 그런 것도 같다. 아침에 우연히 나타나 준 커피도 그렇고 방금 전 맛있게 먹었던 도시락도 그렇고.

하늘이 무너지기 전에는 절대로 일어날 리 없다고 장담했던 일이 그녀에게 일어나고 있었다. 윤헌 사장이 자신을 좋아한다? 맙소사. 정말 그가 나를 좋아한다! 보율이 눈치채지 못한 사이에 하늘은 벌써 무너져 내렸나 보다.

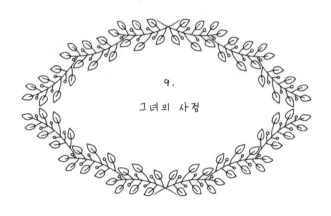

9.

그녀의 사정

월요일 아침 일찍부터 회사 앞에 프로젝트 팀원들이 전원 모여 있었다. 팀원들은 리조트로 가기 위해 헌과 영준의 차에 두 팀으로 나누어 타기로 되어 있었다. 두 대의 차가 나타나자 보율은 자연스럽게 영준의 차에 타려고 했다가 예솔이 끌어당기는 힘에 이끌려 헌의 차 쪽으로 질질 끌려갔다.

"어, 어? 나는 최 팀장님 차 탈게."

다리에 힘을 주고 버텨도 봤지만 그녀보다 키도 크고 힘도 센 예솔을 이길 수는 없었다.

"무슨 소리야. 나랑 같이 타야지."

결국 보율은 예솔과 함께 헌이 운전하는 차에 타게 되었다. 이 차에는 운전하는 헌과 뒷좌석의 예솔과 보율, 이렇게 셋이 타게 되었다.

그녀는 지금 이 상황이 못 견디게 불편해 죽을 지경이었다. 사장이 자신에게 마음이 있다는 것을 알게 된 뒤부터 보율은 그를 피해 다니고 있었다. 요 며칠 나름대로 잘 피해 다니고 있었는데 오늘은 꼼짝없이 이렇게 한 차에 갇혀 몇 시간을 함께 가야 하는 신세가 되고 말았다.

차에 타자마자 보율은 오지도 않는 잠을 청하며 눈을 감았다. 자는 척이라도 하지 않으면 이 어색한 상황을 견딜 수가 없을 것 같았기 때문이다. 억지로 청한 잠이었지만 흔들림도 없고 편하게 달리는 차에서 그녀의 눈은 스르르 감겼다.

차가 출발하고 20분 정도 됐을까. 보율의 작은 머리가 스르륵 예솔의 어깨로 떨어졌다. 저도 모르게 긴장하고 있어 피곤했는지 금방 잠든 보율의 얕은 숨소리가 들렸다.

창문 틈으로 새어 들어오는 서늘한 바람에 보율이 몸을 웅크리며 예솔에게 더 깊숙이 안겼다. 백미러로 뒷좌석을 힐끔거리며 주시하고 있던 헌의 낮고 조용한 목소리가 차 안을 울렸다.

"안 춥습니까? 아침이라 좀 쌀쌀합니다. 히터를 좀 트는 게 좋지 않겠습니까?"

보율의 옆에 앉아 어깨를 빌려 주고 있던 예솔이 기대고 있는 친구가 깨지 않게 더 작은 목소리로 속삭였다.

"히터는 됐고, 뭐 덮을 게 있으면 좋겠는데……. 무릎 담요 같은 건 없죠?"

담요? 잘 때 필요한 이불이 차에 있을 리가 없다. 헌이 곤란한 듯 미간을 찌푸렸다.

"담요 같은 건 없는데."

"그럼 사장님 재킷이면 되겠네요. 담요 하나쯤 준비해 두셔야겠네요."

예솔의 말에 헌은 옆 좌석에 벗어 두었던 그의 재킷을 건네주며 의아한 표정을 지었다. 그녀가 하는 말이 무슨 뜻인지 이해하지 못한 것 같았다. 예솔은 웃으며 그에게 다시 설명해 주는 친절을 베풀었다.

"보율이는 추위 잘 타요."

보율이 추위를 잘 타니 이제 차에 무릎 담요 정도는 준비해 두라는 말씀? 백미러로 보이는 장난스런 예솔의 눈과 긴장한 헌의 눈이 정면으로 마주쳤다.

"알고 있었습니까?"

"네. 사장님이 그렇게 티를 내시는데 어떻게 모르겠어요?"

너의 모든 것을 다 알고 있다는 듯한 예솔의 눈빛에 헌은 타들어 가는 목을 매만졌다.

"정작 알아야 하는 사람은 모르지 않습니까?"

"아니요. 이제 보율이도 눈치챘어요. 보다 못한 우리가 알려 줬거든요."

자신에게서 직접 좋아한다는 말을 들은 게 아니라 다른 사람의 입을 통해서 전해 들었다는 사실이 맘에 들지 않는 헌이 인상을 썼다. 그런 그를 보며 예솔은 계속 말을 이었다.

"이상하죠? 누군가 자기를 좋아한다는 사실을 믿을 수가 없나 봐요. 참 둔해요. 우리도 막 웃으며 둔탱이라고 놀리고 그랬지만

172

그건 미련하거나 둔해서가 아니라 보율이 나름의 사정이 있어요."

민지는 잘 모르지만 언제나 이성적이고 상황 판단이 빠른 예솔은 일부러 모른 척하는 것뿐 대충 눈치를 채고 있었다. 그녀의 예상이 맞는다면 보율이 이렇게 남자들의 관심에 둔해진 데에는 그럴 만한 사정이 있다. 그 사정이 무엇인지 궁금해진 헌은 예솔의 다음 말을 기다렸다. 하지만 예솔은 말해 줄 생각이 없었다.

"그건 나중에 보율이에게서 들으세요. 아직 사장님이 합격인 건 아니지만 그래도 도시락 싸 들고 다니면서 말리고 그러지는 않을 거예요. 제가 봐 온 사장님은 굉장히 괜찮은 사람 같거든요. 하지만 명심하세요. 보율이 눈에 눈물이 나게 하신다면 민지와 제가 가만히 안 있을 거예요."

"고마워요. 박예솔 팀장."

"아니죠. 이제 저는 보율이에 관해서는 사장님 부하 직원이 아니라 사장님이 좋아하시는 여자의 친구인 겁니다."

"아, 알겠어요. 박예솔 씨."

서로에게 보율이라는 공통분모가 생기고 나니 두 사람은 딱딱한 상사와 부하 사이가 아니라 정말 아는 사이가 된 것만 같았다. 서로를 보던 경계의 눈빛이 조금 누그러졌다.

두 사람이 자신에 대해 이야기하고 있는데도 아무것도 모르는 보율은 친구의 어깨에 기대어 헌의 재킷이 주는 따뜻함에 곤히 잠들어 있었다.

세 시간 정도 달려서 도착한 곳은 인적이 드문 곳에 위치한 한 리조트였다. 차가 멈추자 예솔이 곤히 잠들어 있던 보율을 흔들어

깨웠다.

"보율아. 다 왔어. 일어나야지."

"으음, 벌써 다 왔어?"

잠에서 깬 보율은 자신이 덮고 있던 남자 재킷을 손에 들었다. 누구 거지? 그녀의 궁금증을 알아차린 예솔이 고개를 까닥여 앞을 가리켰다. 누구 거겠냐? 당연히 사장님 거지. 보율은 눈을 끔뻑거리며 친구에게 곤란한 눈빛을 보냈다.

'내가 왜 사장님 옷을 덮고 자고 있는데!'

예솔은 곤란해하는 보율을 남겨 두고는 차에서 내려버렸다. 차 안에는 사장의 재킷을 들고 있는 보율과 그런 보율을 쳐다보고 있는 헌만 있었다. 어색한 공기가 두 사람을 에워쌌다. 보율이 그의 재킷을 곱게 접어 옆 좌석에 두고 손만 꼼지락거렸다. 헌이 보율을 향해 먼저 입을 뗐다.

"잘 잤어요?"

"네? 네. 재킷 감사합니다. 그럼, 저는 이만."

꾸벅하고 헌을 향해 고개를 숙인 보율은 차 문을 서둘러 열고 그에게서 도망쳤다. 차에 혼자 남은 헌은 그녀의 온기가 남은 재킷만 뚫어져라 쳐다보고 있었다.

팀원들이 이 주일 동안 지내게 될 곳은 리조트 제일 꼭대기 층에 위치한 로얄 룸이었다. 보율을 제외한 팀원들 모두 전에 몇 번와 봤던 곳이라 익숙해 보였다. 짐을 풀기 전에 헌이 팀원들을 한자리에 모아 놓고 주의사항을 이야기하기 시작했다.

"매일 오후 세 시에 전체 회의가 있습니다. 오늘 하루는 여기의 시설을 이용하면서 머리를 식히시고 내일부터 본격적으로 일합시다. 식사는 1층 식당을 자유롭게 이용하시면 됩니다. 가장 중요한 건 개인 컴퓨터는 물론, 프로젝트 관련 서류들을 가지고 이방을 나서면 안 됩니다. 그리고 인터넷 사용은 금지입니다."

헌의 주의사항 전달이 끝나자 덧붙이는 영준의 말이 이어졌다.

"아! 맞다. 밤에는 리조트 주위에서 산책하면 안 되는 거 알죠?"

이곳에 몇 번 와 봤던 팀원들과 달리 보율만 왜냐고 반문했다. 영준은 친절하게 설명해 주었다.

"아무래도 주위에 산 빼고는 아무것도 없다 보니 밤에 돌아다니는 것이 위험할 수도 있어요. 하지만 낮에는 꼭 산책 한 번 하세요. 여기 경치 죽여주거든요."

영준의 말이 끝나자 모든 팀원들은 자신들이 묵을 방으로 각자 들어갔다. 문 쪽에서 가장 가까운 방에는 정해돈 대리와 최영준 팀장이 지내기로 했고 중간에 위치한 방에는 헌이 혼자 방을 쓰기로 했으며 문과 가장 멀리 떨어진 안쪽 방에는 보율과 예솔이 지내기로 했다.

처음 와서 이곳이 신기하기만 한 보율은 짐도 풀지 않은 채 커다란 창을 열고 발코니로 나갔다. 도시에서의 텁텁하고 답답한 공기가 아니라 맑고 상쾌한 가을바람이 머리카락을 간질이고 지나갔다.

"와아. 예솔아, 여기 경치 정말 좋다."

"일하러 왔는데도 좋냐? 이제 이 주 동안 머리에 쥐가 날 텐데 퍽이나 좋겠다."

"그래도. 나는 이런 공기 좋고 물 좋은 곳이 너무 좋단 말이야. 그리고 오늘 하루는 쉬라고 했잖아. 우리 밑에 있는 스파나 갔다 올까? 아까 안내판 보니까 여기 스파 완전 괜찮다던데?"

"나는 좀 자야겠어. 오면서 차에서 푹 잔 너랑 다르게 난 한숨 도 못 잤거든."

누구를 한입에 잡아 잡수시려는 늑대에게서 보호하기 위해서. 물론 따라오는 뒷말은 입 밖으로 나오지는 않았다. 보율의 안타까 움이 가득한 눈을 애써 무시하고 예솔은 침대에 몸을 묻었다.

"그럼 나 한 시간만 자고 나서 같이 가."

오늘 하루는 푹 쉬어 두어야 한다. 사장이 이렇게 쉬는 시간을 준 것은 내일부터는 정말 정신없이 몰아붙일 것을 의미했기 때문 이다. 예솔의 제안에 보율은 고개를 끄덕였다.

"알았어. 딱 한 시간이야."

예솔이 바로 잠든 것을 본 보율은 친구를 깨우지 않기 위해 까 치발로 방을 나왔다. 그리고 짐을 풀고 쉬느라 정신이 없어 보이 는 팀원들을 뒤로하고 룸 밖으로 나왔다.

1층으로 내려와 주위를 눈으로 훑던 보율은 리조트를 벗어났 다. 깨끗해서 머리를 맑게 만드는 공기를 잔뜩 들이마셨다.

"아, 공기 좋다."

그녀는 일하러 왔음에도 불구하고 이곳이 너무나 맘에 들었다. 한적한 산속에 위치한 리조트는 고요해서 휴양만을 위한 별장 같았다. 1층에 위치한 수영장 시설도 좋았고 지하에 위치한 스파도 유명한 곳이라고 했다.

리조트라고 해서 사람들이 북적이는 곳인 줄 알았더니. 평일인 데다가 휴가철도 아니고, 회원제로 운영되는 곳이라 지금 여기에 묵고 있는 사람이라곤 같이 일하러 온 팀원들과 몇몇 가족들이 전부인 듯했다.

"나중에 언니랑 형부랑 재민이랑 다 같이 와야지."

가족과 같이 다시 오고 싶은 생각이 들게 할 정도로 주변의 풍경이 좋아서 마치 신이 그린 한 폭의 수채화 같았다. 가을을 맞아 울긋불긋 옷을 갈아입은 산들이 주는 경치도 아름다웠다.

무엇보다 그녀의 마음에 꼭 드는 것은 도시와 달리 생각할 시간을 주는 조용한 적막이었다. 오로지 들리는 것이라고는 바람에 나뭇잎이 흔들리는 소리밖에 없었다.

보율은 리조트 주변의 경치를 구경하러 쭉 이어져 있는 오솔길을 천천히 걷기 시작했다. 가을을 맞아 길가에 핀 코스모스를 꺾어 빙빙 돌리며 계속해서 느린 걸음을 이어 갔다.

도시에서 늘 보는 차도 잘 다니지 않고 사람도 잘 찾아볼 수 없다. 이 큰 공간에 오로지 혼자인 듯한 느낌이다.

이 한적한 시골길에 산책을 나온 사람은 혼자일 거라는 그녀의 생각과 달리 저 멀리서 조용히 그녀의 뒤를 따르는 커다란 그림자가 있었다. 그녀가 눈치채지 못하게 뒤따르는 남자의 발걸음에는 기척이 없었다.

보율은 하염없이 걷다가 길가를 따라 흐르는 계곡을 발견하고 그쪽으로 내려갔다. 아무런 생각 없이 얼굴이 비치는 깨끗한 계곡 물에 손을 담갔던 보율은 생각보다 차가운 물에 놀라 얼른 손을 뺐다.

"앗, 차가. 이제 물이 제법 차네?"

그녀는 물기가 남아 있는 손을 그대로 두어 물기 어린 손을 스치는 가을바람을 만졌다. 손을 서늘하게 하는 바람이 좋다. 이 여백이 많은 고요한 풍경이 그녀를 웃게 했다.

예솔과 약속한 한 시간에 맞추려면 이제 리조트로 돌아가야겠다 생각한 그녀가 주위를 살폈다. 주변의 경치를 살피며 무작정 길을 따라 걷다 보니 리조트에서 꽤 멀리 온 것 같았다.

벌써 붉은 해가 산을 넘어가고 있었다. 조금 있으면 금방 해가 모습을 감출 것 같았다. 어두워지기 전에 왔던 길을 다시 걸어가기 위해 보율은 몸을 돌렸다.

그런데 멀리 떨어진 곳에 누군가 그녀를 보며 서 있었다. 그녀는 지는 해에 눈이 부셔 멀리 있는 남자의 얼굴을 알아보지 못했다.

아무런 기척도 없었고 이 시골길에 혼자일 거라 생각했던 그녀의 생각을 비웃기라도 하듯 그 사람은 왔던 길을 따라온 것이 분명해 보였다. 그리고 그녀가 그쪽을 바라보고 서 있자 그 사람이 그녀를 향해 발을 뗐다.

누구지? 그 순간 보율은 덜컥 겁이 났다. 이런 곳에서 흔적도 없이 잡혀 갈 수도 있는 걸까? 설마 그런 일이 있을까 봐? 신경 쓰지 말고 남자를 지나쳐 리조트로 다시 돌아갈까 했지만 한번 안 좋은 상황을 생각해 버린 그녀는 발을 떼지 못했다.

그런게 갑자기 가만히 있는 보율을 향해 남자가 발걸음을 빨리 해서 다가오기 시작했다. 갑작스런 움직임에 놀란 그녀는 점점 뒷 걸음치다 뒤돌아 냅다 달리기 시작했다.

남자도 그녀의 속도에 맞춰 달리기 시작했다. 무서워진 보율이 남자가 어디까지 따라왔나 잠깐 뒤를 돌아보려다 앞에 있던 돌부 리를 보지 못하고 걸려 넘어졌다. 다시 일어나려고 애를 쓰는 보 율에게 엄청난 속도로 달려온 남자가 그녀의 팔을 잡았다.

"괜찮습니까?"

그녀의 팔을 잡아 일으킨 남자는 다름 아닌 헌이었다. 나쁜 사 람이 아니라 아는 사람이라는 사실을 알게 되자 보율의 겁먹었던 눈에 눈물이 가득 차올랐다. 보율의 눈에서 떨어지는 눈물을 본 헌은 순간 화가 났다. 그에게서 도망가다 기어이 넘어지고 만 그 녀의 행동이 그를 화나게 만들었다.

"그러게 잘 달리지도 못하면서 뛰긴 왜 뜁니까?"

놀라 눈물을 매달고 있으면서도 보율은 그의 말에 지지 않고 톡 쏘며 대꾸했다.

"저 백 미터 17초대예요."

넘어져 다쳤으면서도 대꾸하는 그녀를 보니 헌의 화는 금세 사 라져 버렸다. 그녀를 부축해서 길가의 바위에 앉힌 그가 그녀의 무릎이 얼마나 다쳤나 살펴보기 위해 한쪽 무릎을 꿇고 앉았다.

무릎이 까져서 피가 나고는 있었지만 심하게 다친 것 같지 않 았다. 헌이 다른 곳도 다친 건 아닌가 유심히 살피며 말했다.

"왜 도망갔습니까?"

"……."

사장님이 나쁜 놈인 줄 알고요. 보율은 속의 말을 삼키고 헌의 눈을 피했다.

"설마 내가 흉악범이라 생각하고 도망간 건 아니겠죠?"

그녀의 마음을 꿰뚫어 보는 그의 말에 보율은 뜨끔했다. 그녀가 아무런 말없이 먼 산만 쳐다보던 눈을 돌려 그녀의 발목만 살피고 있는 그의 정수리를 응시했다. 그의 말이 계속되었다.

"발목은 괜찮은 것 같네요. 어디 다른 데 아픈 데는 없습니까?"

다친 곳을 살피던 그의 눈이 그녀의 눈과 마주쳤다. 걱정이 가득한 눈빛. 자신을 걱정하는 마음이 한가득 담긴 눈을 보고 있으니 보율은 문득 궁금해졌다. 그가 정말 자신을 좋아하기는 하는지, 왜 좋아하는지 같은 것들이. 보율이 헌의 눈을 보며 정말 모르겠다는 듯이 물었다.

"사장님, 저 좋아하세요?"

갑자기 전혀 뜻밖의 곳에서 상상하지 못한 순간에 물어 오는 그녀의 물음에도 그는 전혀 당황하지 않고 무서울 만큼 침착했다.

"네. 좋아합니다."

조카 재민이도 그랬고 친구들도 그랬지만 반신반의했던 것이었는데 대답은 너무나 빠르고 간결하게 돌아왔다. 정작 물은 건 그녀였으면서도 말을 더듬으며 당황한 것 또한 보율이었다.

"왜, 왜요? 사장님 저 싫어하셨잖아요?"

"내가 언제 싫어했습니까?"

"처음에 막 회사에서 쫓아내고 싶어 하셨잖아요?"

"그건 뭐, 이보율 씨 반응하는 게 재밌어서 그랬죠. 처음부터 쫓아내고 싶은 생각 같은 건 없었습니다."

아직도 믿지 못하겠다는 보율의 의심스러운 눈초리를 피하지 않은 헌은 그녀를 향해 다시 말을 이었다.

"당신이 그냥 좋습니다."

남자가 여자를 향해 좋아한다고 이야기하고 있는데도 보율의 얼굴은 전혀 감격하거나 좋아하는 표정이 아니었다. 그렇다고 싫다고 거절하는 표정도 아닌, 무언가 복잡한 얼굴이었다.

"사장님이 저에 대해 잘 몰라서 그러시는데, 저에 대해 다 알고 나시면 제가 싫어지실 텐데요?"

"그런 일은 없을 겁니다. 내가 당신에 대해 알면 알수록 더 좋아하는 맘이 커진다면 몰라도 싫어하는 일 따위는 없을 겁니다."

사탕에 꿀까지 바르는 그럴듯한 그의 달콤한 말에도 보율의 표정은 전혀 편해 보이질 않았다. 보율은 갑자기 따끔거리는 눈을 한 번 감았다 떴다.

"저 술버릇도 있어요."

"술 취하면 아무 데서나 잠드는 거? 압니다. 뭐, 술 먹고 술주정 부리는 것보다 훨씬 얌전한 술버릇이라고 생각합니다."

헌은 보율이 쓸데없는 걱정을 못 하게 그런 것 따위는 아무것도 아니라고 말했지만 보율의 혼잣말은 계속됐다.

"거기다 부모님도 두 분 다 안 계시고."

"나도 어머니는 돌아가셨고, 아버지랑 말 안 하고 산 지 오랩니다."

그의 마음이 진심이라는 것을 알고 나니 그녀의 마음이 더 무거워졌다. 이런 말까지 하고 싶지 않았는데. 그녀는 결국 따끔거리는 눈을 감고 작게 중얼거렸다.

"나, 입양됐어요."

보율의 말에 헌은 순간 입을 다물었다. 누구도 먼저 입을 열지 못했다. 들리는 소리라고는 두 사람 사이를 지나가는 바람 소리뿐이었다.

이럴 줄 알았다. 자신이 입양아라는 사실을 안 중학생 시절, 그녀는 호되게 사춘기를 겪었다. 잠도 못 자고 걱정하던 언니와 형부, 그녀의 곁을 떠나지 않는 어린 조카 때문에 그 질풍노도의 시기는 그리 길지 않았지만.

그리고 알았다. 그녀 자신이 입양아라는 사실이 누군가에게는 눈살을 찌푸리는 일이 될 수도 있겠다는 것을. 유치원 때부터 좋아했던 단짝 민수의 어머니가 자신이 입양아라는 것을 알고 대놓고 싫어하지는 못하셨지만 자신을 대하는 게 달라졌던 이유를 알게 된 것이다.

그날부터 보율은 자신은 입양아라는 굴레에서 벗어날 수 없음을 깨달았다. 하지만 그런 일 때문에 엇나가기에는 돌아가신 어머니, 아버지, 그리고 언니와 형부에게 받은 사랑이 너무 컸다.

사춘기를 잘 보낸 중학생 때부터 보율은 자신이 입양아라는 사실을 숨기지 않고 떳떳하게 이야기하고 다녔다. 개중에는 그녀를 불쌍하게 쳐다보는 시선도 있었고 그녀를 떠나는 사람들도 있었다. 또 그녀를 좋아한다고 떠벌리던 남학생이 지레 놀라 도망가는 일도 있었다.

하지만 그녀의 옆에서 아무런 말없이 자신의 손을 잡아 주던 진정한 친구들도 있었다. 그리고 그 시기 동안 깨달은 것이 하나 있다. 입양아라는 사실은, 자신을 향한 남자들의 관심, 혹은 마음을 접게 만들 수도 있다는 것을. 정작 남자가 괜찮다고 하더라도 남자의 부모님이 그녀를 꺼리게 하는 요인이 될 수도 있다는 것을.

보율은 남자들이 자신을 좋아하는 그런 일 따위는 상상하지 않았다. 자신이 입양아라는 사실을 알고도 그녀를 좋아해 주는 남자는 없을 것만 같았으니. 뭐 무뎌질 대로 무뎌진 마음이다. 아무런 말이 없는 헌의 반응은 뭐 괜찮았다.

보율은 아무 일도 아니라는 듯 피식 웃었다. 하지만 잠깐의 침묵을 깨고 들려온 헌의 말에 그녀의 얼굴은 웃음을 거두어들였다.

"그래서?"

"그래서라니요. 아무렇지도 않아요?"

"뭐가 말입니까?"

아무렇지 않은 그의 말에 보율은 놀라 다시 물었다.

"막 거부감 들고 그러지 않아요?"

"전혀 아닙니다. 변함없이 나는 당신이 좋아요. 당신이 틀렸습니다."

"?!"

"당신에 대해 알고 나면 당신 싫어질 거란 말 말입니다. 나는 당신이 더 좋아졌습니다."

헌이 거짓은 티끌도 없다는 듯한 눈빛으로 보율의 눈을 마주했다. 어루만지는 듯한 그의 눈빛에 보율은 그의 눈을 피했다. 눈에 눈물이 차오르는 것도 같다. 울면 안 되는데. 이보율, 이깟 것들은 벌써 중학교 때 극복했잖아.

하지만 언제나 아팠던 상처가 낫고 나면 흔적이 남는 것처럼 이리 눈물이 나는 것을 보니 그녀의 맘에 아직 호되게 앓았던 열병의 흔적들이 남아 있었나 보다.

헌이 입고 있던 점퍼를 벗어 고개를 숙이고 있는 그녀에게 두르고 소매로 매듭까지 매어 주고는 등을 보이고 앉았다.

"업혀요."

"……."

"다쳐서 잘 걷지도 못하잖습니까. 조금 있으면 어두워지는데. 여기 밤에 멧돼지가 출몰할지도 모릅니다. 멧돼지 알죠? 산 멧돼지."

헌이 계속 뒤를 돌아보며 나타나지도 않은 멧돼지로 겁을 주어 업히려 하지 않는 보율을 계속 재촉했다. 산 멧돼지란 말에 보율은 마지못해 그의 넓은 등에 업혔다.

생각보다 더 가벼운 그녀의 무게에 헌은 벌떡 일어나 걷기 시작했다. 그의 등에 업혀 가면서 보율은 손을 어떻게 해야 할지 몰라 가슴에 모으고 있었다. 그러다 그가 다시 그녀를 고쳐 업으려 할 때 뒤로 넘어가는 줄 알고 놀란 그녀의 팔이 그의 목에 감겼다. 안정적으로 걷는 그의 발걸음에 맞춰 그의 안정된 목소리가 들려왔다.

"이제부터 내가 당신을 향해 천천히 갈 테니 당신은 오늘처럼 도망가지만 말아요. 행여나 도망가면 내가 뛰어가서 당신 확 잡아 올 테니, 도망갈 생각은 안 하는 게 좋을 겁니다."

그의 말을 끝으로 두 사람을 에워싼 것은 어슴푸레한 하늘과 고요뿐이었다. 섣불리 누구도 먼저 말을 꺼낼 수 없었다. 그녀를 향한 헌의 마음이 진심인 것처럼 그의 맘을 알아 버린 보율도 진지해졌으므로. 그의 맘을 직접 듣게 된 보율. 그리고 그런 보율에게 직접 자신의 마음을 전한 헌은 그녀를 잡기 위한 준비를 마쳤다.

10.
사랑이 왔을 때 누구도
피할 수 없음을

'따뜻하다.'

헌의 등에 업혀 있는 보율이 느낀 것이다. 누구에게 업혀 본 적
이 언제였더라? 보율이 곰곰이 생각하기 시작했다.

아주 어렸을 적에는 아버지의 등에서 떨어질 줄 몰랐고 아버지
가 돌아가시고 나서는 형부가 매일 자신을 업고 다녔었다. 그리고
철이 들고, 또 혼자 걷는 것에 익숙해지고 나서는 누구에게 업혀
본 적이 없는 것 같다.

헌에게 업혀 돌아가는 길, 보율은 그의 넓은 등이 주는 편안함
에 저도 모르게 눈을 감았다. 잔뜩 긴장한 채 그의 등에 닿지 않
기 위해 몸을 세우고 있던 보율이 잠이 들어 얼굴이 그의 등에 닿
는 느낌이 들자 헌은 가던 길을 멈췄다.

그녀의 자는 얼굴을 한 번만 봤으면 좋겠는데 업혀 있는 사람

의 얼굴을 무슨 수로 본단 말인가. 그녀가 방금 전 했던 말들이 그의 맘을 콕콕 찌르고 있었다. 자신의 모든 것을 다 알게 된다면 자신이 싫어질 거란 바로 그 말.

자신은 정말 눈곱만큼도 눈치채지 못했다. 워낙 밝고 당당해서 그녀에게 그런 사정이 있는 줄은 몰랐다. 새로운 사실을 알게 된 헌의 미간이 좁아졌다.

키도 작고 손도 작고 발도 작은 그녀는 무척이나 가벼웠다. 하지만 그녀가 감추고 있던 사실을 알고 났더니 커다란 마음의 돌을 가지고 있는 듯 그녀의 무게가 묵직했다. 그녀의 마음의 무게만큼 그의 마음도 무거워졌다.

업힌 채 자고 있는 보율이 깨지 않게 천천히 길을 걷다 보니 사방이 어두컴컴해져서야 두 사람은 리조트에 도착했다. 로비에서 뒷짐 지고 어슬렁거리고 있던 영준이 두 사람을 발견하고는 놀라 달려왔다.

"뭐야? 네가 왜 보율 씨를 업고 와? 벌써?"

호들갑 떠는 영준 때문에 보율이 잠에서 깰까 싶어 헌은 영준의 다리를 걷어찼다.

"시끄러. 좀 다쳤어. 우리 위로 올라가야 하는데. 정해돈 대리 위에 있어?"

아프지도 않은 다리를 부여잡고 엄살을 부리며 영준이 헌의 어깨를 툭툭 쳤다.

"내가 정해돈 대리 데리고 저녁이나 먹으러 나가지 뭐. 박예솔 팀장도 데리고 내려올까?"

"아니야. 박예솔 팀장은 됐어."

"알았어. 내가 금방 올라가서 데리고 나올 테니까 너는 눈치 잘 보고 들어가."

영준이 두 사람과 함께 위층으로 올라가면서 기분 좋은 웃음을 지었다. 크게 말하지 않아도 눈빛만 봐도 서로의 의중을 알아차릴 수 있는 친구가 바로 헌이다. 그런 친구가 처음으로 이보율이라는 여자를 진지하게 마음에 담았다. 영준은 이제 시작하는 친구의 사랑을 위해 못 할 일이 없다.

영준이 위로 올라가 방 침대에 널브러져 자고 있는 정해돈 대리를 잡아끌고 밖으로 나왔다.

"자자, 정해돈 대리. 우리 밥 먹읍시다, 밥. 오늘 메뉴가 고기 반찬이더라고, 고기. 정 대리 고기 좋아하는 거 알고 내가 일부러 깨우러 왔어."

얼떨결에 추리닝 차림으로 영준에게 끌려나온 정 대리는 무슨 영문인지 모르고 밑으로 내려갔다. 그래도 덩치가 커서 금방 배가 고파진 정 대리는 고기 반찬이라는 소리에 군말 없이 따라갔다.

두 사람이 나가는 것을 본 헌이 복도 코너에서 모습을 나타냈다. 문을 열고 안으로 들어간 헌은 보율과 예솔이 묵는 방의 문을 두드렸다.

보율과 스파 가기로 한 약속 때문에 한 시간만 자고 일어난 예솔은 한참이 지나도 나타나지 않는 보율이 걱정돼서 전화라도 해 볼까 하던 참이었다. 노크 소리에 보율이 왔나 싶어 한걸음에 달려가 방문을 연 예솔은 문 앞에 서 있던 헌과 마주쳤다.

헌의 모습에 무슨 일인가 의아해하다 헌에게 업혀 있는 보율을 발견하고는 경악했다. 머리는 풀어헤치고 운 것이 분명해 보이는 퉁퉁 부은 친구의 눈.

"보율이가 왜? 사장님, 설마."

무슨 상상을 했는지는 모르지만 표정이 그리 좋아 보이지 않는 예솔을 보고도 정작 헌의 목소리는 담담했다.

"오해하지 마요. 넘어져서 좀 다쳤습니다. 업고 오는 도중에 잠들었습니다."

"얼마나 다쳤어요? 어서 침대에 눕혀 주세요."

예솔이 침대의 베개를 바로 하고 이불을 들추어 공간을 만들자 헌이 잠든 보율을 조심히 내려놓았다. 보율의 무릎에 난 피를 본 예솔은 밖으로 나가 거실에 있던 구급상자를 들고 들어왔다.

예솔은 곧바로 친구에게로 가지 않고 순간 멈칫하고 멈춰 섰다. 침대맡에 선 헌이 보율의 얼굴을 간질이는 머리카락을 조심히 넘겨 주고 있었다. 보율을 보는 그의 눈빛에서 그의 마음이 훤히 읽혔다.

점점 친구의 짝으로 헌을 확정하는 쪽으로 맘이 기울고 있다. 두고 보겠다고 말한 지 하루도 지나지 않았는데 벌써부터 허락이라니. 예솔은 고개를 내저었다. 벌써 허락하면 안 된다.

'영 체면이 안 서지. 암 그렇고말고.'

구급상자를 들고 보율에게 다가간 예솔은 친구 곁을 지키고 있는 헌을 밀어냈다.

"좀 비켜 보세요. 약 좀 바르게."

긴 바지였다면 덜 다쳤을 텐데 하필 반바지를 입고 있어 맨살이 다 까져 있었다. 예솔은 솜으로 흙으로 털어 내고 빨간약을 꺼내 소독했다. 빨간약이 닿자 따가운지 보율이 인상을 썼다. 가만히 보고 있던 헌이 기어이 한 소리 했다.

"잘 좀 하죠, 박예솔 씨."

예솔이 들고 있던 빨간약을 그의 눈에 들이대며 째려봤다.

"시끄러워요. 넘어져서 까졌는데 당연히 쓰리고 아프죠."

회사에 진중하고 말과 행동이 무겁기로 소문난 마케팅부 박예솔 팀장이 이렇게 나오자 헌은 적잖게 당황했다. 예솔의 핀잔에 헌은 어쩔 수 없이 또 한 소리가 나오고 말았다.

"내가 그래도 박 팀장 상사인데 너무 편하게 대하는 거 아닙니까?"

"윤헌 사장님, 지금은 부하 상사 타임이 아닙니다. 지금은 보율이 친구 타임이란 말입니다. 이게 싫으시면 계속 사장님만 하시든가요."

예솔의 말에 언뜻 반박할 만한 말이 떠오르지 않아 헌은 아예 입을 다물어 버렸다. 한 번만 더 말했다가는 보율의 남자의 문턱에도 못 가 보고 영영 그녀를 볼 수 없게 될지도 모른다. 보율의 곁에서 단단히 보초를 서고 있는 예솔이 어디론가 그녀를 감춰 버리고 말 것이 분명하므로.

그녀에게로 다가가기 위해서 넘어야 할 장애물이 너무 많다. 그의 애타는 맘을 아는지 모르는지 폭신한 이불을 덮어 주자 보율의 얼굴 위로 배시시 웃음이 어렸다.

♣

다음 날부터 본격적인 프로젝트 업무가 시작되었다. 보율은 사장과 자신의 감정을 끌고 당기고 할 겨를도 없이 정신없는 일감에 묻혀 갔다.

사실 아침 일어나 눈을 뜬 보율은 헌의 눈을 어떻게 봐야 할지가 가장 큰 걱정이었다. 꼼짝없이 이 주 동안 이 방에서 아침부터 잠들기 전까지 일을 구실로 매 순간 부딪쳐야 할 텐데 어색할 것이 분명했기 때문이다.

하지만 그녀의 우려와 달리 헌은 아무렇지 않아 보였다. 자신을 좋아한다고 한 사람이 맞나 싶을 정도로 괜찮아 보였다.

일이 시작되자 모든 팀원들은 진지하고 심각해졌다. 늘 웃으며 가벼운 농담도 잘 던지던 최영준 팀장마저도 일이 시작하자 진지해졌다. 그러니 보율도 헌과의 일을 잊고 일에 집중했다.

각자 맡은 부분을 분석, 정리하고 아이디어를 내는 것이 팀원들의 일이었다면 헌은 회의 동안 모든 것을 조율하고 최선의 안을 결정하는 일을 했다.

세 시부터 시작된 전체회의는 긴 마라톤처럼 쉬는 시간 없이 계속됐다. 회계 담당인 보율과 영준은 투자할 회사의 자산평가와 금전적인 부분들을 검토했고 마케팅부의 예솔은 투자안이 투자자들에게 어떻게 하면 어필할 수 있을지를 생각하고 전략을 짜고 있었다.

저녁도 거르고 일하던 팀원들 중에서 정해돈 대리의 배꼽시계가 제일 먼저 울렸다. 주위에 울리는 커다란 소리에 정 대리가 민망한 듯 머리를 긁적이자 헌은 그제야 시계를 쳐다봤다.

"벌써 시간이 이렇게 됐네요. 늦었지만 저녁 먹읍시다."

가다렸다는 듯이 영준이 재빨리 일어나 프런트에 전화를 넣었다.

"저희 저녁 좀 준비해 주세요. 네, 늦었는데 죄송해요. 위로 좀 올려 주세요."

전화를 끊은 영준이 기지개를 켜며 너스레를 떨었다.

"으아, 배고파. 시간이 이렇게 된 줄도 몰랐어. 이번 팀원들이 특히 손발이 잘 맞나 봐."

손발이 잘 맞는다는 말을 하며 영준은 의미심장하게 보율과 헌을 힐끔거렸다. 영준의 장난스런 눈빛에 헌은 영준의 옆구리를 단단히 쳤다.

"시끄러. 이렇게 농담하는 걸 보니 아직 기운이 남아 있나 보군. 식사 마치고 네가 오늘 자료 전부 정리해. 다른 팀원들은 좀 쉬게."

"어어. 이거 완전 고용주의 갑질이구만. 치이, 나 혼자 이걸 어떻게 다 해?"

"그게 불만이면 네가 사장 하든가."

헌의 무심한 말에 영준은 더 이상 토를 달지 못했다. 하지만 앞에 쌓인 산더미 같은 서류를 본 영준이 계속 앓는 소리를 하며 가만히 있는 예솔을 걸고 넘어졌다.

"박 팀장, 박 팀장이 좀 도와줘요. 우리 같은 동기잖아."

하지만 영준이 보율과 헌의 사이를 알고 농을 한 것을 눈치챈 예솔은 무심했다.

"자기의 일은 자기가 하는 겁니다. 최 팀장님이 혼자 하셔야겠네요."

영준의 절규와 동시에 저녁이 올라왔고 쌓여 있던 서류와 함께 영준도 옆으로 내쳐졌다. 테이블 위에 가득했던 일감을 전부 치우고 난 자리에는 호텔 직원이 가지고 올라온 갓 지은 따끈한 밥과 구수한 시래깃국, 갖은 나물 반찬들이 자리했다.

동그란 테이블에 둘러앉아 팀원들은 식사를 시작했다. 자연스럽게 둘러앉는다고 앉았는데 어느새 정신을 차려 보니 보율의 옆에는 헌이 앉아 있었다.

"자, 먹읍시다."

헌의 말을 시작으로 모두들 수저를 들고 늦은 저녁을 먹기 시작했다. 다들 머리 쓰는 일로 허기가 졌는지 아무런 소리도 없이 잘도 밥을 먹고 있는데 늘 전투적으로 밥을 먹던 보율의 젓가락질은 영 시원찮았다.

옆에서 은근히 그녀를 지켜보고 있던 헌이 입맛이 없어 보이는 그녀를 보다 못해 먹음직스러워 보이는 송이버섯구이를 집어 그녀의 밥 위에 얹어 줬다.

갑자기 밥 위로 올라온 버섯 때문에 보율은 놀라 주위를 살피기 시작했다. 뭐, 예솔이는 알고 있다 쳐도 다른 사람들에게까지 들키는 날에는 회사의 모든 소문들 중에 가장 핫한 소문의 주인

공이 되고 말거다.

다행히 배가 많이 고팠던 정 대리는 국에 코를 박고 먹고 있느라 눈치를 못 챈 것 같았다. 옆자리의 영준은 식사 중에도 서류를 정리하느라 정신이 없어 보였고 예솔은 보고도 모른 척하고 식사 중이었다. 보율이 헌을 보고 간절한 눈빛을 보냈다.

'사장님 하지 마요. 제발.'

하지만 헌은 그만둘 생각이 없어 보였다. 또다시 다른 반찬을 집은 젓가락이 그녀에게로 다가오고 있었다. 더 이상 여기에 있다가는 또 체하고 말지. 보율은 밥을 다 먹지도 않고 벌떡 일어났다.

"잘 먹었습니다. 그럼 저는 바람 좀 쐬고 오겠습니다."

밥은 반도 먹지 않고 일어난 보율은 밖으로 나가 버렸다. 두 사람의 낌새를 눈치채지 못한 정 대리는 밥을 먹는 것을 멈추지 않았다. 보율을 따라가려고 몸을 일으키려던 예솔은 그녀보다 먼저 헌이 선수 치고 일어나자 의자에 엉덩이를 다시 붙이고 앉았다.

그래, 문제가 있음 당사자들이 알아서 해야지, 내가 관여하는 건 아닌 것 같다.

두 사람 맘이 서로 같은 곳을 향해 가다 만나면 잘 되는 거고 두 사람이 어긋나면 잘 안 되는 거지, 내가 감 놔라 배 놔라 한다고 뭐가 달라지겠나. 예솔은 남은 밥을 먹기 위해 다시 수저를 들었다.

밖으로 나온 보율은 크게 한숨을 쉬었다. 평소에는 잘만 넘어가던 밥이 헌이 옆에 있으니 목에 뭐가 걸린 것처럼 넘어가질 않았다. 거기다 그가 무심코 하는 행동들이 그녀를 긴장시켰다.

건물 밖에 있는 산책로를 걸으며 보율은 찬 공기로 붉어진 볼을 달랬다. 차가운 바람을 맞으니 열기가 올라 붉어졌던 그녀의 볼이 다시 본연의 뽀얀 색으로 돌아왔다.

정신이 들고 나니 그녀의 얇은 니트 사이로 찬 바람이 숭숭 들어왔다. 갑자기 나오느라 위에 입을 것 하나 가지고 있지 않았다. 보율은 차가운 바람에 닭살이 인 팔을 문질렀다.

"춥다. 저녁이라 춥네."

추위에 다시 들어가야 하나 하고 생각하고 있을 때 그녀의 어깨 위로 무언가 덮였다. 놀라 뒤돌아보니 헌이 주머니에 손을 넣고 서 있었다.

"추운데 왜 이렇게 얇게 입고 나왔습니까?"

"어쩌다 보니……. 사장님은 식사 안 하시고 왜 나오셨어요?"

"이보율 씨 따라 나왔죠. 밥은 왜 안 먹습니까?"

"……."

보율은 아무런 말도 할 수가 없었다. 어디론가 숨어 버리고만 싶다. 아님 딱 십 분 전으로 시곗바늘을 돌리고 싶다. 헌과 마주치기 전에 뿅 하고 사라지는 거다. 하지만 그런 일은 일어날 수가 없겠지.

헌은 아무런 말이 없는 보율의 손을 잡고 벤치가 있는 곳으로 향했다. 보율은 누가 볼까 싶어 주위를 살피며 그에게 잡힌 손을 빼려고도 해 봤지만 손을 잡고 있는 그의 손의 힘은 당해 낼 수가 없었다. 벤치에 보율을 앉힌 그가 그녀의 옆에 앉았다.

"이렇게 계속 나 피할 겁니까?"

그와 눈을 마주치지도 못하면서 보율은 그에게 작게 대답했다.

"안 피했습니다."

보율의 작은 거짓말에 헌은 그녀의 고개를 손으로 들어 그만 바라보게 만들었다. 갑작스런 그의 행동에 그의 눈을 바라보게 된 보율이 그를 피하려 이리저리 눈동자를 굴려 댔다.

"이보율 씨, 정말 이럴 겁니까?"

한 음 올라간 것처럼 들리는 그의 말투에 보율은 변명 아닌 변명을 했다.

"사장님께서 너무 갑자기 그러시니깐. 거기다 다른 회사 사람들이 알면 어쩌시려고요?"

이 여자가 정말. 당장 달려가고 싶은 걸 천천히 간다고 말한 게 있어서 간신히 참고 있는데. 오늘 회의 중에도 내가 당신에게 향하는 시선을 붙잡는다고 얼마나 안간힘을 썼는데.

계속해서 그를 피하려고만 하는 보율의 고개가 밑으로 향하려고 했다. 하지만 헌은 보율의 고개를 들고 있는 손에 더 힘을 주었다. 할 수 없이 그의 눈과 맞닥뜨려야 하는 보율은 그의 눈과 마주 섰다.

"회사 사람이 아니라 나는 세상 사람들이 다 알아도 상관없어요. 사실은 오히려 다 알았으면 좋겠습니다. 내가 당신에게 간다고 했잖아요. 이 정도에도 놀라면 어떡합니까. 나는 내 모든 자제력을 끌어다 참고 있는 중이란 말입니다. 다음부터 나 피하지 말아요. 만약 또 피한다면 내가 무슨 짓을 할지 나도 모르겠습니다."

헌의 단호한 말에 보율의 심장이 춤추기 시작했다. 겨우 불그스름해진 볼을 달래 놨더니 다시 열기가 볼로 몰려왔다. 차가운 가을바람에도 물들기 시작한 볼은 가라앉을 생각을 하지 않았다.

그녀의 심장이 뛰고 얼굴에는 열기가 오르고 머리는 어지러워졌다. 방금 전까지 추워 몸을 떨게 만들었던 차가운 가을바람이 느껴지지 않는 이상한 가을밤이었다.

♣

간밤에 잠은 못 자고 뒤척이던 보율은 아침 해가 뜨기도 전에 침대에서 일어났다. 흐리기만 한 정신을 번쩍 들게 할 만한 것이 필요하다.

보율은 예솔이 깨지 않게 조심히 방문을 닫고 나왔다. 밑에 있는 실내 수영장으로 간 보율은 챙겨 온 파란 원피스 수영복으로 갈아입고 밖으로 나왔다.

예솔의 말을 듣고 수영복 챙겨 오길 잘한 것 같았다. 어릴 때부터 형부의 권유로 배우게 된 수영은 그녀의 아침 운동이었다. 간밤에 힘든 일이 있거나 마음이 복잡하거나 할 때 일찍 일어나 물속을 왔다 갔다 하면 어지러운 생각들이 전부 씻겨 내려간다.

지금 그녀의 머릿속을 어지럽게 만든 누군가를 잊기 위해 아침부터 어제 봐 둔 수영장으로 내려온 보율이었다. 휴가철이 아니라 묵는 사람이 별로 없어서인지 이른 아침의 실내 수영장은 사람 한 명 보이질 않았다.

간단한 준비 운동을 마치고 보율은 물속을 몸을 던졌다. 팔과 다리가 물을 가르는 소리가 고요한 수영장에 울렸다.

정신없이 팔을 젓고 다리를 차며 두어 번을 수영장을 가르던 그녀가 움직임을 멈추고 서서 가쁜 숨을 진정시켰다. 물을 가르는 소리가 가득하던 수영상이 다시 조용해졌다. 오직 보율의 숨소리가 전부였다.

그때, 조용하던 수영장에 발소리가 들려왔다. 이른 아침부터 누굴까 싶어 눈을 돌리자 어깨를 풀며 수영장으로 들어오는 헌이 보였다. 순간 생각이 정지한 보율은 주위를 두리번거리다 그대로 물속으로 들어갔다. 사방이 탁 트인 이 수영장에서 들어오는 그의 시선을 피해 숨을 곳은 물속뿐이었다.

다행히 그녀를 알아채지 못한 건지 헌은 그녀가 있는 쪽으로 다가오지는 않았다. 잘 숨었다고 생각한 것과 달리 초가 흐를수록 숨이 차올라 속으로 엄청 후회하고 있었다.

어릴 적에 자주 하던 잠수 놀이는 참 재밌었는데 지금은 재밌기는커녕 물속에서 숨을 참는 것이 점점 힘들어져 가고 있다. 헌이 수영하러 물속으로 몸을 던지는 순간 재빨리 물 밖으로 나가 도망가는 것이 그녀의 계획이었다. 준비 운동 좀 작작 하고 들어오지!

더 이상 참을 수 없다고 생각하는 순간 첨벙하는 소리가 들렸다. 드디어! 보율이 수면 위로 올라왔다. 어서 풀장을 벗어나야지,

생각하고 사다리로 올려가는 순간 그녀의 허리가 잡혀 다시 물에 잠겼다.

"이번에 물속으로 피한 겁니까?"

헌이었다. 그래 애초부터 물속에 숨겠다고 생각한 내가 바보 천치지. 나이는 어디로 먹었는지. 재민이가 알면 배를 잡고 웃겠다. 거기다 언니는 분명 등짝을 한 대 내리치겠지. 보율은 이 어처구니없는 상황이 그냥 웃겼다.

실실 비집고 나오는 웃음은 점점 커졌다. 텅 빈 수영장에 그녀의 예쁘고 청명한 웃음소리가 울렸다. 속눈썹에 물방울을 매단 채로 반달로 휘어 눈웃음을 짓고 있는 그녀가 예쁘다. 그녀의 웃는 모습이 물에 반사되어 빛이 난다. 헌이 그녀의 웃는 모습을 가슴에 담았다.

"뭐가 그렇게 웃깁니까?"

실컷 웃다가 너무 웃어 머리가 당기기까지 하는 보율이 긴 머리를 단단히 감싸고 있던 수영모를 벗었다. 그녀의 긴 머리가 차르륵 풀어져 물에 닿았다.

"아니, 그냥 제가 웃겨서요. 사장님을 피해 보겠다고 물속에 잠수하고 있었던 제가 너무 웃겨서요."

"그러니까, 또 나를 피한 거다?"

헌의 표정이 어딘가 석연찮게, 미묘하게 시시각각 변했다. 이윽고 씩 하고 웃으며 헌이 물을 가르고 한 발자국 그녀에게로 다가왔다. 그가 물을 밀고 다가오자 보율은 뒤로 물러났다.

그의 심상치 않은 표정에 긴장한 그녀가 풀장을 벗어나려 했다. 하지만 풀장을 벗어나려던 그녀는 그의 단단한 손에 잡혀 그의 넓은 품 앞에 서게 됐다. 차가운 물속에서도 그의 품은 열기를 뿜어내고 있었다. 나직하게 꺼내는 그의 목소리가 수영장에 낮게 깔렸다.

"내가 한 말 기억합니까?"

다음에 피하면 무슨 짓을 할지 모른다고. 단단한 근육이 자리 잡은 그의 품을 눈앞에 둔 보율이 고개를 끄덕였다.

"잘 알면서 또 피한 겁니까?"

진짜 그가 무슨 짓을 할지 모르니 쉽게 대답할 일이 아니라는 것을 본능적으로 알아차렸지만 그녀의 머리와 달리 그녀의 입은 생각나는 대로, 입에서 나오는 대로 그저 어설픈 변명을 할 뿐이었다.

"그냥 뭐, 수영장에서 마주치면 좀 어색할 것 같기도 하고, 마침 물속에 뭐가 있나 궁금하기도 하고……."

자기가 말해 놓고도 말도 안 되는 소리라는 것을 깨달은 보율은 물속으로 눈을 내리깔았다. 헌이 다시 물어왔다.

"또 피할 겁니까?"

보율이 도리도리 고개를 저었다. 물속으로까지 피해 봤으면 됐지, 어떤 수로 더 피하겠나? 헌에게 이런 웃긴 꼴까지 보이고 나니 더 이상 피하지 않아도 될 것 같았다. 이제 정말 약속할 수 있다. 보율이 헌을 보고 단단히 약속했다.

"아뇨. 이젠 정말 안 피할게요."

보율이 눈을 마주치며 해 오는 말이 맘에 들었는지 헌이 웃었다. 그가 웃는 모습에 보율이 눈을 동그랗게 떴다.

한 번도 제대로 웃는 모습을 보여 준 적이 없었다. 안 웃을 때는 몰랐는데 보일 듯 말 듯 거의 티가 나지 않던 그의 오른쪽 보조개가 살짝 들어갔다. 웃는 모습이 이렇게나 부드럽고 멋진데 여태껏 왜 그리 무표정했지?

보율이 저도 모르게 손을 올려 그의 오른쪽 보조개를 만졌다. 그의 보조개 위로 그녀의 손이 닿았고 그런 그녀의 따뜻한 손을 덮은 건 헌의 뜨거운 손이었다.

"그럼, 오늘 나를 피한 건 어떻게 해야 되겠습니까?"

낮게 울리는 헌의 말에 무슨 말이냐는 얼굴로 그를 쳐다보자 헌이 보조개가 들어가게 웃으며 그녀의 입술로 다가왔다.

천천히 물기가 어린 보율의 입술을 머금은 그의 입술이 조심히 한 번, 두 번 가볍게 입을 맞추었다. 그 후로도 몇 번 더 입을 맞춘 헌이 그녀에게서 떨어졌다. 헌이 멍해져 있는 보율의 보드라운 볼을 쓰다듬었다.

"다시는 날 피하지 마요."

그녀에게로 다시 헌의 뜨거운 입술이 닿았다. 살짝 벌어진 그녀의 안으로 그의 혀가 침범했다. 놀라 도망가는 그녀의 혀를 잡아채고 휘감고 놓치지 않겠다는 의자를 담아 헌이 그녀에게 키스했다.

방금 전의 깃털 같은 가벼운 키스가 아니라 열기가 가득해 무겁기까지 한 키스에 보율의 다리에 힘이 풀렸다. 머릿속의 복잡한 감정들이 하얀 도화지처럼 깨끗하게 지워져 버렸다. 오로지 헌이 주는 열망만 그녀의 하얀 머리를 붉게 수놓을 뿐이었다.

그가 그녀에게로 천천히, 끊임없이 노를 저어 다가간 것이 헛된 노력이 아니라는 것을 증명하듯 보율의 마음이 물속에 떠 목적지를 찾은 배처럼 헌에게로 방향을 틀었다.

나이는 먹을 만큼 먹었고 나름 모르는 것이 없다고 생각하는 그녀가 아직 알지 못한 것이 있었다. 아무리 고집 피우고 피하려 한다고 해도 사랑이 찾아왔을 땐 그 누구도 막을 수 없음을, 누구도 그 위력을 피할 수 없음을 그녀는 몰랐었다.

그리고 이제 보율은 깨달았다. 자신에게도 사랑이라는 것이 찾아왔음을. 이제 그 위력을 피할 수도 없다는 것을.

11.
데이트 신청하는 겁니다

이 주의 기간 동안 리조트에서 프로젝트를 완성하고 다시 돌아온 일상의 월요일, 프로젝트는 거의 마무리 단계에 들어갔다.

또 다른 프로젝트에 들어가기 전 어느 정도의 여유가 있는 동안은 각자 필요한 자료를 찾아 부족한 부분을 채우거나 아니면 다음에 맡을 프로젝트에 대해 조사하는 것이 프로젝트 마무리 단계의 팀원들이 할 일이라고 했다.

이번 프로젝트를 진행하면서 아직은 프로젝트 설계와 회계를 연관시키는 것이 부족하다고 생각한 보율은 이 남는 시간 동안 다른 자료들을 찾아볼 생각이었다. 보율이 자료실로 가기 위해 자리에서 일어났다.

"팀장님, 찾아볼 것이 있어서 자료실에 좀 갔다 오겠습니다."

자리에 앉아 여유를 부리고 있던 영준이 보율을 향해 마침 잘

됐다는 식으로 부탁했다.

"아, 그럼 가는 김에 나도 책 한 권 부탁해도 될까요?"

최 팀장의 부탁에 기다렸다는 듯이 다른 직원들도 너도 나도 필요한 책들을 한 권씩 부탁했다. 보율은 직원들이 말한 책을 포스트잇에 적어서 나왔다.

2층에 위치한 자료실. 컴컴한 내부에 불을 켜자 커다란 내부의 방대한 책들이 그녀를 반겼다. 회사의 모든 자료들이 꽂혀 있다는 자료실은 어마어마한 크기를 자랑했다.

보율이 엄청난 자료들 속에서 팀원들이 부탁한 책들과 오늘 봐야 할 자료를 찾아서 차곡차곡 쌓았다.

각자에게는 한 권씩이었지만 그 한 권씩이 모이니 제법 무거웠다. 별생각 없이 알겠다고 한 보율은 속으로 후회 중이었다. 이 많은 걸 한 번에 들고 갈 것인가. 아님 갔다가 다시 와서 가져갈 것인가, 고민해 봤지만 어떻게든 엘리베이터까지만 가면 사무실까지 무사히 가지고 갈 수 있을 것도 같았다.

그녀는 책을 차곡차곡 쌓은 책을 들었다. 시야를 가릴 정도로 쌓아 올린 자료와 책을 들고 있는 팔이 위태위태했다. 이러다가는 전부 다 떨어뜨릴 것만 같았다. 역시나.

"어어, 으악!"

맨 꼭대기에 위태위태하게 있던 책 두 권이 밑으로 떨어졌다. 괜히 한 번에 다 가지고 가겠다고 욕심을 부렸어. 보율은 들고 있던 책들을 다시 바닥에 내려놓고 떨어진 책을 주우려고 했다. 그때, 떨어져 있던 책들이 다시 쌓인 책들 위로 올라왔다. 보율은 책에 가려 보이지 않는 상대에게 살짝 고개를 숙였다.

"감사합니다."

"안 무겁습니까?"

익숙한 남자 목소리. 헌이었다. 얼굴을 보지 않아도 그의 목소리는 알아챌 수 있었다. 어떻게 잊을 수 있겠나. 리조트에서 생활하는 내내 그녀의 잠을 설치게 한 장본인인데.

수영장에서 그 일이 있고 난 후 보율은 헌이 자신을 좋아한다는 사실을 온전히 받아들였다. 그가 자신을 흔들고 있었다. 수영장에서의 키스 이후 그녀의 맘은 이러지도 저러지도 못하고 흔들리는 갈대였다.

정식으로 사귀는 사이도 아니고 그렇다고 아무것도 아닌 사이도 아닌 뭔가가 있지만 그렇다고 딱 잘라 뭐라 정의할 수 없는 사이.

그래도 일하는 회사에서 보율은 사장과 그런 사이인 것을 티내지 않기 위해 엄청나게 노력 중이다. 보율이 두근거리며 갈팡질팡하는 마음을 붙잡고는 자료들을 다시 한 번 고쳐 들고 단호히 고개를 흔들었다.

"괜찮습니다. 이 정도야, 뭐."

보율의 호기 있는 말과 다르게 무거운 책을 든 그녀의 팔이 조금씩 아파 왔다. 그녀도 모르게 저절로 얼굴에 인상이 써졌다.

"그래요?"

"네. 그럼요."

얼른 이 무거운 책을 내려 두고 싶다는 생각밖에 들지 않는 그녀는 재빨리 자료실을 벗어나려고 했다. 하지만 무거운 책들이 그녀의 팔을 점점 밑으로 내려가게 만들었다. 그때, 헌이 보율의 팔에 있던 무거운 책들을 전부 가져갔다.

"내가 들어 줄게요."

"괜찮은데……."

말은 그렇게 하고 있었지만 보율은 웃으며 아픈 팔을 주물렀다. 그녀의 가녀린 팔과 달리 그의 단단한 팔은 많은 책의 무게가 아무렇지 않아 보였다. 같이 엘리베이터로 향하는 길에서 헌이 그녀가 자신의 팔을 콩콩 때리는 것을 보고는 웃었다.

"고맙죠?"

"네?"

"내가 딱 이 순간에 나타나 준 거 말입니다."

장난으로 그냥 하는 말이 아니라 정말 진지한 얼굴로 이야기하고 있으니 그렇다고 대답하라는 강요가 보였다. 뭐, 고맙기는 하지. 그가 아니었으면 벌써 저 많은 책들은 땅에 떨어져 뒹굴고 있을 테니. 보율은 마지못해 고개를 끄덕였다.

"네, 감사합니다."

그녀의 대답을 기다렸다는 듯이 헌이 준비한 말을 꺼냈다.

"그럼 오늘 마치고 저녁 식사라도 같이 해요."

"저녁요?"

별다른 약속은 없었지만 특별한 일이 없으면 언제나 가족들과 함께 밥을 먹는 보율은 속으로 갈등했다. 헌이 고민하는 그녀를 보며 책을 가볍게 들고 있던 팔에 힘을 빼고 엄살을 부렸다.

"책이 보기보다 꽤 무겁네요."

그래, 밥 한 번 같이 먹는 건데. 보율이 고개를 끄덕였다.

"네."

보율의 얼굴을 초초하게 보고 있던 헌은 허락의 말이 떨어지자 전에 그녀를 설레게 한 보조개가 살짝 들어가는 웃음을 보여 줬다. 웃는 모습이 예쁘다. 남자의 웃음이 예쁘다니. 그의 웃음에 그녀의 볼이 붉게 물들었다.

그 웃음에 보율이 멍하니 시선을 뺏겼을 때 헌이 멋있는 목소리로 말을 이었다.

"이거 데이트 신청입니다."

그의 말에 보율의 가슴이 춤을 추기 시작했다. 하지만 쉴 새 없이 춤추고 있는 마음을 내보이지 않기 위해 보율은 애써 아무렇지 않게 그에게서 고개를 돌리고 부러 작은 혼잣말로 툴툴거리는 말을 내뱉었다.

"그냥 저녁 먹는 건데 무슨 데이트씩이나."

그런 그녀의 툴툴거림도 그에게는 작은 행복이었다. 헌이 책을 든 채로 그녀의 귓가로 다가와 속삭였다.

"나는 다른 여자랑은 차도 안 마십니다. 당신과 단둘이, 차도 아니고 무려 식사를 하는 건데 당연히 데이트죠."

그의 청산유수 같은 말에 할 말을 잃고 굳게 서 있는 보율과 또 그런 그녀를 사랑스럽게 바라보고 있는 헌의 위로 가을의 반짝반짝한 햇살이 내려앉았다.

그에게서 데이트 신청을 받고 나서부터 보율의 정신은 어디론가 사라져 버렸다. 다행히 중요한 업무가 없었기에 망정이지. 얼마나 정신을 빼놓고 있었는지 핸드폰이 연신 울리는 것도 알아채지 못했다. 계속 울리는 진동 소리에 옆자리에 있던 손 대리가 보율을 흔들었다.

"보율 씨, 핸드폰이 계속 울리는데?"

그제야 보율은 진동하고 있는 핸드폰을 들었다. 카톡으로 민지와 예솔이 연신 그녀에게 메시지를 보내고 있었다. 민지가 귀여운 캐릭터와 함께 시작한 메시지가 처음이었다.

[우리 오늘 마치고 맛있는 거 먹으러 갈까?]

예솔도 좋다고 엄지를 보냈지만 보율이 연락이 없으니 계속 물어 오는 메시지 때문에 핸드폰이 진동이 울렸나 보다. 하지만 보율은 오늘 헌과의 선약이 있으니 친구들과 함께 나가지 못할 것 같았다. 재빨리 보율이 화면의 자판을 눌렀다.

[미안. 나는 오늘 선약이 있어.]

보율의 선약이라는 말에 어떤 선약? 무슨 선약? 연신 핸드폰이 울려 댔지만 그녀는 헌과 데이트가 있다는 소리를 선뜻 꺼내질 못했다.

하지만 결국은 알게 될 일들이고 친구들은 그녀가 그 일을 숨겼다는 걸 알게 되면 섭섭해할 것이 분명하다. 결국 보율은 한 자 한 자 눌러 친구들에게 보냈다.

[나 오늘 데이트 있어.]

그녀의 한 줄의 메시지가 가져온 파장은 어마어마했다. 글자를 읽을 수 없도록 엄청난 속도로 올라가 버리는 대화창 때문에 보율의 눈이 동그래졌다. 누구와 데이트하냐부터 시작해서 어디로 가기로 했느냐, 어떻게 데이트 신청을 받았냐까지.

신문 1면을 장식할 만한 사건을 취재하듯 물어 오는 친구들의 질문에 답하느라 보율의 손은 화면을 연신 두드리고 있었다.

[사장님이랑. 사장님이 저녁 먹자고 하셨어. 그러면서 '이건 데이트 신청하는 겁니다' 라고 말했음.]

그녀의 대답이 올라가자 민지의 하트가 휴대폰 화면을 연신 도배했다. 사장님 멋있다부터 시작해서 민지는 헌이 로맨스의 영화의 주인공 같다며 좋아했다.

민지의 말대로 그가 멋있는 건 인정하지만 보율은 그와의 데이트가 어쩌면 불편할지도 모르겠다는 생각이 불쑥 들었다. 그녀의 고개가 밑으로 떨어졌다.

[밥 한 끼 같이 먹는 건데 뭐. 근데 불편할 것 같아.]

그녀의 괜한 걱정과 달리 예솔과 민지는 보율의 데이트를 축하하며 즐겁게 놀다 오라고 격려를 아끼지 않았다. 친구들과의 대화가 정신없이 지나가고 나서 쉬고 있던 보율의 핸드폰으로 띵 하고 문자가 들어왔다.

[일 다 마치고 주차장으로 내려와요. 기다리고 있을게요.]

퇴근하기까지 30분도 남지 않았다. 점점 시간이 다가옴을 안 보율의 가슴이 콩닥거렸다. 콩닥콩닥 빨리 뛰는 그녀의 심장처럼 삼십 분이라는 시간은 눈 깜짝할 사이에 지나갔고 퇴근 시간이 되었다.

시간에 맞춰 집으로 돌아가기 위해 직원들은 전부 자리에서 일어났다. 영준이 퇴근하며 아직 자리에 앉아 있는 보율에게 인사를 건넸다.

"보율 씨, 이제 그만 퇴근해요."

"네. 저는 이것만 보고 퇴근하겠습니다."

볼 자료도 없으면서 무작정 손에 잡히는 서류를 들고는 보율은 어색한 웃음을 지어 보였다.

프로젝트 업무가 있는 날이면 밤을 새우는 날이 많기도 하지만 요즘처럼 큰 프로젝트가 끝난 날에는 이렇게 퇴근 시간에 칼같이 퇴근하는 게 이 회사의 보이지 않는 룰이었다.

역시나 일하던 직원들은 퇴근 시간에 맞춰 전부 모습을 감춰 보이질 않았다. 영준은 의미심장한 웃음을 남기며 인사하고 사무실을 나섰다.

자리에 앉아 보지도 않는 서류를 만지작거리고 있던 보율이 주위를 살피며 자리에서 일어났다. 혹시나 헌과 함께 차를 타고 가는 것을 회사 사람들에게 들킬까 싶어 보율은 지금껏 퇴근하지 않고 자리를 지키고 있었다.

퇴근 시간보다 삼십 분이나 더 자리를 지키고 있던 그녀가 천천히 주위를 살피며 지하로 내려가는 엘리베이터를 탔다. 지하에 도착한 엘리베이터에서 내려서도 긴장을 놓지 않고 가방을 꼭 쥐고는 주위를 두리번거렸다.

주차장에 다른 사람들이 있나 살피던 그녀는 갑자기 튀어나온 사람에 놀라 쥐고 있던 가방을 떨어뜨렸다.

"깍!"

"뭐 합니까?"

보율이 놀란 가슴을 부여잡고 있는 동안 헌은 보율의 가방에서 쏟아진 것들을 주워 담고 가방을 그녀에게 내밀었다. 보율은 갑자기 나타난 게 헌인 걸 알고는 저도 모르게 그의 팔을 때렸다.

"놀랐잖아요!"

"아! 주위는 왜 살피고 그럽니까?"

"회사 사람들이 볼까 봐서요."

"보면 보는 거죠."

그녀의 우려와 상관없이 헌은 오히려 다른 사람들도 다 보란 식으로 주차장이 울리도록 큰 소리를 냈다. 그런 그 때문에 보율의 가슴은 더 쪼그라들었다.

"사장님 정말! 사장님 저랑 소문나면 어쩌시려고요."

"소문나면 좋겠네요. 그것도 아주 크게 전국적으로……."

헌은 전혀 상관없다는 식으로 이야기했지만 보율에게는 큰 문제였다. 사장이 직원과 그것도 이제 막 들어온 신입과 데이트를 한다니. 그렇게 생각하지 않는 사람도 있겠지만 언제나 소문은 소문을 만들어 내고 왜곡된 방향으로 흐르기도 하는 거니까. 보율은 심각하게 이야기를 이었다.

"사장님 그러시다가 장가 못 가실 수도 있어요."

"그럼 이보율 씨가 구제해 주면 되겠네요."

"장난하지 마시고요."

그가 자신의 말을 장난으로 받아들였다고 생각한 보율이 이 어색한 상황을 모면하려 가볍게 말을 던졌지만 그는 진지했다.

"누가 장난이랍니까? 나는 진심인데."

그의 말에 보율의 주위를 둘러싸고 있던 모든 것들이 정지했다. 그의 진지한 눈빛에 공기마저 정지했는지 보율의 숨이 막혀 왔다.

멍한 그녀의 손을 잡아 차에 앉히고 그가 운전해서 데리고 온 곳은 그녀가 자주 가는 식당이었다. 그녀가 멍한 정신을 차렸을 때는 룸 안에 자리를 잡고 헌이 따라 주는 물을 받고 있었다.

"뭐 먹을래요?"

차가운 물을 한 모금 마시고 나니 그녀의 정신이 번쩍 돌아왔다. 헌이 데리고 온 곳은 그녀가 즐겨 찾는 곳 중에 하나였다. 그리 유명하지도 않고 숨어 있는 맛집이라 아는 사람이 별로 없는데. 사장님도 혹시 단골이신가?

"여기 어떻게 아셨어요?"

"김 비서가 알려 줬습니다."

그럼 그렇지. 보율은 고개를 끄덕였다. 김민지 두고 보자. 헌이 보율을 보며 메뉴판을 내밀었다.

"보율 씨가 제일 좋아하는 걸로 먹읍시다."

보율은 메뉴판을 두고 고민했다. 먹고 싶은 건 너무 많은데 여기서 평소대로 먹고 싶은 걸 다 시키면 안 될 것만 같았다.

여기는 일일이 두드려 만든 떡갈비 정식도 맛있고 닭 한 마리가 통째로 뚝배기에 나오는 누룽지 백숙도 맛있는데. 민지와 예솔이랑 같이 왔다면 각자 다른 걸 시켜 나눠 먹는데 사장님 각자 다른 거 시키셔서 나눠 먹을까요, 하고 말하는 건 너무 웃길 것 같다.

오늘은 야들야들한 닭다리가 당기지만 닭다리를 잡고 뜯는 추태를 보여 줄 수 없다. 고민에 고민을 거듭한 그녀는 떡갈비 정식을 가리켰다.

"저는 떡갈비 정식으로 하겠습니다."

메뉴를 두고 열심히 고심하던 그녀를 지켜본 헌이 씩 웃더니 직원을 불렀다.

"여기 떡갈비 정식 하나랑 누룽지 백숙 하나 주십시오."

백숙이라는 소리에 보율의 입이 삐죽였다. 내가 먹고 싶었던 건데.

음식이 나오기를 기다리면서 보율은 식탁 밑에서 손을 꼼지락거렸다. 이 어색한 시간이 얼른 지나가길. 그녀의 바람대로 준비된 음식이 속속 나오기 시작했다. 보율의 앞에 떡갈비와 대나무통밥이 놓이고 헌의 앞에는 닭이 담긴 뚝배기가 놓였다.

본래 어디를 가든 자신이 시킨 것보다 남이 시킨 게 더 커 보이고 맛있어 보이는 거다. 보율은 처음부터 먹고 싶었던 백숙에게서 눈을 떼지 못했다. 헌이 숟가락을 들어 국물을 떠먹었다.

"음, 맛있네요. 보율 씨도 어서 먹어요."

보율은 입맛을 다시며 대나무통에 든 밥을 퍼서 먹었다. 떡갈비도 맛있긴 하지만 백숙도 먹고 싶다. 그렇다고 헌을 보고 저 닭다리 하나만 주세요, 할 수도 없는 노릇이고. 내일 다시 와서 꼭

저 백숙을 먹고야 말겠다.

아쉬운 맘으로 밥을 퍼서 입에 넣고 있는데 보율의 앞으로 닭
다리 두 개와 누룽지가 담긴 그릇이 다가왔다.

"보율 씨 먹어요. 나는 다리 별로 안 좋아합니다."

그의 호의에 이게 웬 떡이냐 싶어 보율은 닭다리를 감사히 받
았다. 헌은 속으로 웃었다. 김 비서의 말대로 하길 잘했다.

김 비서는 헌이 제시한 유급휴가의 유혹을 이기지 못하고 구구
절절 그에게 보율과 함께 밥을 먹을 때 필요한 모든 것을 이야기
해 줬다.

세 사람이 이곳에 오면 꼭 시키는 메뉴가 세 개 있단다. 구절
판, 누룽지 백숙, 떡갈비 정식. 그리고 항상 나눠 먹는단다.

보율이 가장 심각해지는 때가 있는 데 바로 메뉴판을 들고 두
가지 먹고 싶은 것 중 하나를 고르는 일이라고 했다. 그러니 사장
님은 보율이 떡갈비를 시키면 누룽지 백숙을 시키고 보율이 누룽
지 백숙을 시키면 떡갈비를 시켜서 음식을 조금 덜어 그녀에게
주라고 충고했다.

김 비서의 말대로 메뉴판을 보고 미간을 좁히며 아주 큰 고민
에 빠지던 그녀를 보는데 저절로 웃음이 나왔다. 거기다 자신의
음식을 보며 아쉬움이 가득한 얼굴이라니.

그는 순순히 닭다리를 모두 그녀에게 양보했다. 그녀가 먹는
것만 봐도 헌은 배가 불렀다. 헌은 잘 먹고 있는 보율에게서 눈을
떼지 못했다.

한창 닭다리를 뜯던 보율은 순간 식사는 하지 않고 그녀만 보

고 있던 헌의 눈과 마주쳤다. 사장 앞에서 닭다리 잡을 수 없다는 생각에 떡갈비를 시켜 놓고는 또 주니 좋다고 이러고 먹고 있다. 보율은 잘 먹고 있던 닭을 내려놓았다.

"사장님은 안 드세요?"

"먹어요. 먹습니다. 어서 먹어요."

헌도 멈췄던 수저질을 다시 시작했다. 그의 앞으로 보율의 떡갈비가 다가왔다. 눈을 들어 보니 그녀가 어색함이 사라진 얼굴로 웃고 있었다.

"여기 떡갈비도 맛있어요. 드셔 보세요."

보율의 작은 행동에 또 그의 마음이 풀어져 버렸다. 그녀와 한층 더 친근해진 것 같은 이 저녁도, 그녀도 전부 좋았다. 어색하지 않고 자연스럽게 흐르는 그녀와의 모든 순간이 좋아져 버렸다.

두 사람 모두 맛있게 식사를 마쳤다. 계산을 마치고 나오는 헌을 기다리고 있던 보율은 인사를 잊지 않았다.

"잘 먹었습니다. 그럼 저는 여기서 이만 가 볼게요."

밥만 먹고 헤어지려는 보율을 헌이 붙잡았다.

"태워 줄게요."

하지만 보율은 손을 내저었다.

"아니에요. 여기서 집까지 걸어서 이십 분도 안 걸려요. 소화도 시킬 겸 걸어가겠습니다."

"그럼 여기서 잠시만 기다려요."

가려는 그녀에게 가지 말라고 다시 한 번 단단히 일러둔 헌은 가게 안으로 들어갔다 나왔다.

"가요. 데려다 줄게요."

"사장님 차는 어쩌시려고요?"

보율이 놀라 물었지만 헌은 그녀의 손을 잡아끌며 그녀의 집 쪽으로 걷기 시작했다.

"여기 잠깐 주차해 놓는다고 이야기했어요."

보율이 잡힌 손을 빼려고 작게 꼼지락거려 봤지만 헌의 크고 따뜻한 손은 그녀의 작은 손을 놓을 생각이 없어 보였다. 한 발자국 한 발자국 헌은 느리게 걸으며 넓지 않은 그녀의 보폭에 발을 맞췄다.

아무런 말도 없었고 서로의 얼굴도 보지 않고 있었지만 두 사람이 잡고 있는 두 손의 온기는 식을 줄 몰랐다. 그녀의 집이 점점 가까워 오자 헌은 조금 더 그녀와 있고 싶어서 길가에 보이는 커피 트럭을 가리켰다.

"따뜻한 거라도 한잔할까요?"

마침 저녁이라 춥기도 했고 보율은 고개를 끄덕였다. 길가에 있는 트럭으로 다가간 헌이 핫초코와 커피를 주문했다. 그리고 헌이 금방 만들어져 나온 따뜻한 핫초코를 그녀의 손에 쥐여 줬다.

그는 다음으로 나오는 커피 한 잔을 받아 들었다. 그리고 한 모금 넘겼다. 별로일 거라고 생각했던 것과 달리 커피 맛이 나쁘지 않았다.

사실 그는 항상 먹는 커피가 있다. 하지만 그녀와 함께 마시는 건데 원두가 아니면 어떻고 맛이 좀 없으면 또 어떠랴. 그녀와 함께 있는 이 순간 자체가 좋은데.

커피와 핫초코로 몸을 녹인 두 사람은 다시 멈췄던 걸음을 옮기기 시작했다. 헌이 다시 보율의 손을 꼭 잡았다. 이번에는 보율도 그에게서 벗어나려 하지 않고 잠자코 그의 손에 잡혔다. 또 그의 입꼬리가 올라간다.

가을 물이 든 노란 은행잎이 바람에 차라락 떨어지고 있었다. 헌의 머리카락에도 보율의 머리카락에도 그리고 두 사람이 잡은 손 위에도 은행잎이 스치고 지나갔다. 보율의 집으로 걸어가는 이십여 분의 시간 동안 길가에 있는 은행잎은 계속해서 떨어지고 있었다.

그녀의 집이 보이기 시작했다. 이제 그녀를 집에 들여보내야 하는 시간이 다가오고 있었다. 아쉬움이 그의 마음에 꽉 들어찼다.

당장이라도 곁에 두고 싶은데 그런 그의 성급한 마음을 들으면 또 이 여자는 놀라 저 멀리 줄행랑을 치겠지. 은행잎이 떨어지며 만들어 내는 노란 빗속에서 헌이 멈춰 섰다.

'계속 이렇게 당신만 보고 있었으면 좋겠어.'

헌이 마주 잡은 손이 아닌 다른 손을 들어 그녀의 머리에 떨어진 은행잎을 떼어 주었다.

키스하고 싶다. 어두컴컴한 밤, 가로등 불빛이 희미한 담장 밑에서 헌의 얼굴이 점점 그녀에게로 다가섰다. 그의 시원한 향수 냄새와 방금 전 마셨던 커피 향이 섞여 그녀 주위를 감쌌다.

보율은 꿀꺽하고 침을 삼켰다. 저번처럼 다가온 그가 다음에 어떻게 할지 알고 있으니. 그의 얼굴이 코앞으로 다가왔을 때 보율은 눈을 감았다. 하지만 두 사람의 입술이 맞닿기도 전에 날카로운 목소리가 두 사람 사이를 날카롭게 파고들었다.

"이모!"

12.
그녀를 잡으려면 그녀의 주위를
먼저 공략하라

얼마 전까지 시험이다 보니 저녁마다 하던 운동을 거르고 있던 재민은 가볍게 몸이라도 풀까 싶어 근처 공원을 돌고 집으로 돌아오는 길이었다.

집에 거의 다 와 갈 즈음 한창 진도를 나가려는 듯 보이는 커플을 발견했다. 그는 물론 모른 척 지나쳐 주려고 했다.

아직까지 절절한 사랑은 안 해 봐서 확실하게 이야기할 수는 없지만 자신의 부모님만 봐도 서로를 향한 사랑이 시간이 그렇게 흘렀는데도 여전히 애절하고 애달파하지 않으신가. 당연히 이럴 때는 가던 길도 돌아가야 하는 거다.

하지만 조용히 모른 척 지나가려던 그는 자신의 이모가 그 애절한 커플의 주인공이라는 것 알았을 때, 그리고 그 상대가 전에 봤던 이모네 사장이라는 사실을 인지했을 때 더 이상 센스를 발

휘할 수가 없었다. 재민이 키스하려는 보율에게 부리나케 달려가면서 그녀를 불렀다.

"이모!"

가을밤에 분위기 잡으며 서로에게 다가가던 두 사람은 산통을 깨는 목소리에 그대로 멈췄다. 자신을 부르는 목소리가 조카라는 사실을 안 보율의 얼굴은 절로 굳어졌다. 보율의 얼굴뿐만 아니라 그녀에게 키스하려다 하지 못한 아쉬움으로 헌의 얼굴까지 굳어진 건 당연한 일이었다.

재민에게 들킨 것이 민망해진 보율이 이리저리 눈을 굴리며 어쩔 줄을 몰라 했다. 헌이 당황하고 부끄러워 달아오른 그녀의 얼굴을 끌어당겨 안았다.

"어쩌나. 오늘은 이렇게 헤어져야겠어요."

그의 품에 안기자 이 상황 속에서도 오로지 그의 목소리만 그녀의 귓가에 울렸다. 그의 다정한 손이 그녀의 등을 부드럽게 토닥였다.

그에게 안기기 전에 재민에게 이 상황을 어떻게 설명해야 할지 난감해서 혼돈에 빠진 상태였다. '이모 남자친구야.' 하기도 뭐하고, '이모 회사 사장님이야'는 더 이상하잖아! 행여 재민이 형부한테 입이라도 뻥긋하면 헌은 형부 앞에 무릎이라도 꿇어야 할 텐데!

하지만 그녀를 쓰다듬는 그의 손은 당황하지 말라고, 그리고 나에게서 다시 한 발자국 뒤로 물러나려는 허튼 생각 같은 건 하지 말라고, 그렇게 이야기하는 것만 같았다. 보율이 고개를 끄덕였다.

"오늘 못 한 건 다음에 하죠."

눈에 쌍심지를 켜고 다가오고 있는 조카가 있는데도 여유를 부리며 농담을 하는 헌의 말에 보율은 작게 웃음을 터트렸다.

기세 좋게 걸어오고 있던 재민은 그런 보율을 보고 자리에 우뚝 멈춰 섰다. 이모가 웃는다. 그것도 행복하게 웃는다. 원래 잘 웃는 사람이었지만 남자 앞에서 저렇게 웃는 건 처음 본다. 설마 이모가 저 허우대 멀쩡한 놈에게 완전히 넘어간 건 아니겠지. 재민이 한걸음에 두 사람 앞으로 달려갔다.

"이모! 집에 들어가 있어."

재민의 화난 듯한 목소리에 보율의 눈이 동그래졌다. 조카는 한 번도 이렇게 큰 소리를 낸 적이 없는 순둥이 중의 순둥이인데. 다른 사람도 아니고 자신에게 이러는 것이 믿기지 않는지 보율이 눈을 끔벅거렸다. 자신의 순한 조카가 맞는 건가 눈을 다시 뜨고 봐도 조카가 맞았다.

"너 나한테 지금 화내는 거야?"

보율의 작아진 목소리에 재민은 자신의 머리를 헝클며 한숨을 내쉬었다. 잔뜩 무게 잡고 있었는데. 이모의 물음에 그는 한층 누그러진 목소리로 돌아왔다.

"아냐. 내가 이모한테 왜 화를 내. 먼저 집에 들어가 있어."

다른 사람에게 버릇없이 굴 조카가 아니라는 것을 알지만 혹시나 싶어 보율이 집으로 들어가지 못하고 망설였다. 그런 그녀의 등을 안으로 떠민 것은 재민이 아닌 헌이었다.

"괜찮아요. 들어가요."

"하지만……."

보율은 선뜻 집으로 들어가지 못하고 망설였지만 두 남자의 어서 들어가라는 무언의 압박에 집 대문으로 들어섰다. 대문 안에 들어왔으면서 집 안으로 선뜻 들어가지 못한 보율은 두 사람이 서 있는 곳에서 가장 가까운 담장에 몸을 밀착했다.

담장에 댄 귀를 쫑긋 세우고 밖에서 나는 소리를 엿들으려 애썼지만 두꺼운 담장에 막혀 어떤 소리도 들려오질 않았다. 그러면 그럴수록 보율의 몸은 담장과 하나가 되고 있었다.

그런 사실을 모르는 두 사람은 그녀가 대문 안으로 들어가고 어느 정도의 시간이 지나서야 서로의 얼굴을 마주했다. 헌은 여유로운 표정인 반면에 재민은 눈에 잔뜩 힘을 주고 있었다.

"우리 이모 좋아해요?"

피는 못 속인다더니. 이 집 식구들은 돌려서 물어보는 것 따위는 모르는가 보다. 그녀도 자신을 향해 '사장님 혹시 저 좋아하세요?'라고 물었다. 그녀가 생각이 나니 역시나 헌은 피식하고 작은 웃음을 터뜨렸다.

하지만 자신이 심각하게 물었는데 웃는 헌 때문에 재민은 확빈정이 상했다.

"지금 이 상황이 웃깁니까?"

정색하는 재민의 말에 헌은 웃음을 거두었다. 그리고 진지한 표정과 진중한 말로 대답했다.

"아니, 이모랑 조카가 너무 닮아서, 미안. 물론 조카의 질문에 대답하자면 예스. 나 너희 이모 좋아해."

그건 맞는 말이지. 이모와 자신이 얼마나 많이 닮았는데. 식성도 비슷하고 취미도 같고 좋아하는 드라마까지 같은데. 보율을 닮았다는 말에 재민의 얼굴이 저도 모르게 풀려 버렸다. 그런 재민의 빈틈을 헌은 놓치지 않았다.

"이모는 참 예쁜 사람인 거 알고 있지? 마음이 참 예쁜 사람이야. 아, 물론 얼굴도 예쁘기지만."

재민의 눈동자가 다시 흔들린다. 헌은 자신이 좋아하는 여자를 참 많이 닮은 재민의 어깨를 두어 번 토닥였다.

"나는 재민 군이 허락해 줬으면 좋겠어. 조카가 허락하지 않으면 이모는 절대로 누군가를 만나지 않는다는 거 알고 있지?"

재민 역시 그 사실을 너무 잘 알고 있다. 이모는 가족이 반대하는 일 따위는 절대 하지 않을 사람이다. 그게 자신이 좋아하게 된 남자와 헤어져야 하는 일이 될지라도.

하지만 쉽게 오케이 하고 싶은 생각이 들지가 않았다. 아직 정확히 이 남자에 대해 아는 것이 없지 않은가. 지금 당장 반대만 앞세우는 것보다 재민은 한발 물러나 보기로 했다.

"계속 지켜볼 거예요. 혹시나 우리 이모에게 상처 주거나 하면 날 상대해야 하는 게 아니라 더 큰 상대를 만나게 될 거예요. 이건 뭐, 경고라고 하죠."

재민의 경고에 헌은 그에게로 가까이 다가왔다. 재민도 어디가서 누구를 올려다보지 않을 정도로 큰 키인데 저보다 조금 더 큰 이모의 남자는 그에게로 고개를 숙여 왔다.

"고마워. 아, 아직 부모님께는 비밀로 해 줘요. 때가 되면 내가 직접 만나 뵙고 말씀드리고 싶거든."

헌의 인사를 받은 재민은 굳어졌다. 처음에 봤을 땐 반말하며 엄청 차갑고 딱딱해서 구부릴 줄 모르는 사람일 거라고 생각했었다. 한참 어린 자신에게 고개를 숙이는 그의 모습은 선입견이라는 것이 얼마나 무서운 것인지 깨닫게 해 주는 것이었다.

재민도 어쩌면 미래의 이모부가 될지도 모르는 헌을 향해 고개를 숙였다.

"다음에 다시 만나면 술이나 한잔 사 주십시오."

재민의 반허락에 헌은 기분 좋게 웃음을 터트렸다.

"하하하, 술 한잔 괜찮네."

헌이 재민의 어깨를 다시 정답게 두드리고는 편안하게 말을 이었다.

"다음에 봐. 아! 내가 준 건 잘 쓰고 있나 봐?"

뭘 말하는 건지 알아듣지 못한 재민은 반문했다.

"네?"

"내가 사 준 향수 말이야. 향이 잘 어울리네."

재민의 대답도 듣지 않고 헌은 손을 흔들며 유유자적 사라졌다. 재민은 결국 고개를 떨어뜨렸다. 처음부터 재민은 헌에게 상대가 되지 않는지도 모른다. 진작부터 뇌물을 받은 자신이 헌에게 갑질을 한다는 건 말도 안 되는 일이니. 이래서 선물은 함부로 받는 게 아니라니까.

맘과는 달리 흘러가 버린 상황에 재민은 어깨를 늘어뜨린 채

집 안으로 들어섰다. 그러자 기다렸다는 듯이 담장에 숨어 있던 보율이 휙 하고 튀어나왔다. 갑자기 귀신처럼 튀어나온 보율 때문에 재민이 놀라 뒤로 넘어졌다.

"놀랐잖아, 이모!"

"너만 놀랐냐. 나는 아까 더 놀랐어. 그래서, 사장님이 뭐래?"

일어나 엉덩이를 터는 재민은 아무런 말이 없었다. 보율이 계속해서 두 사람의 대화를 캐물어 왔다. 하지만 재민은 씨익 웃을 뿐 속 시원히 대답해 주지 않았다.

"비밀이야. 이건 남자 대 남자의 대화라고."

궁금해 죽을 것 같은 보율은 보이지 않는지 재민은 쌩하니 돌아서 버렸다. 아직도 철없는 이모 관리하느라 체력이 다 방전된 재민은 얼른 씻고 자고 싶다는 생각밖에 들지 않았다.

흥분해서 뛰는 보율을 두고 재민은 집 안으로 들어가 버렸다. 어떻게 됐는지 알지 못해 답답한 보율만 마당에서 콩콩거리고 있었다.

♣

다음 날, 회사에 출근한 보율은 헌의 모습을 볼 수가 없었다. 회의가 있는 날이 아니면 평사원인 보율이 헌을 만날 기회는 그리 많지 않았다.

점심시간 때도 회사 사람들에게 둘러싸여 점심을 먹고 있는 그에게로 다가가기가 쉬운 일은 아니었다. 길을 가다가 마주쳐도 헌은 언제나 사람들에게 둘러싸여 있어서 보율은 그의 근처로 가지도 못했다.

어제 무슨 대화를 했는지 물어보려고 했는데, 어제의 대화도 궁금하고 그의 얼굴도 잠깐 보고 싶고, 여러 감정들이 뒤섞여 보율의 머리를 복잡하게 만들었다.

점심을 먹고 쉬는 시간 중에 보율의 핸드폰이 울렸다.

[옥상으로 와요.]

아무런 설명 없이 장소만 가르쳐 주는 문자는 헌이 보낸 것이었다. 보율은 조심히 자리에서 빠져나와 옥상으로 올라가려 엘리베이터를 잡아탔다.

옥상은 한 번도 가 본 적이 없는데. 이 회사는 옥상까지 가는 엘리베이터가 없다. 꼭대기 8층이 마지막이고 8층에서 계단으로 한 층을 올라가야 옥상으로 갈수 있다. 8층에서 내린 보율은 옥상으로 올라가는 비상구 문을 열었다.

꽤 두꺼워서 여는 데 힘이 들 거라 생각한 문이 쉽게 열리고 보율은 안쪽으로 단번에 끌려 들어갔다.

누가 잡아당기나 싶어 보니 어두컴컴한 구석에 헌이 서 있었다. 옥상에서 만나기로 해 놓고는 얼굴도 잘 보이질 않는 비상구에서 그녀를 잡은 그를 보니 보율은 당연히 궁금증이 일었다.

"왜?"

"쉿……."

헌이 손가락을 입으로 가져가며 조용히 하라는 몸짓을 취했다. 그러자 말소리가 들리고 옥상에서 내려오는 두 사람이 보였다.

헌이 보율의 손을 잡고는 내려오는 계단 뒤편 좁은 구석으로 향했다. 좁은 공간에 두 사람이 숨기 위해 헌은 그녀를 당겨 그의 품에 안고는 구석으로 몸을 숨겼다.

옥상에서 내려오는 커플은 기획실의 정해돈 대리와 마케팅팀의 귀염둥이 막내 진아였다. 정 대리는 진아의 손을 잡고 뽀뽀를 날리며 애정을 가감 없이 표현하고 있었다.

아니, 두 사람이 언제 저렇고 저런 사이가 된 거지? 얼마 전까지만 해도 죽일 듯이 싸우던 두 사람이었는데, 남녀 사이는 아무도 모르는 거라더니. 싸우다 정이 든 케이스인가? 아님 일부러 그렇게 싸우는 척한 건가? 보율이 헌의 품에서 키득키득 웃었다.

그러자 헌이 두 사람이 눈치라도 챌까 봐 난감한 듯 보율을 더 세게 끌어안았다. 그들의 애정 행각은 두 사람이 비상구 문을 나서면서 함께 사라졌다.

아무런 소리도 들리지 않자 헌의 품에 안겨 있던 보율이 고개를 들었다. 헌이 장난스럽게 웃는 보율의 이마를 살짝 건드렸다.

"그렇게 웃으면 어떡합니까? 두 사람은 비밀 연애 중인데 들키면 얼마나 당황하겠어요?"

"크크, 근데 두 사람 언제부터 저렇게 된 거래요? 매일 치고 박고 싸웠던 거 같은데?"

"남녀 사이는 쉽게 단정하는 게 아닙니다. 우리도 봐요. 처음에는 서로를 이겨 보겠다고 안간힘을 썼지만 지금은 이렇게 서로를 안고 있지 않습니까?"

아, 맞다! 정 대리와 진아 두 사람에게 신경 쓰느라 보율은 헌의 품에 떡하니 안겨 있었다는 사실을 잊고 있었다. 그녀가 그의 품에서 벗어나기 위해 뒷걸음질 쳤다. 하지만 두 발자국 뒤로 물러서기도 전에 헌이 그녀의 허리를 잡아당겨 안았다.

"그럼 이제 우리 연애에 신경 좀 써 봅시다."

헌이 그녀의 긴 생머리를 매만졌다. 길고 매끈한 머리카락이 그의 손을 스쳐 빠져나가고 있었다. 그가 또 그녀의 마음을 간질인다. 그녀가 간질거리는 마음을 붙잡고 모른 척 묻는다.

"우리가 연애 중이에요?"

당연한 걸 묻는 보율 때문에 헌의 눈썹이 살짝 올라갔다. 올라간 그의 눈썹과 달리 그의 입에서 나오는 말은 한없이 부드럽기만 했다.

"그럼요. 우린 지금 연애 중입니다."

헌이 또 그녀의 마음을 건드리고 있었다. 이런 기분 싫지 않다.

"그래요?"

처음에는 투지에 불타 이겨야 할 상대로밖에 보이질 않았는데. 그래, 이래서 남녀 사이는 아무도 모르고 당사자만 아는 거다. 처음에 기를 쓰고 싸우던 생각이 들자 보율의 눈은 저절로 휘어졌다. 그녀의 반달 눈웃음에 헌의 마음은 더 크게 일렁였다. 그가 그녀의 볼에 손을 가져다 댔다.

"그럼, 우리 이제 진지하게 연애하는 겁니다."

보율이 고개를 끄덕였다. 헌이 그녀의 귓가로 다가와 낮게 운을 뗐다.

"이제 정식으로 나와 연애 중인 이보율 씨. 우리 어제 못 한 거

지금 할까요?"

어제 못 한 거? 뭐지? 보율은 도통 생각이 나질 않았다. 하지만 점점 가까이 다가온 그의 입술이 그녀의 입술에 닿았을 때, 그가 말한 어제 못 한 게 무엇인지 그녀는 깨달았다.

부드럽게 맞춰 오는 그의 키스에 보율의 심장이 말랑말랑해졌다. 보율이 그의 허리에 손을 둘렀다. 그것이 신호가 되어 헌이 보율의 고개를 감싸고 더 깊이 입을 맞추기 시작했다.

부드럽지만 그녀를 놓지 않겠다는 의지가 듬뿍 담긴 키스. 두 사람의 머릿속에는 달달하고 몽글몽글한 솜사탕 구름이 가득 들어찼다. 한동안 그녀의 달달함을 한없이 맛보던 헌이 긴 키스로 보율의 숨차 하는 게 느껴지자 아쉬운 듯 떨어졌다.

가쁜 숨을 내쉬며 멍한 표정을 짓는 그녀의 입술이 키스로 인해 번져 있었다. 헌이 기다란 손가락으로 그녀의 입술을 쓸어내렸다.

"이제 립스틱 같은 거 바르지 마요."

키스하다 말고 뜬금없는 말이 튀어나오자 아직도 키스의 열기에서 벗어나지 못한 보율은 붉어진 얼굴을 들어 그를 보았다. 헌이 보율의 입술을 다시 매만졌다.

"나는 당신 입술만 원하니까."

헌이 그녀에게 마법을 걸고 있다. 멋진 웃음과 다정한 말투로 그에게 빠져들게끔 만들고 있었다. 점점 그에게서 헤어 나오질 못하게 만들고 있었다.

보율이 저도 모르게 그의 입술로 손을 올려 그의 입술에도 번

진 붉은 자국들을 닦아 냈다.

그녀의 손을 피하지 않고 그 부드러운 감촉이 입술에 닿는 느낌을 즐기고 있던 헌은 그녀의 손이 그에게서 멀어지자 그 손을 붙잡았다. 헌이 그의 손에 딱 맞게 들어오는 그녀의 손에 입을 맞췄다.

한없이 다정하기만 한 그의 마법에 보율이 그에게로 흐르는 마음을 더 이상 막지 않았다. 드디어 마음으로 마주 보게 된 두 사람은 서로에게서 시선을 거두지 않았다. 오로지 그 공간 속에는 두 사람이 전부인 것처럼.

한층 더 가까워진 것 같은 헌과 보율이 잡고 있는 손을 놓지 않은 채 함께 본래의 목적지였던 옥상으로 올라갔다. 처음 회사 옥상에 올라와 보는 보율은 잘 꾸며져 있는 옥상을 보고 감탄을 내질렀다.

"우와! 여기 진짜 좋다."

커피를 마실 수 있게 구비된 자판기는 물론이고 그 커피를 편안하게 즐길 수 있는 벤치와 테이블도 있었다. 그 벤치에 앉으면 멀리 보이는 한강의 경치도 멋졌다. 거기다 흔들거리는 나무 그네 의자도 있었다.

보율이 좋아하는 걸 본 헌도 기분이 좋았다. 직원들이 쉴 수 있는 곳을 만들기 위해 꾸민 옥상이긴 했지만 그녀가 좋아하는 걸 보니 이렇게 하길 백번이고 잘했다는 생각이 들었다.

그가 바람에 흔들리는 그네 의자로 보율을 끌고 가 앉혔다. 물론 그의 재킷을 벗어 그녀의 다리에 덮어 주는 훌륭한 매너를 발휘하는 것도 잊지 않았다.

흔들리는 의자에 나란히 앉아 보율은 오늘 그를 보면 꼭 물어 보려고 아침부터 벼르고 벼르던 말을 꺼냈다.

"어제 재민이랑 무슨 이야기 했어요?"

그녀의 손을 잡아 차가운 손이 따뜻해지라고 비비면서도 헌은 아무런 말도 하지 않았다. 재민도 죽어도 말해 줄 생각이 없어 보였는데 그 역시 그녀에게 말해 주지 않을 생각인가 보다. 보율이 헌의 팔을 흔들며 계속 보챘다.

"네? 어제 무슨 이야기 했어요? 네? 궁금해요."

그녀의 계속된 보챔에도 헌은 웃으며 그녀의 눈을 응시할 뿐이었다. 그리고 재민과 같은 대답을 그녀에게 들려줬다.

"비밀입니다."

"치."

토라진 듯 그에게서 고개를 돌리는 보율을 보며 헌이 그녀의 손을 들어 입을 맞췄다.

"조카가 이모를 생각하는 마음이 큰 것만 알고 있어요. 좋은 조카를 뒀더군요. 내가 시샘이 날 만큼."

재민은 분명 나를 걱정하는 말을 했을 거고 헌은 그런 재민에게 걱정하지 말라며 안심시켰을 거다. 토라질 때는 언제고 금세 보율은 헌의 어깨에 기댔다.

"재민이뿐만 아니라 나는 당신이 우리 가족 모두랑 잘 지냈으면 좋겠어요."

"걱정 마요. 나는 당신 주위의 모든 사람들을 내 편으로 만들

준비가 되어 있는 사람이니."

보율이 세상에서 가장 사랑하는 사람이 바로 언니와 형부 그리고 재민이다. 가족이란 건 가끔 그녀를 아련하게도 만들지만 그럼에도 불구하고 가장 사랑하고 아끼는 것이었다.

가족들이 자신이 좋아하는 사람을 반대할 리도 없지만 혹시나 반대하는 상황이 온다면 보율은 가족을 택할 수밖에 없다.

그런 그녀의 마음을 아는지 헌은 잡은 손을 꼭 쥐며 안심시켰다. 그녀의 마음 깊은 곳까지 먼저 알아봐 주는 헌이라는 남자. 이 남자, 놓치고 싶지 않을 만큼 참 괜찮은 남자다.

♣

퇴근하고 보율과 식사라도 같이 하고 싶었지만 헌은 한 달 전부터 미리 예정된 약속 때문에 모교에 들렀다. 얼마 전부터 계속된 교수님의 요청을 더 이상 거절하기가 민망했기 때문이다.

교수님께서 한 번 특강 비슷한 걸 해 줄 수 없냐고 요청해 오셨다. 학생 때 지도교수님이셨고 그를 가장 많이 사랑해 주셨던 분이다. 잊지 않고 연락을 주신 것도 고마운데 부탁을 거절할 수가 없었다.

헌이 졸업한 이 학교는 국내의 몇 손가락 안에 드는 명문 학교다. 다른 건 몰라도 경영 쪽으로는 굉장한 학생들을 배출한 학교이기도 하다.

헌이 차에서 내려 변한 것이 없는 학교를 둘러봤다. 경영학과 건물도 그대로였고 중앙에 위치한 도서관도 그대로였고 심지어 강의실로 가는 길 중간에 서 있는 커다란 나무마저 그대로였다.

다만 변한 것이 있다면 젊고 좀 더 활발해 보이는 청춘들이었다. 나도 저런 시절이 있었는데. 주위를 감상하던 헌이 약속 시간에 늦지 않기 위해 발걸음을 빨리 했다.

시간 맞춰 도착한 헌이 교수님과 만나 사소한 이야기를 하다 교수님이 안내해 주신는 강의실로 따라 들어갔다.

특강을 듣기 위해 많은 학생들이 강의실을 채우고 있었다. 은사님이 그를 소개할 때 너무 그를 추켜세우시는 바람에 헌은 고개를 들기가 민망할 정도였다.

"우리 경영학과에서 배출한 최고의 인재다. 학과 시절에도 1등을 놓친 적이 없는 나의 수제자고, 거기다 투자 벤처 V회사 대표야. 내가 저번 시간에 언뜻 언급한 회사 기억나지?"

은사가 강의 시간에 무슨 언급을 했는지 모르겠지만 그 말에 강의실에는 작은 웅성거림이 생겨났다.

"자, 조용히 하고. V투자 윤헌 대표다. 한 시간 동안 열심히 너희들의 시야를 넓혀라."

은사의 소개가 끝나자 헌은 강단으로 올라섰다.

"안녕하십니까? 윤헌입니다."

그의 인사에 강의실의 학생들은 박수를 쳤다. 헌은 시작하기 전에 학생들을 눈으로 대충 한 번 훑기 시작했다. 그리고 중간 줄 맨 오른쪽에 앉아 있는 학생을 보고 헌은 시선을 고정했다. 보율의 조카라던 재민이 앉아 있었다. 내 후배였어?

헌과 눈을 마주친 재민도 놀라기는 마찬가지였다. 교수님이 그렇게 입이 닳도록 자랑하시던 제자가 바로 저 남자란 말인가? 수석을 놓친 적이 없으며 그 많은 대기업의 스카우트 제의를 거절하고 스스로 맨손으로 시작해서 굴지의 투자 벤처기업을 만들었다는 남자가 바로 저 남자? 이모가 다니는 회사가 저기였어?

재민이 까딱하고 작게 고개를 움직여 인사했다. 재민의 인사를 받은 헌은 강의를 시작했다.

"특강이라고 하지만 저는 여러분에게 딱히 가르쳐 줄 게 없습니다. 지금 여러분은 충분히 훌륭한 교수님께 배우시고 계시니까요. 그럼 길기도 하고 짧기도 한 시간 동안 제가 여러분에게 뭔가를 남기고 가야 할 텐데. 뭐가 좋을까요?"

곰곰이 생각하던 헌은 다시 말을 꺼냈다.

"음, 제가 제일 먼저 여러분께 하고 싶은 말은 여러분이 하고 싶은 일을 하셔야 한다는 겁니다. 주위 여건에 맞춰 여러분을 가두지 마시고 여러분이 하고 싶은 일을 하세요."

헌은 강의실을 채운 학생들의 얼굴을 찬찬히 둘러보며 이야기를 시작했다. 남들이 다 하는 말로 시작한 헌의 이야기는 이제 사회 초년생이 될 학생들에게 뭔가를 남기게 될까?

어떤 학생들은 그냥 지나가는 말로 듣게 되겠지만 어떤 학생들 마음속에는 뭔가가 남지 않을까? 그중에서도 재민에게는 그의 말이 어떻게 다가왔을까?

한창 말을 이어 가던 도중 돌아보니 재민은 집중해서 그의 말을 듣고 있었다.

짧은 한 시간은 순식간에 지나갔고 헌은 강의를 마치며 질문 있냐고 학생들에게 물었다. 궁금한 것이 있는 학생들은 손을 들어 질문했고 마지막으로 뒷자리에 앉아 있던 여학생이 손을 들었다.

"대표님, 애인 있으세요?"

예쁜 여학생이 무슨 의도로 그런 질문을 했는지는 모르지만 헌은 멋들어지게 웃으며 대답했다.

"네. 있습니다."

주위에서 헌을 향해 질문이 쏟아졌다. 그리고 강의 시간 내내 조용하던 재민이 손을 들고 그를 향해 물어 왔다.

"지금 그분이랑 결혼하실 겁니까?"

헌의 눈은 재민을 향했다. 마치 재민의 시선이 자신을 시험하는 것처럼 보였다. 그는 질문에 진중하게 대답했다.

"물론입니다. 절대 놓쳐서는 안 되는 여자거든요. 아, 그런데 언제 결혼할 수 있을지 모르겠네요. 그 여자와 그 여자의 가족들이 허락하면 그때 할 수 있을 것 같거든요."

주변에서 야유와 박수 소리가 한데 섞여 들려왔다. 어수선해진 강의를 마무리한 헌은 간단히 인사를 하고 강의실을 벗어났다.

괜한 말을 한 것 같으면서도 후회는 되지 않았다. 거기서 보율의 조카의 말에 대답하지 못하는 게 더 이상하지 않은가.

헌은 은사에게 작별 인사를 하고 밖으로 나와 주차장으로 나왔다. 그녀를 만나러 가야겠다. 갑자기 그녀가 미치도록 보고 싶어졌다. 그가 차에 오르려던 순간 익숙한 목소리가 헌을 불렀다.

"이모부!"

그가 생전 처음 들어 보는 호칭이었으나 그럼에도 자신을 부른다는 것을 알 수 있었다. 헌이 놀라 뒤돌아보니 강의실에서부터 뛰어왔는지 헉헉거리며 숨을 고르고 있는 재민이 있었다.

"방금, 뭐라고?"

"이모랑 결혼할 거 아니에요?"

"어? 어. 할 거야. 무조건 할 거야."

아직 한참이나 있다가 허락하려고 했지만 재민은 이모를 행복하게 웃게 하는 남자를 반대할 수가 없었다. 이모가 행복하면 그걸로 됐다. 이모가 행복하면 자신도 행복하니까.

어제도 오늘도 재민은 괜한 마음에 툴툴거린 거다. 오늘 보니 능력도 되는 것 같고 이모를 좋아하는 마음이 자신보다 컸으면 컸지, 결코 작을 것 같지는 않았다. 재민의 어깨로 헌의 팔이 다가왔다.

"가지. 처조카 되실 재민 군. 내가 약속한 대로 술 한잔 사지."

자신에게 허락받았다고 좋아하는 미래의 예비 이모부를 보고 재민은 속으로 웃었다. 아직 넘어야 할 어마어마한 큰 산이 있는 줄도 모르고 좋아하시다니.

이모를 자신만큼이나 아끼는 아버지가 자기처럼 호락호락하게 넘어가지는 않으실 테니까. 뭐, 큰 관문을 두고 있으니 작은 관문은 쉽게 넘어가 주는 게 예의지. 재민은 쉽게 허락한 걸 후회하지 않았다.

재민의 맘을 아는지 모르는지 헌은 오늘 정식으로 연애하기로 보율의 허락을 받아 냈음에도 불구하고 벌써 결혼식을 꿈꾸고 있었다.

　재민의 허락은 그만큼 그에게 값진 것이었다. 적어도 몇 달은
걸릴 줄 알았는데 이렇게 쉽게 허락이라니. 다가올 뒷일을 전혀
모르고 있는 헌의 마음은 기쁨으로 넘쳐 날 뿐이었다.

13.

그 가을, 햇살이 비친다

제1회, V투자회사 가을 야유회. 회사가 아닌 자연으로 나온 직원들의 얼굴은 들떠 보였다. 하지만 그중에서도 가장 들뜬 얼굴을 감추지 못하는 사람은 바로 회계 팀의 팀장 영준이었다.

이 가을 야유회를 제안하고 장소 및 모든 일정을 전부 기획한 사람이 바로 영준이다. 작은 일부터 큰일까지 처리한다고 제법 바빴지만 영준의 얼굴에서는 그런 기색을 전혀 찾아 볼 수 없었다.

이렇게 처음으로 가을 운동회 겸, 야유회 겸 침목 도모의 장을 마련하게 된 데는 전부 얼마 전 있었던 전체 회의에서의 그의 역할이 가장 컸다.

한 달에 한 번 있는 전체 회의. 매달 첫째 주 수요일마다 열리는 이 회의는 특별한 안건이 없더라도 꼭 열리는 것이었다.

각 부의 부장들이 모여 각 부서의 사원들이 느끼는 불편한 점들을 이야기하고 시정하는 게 이 회의의 주목적이었다. 그날도 가벼운 다과와 함께 시작한 모임은 영준 때문에 이상하게 흘러가고 있었다. 영준은 침을 튀겨 가며 큰 소리로 주변 사람들에게 물었다.

"가을하면 뭐겠어요?"

영준의 이런 행동이 늘 있었던 일인 듯 헌과 다른 부장들은 그의 말을 무시하고 우아하게 차를 마실 뿐이었다. 아무도 대답하지 않으면 풀이 죽어 시무룩해질 만도 하건만 영준은 이런 반응을 예상했다는 듯이 흥분해서 열변을 토하기 시작했다.

"가을하면 운동회, 야유회, 말이 살찌는 계절! 가을은 우리의 마음도 살찌게 합니다. 가을은 바로 친목 도모의 계절이 아니겠습니까?"

계속해서 소리치며 열변을 토하는 영준을 보며 헌은 우아하게 마시던 에스프레소 커피 잔을 내려놓았다.

"그래서? 어쩌자는 거야?"

헌이 선뜻 미끼를 물어 주자 영준은 기다렸다는 듯이 자신이 생각했던 일들을 쏟아 내기 시작했다.

"우리도 이번에 가을 야유회를 떠나자고. 잠깐 근교에 갔다 오는 나들이 같은 그런 거 말고, 이왕이면 스케일 크게 한 1박 2일로 숙소를 잡고 제대로 친목 도모를 해 보자는 거지."

영준의 말을 들은 헌은 아무런 대답도 없이 곰곰이 생각하는 듯했다. 당장이라도 예스라는 말이 나올 줄 알았는데 뜸 들이는 헌을 보고 영준은 계속해서 야유회의 필요성에 대해 설파하기 시작했다. 말투도 어느샌가 존댓말로 바뀌어 있었다.

"잘 생각해 보십시오, 사장님. 우리 회사의 모토가 뭡니까? 바로 가족 아니겠습니까? 말로만 가족, 가족 할 것이 아니라 이번 기회에 아주 진정한 가족이 되기 위해 어울려 보는 자리를 갖자는 겁니다."

영준의 열띤 말에 헌은 고개를 끄덕였다. 어차피 야유회는 아니더라도 직원 단합대회 같은 건 한 번 할까 생각도 하고 있었다. 헌의 허락이 떨어지자 영준은 자리에서 벌떡 일어나 밖으로 부리나케 달려 나갔다. 그러다 다시 돌아와 사무실 문 밖에서 고개만 배꼼 내밀었다.

"그럼 오락부장인 내가 일정은 다 짠다?"

역시나. 학창 시절부터 반장도 아닌 오락부장이라는 타이틀에 유난히 집착하는 영준은 또 자체적으로 오락부장이라는 직함을 달고 야유회의 일정을 짤 생각으로 들떠 보였다.

그렇게 영준이 동분서주하며 일주일 내내 분주한 준비를 마친 덕에 모든 사원들이 경주의 한 리조트에 모여 있게 된 것이다.

편한 복장으로 갈아입은 직원들은 리조트 부지 내에 있는 커다란 운동장에 삼삼오오 모여 있었다. 모든 행사의 일정을 짠 영준이 화이트보드 칠판을 끌고 와서 앞자리에 놓고는 마이크를 잡았다.

"아아. 마이크 테스트. 안녕하십니까? 회계부 팀장, 오늘은 V

투자회사 레크리에이션 팀장 최영준입니다. 오늘의 일정을 말씀드리겠습니다. 오늘 준비된 경기로는 첫 번째 남녀 혼성 짝 피구, 두 번째로는 남자들의 축구 게임. 이인삼각 릴레이 그리고 마지막으로 계주가 있습니다."

영준이 칠판을 가리키며 계속해서 경기에 대해 소개했다.

"우선 각 팀별로 선수들을 뽑으셔서 경기에 임해 주시면 됩니다. 그리고 오늘 우승팀에게는 굉장한 선물이 준비되어 있습니다. 자, 뒤를 보십시오. 사장님이 협찬해 주신 최신 노트북, 한우, 백화점 상품권 등 푸짐한 상품이 기다리고 있습니다. 그리고 오늘의 MVP 한 쌍에게는 2박 3일 일본 여행 패키지가 주어집니다. 자, 박수!"

처음에는 무슨 뜬금없이 운동인가 싶어 얼굴을 찌푸리고 있던 직원들은 어마어마한 상품을 보자 얼굴빛을 달리했다. 의욕이 없던 여직원들도 멀리 보이는 백화점 상품권을 보고는 경기에서 이기고 말겠다는 결의를 불태웠다.

의욕이 없는 구성원에게 의욕을 불어넣는 것은 뭐니뭐니 해도 상품이 최고였다. 보율 역시 저기 보이는 최신 컴퓨터를 보며 눈을 반짝였다. 재민이 얼마 전부터 사고 싶다고 노래를 부르며 제 힘으로 사 보겠다고 힘들게 아르바이트를 하며 돈을 모으고 있는 그 노트북이었다.

보율의 승부욕이 불타올랐다. 모든 사람들의 반짝이는 눈빛과 함께 시작한 처음 경기는 짝 피구였다. 학창 시절 체육 시간에 누구나 한 번쯤은 해 봤을 운동이었지만 호루라기를 들고 심판을 하기로 한 영준이 다시 게임의 룰을 설명했다.

"자자, 동네마다 조금씩 룰이 다를 테니 한번 룰 설명하고 가겠습니다. 남자와 여자가 짝을 이룹니다. 남자가 여자를 공으로부터 지켜야 하는 건 알고 계시죠? 여자를 지키는 흑기사인 남자 여러분은 아무리 공을 맞아도 죽지 않습니다. 그러면 어떻게 하면 상대편의 커플을 아웃시킬 수 있느냐. 바로 여자분들이 상대편에 여자분들에게 공을 맞춰 아웃시켜 주시면 됩니다. 자, 그럼 가위바위보에서 진 회계팀과 마케팅팀 먼저 경기를 진행하도록 하겠습니다."

짝 피구를 하기 위해 그려진 네모난 코트로 두 명씩 짝을 이뤄 손을 잡은 사람들이 들어오고 밖에 남은 사람들은 공을 던질 준비를 했다.

영준의 호루라기 소리와 함께 시작된 경기. 보율은 회계팀의 막내이자 운동 잘할 것처럼 보이는 민규 등 뒤에 숨어 있었다.

"민규 씨? 잘 할 수 있죠? 나는 무슨 일이 있어도 저 노트북을 상품으로 가져가야겠어요."

보율의 짝이 된 민규 역시 상품에 욕심이 났는지 크게 고개를 끄덕였다.

"걱정 마세요. 무조건 이길 수 있어요."

마케팅팀 쪽에서는 예솔이 키도 크고 몸도 좋은 마케팅팀 훈남 두환의 뒤에서 자신만만하게 웃으며 그녀를 바라보고 있었다.

경기의 승기는 눈 깜짝할 사이에 마케팅팀으로 기울었다. 공이 몇 번 왔다 갔다 하지도 않았는데 보율이네 편은 남은 짝이 보율이네와 다른 한 팀뿐이었다. 마케팅팀에는 아직 다섯 팀이나 남아 있는데 말이다. 민규는 보율에게 날아오는 공을 온몸으로 막아 내며 마지막까지 버티고 있었다.

피구를 하게 되면 언제나 숨어 있던 피구의 귀재가 한 명씩 모습을 드러내기 마련이라더니 그 귀재가 예솔일 줄이야. 운동과는 거리가 멀어 보이고 거기다 '운동도 책으로 배웠어요.' 할 것 같던 예솔이 날리는 불꽃 슛에 회계팀의 사람들이 속수무책으로 나가떨어졌다.

중 · 고등학생 시절, 예솔과 한 번도 같은 반인 적이 없었던 보율은 예솔이 이렇게 피구 실력이 뛰어나다는 걸 모르고 있었다. 예솔이 다시 자신만만한 웃음을 지으며 던진 불꽃 슛에 보율과 함께 끝까지 버티던 다른 팀의 여자가 미처 피하지 못하고 공을 맞게 됐다. 영준의 호루라기 소리가 들려왔다.

"아웃! 민정 씨 팀, 코트를 떠나 주세요!"

마지막으로 남은 보율이네 팀을 향해 사방에서 공이 날아왔다. 잘 피하고 있던 민규가 날아오는 공을 막으려고 땅으로 몸을 던졌다. 그의 희생으로 다행히 보율이 공을 맞지는 않았지만 민규는 넘어지면서 팔을 잘못 짚었는지 팔을 움직이지 못했다. 보율이 미안함과 걱정에 어쩔 줄을 몰라 했다.

"민규 씨, 괜찮아요?"

"아, 괜찮습니다. 팔 근육이 좀 놀랐나 봐요. 거기다 우리 아직 안 죽었어요."

"그래요. 아직 죽지 않았어요. 근데 괜찮겠어요?"

웃으며 괜찮다고 다시 경기에 임하려고 하는 민규에게 보율은 결국 안 된다고 그냥 시합을 포기하고 병원 아니면 의무실에라도 가자고 이야기다. 하지만 그놈의 승부욕이 뭔지, 민규는 계속 고집을 부렸다. 결국 그를 말린 것은 모든 경기를 지켜보고 있던 헌이었다.

"민규 씨, 우선 의무실에 가서 치료를 받아요. 혹시나 크게 다치거나 한 거면 어쩔 겁니까?"

사장이 이렇게까지 말하자 더 이상 고집을 부릴 수 없게 된 민규는 순순히 의무실로 갔다. 그러면 이제 경기는 어떻게 하나 생각하던 찰나에 헌이 불쑥 보율의 옆에 섰다.

"내가 대신 뛰죠. 괜찮겠죠?"

헌이 심판인 영준과 상대편에 선 직원들을 둘러보며 물었다. 어느 누가 반대할 수 있겠는가. 사장님이 직접 직원들과 공놀이 한번 하고 싶으시다는데. 예솔이 도전적인 눈빛을 하고 헌을 쳐다봤다.

"사장님이라고 봐드리고 그런 건 없습니다."

헌이 팔과 고개를 돌리며 가볍게 몸을 풀면서 예솔의 도전적인 눈빛을 받아 냈다.

"물론입니다. 경기에서는 정정당당한 승부만 있을 뿐이죠."

예솔과 헌의 불꽃 튀기는 신경전에 보율이 고개를 땅으로 떨어뜨렸다. 무슨 직원 단합 차원의 짝 피구가 올림픽 경기가 되어 가고 있다. 그냥 일찍 죽을걸. 괜히 끝까지 살아서 뭔가 이상하게 꼬인 것만 같았다.

그때 헌이 보율의 손을 잡았다. 갑자기 잡는 그의 손에 보율이 놀라 손을 꼼지락거렸다. 하지만 헌은 더 힘주어 그녀의 손을 움켜잡았다.

"아까는 잘도 다른 남자 손을 잡더군요, 이보율 씨. 거기다 안기기까지."

헌의 작은 속삭임에 보율은 입만 벙긋거렸다. 이게 다 이놈의 피구 때문이다. 아니지. 결국은 저 상품이 문제였던 거다.

멍하니 그를 보고 있던 보율이 그의 품에 안겼다. 다른 사람들은 상대편 팀에서 날아온 공으로부터 헌이 보율을 보호하기 위해 안은 거라고 생각했지만 몇몇 두 사람의 사이를 아는 사람들은 헌이 이 경기를 통해 사심을 가득 채우고 있다고 확신했다. 공을 맞고 있지만 헌의 얼굴에는 작은 웃음이 서려 있었기 때문에. 헌이 보율의 머리를 쓰다듬었다.

"정신 차려요, 이보율 씨. 우리 한번 이겨 봅시다. 나는 한 번도 져 본 적이 없어서 이번에도 질 생각이 없거든요. 그게 짝 피구라고 할지라도."

누가 봐도 불리한 게임인데 우승을 확신하며 이기고야 말겠다는 확신을 팍팍 주고 있는 헌을 보니 보율의 어깨가 축 처져 버렸다.

"우리가 많이 불리한데, 정말 자신 있으세요?"

"당신 남자를 너무 과소평가했군요. 나만 믿어요. 이제부터 잘 봐요."

그의 말이 끝으로 헌은 공을 잡고 모든 힘을 실어 던지기 시작했다. 그의 공이 상대편 남자 직원에게 맞는 순간 둔탁하게 울리는 소리와 저도 모르게 흘러나온 상대편의 신음 소리가 들렸다. 그가 얼마나 공에 힘을 주었는지 알 수 있었다.

이러다 보니 예솔은 빨리 보율을 죽이는 것이 이번 게임에서 이길 수 있는 방법이라고 생각하고 계속해서 기회를 살폈다. 하지만 헌의 수비가 워낙 단단하다 보니 빈틈을 노리기가 쉽지 않았다.

헌 역시 예솔을 죽이는 것이 승리하는 길이라는 것을 확신했다. 헌이 보율의 귀에다 대고 속삭였다.

"내가 신호를 주면 그때 공을 던져요. 예솔 씨 다리 아래로 향하도록 공을 던져요. 알겠어요?"

말 잘 듣는 학생처럼 그의 뒤에서 고개를 끄덕인 보율은 그의 신호를 기다렸다.

박진감 넘치는 공 던지기는 계속되었고 드디어 헌이 공을 잡았다. 그가 공을 던지려고 하자 예솔의 짝인 두환은 공을 피하기 위해 몸을 틀었다.

그 순간, 예솔이 모습이 드러났다. 그것을 포착한 헌이 재빨리 보율에게 공을 넘겼다. 그녀는 좀 전에 그가 가르쳐 준 대로 발을 향해 공을 던졌다. 예솔이 재빠르게 피했지만 공은 그녀의 다리를 스쳤다. 영준의 호루라기가 울렸다.

"예솔 씨 아웃! 회계팀 우승!"

이겼다! 아직도 우승을 실감하지 못하겠는지 보율이 얼떨떨한 표정으로 서 있었다. 질 줄 알았는데 결국 이겨 버렸다. 회계팀은 예상치 못한 우승을 즐거워하고 있었다. 헌이 보율의 팔을 잡았다.

"봐요. 나만 믿으라고 했죠? 자, 갑시다. 다음 게임이 우릴 기다리고 있어요."

"네? 다른 경기에도 참여하시려고요?"

"물론이죠. 좀 있으면 이인삼각 게임도 있던데. 내가 당신이 다른 남자와 발을 묶고 뛰는 걸 보고만 있을 것 같아요?"

결국 보율은 모든 경기 내내 헌의 짝이 되었다. 그리고 어떤 것에서도 져 본 적이 없다는 그의 말대로 그는 모든 경기에서 우승을 거두었다.

결국 마지막 시상식 때 모든 사람들의 만장일치로 MVP 커플로 뽑힌 것은 보율과 헌이었다. 일본 여행권을 상품으로 받은 헌의 얼굴은 형형하게 빛났다

'단둘이 일본 여행이라.'

헌은 두 사람의 일본 여행을 머릿속으로 그리며 즐거워하고 있었다.

한편, 그가 무슨 생각을 하는지도 모르고 보율은 자신이 운동회에서 MVP가 됐다는 사실이 믿기지 않는지 연신 상품을 쳐다봤다. 운동에는 영 소질이 없어 운동회에서 공책 한 권 받아 본 적이 없는 자신이 MVP라니.

상품을 받아 들고 보율이 웃었다. 정말 받고 싶었던 건 노트북이었지만, 뭐 노트북보다 일본 여행이 재민에게 더 유익한 선물이될 수도 있지 않을까? 두 사람은 각각의 생각으로 즐겁게 웃고

있었다.

　영준이 준비한 야유회는 운동회가 전부가 아니었다. 이른 저녁 식사를 마치고 다시 회관으로 모인 직원들에게 영준은 다음으로 준비한 순서를 꺼냈다.

　"자, 마지막으로 우리 야유회의 하이라이트, 보물찾기 시작하겠습니다."

　주위가 소란스러워졌다. 무슨 보물찾기냐. 어린아이들도 아니고. 가볍게 따지는 목소리들도 들려왔다. 하지만 주위의 야유에도 영준은 꿋꿋했다.

　"자자, 진정하시고 아까의 상품보다 다양한 상품이 기다리고 있습니다. 사장님께서 야유회 준비에 돈을 엄청 많이 주셔서 상품이 넘쳐 납니다. 아까 운동회 때 선물 못 받으신 분들을 위해 준비한 게임입니다."

　영준이 큰 소리로 다시 설명을 시작했다.

　"누구나 보물쪽지를 발견하기만 하면 선물을 받아 가실 수 있습니다. 여러분 모두에게 선물이 돌아갈 수 있도록 하기 위해 제가 특별히 준비한 겁니다. 다 여러분을 위하는 마음으로 준비한 코너인데 이러시면 제가 너무 섭섭합니다."

　상품이라는 소리에 운동회 때 상품 근처에 가 보지도 못한 사람들이 흥미를 보였다. 역시 사람은 공짜에 약하단 말이지. 분위기를 타기 시작한 영준이 다시 설명을 시작했다.

　"뒷산 곳곳에 저희 회사 마크가 찍힌 종이를 숨겨 놨습니다.

깊은 산은 아니지만 길에서 벗어난 곳에 숨기진 않았으니 길이 아닌 데는 가지 않도록 해 주세요. 자, 그럼 자유롭게 찾아 주시면 되겠습니다."

하나라도 더 보물을 발견하기 위해 사람들이 각자 손전등을 챙겨 들고 분주히 자리를 떠났다. 보율은 민지와 예솔과 함께 자리를 뜨고 있었다.

예솔은 짝 피구를 진 것이 아직도 마음에 남아 있었는지 작게 투덜거렸다.

"내가 이길 수 있었는데."

보율이 슬쩍 예솔의 팔짱을 꼈다.

"그러게. 히히. 당연히 예솔이가 이겨야 하는 건데. 내가 일본 여행 상품권 줄까?"

예솔이 웃으며 보율의 이마에 아프지 않게 딱밤을 날렸다.

"으이고, 내가 사장님이랑 일본 여행을 어떻게 가냐?"

"응? 사장님이랑 같이 일본 여행을 왜 가?"

옆에 있던 민지가 보율의 옆구리를 간질였다.

"모르는 척하기는. 둘이서 같은 여행권을 받았는데 당연히 둘이 같이 가는 거지. 뭐, 생판 모르는 사람이라면 모르지만 지금 두 사람 연애 중이잖아."

민지의 말에 보율의 얼굴이 붉게 물들었다. 아직 거기까지는 생각해 본 적이 없는데, 그와 단둘이 여행이라니, 생각만으로도 가슴이 콩닥거린다. 예솔은 정신을 못 차리는 보율을 두고 주변을 두리번거리다 민지를 보며 물었다.

"그런데 보율이 얼굴을 붉게 만드신 사장님이 안 보이시네?"

"아! 사장님 지금 방에 계셔. 중요한 전화 받고 계시거든. 한 삼십 분은 걸리실 거야."

"그래? 그럼 우리 보율이 좀 빌려도 되겠다. 오늘 사장님이 보율이를 하루 종일 차지하고 계셔서 말 걸기도 참 힘들었잖아. 가자, 보물 찾으러. 우리가 다 찾아 버리자."

예솔이 민지와 보율의 손을 잡고 보물을 찾으러 산으로 올라갔다. 산 중간까지 올라가서 샅샅이 산을 뒤지고 뒤졌지만 그녀들의 눈에는 보물찾기 종이는커녕 그 흔한 종이 쓰레기도 보이질 않았다.

벌써 지나간 사람들이 싹쓸이를 했나 보다. 아니면 센스 없는 최영준 팀장이 아무도 보물을 못 찾게 기를 쓰고 숨겨 놨던가.

그만 찾고 내려가려고 했지만 여기까지 올라온 게 아까워서라도 하나씩만 찾고 가기로 했다. 해는 이미 저물어 손전등으로 길을 비추고 있었다. 거기다 딱 세 갈래로 갈린 길이 나오자 예솔이 단호하게 결단을 내렸다.

"각자 흩어져서 찾아보자. 그리고 삼십 분 후에 여기서 만나. 알겠지?"

서로 약속을 하고 헤어진 세 사람은 각자 앞에 난 길을 향해 걸어갔다. 민지는 중앙 길로, 왼쪽 길은 예솔이 걸었다.

마지막으로 남은 오른쪽에 난 길로 걸어가던 보율은 땅부터 나무, 그리고 풀까지 뒤지면서 보물을 찾기 시작했다. 그녀는 지금, 이왕 찾기로 한 보물이니 무조건 찾아서 예솔이를 줘야겠다는 생각밖에 없었다.

그러다 그녀의 눈에 나무에 걸려 있는 하얀 쪽지가 눈에 띄었다. 찾았다. 초등학교 소풍 때 보물을 찾았던 것처럼 그녀의 눈이 반짝반짝 빛이 났다.

보율이 보물 종이를 집기 위해 나뭇가지에 아슬아슬하게 걸려 있는 쪽지로 조심히 손을 뻗었다. 그 순간, 그녀의 발이 푹 하고 밑으로 꺼졌다. 풀로 덮여 있어 몰랐지만 그녀는 그제야 발을 지탱할 땅이 없다는 사실을 깨달았다.

하지만 그녀가 그 사실을 인지했을 때는 벌써 중심을 잃은 몸이 아래로 떨어지고 있었다. 보율은 눈을 질끈 감았다.

약속한 삼십 분이 다 되어서 예솔과 민지는 다시 갈림길이 시작하는 길로 되돌아왔다. 계속 기다려도 오지 않는 보율 때문에 슬슬 걱정이 되기 시작했다.

기다리기 시작한 지도 벌써 이십 분이나 지났는데. 민지가 핸드폰으로 전화를 걸어 봤지만 신호만 가고 받질 않았다.

"무슨 일이지. 전화를 받질 않아. 설마 길을 잃었나."

민지는 어쩔 줄을 몰라 했고 예솔은 처음부터 흩어지자고 이야기한 자신을 자책했다.

"괜히 흩어져서 찾자고 했어. 같이 다녀야 하는 건데."

점점 불안감에 사로잡힌 두 사람은 안절부절못하며 발만 동동 굴리고 있었다. 그때 울리는 민지의 전화. 사장님이라는 글자가 화면에 떴다. 민지가 재빨리 전화를 받았다.

"사장님! 큰일 났어요. 보율이가 길을 잃었나 봐요. 돌아오지를 않아요!"

헌이 급하게 걸려온 전화를 받는다고 잠깐 자리를 비운 사이 직원들은 보물을 찾으러 산으로 올라간 모양이었다. 그가 통화를 끝내고 밖으로 나오자 남아 있는 사람은 영준뿐이었다.

헌이 눈으로 누굴 찾는 것처럼 보이니 영준이 먼저 알은척을 했다.

"왔어? 너의 보물, 보율 씨도 보물 찾으러 갔어."

영준이 헌을 놀렸다. 헌이 팔을 들어 영준의 옆구리를 쳤다. 그는 갑자기 들어온 펀치에 인상을 썼다.

"아아! 아파. 너 좀 작작해. 오늘이야 다행히 운동회여서 망정이었지. 다른 직원들 다 눈치채도록 그러면 어떻게 하냐?"

"시끄러."

"표정 관리 좀 하라고. 너야 알려져도 상관없겠지만, 보율 씨는 회사 생활 힘들 수도 있어."

"알고 있어. 그래서 내가 지금 이만큼 참고 있잖아."

더 할 말이 많았지만 두 사람의 대화는 그것으로 끝이었다. 산으로 보물을 찾으러 갔던 직원들이 하나둘씩 돌아오고 있었기 때문이다. 그런데 보율과 민지, 그리고 예솔이 보이질 않았다.

헌이 제일 먼저 보율에게 전화를 걸었다. 받질 않는다. 설마, 혹시나 하는 불안한 마음에 민지에게 전화했다. 전화를 받자마자 민지는 급한 말들을 쏟아 냈다. 수화기 너머로 들려오는 그녀의 말은 그의 심장을 멈추게 하기에 충분했다.

— 보율이가 길을 잃었나 봐요. 돌아오지를 않아요!

헌이 핸드폰을 떨어뜨렸다. 옆에 있던 영준이 심상치 않음을 느끼고 헌의 핸드폰을 주워 들었다. 영준이 뒤에서 불렀지만 헌은 벌써 회관을 달려서 나가고 있었다.

영준은 민지에게서 대충 전후사정을 듣고는 산을 잘 아는 사람을 찾으러 리조트 관계자를 찾아 나섰다.

헌이 미친 듯이 달려 도착한 산 중턱에서 애타게 발을 동동 구르고 있는 예솔과 민지를 만났다. 헌이 울상인 예솔을 보며 물었다.

"어떻게 된 겁니까?"

"세 갈래 길이 나와서 흩어지기로 하고 삼십 분 후에 만나자고 했는데 아직도 안 와요. 전화도 안 받고. 어쩌죠, 사장님?"

"두 사람은 여기서 기다려요. 보율 씨는 어디로 갔어요?"

예솔이 오른쪽 길을 가리켰다. 헌이 보율이 갔다는 길로 뛰어 갔다. 제발 어디 다치지만 않았기를. 헌의 마음이 그러면 안 되는데 자꾸 최악의 상황을 상상하게 된다. 헌이 목이 터져라 보율의 이름을 불렀다.

"이보율 씨. 이보율! 들리면 대답해요, 제발. 이보율! 제기랄."

한편, 밑으로 떨어진 보율은 한참의 시간이 지난 후에야 눈을 떴다. 나뭇가지에 긁힌 팔이 따끔거렸다. 보율이 자리에 일어나려 다 주저앉았다.

"아, 아야."

발목이 삐었는지 일어날 수가 없었다. 아마 굴러떨어지면서 삔 것 같았다.

보율이 눈을 들어 위를 쳐다봤다. 다행히 쌓여 있는 낙엽 덕분에 별로 다친 것 같지는 않았다. 위로 기어서 올라갈 수 있을 것 같기도 한데 발목이 삐어서 위로 올라갈 수가 없다.

보율이 핸드폰을 찾았다. 하지만 그녀의 핸드폰이 보이질 않았다. 어쩌지. 주위는 어두웠고 점점 추워지는 날씨에 그녀는 몸을 웅크렸다. 사라락, 치직. 바람에 낙엽이 스치는 소리가 그녀를 흠칫 떨게 만들었다.

한 이십 분 멍하니 있던 그녀는 더 이상 이렇게 앉아만 있을 수는 없다고 생각하고 주위를 살피며 소리치기 시작했다.

"누구 없어요? 여기 사람이 있어요!"

공허하고 넓은 산에서 그녀의 목소리에 응답하는 소리는 없었다. 오로지 그녀의 목소리만 메아리가 되어 다시 돌아올 뿐이었다. 어둠이 가득한 곳에 아무도 없다는 것을 확인하고 나자 보율은 덜컥 겁이 났다.

언니도 보고 싶고 형부도 보고 싶고 조카 재민이도 보고 싶다. 그리고 지금 이 순간 그녀가 가장 보고 싶은 사람이 있다면 바로 헌이었다. 사람이 급박하고 절박하면 진심이 튀어나온다더니. 헌의 얼굴이 제일 먼저 떠올랐다.

그에게 좋아한다고, 이제 나도 당신을 좋아하게 됐다고 이야기하는 건데. 쑥스러워서 언제고 기회가 있을 거라고 생각하고 말 안 한 것이 후회가 되는 순간이었다.

다시 보게 된다면 꼭 말해 줘야지. 좋아한다고. 내가 생각하는 것보다 더 많이 좋아한다고 꼭 말해 줘야지.

하지만 아무도 자신을 못 찾게 되면, 여기서 돌아가지 못한다면 그런 말을 할 기회가 없을지도 모른다. 이 큰 산에서 혼자 낙오된 데다 기댈 것이라고는 아무것도 없으니. 보율의 눈에 눈물이 맺히기 시작했다.

"흑흑, 헌…… 윤헌 씨."

"울지 마."

갑자기 들리는 목소리에 보율이 눈물 맺힌 눈을 들었다. 그곳에는 거짓말처럼 머리가 잔뜩 헝클어진 헌이 서 있었다.

머리를 넘기며 숨을 고르고 있는 그가 보였다. 꿈인 줄 알고 보율이 눈을 계속 비벼 봤지만 그였다. 평소처럼 꼬박꼬박 존댓말을 하는 그가 아니라 친근하고 다정하게 말하는 헌이었다. 보율이 왈칵 그에게로 안겼다.

"흑흑. 나무에 걸린 보물 종이 집으려다 밑으로 떨어졌어요. 일어나 보니 여기였어요."

그가 낮은 목소리로, 하지만 자상하게 그녀를 안심시켰다.

"괜찮아. 내가 왔잖아. 내가 당신 목소리 듣고 왔잖아. 어디 다친 데는 없어?"

"흑, 흐흑, 발목을 좀 삐었어요. 그것 말고는 괜찮은 것 같아요."

헌이 겁먹은 보율의 머리를 쓰다듬었다.

그녀가 갔다는 길을 샅샅이 살피던 그가 망가진 그녀의 핸드폰을 발견했다. 그리고 밑에서 들려오는 것 같은 그녀의 목소리에 망설임 없이 바로 밑으로 내려와 봤더니 역시나 보율이 웅크리고 있었다.

헌의 멈췄던 심장이 다시 뛰기 시작했다. 한걸음에 다가온 그에게 보율이 와락 안겨 왔다. 그가 머리를 쓰다듬으며 놀란 그녀를 안심시키기 위해 최선을 다했다.

그의 노력이 통한 건지, 아님 그가 와서 안심한 건지 그녀의 놀랐던 심장이 다시 제 속도로 뛰기 시작했다. 보율이 좀 전까지 다짐하고 다짐했던 말을 꺼냈다.

"좋아해요. 사실 많이 좋아하고 있어요."

"지금…… 뭐라고?"

헌이 품에 안고 있던 그녀를 떼어 내고 다시 물었다. 잘못 들은 것 같아서. 언제고 저 말을 그녀의 입에서 들을 것이라 기대하고 예상했지만 생각보다는 빨리 듣게 된 그녀의 말에 헌은 정신을 차릴 수가 없었다.

아직도 믿지 못하는 것처럼 보이는 그에게 보율이 다시 말했다.

"좋아한다구요. 당신만 나를 좋아하는 게 아니라 나도 많이 좋아하고 있다고요."

보율의 고백에 헌이 가을 햇살처럼 밝게 웃었다. 평소에 잘 웃지 않아 잘 볼 수 없는 그의 보조개가 모습을 드러냈다. 보율이 그의 보조개가 팬 볼에 손을 올렸다.

"내가 더 많이 사랑해."

그에게 그녀는 가을이다. 쌀쌀한 바람으로 옷깃을 여미게 만들기도 하는 가을이지만 이보율은 그를 웃게 만드는 따스한 가을 햇살 같은 여자다.

땅 위의 열매들을 익게 만드는 것처럼 자신을 자라게 만드는 가을 같은 여자. 떨어진 단풍이 추울까 봐 따뜻한 빛을 비추는 그런 가을 햇살처럼 그를 따뜻하게 만드는 여자.

헌의 가을에 이보율이라는 햇빛이 비쳤다.

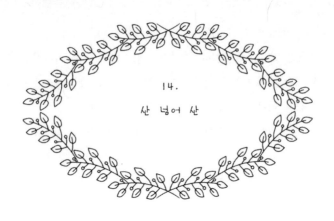

14.
산 넘어 산

헌이 보물처럼 소중히 보율을 안고 내려오는 모습에 밑에서 기다리고 있던 온 직원들은 경악했다. 자신들이 보고 있는 장면이 정말 실제인가 싶어서.

직원들의 눈빛에 보율이 그의 품에서 벗어나려고 했지만 헌은 팔을 움직여 그녀를 더 깊이 끌어안았다.

보율이 그의 품에 고개를 묻고 한숨을 쉬었다. 회사 생활이 점점 고달파지는 미래가 그녀의 눈앞에 펼쳐졌다. 헌이 옆에 다가온 영준에게 슬쩍 눈치를 줬다. 그러자 눈치가 백단인 영준이 직원들을 각자의 방으로 들어가도록 만들었다.

"자자! 이제 보율 씨도 찾았으니까 들어가서 쉽시다."

다들 궁금증과 호기심이 가득한 얼굴이었지만 영준이 등까지 떠밀며 밀어내니 어쩔 수 없이 자리를 떠났다. 하지만 여전히 사장님이 왜? 보율 씨와 무슨 관계지? 하는 의문의 눈빛들이 어지럽게 오갔다.

어떤 이는 두 사람이 연인이라고 생각했지만 어떤 이는 보율이 헌의 사촌쯤 되는, 사장과 혈연 관계라고 생각하는 등 여러 추측들이 난무하고 있었다. 사람들이 전부 사라지고 나자 헌이 영준을 불렀다.

"차 좀 가져와. 병원 가 봐야겠어."

그의 품에 안겨 있던 보율이 고개를 흔들었다.

"아니에요. 발목만 살짝 삔 것 같은데. 병원은 안 가도 될 것 같아요."

하지만 보율의 의견은 중요하지 않았다. 민지와 예솔 역시 헌과 같은 생각인 듯했으니. 예솔이 단호한 음성으로 말했다.

"안 돼. 병원 가서 검사 한 번 받아야 해."

눈 깜짝할 사이 차를 가지고 온 영준도 그녀를 말렸다.

"가요, 보율 씨. 산에서 구른 건 함부로 무시하면 안 돼요."

반수도 훨씬 넘는 사 대 일이다. 보율이 마지못해 고개를 끄덕였다. 영준이 운전하는 차에 올라타 병원으로 향하는 중에도 헌이 보율의 손을 꼭 잡고 놓지 않았다.

다행히 별로 다치지는 않았지만 헌이 우기고 우겨서 보율은 입원을 해야 했다. 오늘 하루 종일 운동한 데다 산에서 추위에 시달린 탓에 그녀는 금방 잠이 들었다.

보율은 발목에 두꺼운 깁스를 하고 있었다. 보율이 살짝 삐었다고 생각한 것과 달리 의사는 인대가 많이 늘어난 것 같다고 깁스를 권했다. 걱정되는 마음에 계속 보율의 옆을 지키겠다는 민지를 예솔이 데리고 나갔다.

"우리가 여기 없어도 잘 돌봐 줄 사람 있잖아."

민지는 보율을 살피고 있는 헌을 보고 조용히 병실을 나왔다. 민지가 예솔을 보며 감격에 젖은 눈을 빛냈다.

"봤어? 사장님이 보율이 보는 눈빛? 완전 사랑에 빠진 로미오였어."

무슨 로미오씩이나. 하지만 예솔은 민지의 말 전부는 아니더라도 상당 부분은 인정해야 했다. 자신들의 사장이 정말 보율을 아끼고 있고, 그 마음이 진심이라는 것을. 그리고 두 사람이 서로를 보는 눈빛이 같아졌다는 것까지.

"그래. 두 사람 잘 어울리더라."

병실에서 벗어나며 민지가 계속해서 로미오와 줄리엣 타령을 하고 있었다. 그때 조용하던 민지의 핸드폰이 울렸다. 민지가 화면에 뜨는 글자를 보고 서둘러 전화를 받았다.

"네. 언니."

예솔이 옆에서 누구냐고 작은 목소리로 물었다. 민지가 핸드폰으로 뜬 글자를 예솔에게 보여 줬다. 그러는 와중에 수화기 건너편에서 민지를 부르는 소리가 들려왔다.

— 민지야.

민지가 서둘러 다시 핸드폰을 받았다.

"네, 보민 언니."

— 보율이가 전화를 안 받네. 계속 전화했는데. 혹시 보율이랑

같이 있으면 좀 바꿔 줄 수 있어?

"그게……."

민지가 말끝을 흐렸다. 민지가 말이 없자 수화기 너머에서는 보민의 걱정하는 소리가 들려왔다.

— 설마 보율이한테 무슨 일 있어?

민지가 난감한 눈으로 예솔을 쳐다봤지만 예솔도 순간 당황해서 어쩔 줄 몰라 했다. 대충 둘러대라고 민지에게 속삭였지만 그 중요한 순간 병원에서 커다란 안내 방송이 흘러나왔다.

— 내과 한영국 부장님, 지금 응급실로 와 주시기 바랍니다. 내과 한영국 부장님, 응급실로 와 주시기 바랍니다.

핸드폰으로 들려오는 응급실 소리에 보민이 놀라 소리쳤다.

— 병원? 설마 보율이 다쳤어?

"다치긴 다쳤는데 많이 안 다쳤어요. 산에서 살짝 굴러서 발목만 조금 삐었어요."

하지만 민지의 변명은 보민의 통화 내용을 듣고 있던 다른 사람을 흥분하게 만들었다.

— 뭐라고? 병원? 산에서 굴러?

"아, 아니에요. 살짝, 아주 살짝 굴렀어요. 정말 아무 이상 없어요."

예솔이 이어서 변명한다고 덧붙였지만 병원에다 산에서 굴렀다는 소리를 들은 보율의 형부 일혁의 흥분은 가라앉을 줄 몰랐다.

— 거기 어디 병원이야?

일혁의 질문에 민지와 예솔은 순순히 자세한 병원의 위치를 알려 주고 병실 호수까지 말할 수밖에 없었다. 전화 통화를 마친 두 사람은 고개를 떨어뜨렸다.

좀 있으면 보율의 언니와 형부가 들이닥칠 거다. 보율에게는 부모님 대신이자 하나뿐인 가족이니 그녀가 다쳐서 병원에 입원해 있다는 것을 알리는 것이 당연한 건데도 두 사람은 이상하게 뭔가 잘못한 것 같았다.

두 사람이 찝찝한 마음에 자리를 뜨지 못하고 있을 때 누군가 두 사람을 불렀다.

"예솔 씨, 민지 씨."

입원 수속을 하러 갔던 영준이 돌아와 두 사람에게로 다가왔다.

"보율 씨 병실에서 나오는 거예요? 나도 잠깐 들어가서 얼굴만 보고 같이 돌아가요."

하지만 예솔과 민지는 영준의 말이 들리지가 않았다. 두 사람은 심각하게 무언가 골똘히 생각하는 듯했다. 무슨 생각을 하는지 심각해 보이는 두 사람을 보며 영준은 고개를 갸우뚱했다.

보율이 형부로 말할 것 같으면 평소에는 정말 젠틀하고 처제와 그녀의 친구들에게 한없이 자상하며 얼굴까지 잘생긴 꽃 중년이다.

그러나 보율이 다치거나 누군가의 잘못으로 맘 상하고 들어오는 일이 있으면 시베리아보다 차가운 기운을 막 뿜어 대시는 분이다. 거기다가 그녀를 위해서는 어떤 무서운 일도 해내는 분이었다.

일례로, 고등학생 때 다른 친구가 보율에게 고아라고 놀려 몸싸움까지 하며 싸웠던 적이 있었다. 놀린 친구의 어머니가 찾아와 다친 자기 자식의 얼굴을 보고 다짜고짜 부모님 없어 이 모양이라고 보율을 다그쳤다. 보율이도 만만치 않게 다쳤었는데.

조금 늦게 도착해 뒤에서 그 말을 들은 보율의 형부는 그 자리에서는 화도 내지 않았다고 했다. 하지만 그다음 날, 다시 학교를 찾아온 그 친구의 부모는 보율에게 사과를 했고 일주일도 되지 않아서 그 아이는 소리 소문 없이 전학을 갔다.

그런데 지금 보율이 산에서 굴러 병원에 입원해 있다는 소리를 전해 듣고야 만 것이다! 그 뒷감당을 어떻게 하려고.

이럴 때는 안 마주치는 것이 상책이다. 민지와 예솔은 보율을 지키고 있는 헌에게 조금 미안한 맘이 들었다. 갑자기 들이닥칠 보율의 언니와 형부를 감당해야 하는 건 이제 헌의 몫일 테니. 민지와 예솔은 영준을 끌고 병원을 나섰다.

폭풍이 다가오기 전에는 더 고요하고 조용하다더니 잠든 보율과 헌만 남은 병실은 아주 조용했다.

헌이 보율의 곁으로 다가가 그녀의 잠든 얼굴을 매만졌다. 그의 손이 닿자 간지러움에 보율이 빙그레 웃음을 지었다.

보율이 잠에서 깰까 봐 헌이 더 이상 그녀를 만지지 못하고 바라만 보다 상처가 나 반창고를 붙여 놓은 그녀의 손을 가만히 잡았다. 그리고 긴장이 풀린 그도 스르르 잠이 들었다.

얼마쯤 잠들었을까. 보율의 손을 잡고 침대맡에서 불편하게 잠을 자던 헌이 깬 건 병실 문이 드르륵 열리는 소리 때문이었다.

문을 열고 들어온 것은 보율과 닮았지만 어딘가 분위기는 차분해 보이는 중년의 여인과 엄청난 아우라를 풍기는 중년의 남자였다. 단번에 헌과 눈을 맞춰 오는 남자의 분위기는 헌의 잠을 달아나게 만들기 충분했다.

여인은 침대에 누워 있는 보율의 곁으로 다가가 그녀의 얼굴을 연신 만졌다. 그리고 깁스를 하고 있는 발목을 보고 울상을 지었다.

그런 여인의 곁으로 다가간 중년의 남성은 자신에 대한 경계를 풀지 않은 채 부인인 듯한 여인의 어깨를 감싸 안았다. 부인이 중년의 남자의 어깨에 기댔다.

"난 또 많이 다친 줄 알고. 내가 못살아."

중년의 남자는 부인을 안으며 분위기와 달리 부드러운 목소리를 냈다.

"많이 안 다쳤을 거라 했잖아, 이 여사. 울지 마. 보율이 일어나면 당신 또 놀려."

"자기가 더 놀랐으면서 그래요. 김 실장님한테 무조건 밟으라고 했던 사람이 누군데."

부인이 중년의 남자를 보며 곱게 웃었다 . 그리고 품에서 벗어나 헌에게 인사해 왔다.

"안녕하세요? 인사가 늦었어요. 나는 보율이 언니 되는 사람이고 여기는 보율이 형부예요."

헌은 그제야 왜 중년의 부인이 보율과 닮았는지 이해가 되었다. 헌이 흐트러진 옷을 분주히 정리하고는 두 사람을 향해 고개를 숙였다.

"처음 뵙겠습니다. 보율 씨와 같이 일하는 윤헌이라고 합니다."

보민은 윤헌이라고 인사하는 사람의 목소리가 왠지 낯이 익었다.

"전에 혹시 보율이 술 취했을 때 전화받은 사람 아니에요?"

그런 적이…… 전에 한 번 있었다. 헌이 술에 취해 약국 앞에 자고 있던 그녀의 전화를 받았던 것을 기억해 냈다.

"네. 맞습니다."

"고마워요. 그때도 그렇게 도와주고 오늘도 이렇게 도와줘서."

보민의 고맙다는 인사에 헌은 아무것도 아니라며 고개를 저었다.

"아닙니다. 당연히 해야 할 일을 했을 뿐인데요."

헌에게 호의적인 보민과 달리 일혁의 시선은 그에게 그리 호의적이지 않았다.

"그땐 고마웠어요. 그런데 왜 우리 처제 손을 잡고 있었나?"

처음 보는 사람에게 적의감을 드러내고 있는 일혁의 옆구리를 보민이 꼬집었다.

"아, 왜 이래? 고마운 건 고마운 거고 이건 이거지. 당신도 궁금하잖아."

솔직히 보민도 궁금하긴 하지만 다짜고짜 물어볼 수 없으니 참고 있었다. 하지만 남편은 결국 참지 못하고 처음 보는 사람에게 단도직입적으로 물었다.

헌은 긴장했다. 그는 생전 긴장이라곤 해 본 적이 거의 없었다. 그 어려운 계약을 따낼 때도 이렇게 긴장하진 않았었다.

두 사람이 보율의 가족이라는 사실을 알고 난 뒤부터 그의 심장이 뛰기 시작하더니 등 뒤로는 잘 흘리지도 않는 땀이 주르륵 흐르기 시작했다. 침착하자고 자기 최면을 걸어 봤지만 잔뜩 긴장한 목소리만 그의 입 밖으로 나왔다.

"흐흠, 보율 씨와 진지하게 만나는 사이입니다."

헌의 대답은 보민은 웃었고 일혁은 얼굴을 굳혔다. 보율의 언니 되신다는 분의 웃음처럼 모든 일이 잘만 풀리면 얼마나 좋겠나.

헌은 형부라는 사람의 얼굴 표정을 보고 요즘 간절히 바라고 꿈꾸는 보율과의 결혼이 그리 순탄하지는 않을 것이라는 것을 예감했다.

정적을 깨는 말소리에 보율이 잠에서 깨어났다. 눈을 뜨자 보이는 언니와 형부의 모습에 그녀는 꿈꾸는 줄 알고 눈을 비볐다. 하지만 갑작스럽게 터져 나오는 언니의 화난 목소리가 꿈이 아니라는 것을 깨닫게 해 줬다.

"이보율! 산에서 굴러서 다쳐? 이번엔 또 뭐야. 산에는 왜 올라간 거야?"

보율은 벌떡 일어나 화내는 보민의 팔에 애교를 부리며 매달렸다.

"언니, 화났어? 보물 찾으러 갔다가 발을 헛디뎠어. 근데 나 하나도 안 아파. 다행히 낙엽이 많은 곳에 떨어졌다니까? 나 완전 행운아야. 깁스를 해서 그렇지 인대가 살짝 늘어난 것뿐이래. 진짜 하나도 안 아파."

"어디 다른 데 아픈 데는 없어? 머리 같은 데 다친 것 아니야?"

보민이 아직도 걱정을 거두지 못하고 보율의 몸을 이리저리 살피기 시작했다. 곁에서 이를 지켜보고 있던 헌이 두 사람 사이에 끼어들었다.

"정밀 검사랑 다 해 봤는데 발목 조금 다친 것 빼고는 괜찮다고 합니다."

그제야 헌이 있다는 사실을 인지한 보율이 헌을 손짓으로 불렀다. 손짓을 따라 다가온 헌의 한쪽 손을 잡고 보율이 보민과 일혁에게 그를 소개했다.

"언니, 형부. 조만간 소개해 주려고 했는데, 이쪽은 내가 일하는 회사 사장님인 윤헌 씨. 내가 좋아하는 사람이에요."

보율의 소개는 일혁의 불난 마음에 기름을 붓는 격이었다. 세상 모든 딸들의 남자친구는 아빠들에게는 도적놈이라더니, 보율을 어릴 적부터 딸처럼 키운 일혁에게 헌은 딸을 뺏어 가는 도적놈이자 날강도 같은 놈이었다. 일혁이 보민의 팔을 붙잡고 심각하게 이야기했다.

"여보. 우선 처제 서울로 데리고 가야겠어. 김 박사님께 연락해서 아예 이번에 검진 한 번 더 받게 합시다."

보민이 남편이 하는 말에 빙그레 웃음 지었다. 그럼 그렇지. 남편이 여기서 쉽게 넘어가 줄 리가 없다.

보민은 동생이 좋으면 무조건 오케이지만 일혁이 보율의 상대를 영 맘에 들어 하지 않는 상황이 온다면 일혁의 편에 서 줄 생각이다.

남편이 보율을 얼마나 아끼는지 제일 잘 알고 있는 것도 자신이며 보율을 자신 목숨보다 귀한 딸처럼 키운 것도 남편이니까 그 정도의 권리는 있다고 생각했다.

거기다 남편이 맘에 들지 않는 상대라면 자신의 맘에도 들지 않을 것이라는 것은 당연한 거다. 이렇게 고약한 역을 자청하고 있지만 보율을 아끼는 맘을 저 헌이라는 남자가 남편에게 잘 보이기만 한다면 남편은 헌이라는 남자를 정말로 아끼게 될 거다.

남편의 신뢰를 얻어 내는 것은 오로지 저 남자의 몫이었다. 보민은 일혁의 편을 들었다.

"그럴까요? 헌 씨, 우리 보율이 다쳤으니 며칠 회사를 쉬어도 되겠죠?"

보율은 아니라고 괜찮다고 이 정도는 아무렇지도 않다고 이야기했다. 그러나 보민이 계속 웃으며 부탁하는 상황에서 헌은 단번에 잘라 안 된다고 할 수가 없었다.

"고마워요. 다음에 집으로 초대 한번 할게요."

결국 그들이 이 밤중에 보율을 데리고 가는 것을 헌은 순순히 지켜볼 수밖에 없었다. 언니와 형부를 따라가면서도 보율이 뒤를 돌아보며 어떻게 좀 해 보라고 헌을 향해 손을 뻗었지만 헌이 할 수 있는 건 바라보는 것뿐, 별로 할 수 있는 것이 없었다.

♣

성질 급한 형부가 운전하는 차를 타고 서울에 돌아왔을 때는 이미 새벽이었다. 그대로 각자의 방에서 잠들어 다음 날 아침이 되자 일혁이 끌고 간 병원에서 보율은 온 검사란 검사는 다 받았다. 그리고 나서 보율은 집에 요양이라는 명목으로 갇혀 있었다.

다리가 낫기까지는 절대안정이라는 가족들의 말에 보율은 이 층에 있는 자신의 방의 침대에 누워만 있었다. 게다가 계단도 못 오르내리게 해서 보율은 식사도 방에서 해결하고 있었다.

헌과 연락을 하고 싶어도 산에서 핸드폰을 잃어버린 터라 쉽지 않았다. 몰래 밑으로 내려가 집 전화로 그에게 연락하려고 해도 수화기를 들 때마다 언니와 형부는 어떻게 알았는지 짠 하고 나타났다.

"어디 전화하려고? 다리도 불편하면서 왜 내려와. 전화기 갖다 달라고 재민이한테 이야기하지."

그렇게 말하는 언니는 전화기 근처에서 비켜 줄 생각은 없어 보였다. 이러니 전화기를 들었다가도 전화는 못 해 보고 그냥 내려놓는 일이 다반사였다.

이럴 줄 알았으면 방에 있던 전화기를 없애는 게 아니었는데. 언니가 무슨 일만 있으면 이 층으로 전화를 하는 것이 귀찮아 없앴던 게 이런 식으로 돌아올 줄이야.

몰래 전화를 들고 올라가다가도 번번이 들키기가 수차례였다. 전화기 주위를 맴돈 게 벌써 삼 일째다. 그렇게 헤어지고는 보율은 헌의 얼굴은커녕 목소리도 듣지 못했다. 이 상태가 계속된다면 그녀는 깁스를 한 채 이 층 자신의 창문에서 뛰어내릴지도 모른다.

보율이 무모한 생각을 하며 머리를 쥐어뜯고 있을 때 그녀의 방문을 열고 들어온 재민이 보율을 불렀다.

"이모, 자."

재민은 방문을 잠근 후 재킷 안에서 매우 조심스럽게 뭔가를 꺼냈다. 뭔가 싶어 보니 재민이 핸드폰을 내밀고 있었다. 보율이 놀라 쳐다보자 재민이 머리를 긁적였다.

"이모부가 갖다 주래."

"뭐? 이모부?"

"그래. 이모 남자친구."

이 핸드폰으로 말할 것 같으면 오늘 학교로 찾아온 이모의 남자친구가 재민에게 주고 간 것이었다. 재민은 절레절레 흔들며 학교에서 헌을 만났던 것을 떠올렸다.

아버지가 아시면 몇 달간 용돈이 없을지도 모르지만 강의실 앞에서 삼십 분은 족히 기다린 것처럼 보이는 이모의 남자친구를 보고 나니 고생 좀 해 봐라, 하고 생각했던 마음이 쏙 들어갔다.

며칠 새 멀쩡했던 이모 남자친구의 얼굴은 잔뜩 까칠해져 있었다. 자신을 보자마자 오아시스를 찾을 것처럼 환해진 얼굴로 다가오는 그를 보고 재민은 멈칫 뒤로 물러섰다. 자신에게 한걸음에 다가와 자신을 보고 처음 한 말은 당연히 이모의 안부였다.

"이모는 잘 있어?"

누가 보면 한 한 달은 떨어져 있는 사람들인 줄 알겠다. 고작 삼 일째이구만. 재민은 아버지의 심술을 천 번이고 이해했다. 이모가 아버지에게 어떤 존재인데.

"네. 이모는 잘 있어요. 전화기 옆을 못 떠나는 것 말고는요. 이모보다 이모부가 더 힘들어 보이시는데요?"

재민의 말에 헌은 수염이 올라와 까칠까칠한 턱을 만졌다.

"아니야. 이모 보고 싶은 것 빼고는 괜찮아."

"아버지는 이모부가 맘에 안 드시는 게 아니라 지금 이모부를 시험하고 있다는 거 알고 계시죠?"

헌이 희미하게 미소 지었다.

"알고 있어. 시험은 얼마든지 통과할 자신이 있는데 며칠째 이모 목소리도 못 듣고 있으니까. 그게 좀 힘드네."

세상에서 힘든 건 하나도 없는 것처럼 보이던 남자의 힘없는 목소리에 재민은 적잖이 충격을 받았다. 그놈의 사랑이 뭐라고. 얕게 한숨을 내쉬는데 헌이 재민을 향해 새 핸드폰 하나를 내밀었다.

"이모 핸드폰은 고장이 나서 수리하는 데 시간이 걸린다고 해서 하나 샀어. 몰래 이모 좀 전해 줄 수 있지?"

재민은 고개를 끄덕였다. 이 정도는 해 줄 수 있을 것 같다. 걱정 말라며 헌을 돌려보낸 재민은 학교를 마치고 곧바로 집으로 돌아와 신발을 벗자마자 곧장 이층 이모 방으로 올라온 것이었다.

핸드폰을 전해 받은 보율이 웃었다. 드디어 헌의 목소리를 들을 수 있겠구나.

"헌 씨가 줬어?"

"어. 들키지 마. 들키는 날에는 나도 끝장이야."

재민의 자신의 목을 손으로 그었다. 보율이 다 큰 조카의 엉덩이를 토닥였다. 물론 재민은 칠색 팔색을 했지만.

"고마워, 조카."

보율이 재빨리 핸드폰의 전원을 켜고는 머릿속에 떠돌던 숫자를 눌렀다. 저렇게 좋을까? 재민은 전화 걸고 있는 보율을 두고 조용히 방에서 나가 모습을 감췄다.

신호음이 한 번 울리고, 두 번이 울리기도 전에 수화기 너머로 음성이 들려왔다.

— 보율 씨?

전화상으로 듣는 그의 목소리가 이렇게 반가울 줄이야. 보율이 새어 나오는 웃음을 막지 못했다.

"헌 씨? 히히. 잘 있었어요?"

— 네. 다리는 좀 어때요?

"괜찮아요. 계속 전화하려고 했는데, 그게……."

보율의 망설이는 말에 헌이 부드럽게 그녀를 달랬다.

— 이렇게 전화했으니 됐어요. 너무 걱정하지 마요.

보율은 괜히 헌에게 미안해졌다. 보율이 언니와 형부를 대신해 구구절절 변명했다.

"우리 언니랑 형부가 본래는 안 그러는데. 지금 심술부리는 거예요. 내가 당신에 대해 한 마디 언급도 없다가 갑자기 그렇게 소개를 시켰으니. 전부 내 탓이에요."

— 아니에요. 그리고 걱정하지 마요. 당신 가족들 맘에 들도록 노력한다고 했잖아요. 그런 걱정은 하지 말고 몸조리 잘해요. 이제 목소리 들었으니까 됐다. 저녁에 다시 전화할게요.

"네. 저녁에 꼭 전화해요."

전화를 끊은 보율이 그대로 침대 위로 누웠다. 그의 목소리를 듣고 행복해진 보율이 이불을 덮어쓴 채로 행복한 비명을 터트렸다.

보율의 목소리를 더 듣고 싶지만 헌은 어쩔 수 없이 통화 종료 버튼을 눌렀다. 헌이 한쪽 으로 밀어 두었던 삼 일 동안 쌓인 결재 서류를 펼치기 시작했다.

이제야 서류가 눈에 들어온다. 삼 일 동안 멍하던 머리가 돌아가자 헌은 서류를 보며 집중하기 시작했다. 서류를 읽는 눈이 빨라지고 사인을 하는 손은 짧고 간결했다.

그가 점점 시간 가는 줄 모르고 집중하고 있을 때 그의 집중을 흩트리는 벨소리가 들려왔다. 보율인줄 알고 재빨리 든 핸드폰에는 모르는 번호가 찍혀 있었다. 혹시나 싶어 전화를 받은 헌은 자리에서 벌떡 일어났다.

— 흠흠, 나 박일혁입니다. 이보율 형부.

"네! 안녕하십니까?"

— 내일 저녁에 시간 되면 우리 집에 식사하러 올 수 있겠나?

당연히 헌의 대답은 예스였다.

"네! 갈 수 있습니다."

— 그럼, 내일 저녁 일곱 시까지 오게.

용건을 다 말한 일혁이 전화를 끊자 헌이 자리에 털썩 앉았다. 그리고 잘 이어지고 있던 그의 집중력은 다시 흐트러졌다. 내일 예정된 저녁 식사 때문에. 헌은 더 이상 일을 할 수 없었다.

♣

오늘따라 소란스러워 보이는 보율이네 집. 아침부터 재민이 툴툴거리며 청소기를 돌리고 있었다. 거실 소파 밑에다가 청소기를 미는데 소파에 앉아 있는 아버지는 꼼짝도 하지 않으셨다. 발만 살짝 들어 주시면 될 것 같은데.

"아버지. 발 좀 들어 주십시오."

아들의 말에도 일혁은 못 들었는지 아님 다른 생각에 빠져 있는지 비켜 줄 생각이 없어 보였다. 그러자 재민은 부엌에서 분주히 움직이고 있는 어머니를 불렀다.

"어머니. 아버지가 청소 방해하십니다."

재민의 소리에 국자를 들고 나온 보민이 소파에 앉아만 있는 일혁을 향해 다가왔다.

"여보, 이럴 거예요? 오늘 손님 온다고 했잖아요. 밖에 잡초 좀 뽑아 달라고 내가 부탁했는데 잊었어요?"

보민의 구슬리는 소리에도 일혁의 입에서는 툴툴거리는 말만 나왔다.

"아니, 무슨 대단한 손님이 온다고 이 난리를 피우는 거야?"

"보율이 남자친구 초대한 날이잖아요. 누가 알아요? 보율이랑 결혼이라도 할지."

"아니, 누가 허락도 안 했는데 결혼이야. 응?"

결혼이라니. 그놈이 오늘 우리 집에 오는 것도 영 맘에 안 드는구만. 아내가 기어이 그를 구슬려서 연락을 넣으라 해서 울며 겨자 먹기 식으로 저녁 초대를 하긴 했지만 맘에 안 드는 것투성이였다.

밥 먹으라고 불렀으면 밥만 먹이고 보내면 될 텐데 아들은 온종일 청소에 아내는 장 보는 것부터 해서 그놈 줄 음식을 만드느라 분주했고 이제는 자기가 마당의 잡초까지 뽑아야 한단다. 이러니 안 흥분하게 생겼냐 말이다.

일혁은 소파에서 비켜 줄 생각도 밖에 나가서 잡초를 뽑을 생각도 없었다. 그러자 보민이 국자를 탁자에 내려놓고 거실로 나와 그의 손을 두 손으로 감싸 잡았다.

"여보, 손님이 오는데 좀 부탁해요."

보민의 부탁에 일혁은 마지못한 척 몸을 일으켰다. 그놈을 위해서가 아니라 사랑하는 아내가 부탁하니까 하는 거다.

보민을 사랑하면서부터 스스로에게 약속했다. 아내가 원하고 바라는 건 다 들어주겠다고. 그리고 한 번도 그 결심을 깬 적이 없었다.

오늘도 아내의 부탁을 거절할 수는 없었다. 그것이 비록 맘에 안 드는 놈을 맞이하러 마당의 잡초를 뽑아야 하는 일일지라도.

일혁이 터덜터덜 밖으로 나가자 보민은 재민에게 청소를 단단히 하라 이르고 이 층으로 올라갔다. 계단을 올라가 맨 끝에 위치한 동생의 방문을 열어젖혔다. 보율이 침대에 누워 미동도 없이 잠들어 있었다. 보민이 이불을 걷어 냈다.

"일어나. 지금 몇 시인 줄 알아? 해가 벌써 중천에 떴다고."

단잠에 빠져 있는 보율이 보민이 걷어 낸 이불을 다시 뒤집어 썼다.

"왜 이래. 나 이번 주엔 회사 가지 말라며. 더 잘래."

보민이 팔짱을 끼고 동생을 노려봤다.

"저녁에 누가 오는 줄 알아?"

누가 오는지는 궁금한지 보율이 이불 밖으로 얼굴을 배꼼 내밀었다.

"누가 오는데?"

"너랑 만난다는 윤헌 씨 초대했어."

보민의 말에 이불 속에서 나올 생각이 없어 보이던 보율이 벌떡 침대에서 몸을 일으켰다.

"오늘? 어제저녁에 통화할 때도 그런 말 없었는데?"

"통화? 전화기가 어디서 나서 통화를 했을까?"

"아! 그게……. 사실, 음, 그러니깐……."

보민은 피식 웃으며 당황하는 동생의 머리를 부드럽게 쓰다듬 었다.

언제 남자친구를 집으로 데려올 만큼 커 버렸을까? 짧은 다리 로 뛰어다니며 애교도 부리고 형부 같은 남자랑 결혼한다고 하던 게 엊그제 같은데. 오늘따라 돌아가신 부모님이 너무 보고 싶었 다.

"형부한테는 들키지 마. 너희 형부 요즘 너한테 많이 섭섭한가 보더라. 우리 남편 섭섭하게 하면 알지?"

보율이 보민의 허리를 껴안고 언니의 품에서 고개를 끄덕였다. 알고 있다. 일언반구도 없다가 좋아하는 사람이 생겼다고 덜컥 소 개를 시켜 버렸으니 형부가 섭섭해하는 것이 당연했다.

보민이 동생의 머리를 연신 쓰다듬었다. 어머니가 살아 계셨을 적에 쓰다듬어 주셨던 것처럼 부드럽고 따뜻하게.

"얼른 씻고 준비해. 네 남자친구 온다니깐 네 방도 좀 치우고. 그리고 너희 형부한테 잘하고."

보민이 보율의 방문을 닫고 나갔다. 보율은 대충 씻고 난 뒤 편 안한 옷으로 갈아입고 깁스한 다리로 일 층으로 내려와 두리번거 리며 누군가를 찾았다. 재민이 보율이 찾는 사람을 알아채고 손가 락으로 밖을 가리켰다.

보율이 깁스한 다리를 끌고 낑낑거리며 정원으로 나갔다. 형부 가 밀짚모자를 쓰고 잡초를 뽑고 있었다.

집이 워낙 커서 사람을 좀 써도 될 것 같은데 언니나 형부나 가족이 사는 집에 다른 사람을 들이는 건 싫다며 아주 힘든 일이 아니면 사람을 부르기보다 저렇게 부지런을 떨었다. 보율이 잡초를 뽑고 있는 형부 앞에 섰다.

"언니가 또 잡초 뽑게 시킨 거예요? 안 되겠네, 우리 언니. 누구 형분데 막 이렇게 부려 먹고."

보율을 알아보고 일혁이 모자를 벗으며 일어섰다.

"아니야. 내가 좋아서 하는 거 알면서 그런다. 발도 불편하면서 왜 나와?"

보율이 애교를 부리며 일혁의 팔에 팔짱을 꼈다.

"내가 세상에서 제일 좋아하는 형부 보러 나왔죠?"

일혁의 입꼬리가 꿈틀꿈틀 올라가려 한다. 하지만 그는 풀리려는 마음을 숨기고 짐짓 낮게 말했다.

"뻥은. 나 말고 다른 놈이 아니라?"

"형부, 미안해요. 섭섭하게 만들어서. 사실은 제일 먼저 이야기하고 상담도 받아야 하는 건데, 갑자기 막 일어난 일이라서……. 근데 형부가 그 사람 맘에 안 들어 하시면 안 만날게요."

보율이 이렇게까지 이야기하는데. 일혁은 다시 부드러운 표정으로 돌아왔다.

"좀 더 시간을 두고 보면 알겠지. 괜찮은 놈이면 나도 반대 안 해."

반쯤은 허락인 듯한 말에 보율이 일혁의 목을 끌어안았다. 형부가 자신을 각별하게 생각하는 만큼 자신도 형부를 너무나 소중하게 생각한다. 그러니 당연히 형부의 허락이 필수조건이었다.

"와, 형부 고마워요."

"아직 허락한 건 아냐."

하지만 보율은 결혼 허락이라도 받은 것처럼 기뻐했다. 창문으로 두 사람을 보고 있던 재민과 보민은 고개를 흔들었다. 저렇게 쉽게 허락해 줄 거면서. 하지만 두 사람은 몰랐다. 그들의 예상은 언제나 빗나갈 수 있다는 것을. 예상이라는 것은 간혹 빗나가기도 하기에 예상이라고 불린다는 것을.

♣

빨간 벽돌로 둘러진 이층집 앞, 대문이 그리 크지도 높지도 않는데 헌은 높고 단단해 보이는 대문 앞에서 저절로 한숨이 나왔다.

보율의 집에 인사하러 가는 게 이리도 긴장되고 어색할 줄이야. 차가 막힐까 봐 일찍부터 서둘렀더니 약속 시간보다 30분이나 일찍 도착했다.

목이 타들어 가기 시작했다. 물을 마시려고 생수통을 들었다 아차 싶어 내려놓았다. 혹시나 물을 많이 마셔서 화장실을 들락거리거나 준비한 저녁을 맛있게 먹지 못하면 어쩌나 싶어서다.

헌은 어제 보율의 형부의 전화를 받은 이후로 오늘 있을 저녁 약속에 대한 준비를 위해 꼴딱 밤을 새웠다.

서점에 들러 예의범절에 관련된 서적을 찾아본 것은 물론이고 인터넷을 뒤져 가져갈 선물을 고르고, 옷장을 열어 입고 갈 옷을 고르는 등, 준비해야 할 일이 너무 많았기 때문이다.

적진에 들어갈 병사와 같이 그 역시 철저한 준비만이 살길이라는 생각으로 만반의 준비를 마쳤건만 막상 눈앞에 상황이 펼쳐지니 준비한 것들은 아무것도 아닌 것이 되어 버렸다.

약속 시간보다 너무 일찍 가는 것도 예의가 아닌 것 같고 또 딱 맞춰 가는 것보다 한 5분 정도 일찍 도착하는 것이 괜찮을 것 같아 초조하게 시계만 바라보고 있었다.

일곱 시가 되기 7분 전 차에서 내린 그의 한 손에는 종이 백들이 주렁주렁 들려 있었고 다른 한 손에는 예쁘게 포장된 꽃다발이 들려 있었다.

다시 한 번 크게 숨을 내쉬고는 헌이 초인종을 눌렀다. 인터폰에서 전에 뵈었던 보율의 언니분의 고운 목소리가 흘러나왔다.

— 왔어요? 어서 들어와요.

헌이 자신이 옷차림을 다시 한 번 훑어보고 대문을 들어섰다. 커다란 정원에는 각종 꽃들이 심어져 있었고 커다란 나무들도 눈에 띄었다. 그리고 그네 의자며 탁자며 가족들이 함께 쉴 수 있는 휴식처가 곳곳에 있었다. 현관문이 열리고 익숙한 얼굴이 나와 그를 맞았다.

"오셨어요? 뭐가 그렇게 많아요? 이리 주세요."

재민이었다. 그래도 적지에 있는 아군을 보니 마음이 한결 진정되는 것 같기도 했다. 재민이 헌의 무거운 짐들을 받아 들며 그에게만 들리게 속삭였다.

"이모부! 파이팅이에요. 우리 불쌍한 이모 무슨 일이 있어도 무조건 데려가요."

재민의 응원과 농담에 헌은 모든 긴장감을 내려놓을 수 있었다. 왠지 모르지만 모든 일이 잘 풀리고 잘될 것 같은 느낌이 든다. 헌이 고맙다는 눈빛을 재민에게 보냈다. 그리고 재민에게 이 은혜는 꼭 갚겠다고 다짐했다.

재민을 따라 집으로 들어간 그를 반긴 것은 보율이었다. 회사에서 보던 정장이 아닌 편한 복장을 하고 화장기 없는 맨얼굴인 보율은 딴사람처럼 보였다. 헌이 오랜만에 봐서 더 반갑고 예뻐보이는 그녀를 보며 웃었다.

"잘 있었어요? 다리는 좀 어때요?"

"괜찮아요. 아! 꽃 예쁘다. 내 거예요?"

보율이 헌이 들고 있는 꽃다발을 향해 손을 뻗어 왔다. 하지만 헌은 꽃다발을 보율이 아닌 그녀의 옆에 서 있던 보민에게 건넸다.

"이건 보율 씨 언니께 드리는 겁니다."

상상도 못 했는데 꽃다발을 받은 보민의 얼굴이 꽃처럼 활짝 피었다.

"고마워요. 예쁘다. 꽃병에 꽂아 놔야겠다."

보율이 좋아하는 언니를 보며 헌에게로 다가서서 그의 귀에만 들리게 속삭였다.

"나도 꽃 좋아해요."

헌이 웃으며 다시 그녀에게 속삭였다.

"미안해요. 나중에 많이 사 줄게요."

"진짜죠? 그래도 언니가 너무 좋아해서 다행이다. 언니는 벌써 넘어온 것 같아요."

헌도 같은 생각이었다. 유명한 꽃집에 들러 가격은 상관없으니 무조건 예쁘게 포장해 달라고 플라워리스트를 닦달한 보람이 있었다.

보율의 언니가 우선 매우 마음에 들어 하고 그를 향해 호의의 시선을 보내자 헌은 다행히 한 고비를 넘긴 것 같았다. 하지만 아직 오르지도 못한 산이 버티고 있었다. 일혁이 큰 소리로 기침을 했다.

"크흠, 그만하고 밥 좀 먹지."

일혁의 기침에 보민이 꽃에 팔려 있던 정신을 차렸다. 서둘러 초대한 손님을 식탁으로 이끌었다.

"내 정신 좀 봐. 배고프죠? 우선 저녁부터 먹어요."

보율까지 포함한 이 집의 네 식구와 헌이 식탁에 둘러앉았다. 식탁에 차려진 음식에 헌의 눈이 휘둥그레졌다. 떡갈비부터 구절판까지, 손이 많이 가서 평소에는 보기 힘든 음식들이 떡하니 자리하고 있었다.

정말 상다리가 부러질까 걱정해야 될 정도로 식탁 위에 자리한 음식들이 많았다. 헌이 이 많은 음식을 차리느라 고생한 보민을 향해 감사 인사를 하는 것을 잊지 않았다.

"제가 온다고 너무 신경을 많이 쓰셨습니다."

헌의 감사에 보민이 아니라며 손을 내젓기도 전에 일혁의 말이 불쑥 끼어들었다.

"자네가 온다고 많이 차린 게 아니라 우리 집은 본래 평소에도 이렇게 먹네."

헉! 보민과 재민은 일혁의 말도 안 되는 소리에 기겁을 했다.
아까 밖에서 보율과 이야기하고 좋게 가기로 합의 본 거 아니었
나? 보민이 보율을 보며 어떻게 된 거냐 무언으로 물었지만 보율
도 영문을 몰라 어깨를 으쓱했다. 하지만 일혁 못지않게 헌도 이
정도는 예상했었다는 듯이 당황하지 않았다.

"그러면 저는 더 감사합니다. 평소처럼 차려 주셨다는 건, 저를
가족으로 생각하신다는 말씀 아닙니까?"

또 일혁이 한 소리 하려고 했지만 옆에 앉아 있던 보민이 식탁
밑으로 그의 손을 잡고 그러지 말라고 토닥였다. 그래, 식사 시간
이니 한 번은 참아 주지.

겨우겨우 시작된 식사 시간은 딸그락딸그락 수저가 식기에 부
딪히는 소리만 가득했다. 참다 참다 보율이 긴장해서 연신 앞에
놓인 나물만 집어 먹고 있는 헌의 밥 위로 잘 구워진 떡갈비를 떡
하니 올려 줬다.

"먹어요. 우리 언니 떡갈비 실력이 끝내줘요."

헌이 고맙다고 희미하게 웃으며 떡갈비를 한 번 베어 무는 순
간 식탁에 탁 하고 수저 놓는 소리가 났다. 그 소리의 진원지를
찾아가 보니 다름 아닌 일혁이었다. 모두가 일혁에게로 눈을 돌렸
다. 일혁이 무슨 말을 하기도 전에 보민이 잘 구워진 생선을 발라
그의 밥 위에 얹어 주었다.

"당신 좋아하는 조기예요. 어서 먹어 봐요."

보민이 어서 먹어 보라 보채자 일혁은 하는 수 없이 다시 수저

를 들었다. 보민이 보율을 향해 눈치를 줬다. 보율의 볼이 빵빵하게 부풀었다.

맛있는 거 좀 먹어 보라고 권한 게 그렇게 잘못인가. 보율이 심술 피우는 형부가 미워져 뭐라고 한마디라도 하려고 했다. 하지만 헌이 식탁 밑으로 보율의 손을 잡았다. 괜찮다고, 나는 신경 쓰지 말라는 뜻으로 그녀의 손에 손가락으로 괜찮다고 글을 쓰는데 화를 낼 수 가 없었다.

그 후의 식사 시간은 나름 조용하게 끝났다. 하지만 차를 마시기 위해 거실로 나갔을 때 접어 두었던 신경전은 다시 시작됐다. 일혁이 먼저 말을 꺼냈다.

"그래, 우리 처제랑 사귄 지는 얼마나 됐나?"

일혁의 물음에 헌은 마시고 있던 커피 잔을 내려놓고 침착하게 대답했다.

"정식으로 사귄 지는 얼마 안 됐습니다."

"그래? 얼마 안 됐단 말이지. 내 당장 두 사람을 반대하지는 않겠네. 천천히 시간을 두고 만나 보게. 성급히 뭔가를 결정하지 말고."

만나 보라는 말까지 나왔으니 대충 반은 허락인 것 같았다. 옳다구나. 이때다 싶어 헌은 밤새도록 연습하고 연습했던 말을 꺼냈다.

"보율 씨와 결혼하고 싶습니다. 허락해 주십시오."

헌이 말을 하며 넙죽 엎드렸다. 보민과 재민은 흐뭇하게 고개를 끄덕였지만 일혁은 아직은 호락호락 허락해 줄 생각이 없었다.

"그러니까 결혼은 한 삼 년 진지하게 만나 보고 결정하라고. 당장은 만나기만 하고."

삼 년이라는 소리에 일혁을 제외한 모든 사람들이 각자 다른 반응을 나타냈다. 내일이라도 당장 결혼할 거라 벼르고 있던 헌에게는 당연히 말도 안 되는 소리였고 보율 역시 삼 년이나 되는 시간을 조건으로 말하는 형부가 어이가 없었다.

하지만 재민은 태연하게 과일을 집어 먹고 있었다. 뭐, 이 정도는 예상했어야지. 아버지가 한 오 년은 조건으로 걸 줄 알았는데 삼 년이면 괜찮은 것 같았다.

그리고 일혁의 옆에 앉은 보민은 화가 났다. 동생이 서른이 넘어서 결혼하는 꼴은 절대로 볼 수가 없다. 지금이 딱 결혼하기 좋은 시기구만. 남편의 이상한 소리에 한 소리를 안 할 수가 없었다.

결국 보민은 충격을 받아 정신이 없는 두 사람을 이 층으로 올려 보냈다.

"보율아, 헌 씨 데리고 올라가서 네 방 좀 구경시켜 주렴."

보율은 보민의 말에 충격에 굳어 있는 헌을 데리고 이 층 자신의 방으로 올라갔다. 두 사람의 모습이 보이지 않게 되자 보민이 일혁의 옆구리를 꼬집었다. 평소보다 더 힘이 실린 손가락에 일혁이 신음 소리를 냈다.

"아야! 왜 이래."

"몰라서 물어요? 아니, 일 년도 아니고 삼 년이라니요. 농담이죠?"

"아닌데? 그 정도 시간은 봐야 내가 저놈이 처제에게 맞는 놈인지 알 수 있을 것 같단 말이야."

"사람 괜찮던데. 계속 이렇게 고집 피울 거예요?"

그가 고집을 꺾을 생각이 없다는 것을 보여 주듯 일혁의 다물어진 입은 떨어질 생각이 없어 보였다. 보민은 지끈거리는 머리를 붙잡았다. 보민이 이번에는 부드럽게 나가 보기로 했다.

"여보, 일혁 씨. 우리도 보율이 시집 좀 보내요. 저가 좋다고 데리고 온 남자는 유치원 때 민수 빼고 처음이잖아요."

보민이 일혁의 허리를 끌어안았다. 이쯤 되면 일혁은 저도 모르게 아내에게 넘어가게 된다. 아내의 부탁을 거절하는 건 그에게 정말 죽기보다 힘든 일이니. 보민에게 넘어가기 전에 일혁이 소파에서 벌떡 일어났다.

"나는 이 층에 과일 좀 갖다 주고 올게."

일혁은 방금 다 먹고 올라간 과일을 갖다 주겠다고 일어나 거실을 벗어났다. 그를 붙잡는 보민의 목소리가 들렸지만 일혁은 꿋꿋이 두 사람만 있는 방으로 올라갔다.

보율의 손에 이끌려 이 층으로 올라가게 된 헌은 일혁이 날린한 방의 충격에서 아직 벗어나지 못하고 있었다. 하지만 보율의 손을 잡고 그녀의 방에 들어서는 순간 그런 충격 따위는 잠시 접어 둘 수 있었다.

창문에 달린 커튼과 침대의 하얀 레이스 이불은 세트인 것처럼 보였다. 그리고 파란색의 책상과 하늘색의 화장대 위에는 보율의 어린 시절 사진들이 쭉 나열되어 있었다.

헌이 하나하나 그녀가 생활하는 방을 구경하기 시작했다. 다리가 불편해 따라다니지는 못하지만 침대에 걸터앉아 그가 구경하는 모습을 보율이 눈으로 좇고 있었다. 헌이 보율의 어릴 적 사진을 집어 들었다.

"이건 언제 찍은 거예요?"

"아, 그거요? 음, 유치원 다닐 때 언니가 사고를 당해 병원에 입원해 있을 때였던 것 같아요."

헌이 사진을 들고 침대에 앉아 있는 보율에게로 다가와 그녀의 옆에 걸터앉았다. 침대가 밑으로 가라앉았다.

여태껏 그녀의 방에 들어올 수 있었던 성인 남자는 형부와 재민뿐이었다. 그런데 헌이 그녀의 방에, 그것도 그녀의 침대에 앉아 있는 건 어딘가 느낌이 생소하고 간질간질 이상하게 부끄러웠다. 그런 마음을 안 들키려 보율이 부러 주저리주저리 말을 시작했다.

"그때, 병원에서 만난 예쁜 아줌마가 한 명 있었는데, 정말 좋은 분이셨어요. 저 어렸을 적에 정말 수다쟁이였거든요. 제가 막 가서 재잘재잘 떠들어서 피곤하고 성가셨을 텐데도 웃어 주시고 예뻐해 주시고 매일 맛있는 것도 챙겨 주시고 하셨어요. 이건 비밀인데, 아줌마가 주는 간식이 너무 맛있어서 만날 갔는지도 모르겠어요."

헌이 보율의 손을 잡고 그녀의 머리를 그의 어깨에 기대게 했다.

"안 성가셨을 겁니다. 아마 보율 씨가 찾아와서 좋으셨을 겁니다."

그가 대꾸하는 말에 마음이 열린 보율이 계속해서 이야기를 꺼냈다.

"어렸을 적에 돌아가신 엄마도 병원에 입원해 계셨는데 아줌마를 보니 엄마가 생각이 나는 거예요. 그래서 더 그 아줌마한테 예쁨받고 싶었나 봐요. 언니가 퇴원한 후에 한 번 찾아뵈러 갔었는데 퇴원하시고 안 계시더라고요. 꼭 한 번 만나 뵙고 싶은데."

만약 어머니가 살아 계셔서 다시 그녀를 만났으면 얼마나 좋을까? 어렸던 그 아이가 커서 자신의 며느릿감으로 다시 찾아온 걸 아시면 크게 기뻐하시고 행복하게 웃으셨겠지.

보율의 어깨를 감싸는 헌의 손에 힘이 들어갔다. 두 사람은 옛 생각에 아무런 말없이 생각에 잠겼다. 생각이 계속 이어지다가도 불쑥 떠오르는 형부의 심술에 미안해진 보율이 헌의 허리에 손을 둘렀다.

"우리 형부 때문에 미안해요. 근데 악의를 가지고 저러시는 건 아니에요."

"알아요."

헌에게 안겨 있던 보율이 고개를 들어 그의 잘생긴 얼굴을 쳐다봤다.

"근데 정말 나랑 결혼할 거예요?"

"당연하죠. 왜요? 나는 하루 종일 당신만 생각하게 해 놓고 당신은 딴 남자랑 결혼하려고요?"

"아니. 아니에요. 그런데 우리 형부 말에 따르려면 삼 년이나 기다려야 결혼할 수 있는데 괜찮겠어요?"

헌이 보율의 동그란 머리를 그에게로 끌어당겼다. 그래, 삼 년쯤이야. 이 여자를 얻는 데 필요한 삼 년이란 시간을 기다리고 인내해야 하는 것은 그만한 가치가 있다.

그녀의 형부도 그녀를 너무 사랑해서 그런다는 것을 이제는 너무나 잘 알고 있는 그였다. 보율과 결혼할 때 그녀의 모든 가족이 온 맘을 다해 축복하는 결혼식을 그녀에게 선물해 주고 싶었다.

"삼 년 까짓것 기다리죠. 나는 얼마든지 기다릴 수 있어요. 혹시 알아요? 우리가 변함없이 사랑하는 걸 보면 마음이 바뀌실지."

보율이 그의 말에 감격해서 헌의 허리를 더 세게 끌어안았다. 그리고 그의 품에서 벗어난 보율이 그의 입술에 살짝 입을 맞췄다. 짧게 닿았다 떨어진 입술이 그를 안달 나게 만들었다.

헌의 얼굴이 다시 그녀의 붉고 다디단 입술을 맛보기 위해 다가가고 있었다. 조금만 더 다가가면 두 사람은 달달한 키스를 하게 될 것이었다.

하지만 두 사람의 키스를 기다렸다는 듯이 딱 그 순간에 맞춰 방문이 벌컥 열렸다. 보율과 헌은 놀라 서로에게서 멀리 떨어졌다. 열린 방문 앞에는 일혁이 과일 접시를 들고 웃으며 서 있었다.

"과일 좀 먹으라고 가져왔어. 과일이 아주 맛있더라고."

보율이 세모눈을 하고 일혁을 쳐다봤다. 하지만 일혁은 유유히 두 사람 사이에 과일 접시를 놓아 주고 몸을 돌렸다. 그리고 나가면서 문을 닫지 않고 오히려 방문을 활짝 열었다.

"문은 열어 놓고 있어."

아니, 사춘기 학생도 아니고 방문을 열고 있으라니. 아까 한 말 전부 취소다. 문 밖에서 멀어지는 일혁의 뒷모습을 보며 헌은 단단히 결심했다. 내가 무슨 일이 있어도 무조건 빨리 허락을 받아서 결혼하고 만다.

15.
떠나요, 단둘이서

'이러다 우리 집 문지방 다 닳겠네.'

오후 다섯 시, 거실에서 텔레비전을 보고 있던 재민은 새삼 문지방 걱정을 하고 있었다. 집 안에 크게 울려 퍼지는 초인종 소리가 이제는 그에게 익숙했다. 그리고 초인종 소리를 듣고 이때다 싶어 우당탕거리며 계단을 내려오는 이모의 발소리도 자연스럽게 이어지는 순서와 같은 거였다. 깁스한 발로 깽깽거리며 내려오던 이모가 계단 중간에 멈춰 서 역시나 자신을 불렀다.

"재민아. 헌 씨 왔나 봐. 문 좀 열어 줘."

"오늘도야? 어떻게 하루를 빠지지를 않냐?"

긴 머리를 넘기며 보율이 잘난 체를 했다.

"내가 너무 보고 싶어서?"

"작작 좀 해라. 응?"

재민의 야유에 보율이 긴 머리를 넘기던 청순미 넘치는 포즈와 정반대로 다리를 까딱거리며 주먹을 쥐어 그를 향해 보였다.

"시끄러. 얼른 일어나서 문 좀 열어. 나 발에 깁스해서 더 단단해졌다? 맞으면 아프겠지?"

"내가 이모 발차기가 무서워서 일어나는 줄 알아? 이모 좋다고 보러 온 이모부가 불쌍해서 일어난다, 치."

재민은 마지못하는 척 대문을 열어 주기 위해 투덜거리며 소파에서 일어났다.

이모의 남자친구, 예비 이모부는 처음으로 집에 인사 온 이후로 빠짐없이 모습을 나타냈다. 좋은 과일이 들어와서 맛 좀 보시라고 가져왔다는 핑계부터 시작해서 출장 갔다 생각이 나서 사 왔다며 선물을 어머니께 안기기도 했다.

그중에서도 가장 빈번한 핑계는 어머니의 음식 솜씨가 너무 끝내줘서 계속 생각이 난다며 밥을 얻어먹으러 오는 것이었다. 역시 능력자인 이모부는 우리 집의 가장 큰 권력자인 어머니를 공략하는 것이 가장 빠르고 정확하다는 것을 인지하고 있는 것 같았다.

그때마다 아버지는 이모부를 보며 인상을 쓰셨지만 어머니는 반갑게 반기시며 반찬을 좀 더 신경 쓰기 시작하셨다. 덕분에 자신의 입만 호강해서 허리둘레가 늘어나려고 하고 있었지만.

재민이 대문을 열고 헌을 맞았다.

"오셨어요?"

"재민, 너 나를 반기지 않는 것 같다?"

재민은 땅을 발로 차며 심드렁하게 말했다.

"뭐 너무 자주 보니 익숙해졌다고 해 두죠."

"그럼, 익숙한 사이니 이런 건 필요 없겠군."

재민의 눈앞에 얼마 전부터 사고 싶어 했던 노트북이 지나갔다. 이게 웬 노트북이냐! 재민의 눈이 휘둥그레졌다.

부모님께 손 벌리기 싫어서 자신의 힘으로 사 보기 위해 용돈도 아끼고 아르바이트도 해서 사려고 벼르고 있는 그 사과 노트북이었다. 헌이 다시 재민 앞에서 노트북을 흔들었다. 재민이 눈앞의 노트북을 낚아채려고 했지만 노트북은 다시 헌의 손에 의해 그의 시야에서 사라졌다.

"이모부. 익숙하다는 말은 가족 같다는 말 아니겠어요? 그리고 자주 좀 오세요. 너무 보고 싶었어요."

재민의 아부가 맘에 들었는지 헌이 재민에게 노트북을 건넸다.

"이모가 지나가는 말로 필요하다고 말했던 것 같아서. 선물이야."

선물 받은 노트북을 한참 쓰다듬던 재민이 다시 헌을 향해 고개를 숙이며 감사 인사를 했다.

"이모부. 감사합니다. 열심히 공부할게요."

"그래. 아버지는 들어오셨어?"

"다행히 아직 안 들어오셨어요."

보율의 형부가 아직 들어오지 않았다는 말에 헌은 긴장의 끈을 놓았다. 오늘은 크게 긴장하지 않아도 되겠다는 생각에 저절로 굳어 있는 어깨가 풀어졌다. 그런 그를 보며 노트북을 선물 받아 기분이 좋은 재민이 집 안을 향해 고갯짓을 했다.

"얼른 들어가세요. 이모가 깁스한 다리로 이모부 보겠다고 계단을 뛰어 내려오고 있는 중이니까요."

"뭐? 그러다 넘어지면 어쩌려고."

헌이 놀라 한걸음에 현관문을 열고 들어갔다. 현관 입구에 보율이 떡하니 서 있었다.

"왔어요?"

"다리도 불편하면서, 나오지 말라니까요."

"하나도 안 불편해요. 밖에 춥죠? 얼른 들어와요."

"이제 겨울로 접어드는지 좀 춥네요."

보율이 차가운 공기에 언 헌의 볼에 손을 올리고 따뜻한 온기를 나눠 주기 시작했다. 헌이 보율의 손 위로 그의 손을 겹쳤다. 그녀의 이런 작은 움직임도 그에게는 큰 기쁨을 선사한다.

그의 얼굴에 그녀를 향한 사랑스런 웃음이 자리 잡은 것은 물론이고 보율의 얼굴에도 예쁜 웃음이 떠올랐다. 지금 두 사람 눈에는 서로에게 빠진 서로가 보일 뿐이었다.

그런 두 사람을 가르고 들려오는 목소리. 부엌에서 저녁 준비가 다 끝난 보민이 얼른 오라고 부르는 소리였다.

"식사 다 됐어. 밥 먹으러 와. 헌 씨도 얼른 손 씻고 와요."

서로에게 빠져 있던 두 사람과 거실에서 선물 받은 노트북에 빠져 있던 재민도 식사하기 위해 부엌으로 향했다. 각자 자리에 앉았고 마지막으로 자리에 앉은 보율이 보이지 않는 일혁을 찾았다.

"언니, 형부는?"

"어, 오늘 회사에서 약속이 있다고 저녁 먹고 늦게 들어온대. 얼른 먹자."

그럼 오늘은 눈치 안 보고 먹을 수 있으려나? 보율은 맛있게 구워진 호박전을 헌의 밥 위에 제일 먼저 올려 주었다.

형부가 대놓고 뭐라고 하는 건 아니지만 식사 때마다 은근히 신경이 쓰여 헌에게 반찬을 올려 주고 하는 이런 행동은 꿈도 꿔 보지 못했는데. 오늘은 맘 놓고 해도 된다는 생각에 그녀는 자신의 밥에 손을 대지도 않았는데 벌써부터 배가 부른 것 같았다.

가만히 보율이 하는 행동을 보고 있던 보민은 어느새 자신의 남자를 챙기는 동생을 보고 흐뭇하게 웃었다. 동생을 저렇게 행복하게 웃게 하는 남자가 마음에 안 들 리가 없었다. 아직 남편 맘에 들려면 조금 기다려야겠지만.

보민이 오늘 특별히 헌이 올까 봐 만들어 놓았던 갈비찜을 그의 앞으로 밀어 줬다.

"많이 먹어요."

헌이 잘 먹겠다며 인사하고 만든 사람이 기분 좋을 만큼 먹성 좋게 식사를 하기 시작했다. 식사가 시작되고 내내 누구 할 것 없이 웃고 떠들며 즐거웠던 저녁 식사가 끝나 가고 있었다. 식사를 마친 헌이 제일 먼저 일어서 보민이 벗어 놨던 앞치마를 집어 들었다.

"오늘은 제가 설거지하겠습니다."

보민이 아니라며 손을 내저었지만 헌은 벌써 앞치마를 입고 고무장갑까지 끼고 있었다.

"매일 얻어먹기만 하면 안 되죠. 이 정도는 제가 할 수 있습니다."

보민이 미안해 어쩔 줄을 몰라 하자 보율이 그녀의 어깨를 떠밀며 부엌 밖으로 내보냈다.

"그래, 언니. 내가 감독할 테니 걱정하지 마. 재민이한테 차 들고 나가라고 할게."

"그럼 오늘은 두 사람에게 뒷정리 한번 맡겨 볼까?"

보민을 내보내고 보율이 싱크대로 다 먹고 난 그릇들을 옮기기 시작했다. 깁스한 다리로 불편하게 움직이며 그릇을 나르겠다고 애를 쓰는 그녀의 손에서 접시를 빼앗은 그는 그녀의 손을 잡고 의자에 앉혔다.

"감독한다면서요. 그럼 내가 잘 하는지 감독만 해요."

의자에 앉은 그녀의 어깨를 잡고 말하는 헌을 올려다보며 보율이 장난스럽게 웃었다.

"그럴까요, 그럼? 자자, 윤 씨. 식탁에 있는 그릇들을 다 치우고 나서 행주로 깨끗이 닦는다. 실시!"

헌이 못 말리는 보율의 장난스런 말투에 살살 이마에 딱밤을 때렸다. 딱밤을 맞고도 뭐가 좋은지 그녀는 실실 웃었다.

웃고 있는 보율을 뒤로하고 헌은 서둘러 싱크대에 가득한 접시를 씻기 시작했다. 적당히 세제를 묻혀 뽀득뽀득 닦아 낸 후 물에 헹구는 모습이 한두 번 해 본 솜씨가 아니었다. 아니 오히려 남자고 사장이기까지 한 남자가 앞치마를 입고 설거지하는 모습이 왕년에 접시 좀 닦아 본 고수의 모습이었다.

의자에 앉아 그가 하는 양을 물끄러미 보고 있던 보율이 물었다.

"아니, 헌 씨. 왜 이렇게 설거지하는 모습이 숙달된 것처럼 보이죠? 설거지 자주 해 봤어요?"

잘 닦여 하얗게 반짝이는 접시를 들고 헌이 보율을 향해 돌아섰다.

"네. 어머니 돌아가시고부터 혼자 산 지 좀 오래됐거든요. 그러다 보니 자연스럽게."

아, 맞다. 어머니는 돌아가셨다고 했고, 아버지가 계시다고 했던 것 같은데. 아버지랑 같이 산 게 아닌가? 보율은 당장이라도 물어보고 싶었지만 어머니가 돌아가시고부터 혼자 살았다고 이야기하는 그의 눈이 어딘가 모르게 살짝 떨리는 것 같아 더 이상 물을 수가 없었다.

헌이 다시 돌아서서 남은 설거지를 하기 시작했다. 그리고 보율은 쓸쓸해 보이는 그의 등만 하염없이 바라보고 있었다.

부엌 뒷정리를 마치고 네 사람은 거실에 둘러 앉아 따뜻한 차가 담긴 컵을 들고 이야기꽃을 피우기 시작했다.

하지만 보율이 깁스한 다리가 불편한지 연신 다리를 만졌다 들었다, 앉은 자리에서 일어났다가 앉았다 하며 가만히 있질 못했다. 보민이 결국은 보다 못해 한 소리를 했다.

"가만히 좀 있어. 정신 사나워."

"언니, 나 깁스 언제 풀어? 별로 다치지도 않았는데 무슨 깁스를 이렇게 무지막지하게 크게 하냐고."

"시끄러. 네가 그럴 줄 알고 김 박사님이 이번 주 금요일에 풀러 오라시더라."

"정말? 그럼 깁스 풀고 밖에서 코에 바람 좀 넣고 와야겠어."

다리를 감싸고 있는 단단한 석고를 풀 생각에 보율은 기분이 날아갈 것 같았다. 드디어 깁스를 푸는구나.

그리고 그런 보율과 같이 마음이 들뜬 사람이 한 명 더 있었다. 바로 헌이었다. 드디어 집이 아닌 밖에서 데이트다운 데이트를 할 수 있겠다는 생각에 그의 마음이 즐거워지는 것은 당연했다. 헌이 보율의 손을 잡고 눈을 맞췄다.

"그럼 이번 주 금요일에 깁스 풀고 연락해요. 우리 저녁 같이 먹어요."

"어, 정말요? 맛있는 거 사 줄 거예요?"

"그럼요. 보율 씨가 먹고 싶어 하는 거 다 사 줄게요."

두 사람은 이번 주 금요일에 할 데이트 계획을 짜며 즐거워하고 있었다. 잠자코 보고 있던 보민이 한마디 꺼내기 전까지는. 보민이 상큼한 레몬차가 담긴 머그잔을 들고는 무심코 지나가듯 말했다.

"아! 너 깁스 풀러 갈 때 형부가 따라간다던데? 깁스 풀고 나서 너 몸보신시킨다고 네가 좋아하는 백숙집 예약까지 해 놨어."

계획을 세우던 헌과 보율이 동시에 자리에서 벌떡 일어났다. 두 사람이 난감한 듯 보민을 쳐다봤지만 보민은 자신도 어떻게 할 수 있는 일이 아니라며 어깨를 으쓱할 뿐이었다.

♣

　보율이 깁스를 푸는 날의 하루 전인 목요일, 헌은 일본으로 가
는 비행기에 올라야 했다. 하지만 탑승 시간이 다가옴에도 불구하
고 헌은 계속 핸드폰을 들어 누군가에게로 전화를 걸고 있었다.

　보율에게 지금 일본으로 떠나니 내일 깁스를 잘 풀고 오라는
말을 하려고 전화했건만 전화기에서는 신호음만 들려오고 있었
다. 갑자기 잡힌 일본 출장 때문에 보율의 병원에 따라가지 못하
는 것이 맘에 걸려 쉽게 발이 떨어지지 않았다.

　시간이 다 되어서야 결국 그는 전화를 끊고 비행기에 탑승했
다. 좌석을 안내하는 승무원 뒤를 따라 도착한 비즈니스석 옆자리
는 누군가가 벌써 앉아 있었다. 그 사람은 신문으로 얼굴을 가리
고 있었다.

　헌은 힐끔 옆자리를 무심하게 한 번 보고는 가방을 위로 올리
고 재킷을 벗어 들고 편하게 자리에 앉았다. 그때 옆에서 신문을
읽고 있던 여자가 그를 향해 얼굴을 내밀었다.

　"짠!"

　보율이었다. 헌은 갑자기 얼굴을 내민 여자가 그렇게 전화를
받질 않던 보율이라는 사실에 놀라 순간 모든 동작이 정지했다.
집에 있어야 할 사람이 떡하니 그의 옆에 짠 하고 나타났으니 놀
라고 무슨 영문인지 몰라 어리둥절한 표정을 지었다.

　"어떻게 된 거예요?"

　"우리 야유회 때 받은 일본 여행 상품권 기한이 다 되어 가더

라고요."

이건 또 무슨 소리인가. 야유회라니. 일본 여행 상품권이라니. 자신은 지금 갑작스럽게 맡길 일이 생겼다며 오늘 꼭 좀 봤으면 한다는 일본 고객을 만나러 가고 있는 중인데.

보율의 생글생글 웃는 얼굴을 보니 헌은 이번에 갑자기 잡힌 출장이 일이 목적이 아니라 여행이 목적이라는 사실을 눈치챘다.

"여행 상품권? 출장은?"

"헤헤. 민지에게 부탁했어요. 급한 스케줄은 없다고 민지가 비 워도 된다던데요?"

보율이 하루 일찍 깁스를 풀러 나온 것은 어제 받은 민지의 전 화 때문이었다. 민지는 헌이 요즘 따로 시간을 낸다고 너무 무리 하고 있으니 어디 잠깐 여행이라도 갔다 오라며 제안했다. 그러자 하루도 빠지지 않고 그녀의 집에 들르는 헌의 얼굴이 생각났다.

보율은 헌을 보며 회사 일은 어쩌고 오냐고 안 바쁘냐고 물었 지만 그때마다 그는 다 처리하고 왔다고 하거나 일보다 당신 보 는 것이 더 중요하다는 말로 넘어갔다. 그렇게 말하기에 그런 줄 알았지, 그가 그렇게 무리하고 있으리라고는 생각도 못 했다.

보율은 민지의 말에 결심했다. 떠나야겠다고. 단둘이서만. 결심 이 서고 나니 보율은 그때부터 계획을 세우기 시작했다.

금요일에 풀 예정이었던 깁스는 오늘 아침 일찍 풀어 버리고 몰래몰래 짐을 챙겨 공항으로 나갔다. 그리고 이 계획을 알고 있 던 민지도 헌에게 갑자기 일본 출장이 잡혔다고 통보했다. 출근하 자마자 갑작스럽게 알게 된 일정이었지만 평소에도 있던 일인지라 그는 의심 없이 공항으로 향했다. 그곳에 보율이 있을 거라는 건 상상조차 하지 못한 채.

"나는 좋은데. 헌 씨는 별로 안 좋아요?"

헌도 물론 그녀만큼, 아니 그녀보다 더 많이 좋았다. 하지만 여행을 갔다 와서 생길 후폭풍에 생각이 미치자 무턱대고 좋아만 할 수 없었다. 보율이 헌의 어깨에 기댔다. 헌이 그의 어깨에 기댄 작은 머리를 쓰다듬었다.

"다리는 언제 풀었어요?"

"히히, 오늘 아침에. 가족들 몰래 갔다 왔어요."

헌이 한숨을 쉬었다. 지금쯤 보율이 없어진 걸 안 집에서는 난리가 났겠네. 헌이 그녀에게 타이르듯 조용한 목소리로 말했다.

"도착하면 집에 연락 드려요."

"안 돼요. 우리는 지금 사랑의 도피 중이라고요. 그리고 너무 걱정 마요. 편지 쓰고 나왔어요. 그리고 나는 여행 내내 예솔이랑 민지와 여행 중인 거예요. 예솔이가 알리바이 대 준대요."

보율의 말에도 헌은 보율의 가족들이 쉽게 속아 넘어가 줄 것 같지 않았다. 오히려 더 혼이 나는 건 아닌지 모르겠다.

하지만 여행에 들떠 웃고 있는 보율을 보니 그런 걱정들을 밖으로 꺼낼 수는 없었다. 나중에 그녀 몰래 형부 대신 그녀의 언니에게라도 연락을 넣어야겠다. 헌이 보율의 머리에 입을 맞췄다. 그의 품에서 고개만 빼꼼 든 보율이 다시 그에게 물었다.

"둘이 처음 여행 가는 건데 안 좋아요?"

"좋아요. 나는 당연히 좋죠. 난 당신이랑 있는 모든 순간들이 좋으니까요."

잡은 손을 놓지 않은 두 사람을 태운 비행기가 목적지를 향해 떠나고 있었다. 다른 사람의 눈치는 보지 않아도 되고 두 사람만 온전히 볼 수 있는 곳으로.

여행이란 것이 항상 들뜨는 이유는 일상을 뒤로하고 떠난다는 것에 있다. 거기다 좋아하는 두 사람이 같이 떠나는 여행인데 두 사람에게는 이보다 너 좋을 수가 없지 않겠는가. 이제 두 사람의 설레서, 두 사람이 함께여서 더 좋은 여행이 시작되었다.

16.
혼자가 아닌
둘이어서 더 좋은

두 사람을 태운 비행기는 두 시간 반 정도 지나 홋카이도에 도착했다. 아직은 이른 겨울이지만 혹시나 첫눈을 볼 수 있지 않을까라는 기대를 가진 보율이 일본에서 가장 가고 싶어 한 곳은 삿포로였다.

일본은 여러 번 온 적이 있음에도 이상하게 삿포로는 한 번도 여행한 적이 없었다. 눈이 정말 많이 와서 온통 하얀색의 향연이라는 삿포로. 그래서 헌과 함께 겨울의 경치를 즐기고 싶었던 보율은 여행지를 삿포로로 정했다.

두 사람은 삿포로로 가는 표를 끊고 열차가 오기 전까지 비는 시간 동안 잠시 자리에 앉아 있었다. 주변을 신기하게 둘러보던 보율이 갑자기 벌떡 자리에서 일어났다.

"아! 맞다. 배 안 고파요? 우리 기차에서 먹을 간식이라도 좀 살까요? 히히, 헌 씨는 앉아 있어요. 내가 갔다 올게요."

괜찮다는 헌의 대답도 듣지 않고 보율은 쪼르르 간식을 사러 편의점으로 뛰어갔다. 아무래도 그가 배가 고픈 것에 대해 걱정했다기보다 그녀가 뭔가를 먹고 싶었던 것이 분명했다.

헌은 멀리서 보율이 뭐를 살까 고민하고 있는 모습을 못 말린다는 듯이 쳐다보다 문득 머리를 스쳐 가는 생각에 핸드폰을 꺼내 들었다. 헌이 심호흡을 크게 하고는 조심히 번호를 누르기 시작했다. 신호음이 가고 전화를 받는 소리가 들려왔다.

— 여보세요?

다행이다. 그가 한 전화를 받은 사람은 보율의 언니, 보민이었다. 전화한 번호가 집 전화번호라서 혹시나 보율의 형부가 전화를 받으면 당황해서 전화를 끊어 버렸을지도 모른다. 오늘은 정말 하늘이 돕는구나. 헌이 공손하게 인사를 전했다.

"안녕하십니까? 헌입니다."

— 아, 헌 씨. 무슨 일이에요?

"그게……."

그런데 막상 이야기하려고 하니 그의 입이 잘 떨어지지 않았다. 헌이 말은 못 하고 망설이자 수화기 너머에서 보민이 먼저 입을 열었다. 마치 그가 다음에 할 말을 예상하고 있었다는 듯이.

— 우리 보율이랑 같이 있나 보죠?

"그걸, 어떻게."

— 이보율이 친구들이랑 여행을 가면서 편지를 써 놓고 간다? 말도 안 되는 일이죠. 걔는 친구들이랑 여행 가거나 하면 여행지

에 도착해서 걱정하지 말라고 전화하는 애예요.

헌이 전화기를 든 손에 힘을 주고는 먼 곳에서 이쪽을 다 지켜 보고 있는 것만 같은 보민을 향해 고개를 숙였다.

"죄송합니다."

— 헌 씨가 왜 죄송해요. 이게 다 보율이 때문이지. 이왕 간 거 재밌게 놀다 와요. 우리 집 고집불통은 걱정하지 말고.

보민의 말에 헌이 갸우뚱했다. 고집불통?

"네?"

— 보율이 형부 말이에요. 걱정하지 마요. 내가 잘 둘러댈 테 니.

그의 마음을 멀리서도 다 꿰뚫어 보고 있는 것처럼 말해 주었 다.

혹시나 단둘이 일본 여행을 온 걸 알고는 그녀의 형부가 당장 이라도 일본으로 날아와 주먹을 날리시는 건 아닌가 걱정했는데. 보민이 이렇게까지 지원사격을 해 주니 헌은 한편에 가지고 있 던 마음의 무거웠던 짐을 다 내려놓고 이제 편히 웃을 수 있었 다.

"감사합니다. 잘 놀다 가겠습니다. 정말 감사합니다."

잘 지내다 가겠다는 그의 마지막 인사를 끝으로 전화를 끊으려 고 할 때 보민의 마지막 말이 들려왔다.

— 아! 그리고 아예 책임질 일을 만들어 와요. 그래야 보율이 형부가 넘어가지. 안 그러면 두 사람 죽을 때까지 연애만 해야 될 지도 모른다고요.

헌이 뭐라고 대답하기도 전에 보민은 그 말을 끝으로 전화를 끊었다. 보율이 양손에 가득 간식을 들고 와 그의 어깨를 치기 전까지 헌은 그 자리에 굳어 있었다.

처음 한 5초 동안에는 책임질 일이 뭔가 생각했다. 그리고 짧은 찰나에 책임질 일이 무엇인지 깨닫고 나서는 그의 머릿속에 계속 상상의 나래가 펼쳐졌다.

보율이 비닐에서 초코바 하나를 꺼내 물고는 멍한 헌을 향해 물어 왔다.

"어디 전화했어요?"

"있어요. 정말 중요한 데."

보율이 잘 먹던 초코바를 내려놓았다. 멀리서 보니 전화기를 들고 고개를 숙이질 않나. 거기다 감사하다고 하는 것 같기도 했는데, 갑자기 여행지로 끌고 온 자신 때문에 혹시나 중요한 일이 틀어졌나 싶어 보율이 심각하게 인상을 썼다.

"혹시 엄청 중요한 고객이 뭐 맘에 안 든대요?"

그제야 헌은 옆에서 걱정스런 얼굴을 하고 있는 보율이 눈에 들어왔다. 책임질 일 같은 거 없어도 이제 이 여자는 무조건 자기 책임이다. 헌이 처음 보율을 잡겠다고 결심했을 때부터 덩달아 결심했던 일인데. 그가 두근거리는 심장을 진정시키고는 보드라운 보율의 얼굴을 매만졌다.

"아뇨. 엄청 중요한 고객한테 엄청 중요한 일을 허락받았어요. 그러니 이제 걱정 같은 건 하지 말고 여행을 즐깁시다."

헌이 보율의 양손에 든 비닐을 가져와 한 손에 다 잡고 다른 한 손으로는 그녀의 손을 잡았다.

"뭘 이렇게 많이 샀어요?"

"삿포로 가는 기차 안에서 먹으려고요."

"삼십 분 정도밖에 안 걸리는데 이렇게 많이 샀어요?"

"삼십 분 정도라니요. 삼십 분이나 걸리는데. 본디 여행에서는 입을 쉬게 하면 안 돼요."

어느 새 초코바를 다 먹은 보율이 헌이 들고 있는 비닐에서 땅콩을 꺼내 들었다. 땅콩을 먹겠다고 꺼내 놓고는 봉지를 잘 뜯지 못해 낑낑거렸다. 헌은 땅콩 봉지를 뺏어 손수 뜯어 보율의 손에 다시 쥐여 주고는 고개를 갸우뚱했다.

문득 그의 머릿속에 생각이 휙, 하고 지나갔다. 왠지 모르게 이번 여행이 힘들어질 것 같다는……. 하지만 보율이 그의 손을 잡아 왔을 때 그의 그런 생각은 부질없는 것이 되었다. 힘들면 어떠랴. 그녀와 함께 손을 잡고 있는 이 순간이 너무 좋은데.

삿포로로 가는 기차 좌석에 앉아서도 보율의 입은 멈출 생각이 없어 보였다. 그녀는 사 온 일본 간식들을 하나하나 뜯어 맛을 보고 별점 매기는 데 여념이 없었다. 기차 안 다른 사람들에게 방해가 되지 않게 보율이 그의 귀에다 대고 연신 속삭였다.

"이건 별 3개밖에 못 주겠네. 너무 달아요. 헌 씨도 먹어 보실래요?"

헌은 고개를 흔들었다. 그러자 또 보율은 뭐가 좋은지 킥킥거렸다.

"히히, 별점 세 개밖에 안 준 과자를 먹으라고 하는 것도 좀 웃기다. 그죠?"

너무도 밝은 얼굴로 웃는 그녀를 보자 헌의 마음도 덩달아 밝아졌다.

"그렇게 좋아요?"

"그럼, 좋죠. 여행은 자고로 좋아하는 사람이랑 가야 된다니까요. 그래서 이때껏 살면서 나는 민지랑 예솔이, 그리고 가족들 빼고는 다른 사람이랑 같이 여행 가 본 적이 없어요. 그런데 내가 좋아하는 헌 씨랑 처음으로 가는 여행이잖아요. 당연히 좋죠."

보율의 쉴 새 없는 재잘거림이 끝나자 헌의 입술이 사랑스런 보율의 볼에 살짝 닿았다 떨어졌다. 갑작스런 그의 입맞춤에 눈이 왕방울만 해진 보율이 연신 주위를 살폈다.

"누가 보면 어쩌려고요."

"여기서 우리에게 신경 쓰는 사람은 아무도 없어요. 거기다 우리는 사랑의 도피 중인 거 아닙니까?"

보율이 씩 웃더니 그의 볼에 다시 입 맞췄다. 아까 당황해서 주위를 살피던 사람이 이러니 이번에는 헌이 더 놀랐다.

"그래요. 우리는 지금 사랑의 도피 중이에요."

보율이 헌의 어깨로 머리를 기대 왔다.

두 사람을 실은 기차는 달리고 달려 삿포로에 도착했다. 내릴 때도 손을 꼭 잡고 내린 두 사람은 추운 공기에 몸을 움츠렸다.

삿포로하면 눈이 제일 유명하다더니 금방이라도 눈이 내릴 것 같은 날씨에 보율의 몸이 덜덜 떨려 왔다.

보율이 추워하는 것을 안 헌이 그녀의 손을 잡고 근처 쇼핑몰로 보이는 건물로 들어갔다.

"좀 늦었지만 우리 점심으로 라면 어때요?"

"오, 라면 좋아요."

보율이 고개를 끄덕이며 좋아하자 헌이 지하로 내려가는 엘리베이터를 찾아 탔다. 지하에 도착한 엘리베이터가 열리자 라면 냄새와 각종 라면이 그려진 메뉴판이 두 사람을 반겼다. 한 층에 온통 라면집만 가득했다. 다른 음식점은 보이질 않았다.

"여기는 라면만 팔아요?"

"네. 여기 이름이 라면 공화국이에요. 한 층에 전부 라면만 팔죠. 전에 와서 자주 먹었던 집이 있는데 거기로 갈까요?"

"좋아요. 이번엔 헌 씨의 미각을 한 번 믿어 볼게요."

헌이 보율의 손을 잡고 간 곳은 맨 안쪽에 위치한 작은 라면집이었다. 유명한 곳인지 점심시간이 지났는데도 자리를 기다리고 있는 사람들이 있었다.

한 이십 분쯤 기다리자 자리가 났다는 안내를 받았다. 얼른 들어가 자리에 앉은 보율이 메뉴판을 들고 뭘 먹을까 고심했다.

"음, 추천해 줄 만한 메뉴 없어요?"

헌이 메뉴판 중앙에 보이는 라면을 손으로 콕 집었다.

"여기는 시오라멘, 소금 라면이 유명해요."

"너무 짠 건 좀 그런데……. 오케이. 헌 씨가 먹어 보라고 하니 한번 먹어 볼까요?"

라면 메뉴를 정하고 나니 떡하니 붙여져 있는 맥주 포스터가 보율의 눈에 들어왔다. 보율이 유심히 보고 있는 것이 무엇인가 시선을 따라가 보니 맥주 포스터가 있었다. 헌이 넌지시 그녀를 향해 물어 왔다.

"맥주도 시킬까요?"

하지만 보율은 단호히 고개를 저었다. 이렇게나 마시고 싶어 하는 것이 눈에 훤히 드러나는데 한사코 사양하니 헌이 다시 권했다.

"한 잔 정도는 괜찮아요. 여기 아사히 맥주가 유명하잖아요."

그녀 역시 너무나 잘 알고 있다. 보율이 일본 여행지를 삿포로로 결정한 이유는 눈 때문도 있지만 아사히 맥주 공장과 맥주 박물관이 있다는 사실도 크게 한몫했다.

그녀는 안 먹겠다는 게 아니라 지금은 참겠다는 거다. 박물관에 가면 금방 만들어져 나온 맥주를 싸게 마셔 볼 기회가 있는데 여기서 먼저 마셔 버려 그 좋은 기회를 날릴 순 없었다. 보율이 어렵게 포스터에서 눈을 뗐다.

"그러니까요. 좀 이따 맥주 박물관 가면 싸게 시음을 할 수 있잖아요. 싸게 먹을 수 있는 데다가 거기서 먹는 게 더 맛있대요."

보율의 말에 헌은 고개를 숙이고 터져 나오는 웃음을 참기 위해 노력했다. 어디로 튈지 모르는 보율 때문에 헌은 한시도 심심할 틈이 없었다.

"그래요, 그럼."

두 사람이 수다를 떠는 사이 주문한 라면 두 그릇이 테이블 위에 놓여졌다. 메뉴를 추천한 헌은 보율이 맛을 볼 때까지 떨리는 마음으로 그녀의 평을 기다리고 있었다. 국물을 한 번 떠먹은 보율이 엄지손가락을 치켜들었다.

"맛있다. 아, 일본에 왔으니 오이시이! 짠 건 별로 안 좋아하는데 이건 뭔가 입맛에 맞는 짠맛이네요."

"그렇죠? 먹을 만하죠? 점심은 이걸로 대충 때우고 저녁은 비싸고 맛있는 걸로 사 줄게요."

쫄깃한 라면 면발을 흡입하고 있던 보율이 아니라고 고개를 흔들었다.

"이것도 맛있어요. 나는 라면 진짜 좋아해요. 어려서부터 언니가 인스턴트 못 먹게 했거든요. 그런데 나는 햄버거 같은 걸 너무 좋아했어요. 우리 언니가 그것 때문에 고생 좀 했어요. 그래서 그런지 비싸고 맛있는 것보다 이런 게 내 입에는 딱이에요."

그녀를 알고 난 후부터 안 사실이지만 인스턴트뿐만 아니라 그녀는 모든 먹는 것을 사랑하는 것처럼 보였다.

벌써 바닥을 보이는 보율의 라면 그릇을 보고는 헌이 손도 안 된 면을 그녀의 그릇에 덜어 주었다. 보율은 처음에는 괜찮다고 사양했지만 결국 감사히 먹겠다며 그가 준 라면까지 다 먹어 치웠다.

그녀가 먹는 것만 보고 있어도 배가 부른 헌은 몇 젓가락으로 대충 요기를 했다. 쇼핑몰 건물을 나온 헌은 보율을 데리고 그녀가 그렇게 기대하고 기대하는 맥주 박물관으로 향했다. 택시를 타고 가는 도중에도 그녀는 그를 쳐다보며 이야기하는 것을 멈추지 않았다.

"우리 맥주 박물관 보고 나면 어디 갈까요?"

헌이 보율의 손을 꼭 잡고는 미소 짓는 얼굴을 간질이고 있는 그녀의 머리카락을 살며시 귀 뒤로 넘겨 주었다. 대답하는 목소리가 자상했다.

"나는 당신 가고 싶은 곳 어디라도 좋아요."

한 15분 정도를 달려 도착한 맥주 박물관. 박물관에는 맥주병의 변천사와 맥주가 어떻게 만들어지는가에 관한 것들이 전시되어 있었다.

그런 것들은 대충 눈으로 빠르게 둘러본 보율의 발이 저절로 향한 곳은 시음할 수 있는 곳이었다. 역시 맥주 박물관의 꽃은 시음이지.

보율이 메뉴판 앞에서 고심했다. 메뉴판에는 세 종류의 맥주가 있었다. 블랙라벨의 흑맥주, 삿포로 클래식인 홋카이도 한정판 생맥주, 카이타쿠시라 불리는 삿포로 초기 맥주. 가격은 전부 200엔 정도였는데, 세 개를 동시에 시음하면 500엔이란 사실을 발견했다.

"우리 세 개 다 맛봐요!"

보율의 주량을 잘 알, 거기다 어느 정도 마시면 잠이 들어 버리는 보율의 술버릇을 알기에 헌은 덜컥 허락할 수가 없었다.

아까 맥주를 권하는 게 아니었는데. 한 잔 정도는 괜찮지만 한 잔 이상은 허락할 수 없다. 하지만 헌의 팔에 팔짱을 끼고는 눈을 껌뻑이며 부탁하는 보율의 음성에 어느새 자판기에서 티켓을 구입하고 있는 자신을 발견했다.

자리에 앉아 있으라고 했지만 보율은 굳이 헌의 뒤를 쫓아왔다. 쪼르륵 놓인 맥주 대에서 따라 주는 맥주 세 잔을 가지고 두 사람은 밖이 보이는 창가에 자리를 잡았다. 잔을 들어 짠 하고 헌의 잔에 잔을 부딪친 보율이 하얀 거품이 일어난 맥주를 벌컥 한 모금 마시고는 연신 '오이시이'라며 맥주 한 잔을 다 비웠다. 헌이 보율을 보고 걱정스럽게 말했다.

"괜찮아요? 술도 잘 못 마시면서 왜 이렇게 급하게 마셔요."

헌의 걱정에도 여행을 떠나와 기분이 한껏 들뜬 보율은 이 정도 쯤이야 하는 생각에 어깨를 으쓱하고 말았다.

"에이, 맥주가 무슨 술인가요? 여기 분위기도 너무 좋고 풍경도 너무 멋있는 데다가 누구랑 먹어서 그런지 더 맛있네요. 이거 더 안 마실거면 내가 마셔도 돼요?"

보율이 맥주 한 잔을 다 마시고는 또 다른 잔으로 손을 뻗었다. 하지만 그녀의 손이 잔에 닿기도 전에 헌이 잔을 뺏어 들었다.

"안 돼요, 더 이상은. 이거 마시고 또 하루 종일 자려고요?"

보율은 아쉬운 듯 맥주에서 눈을 떼지 못했지만 헌은 그녀에게 잔을 넘겨줄 생각이 없었다.

헌은 그녀에 대해 또 다른 사실을 알게 되었다. 술을 잘 마시지도 못하고 일정량 마시면 잠이 드는 술버릇이 있음에도 보율은 술을 마시는 분위기를 너무나 좋아한다는 것을. 헌이 그녀가 눈독 들이고 있는 맥주를 단숨에 벌컥벌컥 다 마셔 버렸다.

계속 아쉬움이 남는지 뒤를 돌아보며 발을 움직이지 못하는 보율을 이끌고 헌은 다시 택시를 타고 두 사람이 묵기로 한 호텔로 이동했다.

예약된 호텔로 들어가 체크인을 하기 위해 프런트에 간 두 사람은 직원이 하는 말에 당황했다. 시간이 급박해서 호텔 예약은 민지에게 부탁했더니 두 사람이 묵을 방을 따로 예약한 것이 아니라 스위트룸 하나만 예약해 놓았던 것이다. 헌이 곤란한 듯 계속 로비의 직원에게 일본어로 부탁했다.

『어떤 방이라도 좋으니 남는 방이 없나요?』

하지만 직원은 미안해하며 마침 중국 관광객이 단체로 예약하는 바람에 비는 방이 없다고 했다. 헌이 결국 보율을 보며 물었다.

"남는 방이 없대요. 어쩌죠?"

헌이 밖으로 나가 다른 호텔방이라도 구할 것처럼 이야기하자 보율은 괜찮다며 그의 손을 잡았다.

"어쩌긴요. 그냥 같이 쓰면 되죠."

당당하게 말하며 그의 손을 잡아 이끄는 보율을 따라 헌도 어쩔 수 없이 걸음을 옮겼다.

엘리베이터를 타고 올라와 두 사람이 함께 묵을 방에 들어온 보율은 자연스럽게 짐을 푸는 것 같았다. 하지만 좀 전까지 당당하던 그녀의 말과는 달리 짐을 푸는 보율의 손이 덜덜 떨리고 있었다. 헌이 보율에게로 다가가 떨고 있는 손을 잡았다.

"왜 이렇게 떨어요? 설마 내가 잡아먹기라도 할까 봐요?"

덜덜 떨리던 손이 그가 잡으니 안정이 됐는지 더 이상 떨리지 않았다. 보율의 고개가 저절로 밑으로 떨어졌다.

방이 없다는 소리에 당연히 같이 쓰면 되지 하는 생각에 그의 손을 당당히 이끌고 방으로 들어온 그녀지만, 막상 한방에 헌과 같이 있게 되자 이상하게 심장이 콩닥거리고 얼굴뿐만 아니라 온몸에 열이 오르기 시작했다.

정확한 이유는 그녀 자신도 잘 모르겠지만 그냥 부끄러운 여자의 마음이라고 해 두자 싶었다. 부끄러워 숙여져 있던 보율의 고개를 헌이 조심히 위로 들어 올렸다. 보율이 헌의 눈을 살며시 피했다.

"침대는 보율 씨가 써요. 내가 밖의 소파 쓸게요."

계속 부끄러워하는 보율을 헌이 조심히 안았다. 보율이 헌의 품에서 꼼지락거렸다.

"음, 사실은 나 잠버릇이 되게 고약해서 그래요. 자다가 내 발차기에 헌 씨가 죽을지도 모르니깐."

보율의 변명 아닌 변명에 헌이 보율의 동그란 머리를 쓰다듬었다.

"그래요? 고마워요. 아직은 죽고 싶지 않았는데."

자기가 생각해도 얼토당토않은 이유라 생각했는지 보율이 결국 웃음을 터트렸다. 밝게 웃는 보율의 얼굴을 보자 헌의 마음이 또 동했다.

그가 그녀의 얼굴을 조심히 감싸 안고 입을 맞췄다. 부드러운 그녀의 입술이 스르르 벌어지고 기다렸다는 듯이 그의 혀가 안으로 들어가 그녀의 부드러움을 맘껏 맛보기 시작했다.

그가 입을 맞춰 오자 열이 오른 그녀는 슬슬 취기가 오르기 시작했다. 아까 마셨던 술기운이 지금 올라오는 것인지 아니면 그가 선사하는 열기에 취기가 오른 건지는 모르지만 두 사람은 서로에게 취해 그 기분 좋은 몽롱함에서 벗어날 생각이 없어 보였다.

보율이 숨이 막혀 올 즈음에 가까스로 그녀에게서 떨어진 헌이 살짝 부이오른, 아무것도 바르지 않은 입술을 매만졌다.

"아무것도 안 바르니까 더 예쁘고 맛있네요."

보율이 전에 회사 비상구에서 헌이 했던 말을 떠올리며 얼굴을 붉혔다. 방으로 들어서면서부터 생겼던 두 사람 사이의 어색함은 어느 순간 없어져 더 이상 보이지 않았다.

짐을 다 푼 헌이 보율을 데리고 저녁을 먹기 위해 화려한 조명이 가득한 거리로 나왔다. 헌이 많은 사람들 사이에서 보율을 보호하기 위해 어깨에 손을 두르고 그녀를 보호하며 거리를 걷기 시작했다.

여기저기 걸으며 길가에 위치한 상점들도 보면서 시간을 보내던 헌이 저녁시간이 다 된 것을 알아차리고는 보율을 향해 물었다.

"우리 저녁은 뭐 먹을까요? 뭐 먹고 싶은 거 있어요?"

헌의 물음에 보율은 잠시 생각했다. 그리고 여행 오기 전 블로그를 검색해서 적어 두었던 수첩을 꺼내 들고 헌을 향해 펼쳐 보였다.

"우리 튀김 먹으러 가요, 튀김. 여기 튀김이 그렇게 맛있대요.

여기 오면 무조건 먹어 봐야 한다더라고요."

"그럼 먹으러 가야죠."

헌이 한 손에는 보율이 적어 온 약도를 들고 다른 한 손으로는
그녀의 손을 잡고 식당을 찾아 헤매기 시작했다.

한참을 찾고 찾아 사거리의 안쪽으로 들어간 곳에서 발견한 덴
푸라집. 식당 건물의 외관도 단정하고 깔끔해 보여 마음에 들었는
데 식당 내부 역시 깨끗하고 단정했다.

이른 저녁 시간이어서 그런지는 모르지만 홀에서 식사 중인 사
람은 세 사람 정도가 전부였다. 헌과 보율은 안에 마련된 방으로
들어가서는 주방장이 가장 많이 나간다며 추천해 준 세트 메뉴를
시켰다. 미리 나온 샐러드를 헌에게 덜어 주며 보율이 주위를 연
신 두리번거렸다.

"여기가 그렇게 유명한 집이래요. 튀김 안 좋아하는 사람들도
여기서 튀김을 먹고 나면 이 맛에 반해 계속 찾는대요."

보율의 흥분된 목소리에 헌은 또 웃으며 맞장구를 쳐 주었다.

"그래요?"

"네. 빨리 먹었면 좋겠다."

메뉴판에 있는 튀김 사진을 보고 입맛을 다시며 음식이 어서
나오기를 애타게 기다리던 보율이 메뉴판에 그려진 다른 메뉴를
손으로 가리켰다.

"우리 정종도 한잔할까요?"

헌은 당연히 안 된다고 했지만 보율은 꿋꿋이 벨을 눌러 정종
을 추가했다.

"에이, 딱 한 잔만 해요. 일본에 와서 정종 한 잔을 안 하고 가면 섭섭하잖아요."

보율의 애교 섞인 말에 헌은 또 쉽게 넘어갔다. 주문 받자마자 만들어 튀긴다더니 샐러드를 다 먹고 나서야 나온 따뜻한 튀김을 받고 보율은 고소한 냄새에 감격했다. 두 사람이 동시에 젓가락을 들고 오동통한 새우튀김을 한입 베어 물었다. 동시에 바삭하는 소리가 들리자 함께 두 사람은 서로를 보고는 동시에 같은 말을 했다.

"맛있다!"

"맛있네요."

언빌리버블! 보통의 튀김을 생각하면 절대 안 된다. 평소 먹던 괜찮은 일식집의 튀김도 비교가 안 됐다. 두 사람은 평생 먹어 봤던 튀김 중에 지금 먹은 것이 가장 맛있다는 데 동의했다.

새우튀김뿐만 아니라 채소튀김으로 나온 쑥갓을 어떻게 이리 바삭하게 튀겨 냈는지 비법이 궁금할 정도였다. 보율이 단호박튀김을 들고 이리저리 살폈다.

"아니, 어쩜 이렇게 맛있지? 어때요? 맛있죠?"

헌도 고개를 끄덕이며 보율의 말에 동의했다. 그는 평소에 튀긴 음식을 그리 즐기는 편은 아니었는데 담백하고 고소한 데다 바삭하기까지 한 튀김들은 계속해서 그의 입으로 들어갔다. 음식이 맛있다 보니 흥이 난 보율이 정종을 따라 헌에게 건넸다.

"자자, 우리 한잔해요."

작은 잔을 부딪치며 짠 하는 소리를 내더니 보율이 홀짝하고 단숨에 마셔 버렸다. 정종도 맛이 좋았는지 튀김을 곁들여 가며 보율은 한 잔, 두 잔, 점점 더 많은 잔을 비웠다. 보다 못한 헌이 제지하자 보율이 그제야 고개를 끄덕이며 더 이상은 잔을 들지 않았다.

"헤헤, 너무 맛있으니까 저도 모르게."

낮에 먹은 맥주 한 잔, 방금 먹은 정종 몇 잔. 주량을 넘긴 보율의 얼굴이 붉어지기 시작했다. 하지만 아직 취기가 다 안 올랐는지 아니면 보율이 기분이 너무 좋아 정신이 아직 붙어 있어서인지는 모르지만 아직까지는 술버릇이 나오지 않았다.

식사를 다 마치고 밖으로 나온 보율이 주방장 아저씨에게 엄지손가락을 들어 보이며 일본말로 인사했다.

"혼또니 오이시이데스. 아리가또."

얼굴이 붉게 물든 보율이 취기가 올라 이러나 싶어 보율의 뒤를 따르는 헌은 조마조마했다.

밖으로 나와 찬바람을 맞고 나니 붉은 그녀의 얼굴이 어느 정도 진정되기도 했고 발음도 하나도 꼬이질 않아 괜찮은 줄 알았다. 하지만 호텔로 들어와 따뜻한 공기가 다시 두 사람을 감싸자 보율이 실실 웃기 시작했다.

"히히. 기분 좋다."

방으로 올라가는 엘리베이터에 오르자 보율이 헌을 향해 웃으며 안겨 왔다. 헌이 안겨 있는 그녀를 보며 놀라 물었다.

"설마 지금 취한 거 아니죠?"

그의 허리에 손을 두르고 그녀가 볼을 비볐다.

"아니에요. 내가 왜 취해요. 그냥 좋아서 그래요. 좋아서."

"정말 취한 거 아니에요?"

다시 묻는 말에 그의 허리를 감싸 안은 그녀에게서는 아무런 대답이 없었다.

그럼 그렇지. 어쩐지 불안하더라니. 엘리베이터 안에서 그의 허리를 안고 잠들어 버린 보율이 어이가 없을 만도 한데 헌은 그런 그녀의 모습도 귀여워 보였다. 지금 그의 눈에는 엄청난 콩깍지가 씌어 있어 술에 취한 모습은 그에게 충분히 귀여워 보였다.

헌이 조심히 허리를 감싼 팔을 풀고는 그녀를 번쩍 안아 들었다. 방으로 들어와 푹신한 침대에 보율을 조심히 눕힌 그는 욕실에서 따뜻한 수건을 가져와 조심히 그녀의 얼굴을 닦았다.

얼굴을 간질이는 그의 손길에 보율이 웃었다. 그녀의 얼굴을 다 닦아 낸 헌이 조심히 침대에서 내려오려 할 때 자고 있던 보율이 그의 허리를 끌어당겨 안았다. 보율이 잠에서 깼나 싶어 헌이 조용히 그녀를 불렀다.

"보율 씨?"

하지만 대답 없이 새근거리며 조용하게 내쉬는 보율의 숨소리만 들려왔다. 그녀를 안고 침대에 누워 버린 헌이 보율의 얼굴을 찬찬히 살폈다.

"이보율 씨, 지금 너무 무방비한 거 아닙니까?"

헌이 두근거리기 시작한 심장을 억누르며 물었지만 술에 취해 잠들면 누가 업어 가도 모르게 잠드는 그녀가 잠결에라도 대답할

리는 없었다.

조금만, 조금만 하며 계속해서 그녀를 안고 있는 시간을 늘리며 그냥 이대로 시간이 멈춰 버렸으면 좋겠다고 생각했다. 침대에서 벗어나는 걸 미루고 미루던 헌의 눈이 그도 모르게 스르륵 감겼다.

침대 위로 다음 날의 햇살이 비추기 전까지 두 사람은 똑같이 닮은 미소를 머금은 채로 서로를 꼭 안고 잠들어 있었다.

깊은 꿈속에서도 두 사람은 같은 생각이었다. 혼자가 아니라 둘이 함께여서 참 좋다고. 두 사람이 함께 있는 이 시간이 정말 행복하다고.

밖은 겨울답게 찬 바람이 휘리릭 소리까지 내며 지나가고 있었
지만 두 사람이 누운 침대를 비추는 햇살은 따뜻했다. 눈이 부신
햇살에 보율보다 먼저 잠에서 깬 헌이 품에서 곤히 잠들어 있는
그녀를 발견하고는 절로 웃음을 지었다.

헌이 조심히 그녀를 더 가까이 끌어당겨 안았다. 그에 품에 한
치의 오차도 없이 꼭 맞게 들어오는 보율이 잠결에 웃으며 그의
허리에 손을 두르고 더 깊이 그에게 안겨 왔다.

헌이 보율이 깨지 않게 조심히 한숨을 내쉬었다. 아래에 피가
몰리고 힘이 들어가기 시작했기 때문이다.

'이 여자가 정말! 누구는 힘들어 죽겠는데 잘만 자네.'

그의 허리를 더 세게 끌어안는 보율 때문에 심통이 난 헌이 보
율의 이마에 살짝 꿀밤을 때렸다. 잘 자고 있다 이마에 닿은 감촉

에 보율이 눈을 찌푸리며 일어나려 했다. 그 모습에 깜짝 놀란 헌이 눈을 슬며시 눈을 감았다.

그의 꿀밤에 눈을 뜬 보율은 눈앞에 떡하니 보이는 헌의 얼굴에 잠이 확 달아났다. 그의 품에 안겨서 잠들었던 건가? 보율은 생각나지도 않는 지난밤의 일들을 기억하려 애썼다.

엘리베이터에 탄 것까지는 생각이 나는데, 또 술에 취해 잠이 든 것 같기도 하다. 혹시나 자면서 이를 갈지는 않았는지 아님 코라도 골지 않았는지, 있지도 않은 잠버릇이 걱정되기 시작했다.

보율이 그의 품에서 벗어나기 위해 팔을 곱게 가슴에 모으고는 엉덩이를 살살 뒤로 빼기 시작했다. 슬슬 그의 팔에서 벗어나려고 할 때 자고 있다고 생각했던 헌의 눈이 번쩍 떠졌다. 아, 망했다! 헌이 엉덩이를 뒤로 빼고 있는 보율을 보고 근사하게 웃었다.

"잘 잤어요?"

"하하. 네……."

보율이 어색하게 웃으며 그에게서 벗어나 침대 끄트머리 쪽으로 움직여 그에게서 멀어지려고 했다. 하지만 그녀가 멀어지려 하자 단번에 다가온 그가 손을 뻗어 그녀를 그에게로 끌어당겨 안았다.

보율의 하얀 얼굴이 금세 붉은색으로 물들었다. 주위가 훤히 보이는 아침에 헌에게 안겨 그의 얼굴을 쳐다보려니 부끄러운 것은 당연했다. 거기다 보율은 자다 일어난 자신의 얼굴이 엉망일까 그것 또한 걱정이었다. 헌이 붉어진 그녀의 얼굴을 쓰다듬었다.

"오늘을 뭘 할까요?"

323

보율이 작은 목소리로 웅얼거렸다.

"음, 아무거나?"

"별로 하고 싶은 게 없나 봐요? 그럼 우리 침대에서 계속 이러고 있어요. 나는 여기서 당신을 안고 있는 게 하루 종일 하고 싶은 일이니까."

그의 진지한 말에 막 하루 종일 일과가 상상이 된 보율이 벌떡하고 침대에서 몸을 일으켰다.

"아! 오늘 크리스마스 나무 보러 가기로 했잖아요!"

보율이 욕실로 재빨리 뛰어 들어갔다. 헌은 침대에서 일어나 보율이 욕실로 모습을 감추자 웃기 시작했다.

좀 전에는 진지하게 말했지만 사실은 부끄러워하고 깜짝깜짝 놀라는 보율이 귀여워 놀리려 그렇게 말한 거였다. 물론 그가 방금 전 침대에만 있고 싶다고 뱉었던 말은 백 프로 진심이었지만.

왜 그녀와 사랑을 나누고 싶은 마음이 없겠는가. 하지만 그는 보율이 준비가 될 때까지 언제라도 기다려 줄 생각이었다. 뭐, 그가 많이 힘들기는 하겠지만.

♣

준비를 마친 보율의 손을 잡고 헌은 어제저녁에 다 구경하지 못한 삿포로를 구경하기 시작했다. 코를 베어 갈 듯한 추운 바람에 헌과 보율의 코가 어느새 루돌프 사슴처럼 빨개져 있었다.

따뜻하게 입고 나온다고 한 보율이 깜빡하고 가지고 나오지 않은 것이 있는데 바로 목도리였다. 털 방울이 달린 모자는 챙겨 나왔으면서 얼굴을 가려 줄 목도리를 안 가져온 것이 영 아쉬웠다.

보율은 얼굴이 얼어붙는 것 같아 연신 얼굴로 손을 가져다 대자 옆에서 보고 있던 헌이 자리에 멈춰 섰다. 무슨 일인가 싶어 쳐다보는 그녀의 목으로 헌이 매고 있던 하얀 목도리가 둘러졌다. 괜찮다고 말했지만 헌은 막무가내였다.

"매고 있어요. 얼굴이 다 얼었어요."

헌의 목도리가 보율의 눈만 빼고 얼굴이 보이지 않게 뺑뺑 둘러졌다. 보율이 목도리에 입이 가려진 채로 뭐라고 했지만 그는 그저 그녀의 목 뒤에 단단히 목도리의 매듭을 지어 버렸다.

웅얼웅얼 보율의 말이 설핏 들리는 것도 같았지만 헌은 그냥 씩 웃기만 했다. 눈만 빼고 하얀 붕대를 감은 것 같은 보율의 손을 이끌고 헌은 거리를 구경하기 시작했다.

겨울을 맞아 밤에는 온통 반짝이는 전구로 장식되어 예쁘게 빛나던 장식들은 낮에는 그 모습을 보여 주지 않았다. 하지만 반짝이지 않아도 두 사람이 구경할 것들은 충분히 많았다.

밤과 달리 그리 붐비지 않는 삿포로의 거리를 걷는 것이 헌과 보율은 더 마음에 들었다. 사람들이 별로 없으니 오히려 조용해서 서로의 말에 귀를 기울일 수 있었고 여백이 많아진 풍경이 더 운치 있어 보였다.

마음껏 거리를 걷다 두 사람은 호텔에서 마련해 준 차를 타고 그렇게 보고 싶어 하던 크리스마스 나무가 있다는 곳으로 향했다.

한참을 달려가던 중 잠시 쉬어 가는 겸 점심을 먹기로 하고 가는 길에 겨우 찾은 식당으로 들어갔다. 추운 날씨에 두 사람은 따뜻한 국물이 먹고 싶어져 우동과 가츠나베를 주문했다.

아직 눈이 내리기엔 이른 겨울에 와서인지 조금만 있으면 온통 하얀 눈으로 덮인다는 일대는 아직 넓을 벌판만 펼쳐져 있었다. 창밖을 보고 있던 보율이 아쉬운 듯 쳐다봤다.

"삿포로까지 왔는데 눈이 안 오네요? 눈이 하얗게 덮인 거리를 걷고 싶었는데."

아쉬움이 가득한 보율의 말을 듣고 헌이 그녀의 손을 잡았다.

"너무 서운해하지 마요. 혹시 알아요? 오늘 밤에라도 눈이 올지? 그리고 이번 여행 중에 눈을 못 보면 다음에는 눈 올 때에 맞춰 또 오면 되잖아요."

헌의 위로하는 듯한 말에 보율의 얼굴이 단번에 밝아졌다. 그녀가 그를 향해 새끼손가락을 내밀었다.

"정말이죠? 약속하는 거예요?"

"알겠어요."

보율의 작은 손가락에 헌이 단단하고 긴 손가락을 걸자 그녀는 새끼손가락에 힘을 주어 단단히 약속을 받아 냈다.

두 사람이 쉴 새 없이 서로를 보고 이야기를 나누는 동안 주문한 음식이 나왔다. 모락모락 김이 올라오는 따뜻한 음식을 보고만 있는데도 벌써부터 몸이 따뜻해지는 것 같았다.

역시나 국물 한 숟가락에 추운 바람에 얼어 있던 두 사람의 몸도 따뜻하게 녹아내렸다. 맛은 그냥 보통이었지만 따뜻한 국물 자체가 맛있었던 두 사람은 그릇의 바닥이 보일 때까지 싹싹 긁어 먹었다.

다 먹고 난 뒤에 후식으로 나온 뜨거운 커피를 들고 두 사람은 다시 크리스마스 나무가 있다는 곳으로 향하기 위해 차에 올랐다. 차에 오른 보율이 헌을 향해 잊지 않고 말했다.

"가는 길에 라벤더 기념품 파는 데가 있대요. 거기 잠깐 들러요. 선물 좀 사야겠어요."

헌이 운전해 주는 사람에게 보율의 말을 전하자 알겠다고 말한 운전사는 다시 차를 출발시켰다.

조금 더 가서 목적지에 도착하기 전에 보이는 라벤더 기념품관에 들른 두 사람은 이리저리 잘 정리되어 있는 진열장을 보며 구경하기 시작했다.

민지가 들르게 되면 꼭 좀 사 오라고 했던 라벤더로 만든 클렌징 오일을 집어 들었다. 예솔에게 줄 라벤더 샴푸까지 고르고 나서 마지막 전시대에 있는 라벤더 비누를 두고 보율은 고민을 시작했다.

언니 선물로 사 가고 싶은데. 메이드 인 재팬이 떡하니 붙은 기념품을 사 가게 된다면 언니는 당연히 일본 여행을 눈치챌 거고 그럼 그 여행을 헌 씨와 함께했다는 것을 들키게 될 것이다.

막상 선물로 사 가기가 영 애매했지만 라벤더는 언니가 너무나 좋아하는 꽃이었다. 라벤더 향이 나는 비누라면 언니가 맘에 들어 할 것이 불 보듯 뻔했다. 보율은 결국 라벤더 비누를 집어 들었다.

"에이, 모르겠다. 포장 뜯어 버리고 비누만 주지 뭐."

대충 선물을 다 고르고 기념관을 나오려던 두 사람의 발목을 잡아끈 것은 라벤더 아이스크림을 파는 곳이었다. 라벤더 아이스크림이라니. 먹는 거라면 어려서부터 자다가도 벌떡 일어나고는 하던 보율이 그 유혹을 물리칠 수 있을 리 없었다.

추운 겨울에 아이스크림을 먹으려 하는 보율을 헌이 당연히 말렸으나 어느새 보율의 손에는 아이스크림이 들려 있었다.

헌이 추운 겨울에 아이스크림 때문에 감기라도 걸릴까 걱정했다. 하지만 아이스크림을 손에 쥔 보율은 잔뜩 흥분한 목소리로 말했다.

"본래 아이스크림은 겨울에 먹어야 더 맛있는 거예요. 히히. 헌 씨도 한 입?"

연보라색의 라벤더 아이스크림을 헌을 향해 내밀었다. 하지만 헌은 고개를 내저었다.

"그럼 나 혼자 다 먹을게요."

보기에도 이가 시린 아이스크림을 보율이 한입 베어 먹었다. 라벤더 꽃 향이 조금 나면서 입안에 퍼지는 달콤한 아이스크림 맛에 보율이 행복한 웃음을 지었다. 헌이 보율의 목에 두른 목도리를 단단히 다시 매어 주면서 물었다.

"그렇게 맛있어요?"

보율의 고개가 힘차게 아래위로 끄덕였다.

"네. 완전 맛있어요. 이가 뽑히는 것 같은데도 너무 맛있으니까 계속 먹게 돼요."

추워서 이가 시린 정도가 아니라 뽑힐 것 같다면서도 '하나 더'를 외치는 그녀의 손을 억지로 이끌고 헌은 오늘의 목적지였던 크리스마스 나무를 향했다.

겨울이 되면 완만한 언덕에 혼자 덜렁 있는 나무가 크리스마스 트리를 닮아서 붙여졌다던 나무는 정말 그 넓은 땅에 혼자 자리하고 있었다. 아직 눈이 내리지 않아서 사진에서 보던 그리 멋진 풍경이 아님에도 보율은 즐거워했다.

"우리 같이 사진 찍어요."

헌의 얼굴 옆에 찰싹 붙은 보율이 카메라를 치켜들었다.

"하나 둘 셋, 김치!"

찰칵 소리가 나고 사진이 찍힌 후 보율이 카메라를 들고 얼마나 사진이 잘 나왔을까 하고 흥얼거리며 사진을 확인했다. 카메라 화면에 비친 사진에는 예쁘게 웃는 보율과 굳은 표정의 헌이 보였다. 보율이 카메라를 그의 쪽으로 들이대면서 우스갯소리를 했다.

"이거 봐요. 헌이 씨 얼굴 진짜 이상하게 나왔어요."

자신이 보기에도 어색한 표정을 본 헌이 카메라를 뺏어 들고는 사진을 삭제하려고 했다. 보율이 옆에서 까치발을 하고 높은 곳에서 카메라를 만지고 있는 헌을 말리려고 했으나 작은 키의 그녀가 헌이 하늘로 치켜 올린 팔에 손이 닿을 리가 없었다.

"이야, 이럴 거예요? 나는 잘 나왔단 말이에요."

헌이 무안한지 헛기침을 하고는 보율의 손에 카메라를 건넸다.

"흠흠. 다시 찍읍시다."

보율은 카메라를 건네받고 웃었다. 누구랑 누가 너무 닮아서. 자신의 형부인 일혁도 처음 가족사진을 찍으러 갔을 때 이랬었다. 사진마다 어색하게 웃어서 결국은 자신이 비장의 무기를 썼었는데.

그러고 보니 헌과 형부가 닮은 점이 좀 있는 것 같기도 했다. 스스로 회사를 세워 이만큼 성공시켰다는 것도 그랬고 다른 사람들에게는 딱딱하고 그리 친절하지 않지만 사랑하는 사람이나 가족들 앞에서는 한없이 따뜻하고 다정하다는 것도 그랬다. 거기다 이제 사진 찍을 때 어색하게 웃는 것마저도 닮았네.

"가끔 보면 헌 씨 우리 형부랑 닮은 거 알아요?"

보율의 소리에 헌이 정색하며 아니라고 손을 내저었다.

"무슨 소리! 아닙니다. 나는 보율 씨 형부처럼 심술쟁이는 아니라고요."

하지만 조만간 헌은 두 사람이 은근히 닮았다는 것을 인정해야 될지도 모른다. 이상하게 그녀의 느낌에 두 사람이 닮았다는 소리를 하면 자신의 형부도 헌과 정확히 똑같은 반응을 할 것 같았기 때문이다.

아마 자신이 세상에서 가장 소중히 생각하는 형부와 닮았기 때문에 헌을 사랑하게 된 것은 아닐까 하는 생각이 문득 들었다. 아직도 닮지 않았다고 다른 이유까지 대면서 부정하고 있는 헌을 보며 다시 보율이 카메라를 들었다.

"알았어요. 우리 추운데 얼른 사진 찍어요. 하나 둘 셋, 김치!"

찰칵 소리가 나고 사진이 다시 찍혔다. 이번에는 얼마나 잘 나왔나 하며 두 사람이 머리를 맞대고는 유심히 사진을 살폈다. 하지만 역시나 헌의 어색한 미소는 여전했다.

환하게 웃고 있는 보율의 얼굴 옆에 어색하게 웃음 짓고 있는 자신의 모습이 또 마음에 들지 않은 헌은 다시 사진의 삭제 버튼을 눌러 버렸다.

결국 보율은 마지막으로 어렸을 적 형부에게 써먹었던 마지막 비장의 무기를 꺼내 들어야겠다고 생각했다.

다시 사진을 찍기 위해 손을 올린 보율이 사진기를 보고 어색하게 웃고 있는 헌의 볼에 입을 맞췄다. 보율의 부드러운 감촉이 닿는 느낌에 저절로 눈웃음을 지은 헌이 보율을 바라봤다. 헌이 보율을 보고 멋지게 웃고 있었다.

그 순간 보율이 카메라의 버튼을 눌렀다. 세 번째 사진을 확인한 보율이 웃으며 헌에게 카메라를 건넸다. 두 사람이 서로를 보고 웃는 옆모습이 사진에 담겨 있었다.

"봐요. 내 덕분에 잘 나왔죠?"

헌의 얼굴이 점점 보율에게로 다가왔다. 몇 센티 남지 않게 바짝 다가온 헌이 보율을 보고는 씩 하고 웃었다.

"그러게요. 보율 씨 덕분에 이번에는 더 잘 나올 수 있을 것 같아요."

헌이 하는 말이 무슨 소린지 감을 잡지 못한 보율이 동그랗게 눈을 뜸과 동시에 헌의 입술이 보율에게로 닿았다. 살짝 닿은 입술과 함께 헌이 누르는 카메라 버튼 소리가 들려왔다. 그리고 그가 더 깊이 키스하기 시작하자 온통 열이 오른 보율의 귀에는 아무런 소리가 들리지 않았다.

크리스마스 나무를 배경으로 한 두 사람의 키스를 담는 카메라의 버튼이 계속해서 작동하고 있었다.

구경을 마치고 늦은 저녁이 되어서 다시 돌아온 호텔. 먼저 헌이 씻겠다고 욕실로 옷을 가지고 들어갔다. 침대에 앉은 보율은 어제부터 찍은 사진을 처음부터 한 장씩 확인하고 있었다.

헌 몰래 찍은 그의 얼굴을 보며 웃고 있는데 핸드폰이 따르릉하고 울렸다. 혹시나 싶어 로밍을 해 오긴 했지만 언니나 형부가 전화를 걸면 받지 않기 위해 계속 꺼 두었었다. 핸드폰을 잠시 켜자마자 처음으로 걸려온 전화는 아니나 다를까 언니였다. 받을까, 받지 말까. 한 열 번은 갈팡질팡하다 보율은 결국 핸드폰의 통화 버튼을 눌렀다.

"언니? 무슨 일이야?"

— 이보율! 이제야 전화를 받아? 헌 씨랑 일본 여행 가니 좋아?

일본에 도착했을 때 헌이 보민에게 전화했다는 것을 알 리가 없는 보율은 딱 시치미를 뗐다.

"언니, 무슨 헌 씨야. 나 민지랑 예솔이랑 부산 놀러간다고 했잖아."

보율이 언니에게 거짓말을 한 것이 들키는 것이 아닌가 싶어 조마조마해하며 수화기 너머에서 무슨 소리가 나올까 걱정하고 있었다. 그런데 수화기 너머로 갑자기 커다란 웃음소리가 들려왔다.

— 호호호. 이보율, 지금 언니한테 거짓말하는 거야? 벌써 헌 씨가 전화했어.

"뭐? 헌 씨가?"

— 그래. 잘 놀다 오겠다고 연락했어. 헌 씨 연락 없었으면 너희 형부랑 벌써 민지랑 예솔이 찾느라 난리 났겠지. 그래, 잘 놀고는 있어?

"어, 어. 언니, 미안. 사실은 언니한테는 말하려고 했는데 형부가 알면 난리가 날 테니까……."

보율이 말끝을 흐렸다. 잘 먹고 잘 놀고는 있었지만 그녀의 맘속 한구석에는 언니에게 말 못 하고 온 것이 어딘가에 걸려 있었나 보다. 언니의 목소리에 단번에 미안함이 물밀 듯 밀려왔다. 그녀의 미안하다는 말에 저 멀리에 있어도, 목소리만 들어도 동생의 마음을 단번에 알아차리는 보민이 보율을 달랬다.

— 알고 있어. 네가 좋으면 언니도 좋은 거 알지? 언니는 무조건 네 편이야. 그리고 모처럼 일본까지 갔는데 신나게 놀고 와. 여기는 걱정하지 말고.

"응. 고마워, 언니."

좀 있으면 형부가 들어올 시간이라며 전화를 끊는다는 보민이 마지막으로 흘러가듯 한 말에 보율에 마음이 술렁이기 시작했다.

— 보율아. 가끔은 가슴이 시키는 대로 해도 괜찮아. 머리는 거짓말을 해도 가슴은 거짓말을 못 하거든.

언니의 전화가 끊기고 나서도 핸드폰을 멍하니 들고 있던 보율이 자동으로 넘어가게 해 놓은 카메라가 보여 주는 사진에 가슴이 쿵쾅거리기 시작했다. 크리스마스 나무 앞에서 키스하고 있는 헌과 자신의 모습이 담긴 사진이었다.

사진 속에 자신은 너무 행복해 보였고 헌의 옆모습에는 자신을 얼마나 사랑하는지가 고스란히 담겨 있었다.

그 사진을 한참이나 보고 있던 보율이 가슴이 시키는 대로 침대에서 일어났다. 헌이 씻고 있는 욕실 문 앞에서 보율이 머뭇거리며 서성였다.

이래도 되는 건가. 아니면 나중에 후회하지 않을까 하고 자신의 가슴에게 물어봤다. 역시나 솔직해진 가슴은 나중에 후회 같은 건 하지 않을 거라고 그녀에게 대답했다.

'그래 헌 씨라면. 그러면 결코 후회 따위는 하지 않을 거야. 그가 나를 사랑하는 마음에 조금의 거짓도 없고 나도 그를 진심으로 사랑하고 있으니까.'

그녀의 마음이 확실해졌을 때 욕실 문이 열리고 헌이 딱 나타났다. 문 앞에 서 있는 그녀를 보고 헌은 적잖이 놀란 것처럼 보였다. 보율이 까치발을 들어 헌의 입술에 입을 맞췄다.

놀란 헌이 조심히 보율의 얼굴을 떼어 내고 눈으로 물었다. 무슨 일 있냐고. 괜찮은 거냐고. 얼굴에 물기가 촉촉이 어린 보율이 헌을 보고 환하게 웃었다.

"헌 씨, 사랑해요."

그녀의 말에 그의 심장이 밖으로 튀어나올 만큼 뛰기 시작했다. 헌이 사랑한다고 고백하는 보율의 동그란 이마에, 언제나 밝게 빛나는 그녀의 눈에 그리고 그를 사랑한다고 말한 입에 소중하게 입을 맞췄다. 그리고 그녀를 향해 고백했다.

"내가 더 사랑해."

헌의 고백에 보율이 헌의 목을 끌어 앉자 그의 키스가 더 깊어지기 시작했다. 헌이 보율을 번쩍 안고는 온기가 가득한 욕실 안으로 향했다. 보율의 등이 벽에 닿았고 헌이 손을 뻗어 물을 틀었다. 부드러운 키스에 취해 눈을 감고 있던 보율 위로 따뜻한 물줄기가 연신 떨어지기 시작했다. 연신 내려오고 있는 물줄기 밑에서 서로를 향한 마음이 커진 두 사람의 키스의 열정 때문에 욕실 안에 뿌옇게 김이 서렸다.

그의 혀와 그녀의 혀가 서로 얽혀 갈수록 보율은 물에 흠뻑 젖은 하얀 셔츠에 가려진 유두가 예민해지는 것이 느껴졌다. 헌이 조심스럽게 보율이 입고 있는 셔츠의 단추를 하나씩 풀기 시작했다.

물에 젖은 하얀 셔츠가 툭 하고 소리 내며 떨어지고 하얀 브래지어와 팬티만 입은 보율의 아름다운 몸이 그의 눈앞에 펼쳐졌다. 부끄러워 다리를 꼬는 보율의 작은 몸짓만으로도 그의 중심은 벌써 딱딱하게 서기 시작했다.

그가 다시 그녀의 입술에 키스하며 조심히 가슴을 가리고 있는 속옷 안으로 손을 넣었다. 손에 딱 맞게 들어오는 말랑말랑한 그녀의 가슴을 조심스럽게 만지던 그가 결국은 참지 못하고 그녀의 유두를 비틀었다. 갑작스런 쾌감에 보율의 다리가 무너졌다.

"하아. 헌 씨."

헌이 무너지는 보율의 다리를 자신의 다리로 떡하니 받치고는 그녀의 몸을 가리고 있는 속옷을 단번에 벗겨 버렸다. 온전히 드러난 그녀의 가슴이 그의 이성을 날려 버렸다.

그가 보율의 탱탱한 가슴을 물었다. 샤워기에서 내려오는 물기는 여전히 따뜻했지만 열망에 사로잡히기 시작한 두 사람의 뜨거운 온도와는 비교가 되질 않았다. 헌의 입술이 부드럽게 때로는 거칠게 그녀의 가슴을 탐할수록 보율의 입술에서는 열띤 신음 소리만 흘러나왔다.

"으응······."

헌이 계속해서 혀끝으로 쾌감으로 충분히 딱딱해진 유두를 쓸어내렸다. 보율의 옅은 신음이 계속되었다.

"하아. 헌 씨. 그, 그만해요."

보율의 신음에 그녀의 가슴에 얼굴을 묻고 있던 헌의 얼굴이 그녀를 향했다.

"정말 그만할까?"

또 반말이다. 보율이 다쳤을 때 정말 화가 나서 반말을 했던 이래로 평소에는 한 번도 보율에게 말을 놓은 적이 없었다. 하지만 지금은 그녀에게 친근하게 말을 하고 있었다. 보율이 운동으로 다져진 딱딱한 가슴을 살짝 때렸다.

"부끄럽게 뭘 그런 걸 계속 물어봐요."

헌이 씩 웃으며 보율의 귓불을 혀로 간질이다 입술로 물고는 그녀의 귓가에 속삭였다.

"다행이다. 당신이 그만두라고 해도 나는 못 그만둘 거거든."

생각한 걸 다 해 보려면 오늘 밤 내내도 부족해. 절대로 그만둘 수 없어. 그가 그녀의 귀에 대고 낮은 음성으로 속삭였다. 섹시한 그 목소리에 보율의 온몸에 솜털이 곤두섰다.

헌이 놀라 멍하게 있는 보율을 벽에 기대게 했다. 그리고 다시 가슴을 물고 희롱하던 그의 입술이 납작한 배꼽으로 그리고 배 주위에 쪽쪽 입을 맞추던 그가 은밀한 곳, 향긋한 냄새가 나는 곳으로 얼굴을 내렸다. 그의 입술이 닿을 때마다 신음만 흘리던 보율이 그의 얼굴이 어디로 향하는지 깨닫고는 그의 얼굴을 밀어내기 시작했다.

"거기는……! 헌 씨, 안 돼요."

그녀의 작은 거부에도 보율의 향긋한 향기가 나는 곳을 눈에 담아 버린 그는 물러설 생각이 없었다. 그가 혀끝을 검은 숲에 가려진 곳으로 가져갔다.

"하아. 그냥 이대로 한번 느껴 봐."

헌의 부드러운 혀 놀림에 보율이 놀라 기겁했지만 한번 맛본 향긋한 채취에 헌은 더 깊이 안으로 혀를 놀렸다.

보율의 머릿속이 새하얘졌다. 가슴은 쿵쾅대고 머리는 아찔했으며 아래는 헌의 입맞춤에 젖어 갔다. 그녀의 머리와 달리 쉴 새 없이 젖어 가는 그녀의 아래가 자신의 몸이 아닌 것만 같았다. 저도 모르게 야한 신음이 흘러나왔고 흥분에 풀려 버린 다리는 연신 무너지려 하고 있었다.

"으음, 하아. 헌 씨."

점점 촉촉이 젖어 가는 그녀의 아래에 입술을 파묻고 흡입하는 그의 소리와 그가 분홍빛 살을 가르고 들어오는 쾌감에 신음하는 그녀의 탁한 소리만이 샤워부스를 울렸다. 그가 선사하는 쾌감에 어쩔 줄 모르고 신음만 흘리던 그녀가 크게 파도처럼 밀려오는 쾌감에 몸부림쳤다.

"으윽, 나 이상해요. 하아. 아아."

신음 소리와 함께 무너지듯 그에게 안겨 온 보율이 처음 느껴 보는 생소함에 넋을 놓고 가쁜 숨만 내쉬었다. 그리고 가쁜 숨을 내쉬며 열락에서 깨어 나오지 못하는 그녀의 몸을 커다란 수건에 감싸 욕실을 벗어난 그가 커다란 침대 위에 그녀를 내려놓았다.

침대 위의 크리스털 조명이 유리에 반사되어 반짝이고 있었다. 아까의 조명이 은은한 샤워부스와 달리 훤히 밝은 조명에 보율은 이불을 끌어당겨 몸을 가렸다. 하지만 그 이불이 그녀의 몸을 덮은 지 얼마 지나지 않아서 헌의 손에 의해 침대 아래 바닥으로 떨어졌다.

보율이 어버버 입을 벌리고 뭐라고 그에게 말을 하려고 했지만 그녀의 말은 다시 맞춰 온 그의 입술에 의해 막혀 버렸다.

다시 그녀에게 입을 맞추는 헌의 손이 저절로 그녀의 가슴으로 향했다. 아직 아까의 흥분이 가시지 않았는지 여전히 곤두서 있는 유두를 손가락 사이에 끼우고는 살짝 비틀었다. 다시 덮치기 시작한 쾌락에 보율의 허리가 신음과 함께 튕겨 올랐다.

"아악."

이때를 기다렸다는 듯이 그의 기다란 손가락이 좀 전에 그의 입이 머물던 곳으로 천천히 들어갔다. 촉촉이 젖어 있는 그곳은 미끈하게 들어간 손가락을 옥죄어 왔다.

그는 당장이라도 들어가고 싶어서 안달이 난 그의 남성을 달래고는 천천히 손가락을 움직이기 시작했다. 아까 전과 달리 더 깊은 내벽을 건드리는 그의 손가락에 그녀의 다리가 저절로 모아졌다.

"하아."

헌이 움츠러드는 그녀의 다리를 조심히 벌리고 얼굴을 들어 그녀에게 입 맞춰 왔다. 부드럽게 입술을 간질이는 그의 키스에 그녀의 다리에 들어갔던 힘이 점점 빠졌다.

조금 빨리 손을 움직이던 그가 안이 충분히 젖어 들자 그녀에게서 몸을 일으켰다. 그녀를 덮고 있던 뜨거운 그의 몸이 없어지자 순간 찬 바람이 지나가는 것도 같아 보율은 감고 있던 눈을 들어 그를 찾았다. 단단하고 멋있게 근육이 자리 잡은 그의 몸이 그녀의 눈앞으로 점점 다가왔다. 헌이 그녀의 얼굴을 매만졌다.

"아플지도 몰라. 그래도 사랑해."

그래도 사랑한다는 그의 말에 그녀의 가슴이 따뜻해졌다. 그리고 한없이 부드럽고 다정하게 그녀를 바라보고 있는 그에게 입을 맞췄다.

그녀의 키스가 신호가 되어 헌이 그의 중심을 천천히 그녀에게로 밀어 넣었다. 좁고 아늑한 그녀의 안이 그를 반기며 감싸 왔다.

그의 눈앞에 보이던 빛이 하얗게 부서지기 시작했다. 커다란 그의 남성이 좁은 곳으로 들어가자 힘들어하며 인상을 쓰고 있는 보율의 얼굴을 만졌다.

그가 망설이는 듯하더니 뒤로 조금 물러섰다 단번에 그녀의 안으로 들어갔다. 처음 맞는 아픔에 보율이 인상을 썼다.

보율이 아픈 만큼 계속 멈춰 있던 헌도 서서히 힘이 들기 시작했다. 당장이라도 안에서 날뛰고 싶은 그의 분신을 억제하기가 점점 힘에 부쳤다. 그리고 그의 얼굴에 맺힌 땀이 그녀의 얼굴로 떨어졌다. 인상을 쓰고 있던 보율이 손을 올려 똑같이 힘들어하고 있는 그의 얼굴을 매만졌다.

"사랑해요."

"하아."

그녀의 말에 그는 더 이상 멈춰 있을 수가 없었다. 천천히 움직이기 시작한 그의 허리가 한 번 두 번 계속 들이칠 때마다 그녀가 주는 쾌락에 물들기 시작한 헌의 열띤 신음도 계속됐다.

"으윽. 너무 좋아."

몸을 뚫는 듯한 생소한 아픔에 떨던 그녀의 다리가 점점 그에게로 다가섰다. 그리고 그녀의 다리가 그에게 보조를 맞추듯 감기자 그가 빠르게 움직이기 시작했다. 헌이 움직일 때마다 그의 밑에 딱 들어맞는 그녀의 아래에서 칠퍽칠퍽 소리가 나기 시작했다.

침대 움직이는 소리와 두 사람이 만들어 내는 질퍽거리는 소리만 방에 가득했다. 빠르게 움직이다 다시 허리를 한 번 크게 튕긴 헌이 더 깊이 그녀 안으로 들어서고 싶어 그녀의 다리를 잡아 그의 어깨 위에 걸쳤다.

다시 박아 오는 그의 굵은 남성이 그녀의 깊숙이 박히기 시작했다. 더 깊이 그녀의 안으로 도달하는 그 때문에 그녀는 심장이 그의 심장과 맞닿은 것만 같았다.

그리고 다시 시작된 흥분에 취한 그와 그녀의 신음 소리. 사랑을 나누는 동안 두 사람의 눈은 서로만을 향해 있었다. 눈이 서로를 향하고 있었고 그 눈길이 서로의 마음을 이어서 하나가 된 두 사람 위로 크리스털 조명의 빛이 부서져 떨어지고 있었다. 그리고 그 빛이 두 사람을 열락으로 데려갔다. 헌이 보율의 위에서 빠르게 움직였다.

"아악. 하, 하아, 아아아."

헌과 함께 절정에 오르기 시작한 보율의 입에서도 높은 신음이 흘러나왔다.

"아아아, 아악."

그리고 마지막으로 그녀의 안에 모든 것을 뿌린 헌이 그대로 보율에게로 무너졌다.

헌이 보율에게서 내려와 그녀의 몸을 끌어안았다. 사랑을 나눈다는 것은 이런 거구나. 서로를 향한 사랑이, 열망과 쾌락을 선사하는 느낌이 처음인 보율이 그의 품에 안겨 그의 가슴에 살포시 손을 올렸다. 그의 심장이 뛰는 울림이 그녀의 손에 전해졌다. 모든 행위가 끝나고 피곤해진 보율이 그의 품에서 눈을 감으며 속삭였다.

"사랑을 나눈다는 건 좋은 거구나. 당신을 사랑하게 돼서 참 다행이에요."

그녀의 말에 방금 전까지 일을 마치고 쉬던 그의 남성이 다시 꼿꼿이 고개를 들기 시작했다. 허나 그의 마음을 아는지 모르는지 보율은 새근새근하는 소리까지 내며 잠들어 있었다. 헌은 보율을 끌어안고 그녀의 동그란 머리에 입을 맞췄다.

　"푹 자요."

18.
눈이 와요, 하얀 눈이

간질간질. 잠결에 보율은 발목이 간지럽다는 걸 느꼈다. 살랑살랑 강아지풀로 그녀를 살짝살짝 건드리는 듯한 간지러움에 곤히 자고 있던 보율이 칭얼거렸다.

"으음. 간지러워."

발목을 움직이니 풀이 없어졌는지 더 이상 간지럽지 않아져 보율은 다시 잠으로 빠져들었다. 그러기를 얼마 후, 이제는 발목이 아니라 누군가 그녀의 가슴을 지분거리는 것만 같았다. 꿈이라고 하기에는 가슴에 와 닿는 손길이 너무 부드러웠고 생생했다. 보율이 결국 참지 못하고 눈을 떴다.

"아침부터 뭐 하는 거예요?"

그녀의 가슴에 고개를 묻고 있던 헌이 얼굴을 들었다.

"깼어요?"

343

헌이 멋지게 웃으며 보율의 눈과 마주쳐 왔다. 어제 그 거사를 치르고 실오라기 하나 걸치지 않고 잠이 든 보율은 햇빛이 비치는 훤한 대낮에 맨몸으로 헌을 보기가 민망해졌다. 그의 시선을 살짝 피하고는 옆에 내팽개쳐 있던 솜틀 같은 이불을 집어 그녀의 몸을 덮으려 했다. 하지만 그녀의 민망함을 가려 줄 이불은 헌의 손에 의해 다시 바닥으로 떨어졌다.

"왜 이래요. 난 저 이불이 필요하다고요."

"오늘 하루 종일 우리에게 필요 없는 게 하나 있는데, 그건 바로 저 이불이에요."

그가 다시 그녀의 위로 몸을 포개 왔다. 씩 웃으며 그녀의 입술로 다가오는 그의 얼굴을 재빨리 피한 보율이 침대에서 일어나 욕실로 달려갔다. 뒤에서 다 잡은 보율을 놓친 헌이 다시 오라고 그녀를 불렀지만 욕실로 들어가 문을 단단히 잠근 보율은 헌의 손에 다시 잡혀 줄 생각이 없어 보였다.

그를 피해 달려온 그 짧은 순간에는 너무 급박해 느끼지 못했지만 욕실에 도착한 순간부터 보율의 온몸이 아프다고 아우성이었다. 특히 처음 그를 받아들인 아랫부분이 아프고 쓰렸다. 거울을 보니 하얀 그녀의 피부 위로 어제 그가 남긴 수많은 흔적들이 붉게 수놓아져 있었다.

우선 뜨거운 물에 몸을 좀 담가야겠다고 생각한 그녀는 뜨거운 물을 틀고는 욕조에 누웠다. 갑자기 사용한 근육들이 뜨거운 물에 풀리자 뭉친 다리를 주무르려던 보율의 귀에 찰랑하고 부딪히는 소리가 들려왔다.

뭔가 싶어 보율이 다리를 들어 보니 발목에 못 보던 발찌가 걸려 있었다. 물에서 발을 들어 발찌를 자세히 확인한 보율의 눈이 커다래졌다. 은색의 체인에 달려 있는 잘 세공된 펜던트가 그녀의 눈에 너무 익숙했기 때문이다.

그녀가 가장 아끼는 선물 받은 목걸이와 같은 모양의 펜던트가 발목에서 반짝이고 있었다. 궁금한 것이 생긴 보율은 욕조에서 냉큼 일어나 몸에 있는 물기를 닦을 생각도 하지 않고 밖으로 달려 나갔다.

밖에서 신문을 읽고 있던 헌은 갑자기 맨몸으로 뛰어나온 보율을 보고 놀라 그녀에게 달려갔다. 탁자에 올려 뒀던 커다란 수건을 낚아채듯 가져와 그녀의 몸을 감싸 주었다.

"무슨 일 있어요? 아니 물도 안 닦고 나오면 어떻게 해요. 아무리 안이 따뜻하다고 해도 감기 걸리면 어쩌려고."

헌이 감기에 걸릴까 보율의 온몸을 수건을 닦아 내고 있는 중에 보율이 발을 동동 구르다 발찌가 걸려 있는 발을 그에게로 내보였다.

"이건 뭐예요?"

보율의 발에서 발찌가 반짝거리며 빛나고 있었다.

그녀를 잡아야겠다고 결심했을 때 그가 제일 먼저 한 일은 어머니의 목걸이를 만든 장인을 찾아내는 일이었다. 수소문해서 겨우겨우 찾아낸 장인에게 특별히 어머니의 목걸이와 같은 펜던트가 달린 발찌를 부탁했다.

귀한 물건을 얻는 데는 그만큼의 시간이 걸린다더니 주문한 지

한참이나 지나 얼마 전에 우편으로 받았다. 언제 줄까 고민하고 기회만 노리며 그의 지갑 안에 넣어 뒀던 것을 오늘 아침 생각해 냈다. 깊이 잠이 든 그녀가 깨기 전에 발에 조심히 채워 두었다. 얇은 발목에서 빛나고 있는 발찌가 그가 생각했던 것보다 훨씬 더 잘 어울렸다.

"어때요? 맘에 들어요?"

"낭연히 맘에 들죠. 그것보다 이 펜던트 어디서 났어요? 나 이거랑 정말 똑같은 펜던트가 달린 목걸이가 있단 말이에요. 이제껏 아무리 찾아봐도 이거랑 같은 모양은 없었는데, 어떻게 된 거예요?"

헌이 궁금한 것이 많아 보이는 보율의 손을 잡아 침대 위에 앉혔다.

"우리가 처음 만났던 때 기억해요?"

난데없는 질문에 보율이 당연히 기억하고 있다며 대답했다.

"당연하죠. 내가 클럽 밖에서 당신 차 박았던 때 아니에요?"

"아니에요. 그것보다 훨씬 더 오래전에 우리가 만난 적이 있어요."

당최 모르겠다는 보율의 시선이 헌에게 닿았다. 그가 그녀의 손을 잡고는 말을 이었다.

"사실 보율 씨가 가지고 있는 목걸이, 우리 어머니가 보율 씨에게 선물하신 거예요."

보율이 아줌마에게서 목걸이를 선물 받았던 날을 기억해 냈다. 그리고 떠오르는 하나의 기억. 아줌마의 병실 밖에서 만났던 아줌마의 아들. 얼굴은 정확히 기억나지 않았지만 분위기며 말투 같은 것들은 어렴풋이 떠올랐다. 설마 그 비행 청소년이? 보율의 눈이 동그래졌다.

"그럼 그때 그 삐뚤어진 오빠가 헌 씨란 말이에요?"

"삐뚤어지다니요. 그때는 그냥 누구나 겪는 질풍노도의 시기였다고요."

헌 씨 어머니는 돌아가셨다고 전에 들은 것 같은데……. 보율이 망설이다 어렵게 말을 꺼냈다.

"그럼…… 어머니는 언제 돌아가셨어요?"

"그때 퇴원하시고 나서 1년도 안 지나서요."

"꼭 한 번 다시 만나고 싶었는데. 그때 바로 찾아뵀어야 하는데…… 약속도 해 놓고서는……."

말을 하는 보율의 목소리가 점점 젖어 들고 눈에는 물기가 어리기 시작했다. 헌이 보율이 흘리는 눈물을 조심히 닦아 줬다. 마음이 한없이 따뜻하고 사랑스런 여자.

아마 하늘에 계신 어머니가 누구도 모르는 자신의 외로움을 걱정하시다 보율을 그에게 보내 주신 건 아닐까, 헌은 생각했다. 눈물을 멈추지 못해 계속 흘리는 그녀를 안고 토닥이며 헌이 나지막이 속삭였다.

"울지 마요. 어머께서는 아마 우리가 이렇게 될 걸 알고 계셨나 봐요. 그러니 미래의 며느릿감에서 가장 아끼시던 목걸이를 선물하신 것 아니겠어요?"

눈물이 섞인 얼굴로 헌에게 기댄 보율이 그에게 말했다.

"한국에 도착하자마자 어머니부터 뵈러 가요. 보고 싶단 말이에요."

그보다 먼저 그의 마음을 알고 부탁해 오는 보율의 따스한 말이 그를 어루만졌다.

"그래요. 그렇게 해요. 자, 보여 줄 게 있어요."

헌이 보율의 몸에 하얀 시트를 감고는 그녀의 손을 창가로 이끌었다. 무슨 일이냐고 그를 쳐다보는 그녀의 얼굴을 창밖으로 향하게 하자 온통 하얀 세상이 그녀를 맞았다. 밤새 소복이도 내린 눈이 쌓여 있었다. 정말 그의 말대로 밤새 눈이 내렸나 보다. 보율이 뒤에서 그녀를 안고 있는 헌에게로 고개를 돌렸다.

"밤에 눈이 왔어요?"

"네. 우리가 사랑을 나누는 동안 하늘에서는 하얀 눈이 하염없이 내렸나 봐요."

보율의 하얀 얼굴이 붉게 물들었다. 그리고 서로를 껴안고 하얀 눈이 내린 아름다운 풍경을 하염없이 바라보았다.

두 사람이 쳐다보고 있다는 것을 알아차렸는지 다시 눈이 내리기 시작했다. 세상을 다 덮어 버리는 하얀 눈이 하염없이 두 사람을 축복하며 내리고 있었다.

♣

먼저 보낸 가족 또는 연인, 사랑하는 사람들이 있는 이곳. 이 납골당에 보율은 헌과 함께 발을 디뎠다. 일본에서 돌아온 날. 여

행에서 돌아와 힘들다며 다음에 가자는 헌을 졸라 그의 어머니를
만나러 왔다.

보율은 웃으면서 울었다. 사진 속의 아줌마는 하나도 변한 것
이 없이 여전히 예쁘게 웃고 계셔서, 그때 아줌마와 다시 만나기
로 했던 약속을 지키지 못한 것이 너무 죄송해서. 우는 보율을 안
으며 헌이 그녀를 달랬다.

"또 울어요? 어머니 아시면 제 꿈에 나타나셔서 저 혼내실지도
모르겠는데요?"

헌의 농담에 보율이 눈물을 닦고 사진 속에서 환하게 웃고 있
는 헌의 어머니에게 고개 숙여 인사했다.

"아줌마. 아니지, 어머님. 저 왔어요. 너무 늦게 와서 죄송해요.
이제 자주자주 올게요."

옆에서 어머니에게 말을 걸고 있는 보율을 보며 헌도 어머니에
게 속으로 말을 건넸다.

'어머니. 이 여자랑 결혼하려고 해요. 제가 결혼하겠다고 어머
니께 데려온 여자는 처음이잖아요. 아마 저보다 어머니가 더 맘에
들어 하실 것 같은데요?'

어디선가 바람이 불어와 헌의 머리를 건드리고 지나갔다. 그의
질문에 긍정의 대답을 싣고 날아온 바람이 부드러웠다. 그의 옆에
서 손을 꼭 잡고 있는 보율은 약속했다. 다음에도 그다음에도 외
롭지 않으시게 자주 찾아오겠다고. 그렇게 약속했다.

그리고 보율은 약속했던 것처럼 헌에게 말도 않고 혼자 어머니
를 뵈러 납골당을 다시 찾았다. 꼭 혼자 와서 어머니께 드리고 싶

은 말이 있기 때문이었다.

예쁘게 포장된 국화를 가지고 보율이 헌의 어머니가 계신 곳으로 향했다. 그런데 어머니가 계신 곳에 서서 안타까운 얼굴로 유리를 어루만지고 있는 남자가 있었다. 의아해진 보율이 그에게로 다가갔다.

"저기."

보율의 말에 남자는 옆으로 고개를 돌렸다. 그녀의 눈에 비친 남자의 모습은 너무나 익숙했다. 헌이 나이가 좀 들게 된다면 저 얼굴과 꼭 닮아지지 않았을까 하는 생각을 들게 만들 정도로 닮아 있었다. 보율이 고개 숙여 인사했다.

"안녕하세요. 이보율입니다."

처음 보는 아가씨의 자기소개에 남자는 어리둥절한 표정을 했다. 보율이 웃으며 설명을 덧붙였다.

"아, 저는 윤헌 씨 여자친구예요."

보율의 말에 남자는 희미한 웃음을 지었다. 그리고 보율에게 물었다.

"내가 헌이 아비라는 건 어떻게 알았나요?"

"헌이 씨가 아버님을 너무 많이 닮았는걸요. 한눈에 헌 씨 아버님인 걸 알아보겠던데요?"

예쁘게 눈웃음을 짓는 보율을 보자 그의 마음이 시큰거렸다. 다름이 아니라 죽은 아내가 살아서 이 모습을 보면 얼마나 좋을까, 하는 생각 때문에.

아들과 제대로 된 이야기를 나눠 본 게 너무나 오래전이라 그는 아들의 이름을 다정하게 부르는 목소리를 듣자 아련함이 몰려왔다.

아가씨가 가져온 국화를 두고 인사를 다 마쳤을 때 그는 근처 찻집에서 차나 한잔하자며 그녀에게 권했다.

장소를 옮겨 따뜻한 국화차를 두 잔 시키고 보율과 마주 앉은 그는 아들의 여자친구라는 아가씨를 응시했다.

"이름이 보율 씨라고 했나요?"

"네. 그리고 아버님 말씀 낮추십시오."

"그건 차차 그렇게 하도록 하죠. 헌이는 잘 있나요?"

"네. 잘 있습니다."

대답을 하는 보율의 얼굴로 궁금한 표정이 어렸다. 아들의 안부를 아들의 여자친구에게 묻다니 당연히 궁금할 만도 하다. 미지근해진 차를 한 모금 마시고는 그는 오래전에 있었던 일을 자조적으로 읊조리기 시작했다.

"이상한 부자라고 생각하죠? 헌이는 아직 나한테 화가 안 풀렸을 거예요. 제 엄마에게 작별 인사도 못 하고 가게 한 나한테 아직도 화를 내고 있는 거죠."

자신은 그리 다정한 남편에 아버지는 아니었다. 중매로 결혼한 아내가 어느 날 문득 암에 걸렸다고 했다. 그 말을 들었을 때 그의 단단한 마음이 처음으로 무너져 내렸다. 항암 치료를 잘 견뎌냈던 아내는 괜찮아진 것 같았다.

괜찮아졌던 아내가 다시 암이 재발해서 온몸에 퍼진 것은 아들이 사춘기를 겪을 때였다. 계속 병원에 입원해서 치료를 받자고 했지만 다시 병원에 입원했을 때 몸이 전과 다르다는 것을 느낀 아내는 더 이상 병원에 있고 싶지 않다고 했다.

아내의 바람대로 병원에서 퇴원했다. 그리고 집으로 돌아온 아내는 전보다 더 그와 그의 아들에게 환히 웃어 줬었다.

그러던 어느 날, 아들이 학교에 간 날이었다. 갑작스런 복통을 호소하던 아내를 병원으로 데리고 갔다.

하지만 아내는 그의 손을 붙잡고 부탁했다. 편히 가고 싶다고. 인공호흡기 같은 것에 매달려 살지 않도록, 다시 자신을 살려 내는 일은 하지 않았으면 좋겠다고.

안 된다고 했지만 의사인 그는 아내의 고통이 얼마나 컸었는지 알고 있었다. 그는 결국 그녀의 바람대로 DNR(심폐 소생술 거부 동의서)에 사인을 했다. 그리고 아내는 아들에게 마지막 인사도 하지 못했지만 원하던 대로 편안하게 세상을 떠났다.

동의서에 사인을 한 것을 안 아들은 처음으로 자신을 향해 소리를 질렀다.

'왜 그러셨어요! 적어도 시도는 하셨어야죠. 아직 저는 어머니께 작별 인사도 못 했단 말이에요!'

그 후로 어떤 대화도 나누지 않던 아들은 대학에 합격하자마자 집을 나가 버렸다. 제 어미 기일에만 집에 들렀다가는 무심한 아들을 탓할 수도 없는 노릇이었다.

한 번 틀어진 관계는 시간이 흐르고 난 뒤에도 바로잡을 수가 없었다. 아들도 이제 그때 자신이 왜 그랬는지 알 나이가 되었지만 섣불리 다시 그 이야기를 꺼낼 수 없었다. 아들이 이야기하지 않는 이상 아무리 아버지라도 그때의 일을 다시 꺼낼 수도 없었다.

오늘 아들의 여자친구를 보니 떠나간 아내가 더 보고 싶어졌다. 그가 아무런 말없이 그를 응시하고 있는 아들의 여자친구를 보며 부탁했다.

"우리 헌이 잘 부탁해요."

보율을 향해 공손히 부탁한 헌의 아버지는 그녀가 잡을 새도 없이 그대로 찻집을 나가 버렸다.

두 사람 사이에 무슨 일이 있었는지 자세히는 알지 못하지만 보율은 그의 아버지가 그를 얼마나 사랑하는지 알 수 있었다. 아들을 이야기하는 그의 아버지의 눈이 얼마나 안타까웠는지 알아차릴 수 있었으니까. 아무도 없는 찻집에서 차가 식어 차가워질 때까지 보율은 그 자리에 앉아 있었다.

♣

요 근래 자주 들르는 헌의 아파트. 회사를 마치고 밖에서 밥을 먹는 줄 알았더니 헌이 보율을 이끌고 온 곳은 바로 그의 아파트였다. 그의 집 앞에서 가슴에 손을 모으고 그에게서 떨어졌다.

"밥을 먹는 게 아니라 날 잡아먹으려는 거죠?"

그 전날에도 서류 볼 것이 있다고 들렀다가 늦은 저녁까지 그의 품에서 신음해야만 했는데. 보율의 경계에 헌이 웃었다.

"아닌데요? 뭘 상상하는 거예요? 설마."

헌이 바짝 다가와 그녀의 귓속에 속삭였다. 그의 속삭이는 목소리에 보율의 얼굴이 붉게 물들었다. 이러다 얼굴이 빵 하고 터지겠네. 그만 놀려야겠네. 헌이 보율을 놀리는 것을 멈추고 그녀의 손을 잡았다.

"밥만 먹어요. 오늘은 내가 맛있는 거 만들어 줄게요."

그의 약속대로 집으로 올라온 헌은 앞치마를 매고 커다란 냄비에 스파게티 면을 삶았다. 식탁에 앉아 있는 보율이 고개를 까딱했다.

"정말 맛은 보장할 수 있는 거예요?"

헌이 토마토를 자르다 그녀를 향해 뒤를 돌아섰다.

"먹고 나서 더 달라는 소리나 하지 마요."

"그건 먹어 보고 결정하겠습니다."

헌이 손을 들고 심사위원 같은 포즈를 잡는 보율을 보며 고개를 흔들고는 다시 스파게티를 만드는 데 집중했다.

요리하는 헌의 모습을 보며 턱을 괸 보율은 속으로 연신 감탄 중이었다. 하얀 와이셔츠에 검정색 앞치마를 매고 요리하는 남자라니. 떡하니 벌어진 어깨와 긴 다리가 섹시하게 느껴졌다.

거기다 칼질할 때마다 얼핏 보이는 핏줄에 보율은 지난밤에 있었던 야한 행위들이 떠올라 고개를 세차게 흔들었다.

어느새 다 만들어진 스파게티가 담긴 접시를 헌이 보율의 앞에 놓아 줬다. 어서 먹어 보라 재촉하는 눈빛에 보율이 포크를 들었다. 돌돌 말아 입에 넣은 스파게티를 맛본 보율이 포크를 내려놓고 심각한 표정을 지었다. 헌이 맛이 별로인가 싶어 자신 앞에 놓인 스파게티를 맛봤다. 자신의 입에는 맛있는데.

"괜찮은데? 보율 씨 입에 안 맞아요?"

"음. 윤헌 씨 합격입니다. 앞치마를 지켜내셨습니다."

"뭐라고요?"

"히히. 너무 맛있어요. 이러다 정말 더 달라고 할지도 모르겠어요."

"더 먹어요."

헌이 자신의 접시에 있던 스파게티를 들어 보율의 접시 위에 올려 줬다.

"괜찮은데."

괜찮다고 하면서도 그의 스파게티를 사양하지 않은 보율은 본격적인 식사를 시작했다. 면도 딱 적당하게 삶아졌고 토마토소스도 진한 게 파는 것과 맛이 달랐다. 언니보다는 조금 못하지만 이정도면 모 케이블에서 하는 서바이벌 요리 대회에 내보내도 되겠다는 생각도 드는 보율이었다.

"아니, 어쩜 요리를 이렇게 잘해요?"

"혼자 산 지가 오래다 보니. 처음에는 사 먹곤 했는데 그것도 계속하니 안 되겠더라고요. 그래서 시작하게 됐는데 어쩌다 보니 잘하게 됐어요."

보율이 먹던 포크를 내려놓고 그를 응시했다.

"어머님은 일찍 돌아가셨다고 했고, 헌이 씨 아버님은요?"

헌의 얼굴이 굳었다. 그의 표정이 심각해지자 보율은 말하기 곤란하다면 말 안 해도 된다고 말했다. 하지만 헌은 크게 심호흡을 한 번 하더니 어렵사리 말을 꺼냈다.

"보율 씨도 알다시피 어머니가 많이 아프셨잖아요. 보율 씨를 만나셨을 때 어머니는 암이 재발해서 다시 병원에 입원 중이셨어요. 어머니가 더 이상 치료를 받지 않겠다시며 집으로 돌아왔을 때만 해도 나는 좋았어요. 학교를 마치면 어머니가 항상 계셨으니까요. 그런데 점점 더 상태가 안 좋아지시는 어머니를 보며 아버지를 원망했어요. 아버지가 의사셨거든요."

잠시 동안 헌이 숨을 고르더니 다시 말을 이었다.

"다른 사람은 다 살리면서 어머니를 살리지 못하는 아버지가 그냥 원망스러웠어요. 그러던 어느 날, 학교에 정말 가기 싫은 날이 있었어요. 정말 이상하게 가기 싫었어요. 아버지는 기어이 저를 학교에 보내셨죠. 겨우겨우 시간만 보내고 있는데 학교로 어머니가 위독하시다는 연락이 왔어요. 곧바로 병원으로 달려갔지만 벌써 어머니는 돌아가신 후였어요."

보율이 헌의 손을 꼭 잡았다. 괜찮다고 그만 말해도 된다고 말했지만 헌은 계속 말을 꺼냈다.

"아버지가 심폐 소생술 거부 동의서에 서명하셨다는 사실을 알고 화를 냈어요. 그 당시에는 아버지가 어머니를 죽였다고 생각했거든요. 그 후로 아버지와는 저절로 대화가 없어졌어요. 그리고 대학에 합격하자마자 집을 나왔어요."

헌이 희미하게 웃었다. 그의 눈은 웃고 있었지만 슬퍼 보였다.

"머리가 좀 더 크고 나서는 아버지가 왜 그러셨는지 이해도 하게 됐고 아버지의 잘못이 아니란 것을 알게 되었는데도 전처럼 아버지께 말을 걸며 살갑게 지내는 게 어려워졌어요."

헌의 목소리에 후회와 안타까움과 외로움 같은 모든 감정들이 섞여 있었다. 이제 보율은 그의 목소리만 들어도 그가 무슨 생각을 하는지 어떤 감정을 느끼는지 어렴풋이 짐작할 수 있었다. 보율이 의자에서 일어나서 앉아 있는 그를 품에 안았다. 서 있는 그녀에게 안긴 헌이 눈을 감았다. 보율이 그의 머리카락을 매만졌다.

"괜찮아요. 이제라도 아버지께 다가가면 되죠. 아직 안 늦었어요. 많이 어색하다면 내가 옆에 있을게요. 내가 다른 생각 같은 건 안 들게 꼭 손을 잡아 줄게요."

헌의 눈에 이슬이 맺혔다. 그리고 보율 역시 똑같은 이슬을 매달고 그에게 입을 맞춰 왔다. 부드럽고 아름답기까지 한 키스. 서로의 마음을 모두 알고 있다는 듯이 서로를 위로하는 입맞춤.

그리고 그들의 밤은 서로를 향한 위로와 사랑으로 물들었다. 서로의 가슴을 맞대고 마음을 맞댄 사랑은 밤이 깊어 갈수록 더 깊어졌다. 헌에게는 보율이, 보율에게는 헌이 서로의 안식이고 전부였으므로.

19.

그가 그녀를 잡았다

이른 아침. 보민은 오늘도 어김없이 동생 보율을 깨우고 있었다.

"일어나. 회사 가야 하잖아."

한 번 깨우면 재깍재깍 일어나면 좋을 텐데. 보민의 등을 때리는 펀치에도 일어나기는커녕 오히려 보율은 이불을 끌어당기며 잠투정을 부렸다.

"으응. 언니, 조금만 더 잘게."

보민이 결국은 동생이 덮고 있는 이불을 전부 걷어 버렸다. 이불이 걷히고 들어온 차가운 공기에 잠에서 깰 법도 하건만 동생은 몸을 동그랗게 말고 잘도 자고 있었다.

"아니, 어떻게 재민이 대학생 되고는 이 일에서 벗어난 줄 알았더니 다시 시작된 거야?"

아무리 깨워도 일어날 생각이 없는 보율을 보고 결국 보민은 오랜만에 양치기 소년이 되기로 했다.

"어! 헌 씨 왔어요?"

헌이라는 소리에 잘도 자던 보율의 몸이 용수철처럼 튀어 올라왔다.

"어디? 우리 헌이 씨가 왔어?"

동생의 이러한 작태에 보민은 허리에 손을 올리고 동생을 째려봤다.

"어쭈! 너 정말 이럴 거야?"

주위를 아무리 둘러봐도 헌의 모습을 찾을 수 없자 보율은 그제야 언니가 자신을 깨우려 거짓말했다는 사실을 알아차렸다.

"아이, 진짜. 언니 뭐야. 아침부터 거짓말하고."

"내가 거짓말 안 하게 생겼냐? 그러게 좀 일찍 자면 좀 좋아?"

"일찍 잤는데?"

보민이 변명하는 동생의 이마에 따끔할 정도로 꿀밤을 때렸다.

"일찍 자기는, 너 어제 밤새도록 휴대폰 붙들고 있었던 거 모를 줄 알아?"

아프지도 않은 이마를 부여잡고 불쌍한 표정을 지으며 보율이 언니의 허리를 끌어안았다.

"아이. 왜 이러셔. 언니도 형부랑 연애할 때 그랬잖아. 아니다. 언니는 전화로 목소리 들을 필요도 없이 만날 붙어 있었잖아. 나 어렸을 적에 형부가 회사도 안 가고 허구한 날 언니랑 집에 있었던 것 같은데?"

쓸데없이 이런 건 또 기똥차게 기억한단 말이지.

"쓸데없는 소리 하고 있어. 얼른 내려와 아침 먹어."

보민이 붉어진 얼굴을 동생에게 들킬세라 얼른 동생의 방에서 나왔다. 보민이 방을 나가고 나자 보율은 기지개를 폈다.

"으아, 어제 그렇게 늦게 잔 것도 아닌데 왜 이렇게 잠이 오지?"

원래 잠이 많기도 했지만 이상하게 요즘 들어 잠이 많아진 보율이었다. 더 자고 싶은 맘이 굴뚝같았지만, 출근 시간이 다가오는 걸 안 보율은 겨우 몸을 일으켰다.

준비를 마친 보율은 아침을 먹으러 일 층으로 내려갔다. 식탁에서 일혁과 재민 그리고 보민이 벌써부터 식사 중이었다. 보율이 의자에 앉자 일혁이 먹던 숟가락을 내려놓고는 그녀를 째려봤다.

"처제. 요즘 너무 늦게 다니는 것 같아?"

보율이 째려보는 일혁의 시선을 피했다.

"죄송해요, 형부. 일이 너무 바빠서요."

보율의 말이 뻔한 거짓말인 걸 모르는 사람은 이 식탁에 아무도 없었다.

보민은 당연히 동생이 열렬히 연애 중이라 그렇다는 것을 알고 있지만 모르는 척했고 재민도 이모가 이모부와 밤늦게까지 함께 있었다는 것을 대충 눈치채고 있었다. 일혁 역시 대충 짐작은 하고 있지만 정확한 물증이 없으니 한 소리 못 하는 것뿐이었다.

보민이 주는 국을 받아 들고 보율이 아침 식사를 시작했다. 언제나처럼 식욕이 넘치는 보율이라면 역시 밥 한 그릇 정도는 뚝딱하는 것이 정상이었다. 그런데 웬일인지 보율이 젓가락으로 애

꽂은 밥만 찌르고 있었다. 보다 못한 보민이 괴롭힘을 당하고 있
는 밥을 뺏어 들었다.

"왜 이래? 나이도 먹을 만큼 먹어서는 또 밥투정이야?"

보율이 눈을 크게 뜨고는 불쌍한 표정을 지었다.

"언니, 나 오늘따라 소시지가 먹고 싶네?"

"소시지 없는데? 너 중학교 졸업한 뒤로는 소시지 잘 안 찾아
서 안 산 지 오래됐어. 너 아니면 식구 중에 소시지 먹는 사람이
어디 있어? 그런데 너 갑자기 웬 소시지야?"

"그냥. 오늘따라 먹고 싶네."

보율이 힘없이 식탁에서 일어났다. 그리고 준비된 외투와 가방
을 들고 출근하겠다고 집을 나섰다. 보율이 힘없이 출근한 후 일
혁이 보민을 보고 단단히 일렀다.

"여보. 오늘 저녁에는 처제가 먹고 싶다는 소시지 좀 종류별로
사 놔요."

"알겠어요. 아니, 근데 이상하네. 소시지 안 찾은 지가 몇 년인
데. 무슨 일이래?"

힘없이 회사로 출근하자마자 헌의 호출을 받은 보율은 사장실
로 올라가는 중이었다. 보율은 점점 걱정이 됐다. 헌이 시도 때도
없이 그녀를 호출해서 불러 대는 바람에 다른 직원들이 두 사람
의 사이를 눈치라도 채는 건 아닌가 싶어서.

그녀는 조마조마한데 헌은 오로지 두 사람만 있을 수 있다면
다른 사람들이 눈치채는 것 따위는 문제가 안 된다는 듯 행동했

다. 오늘도 어김없이 나타난 보율을 보고 앞에서 기다리고 있던 민지는 자리에서 일어났다.

"왔어?"

"왜 일어나? 그냥 앉아 있지."

"이제 네가 왔으니 나는 슬슬 눈치껏 자리를 비켜 줘야지."

민지의 말에 보율이 소스라치게 놀라 손을 내저었다.

"아니야. 오늘은 정말 인사만 하고 나올 거야."

"에헤이. 저번에도 그래 놓고 한 시간이나 넘어서 나왔잖아. 둘이서 한 시간이나 안에서 뭘 했을까나?"

보율의 얼굴이 붉게 물들었다. 서류를 들고 민지가 나가면서 붉어진 그녀를 향해 말했다.

"아, 맞다! 오늘 저녁에 우리 셋이 뭉치는 거 안 잊었지? 너 연애 중이라 우리 너무 안 뭉쳤어. 오늘은 무슨 일이 있어도 보는 거야! 알겠지? 퇴근 후에 밑에서 만나."

다다다 자기 말만 하고 민지는 재빨리 모습을 감췄다. 그리고 고개를 떨어뜨린 보율은 헌의 사무실로 들어섰다.

누군가 들어오는 소리에 고개를 들었던 헌은 보율의 모습에 보던 서류를 내팽개치고 그녀에게로 다가왔다.

"왔어요?"

자연스럽게 그녀의 손을 잡아끌어 그의 자리에 앉히는 헌을 보며 보율은 한숨을 내쉬었다.

"매일 이렇게 날 위로 불러 대면 어떻게 해요?"

"왜요?"

정말 모른다는 듯이 천진난만하게 그녀를 향해 눈을 맞춰 오는 헌을 보며 보율이 말했다.

"다른 사람들이 슬슬 우리 사이를 의심하는 거 같단 말이에요."

"의심하면 좀 어때요? 나는 이번 기회에 우리 사이 온 회사 사람들이 알았으면 좋겠는데요? 어제 보니깐 마케팅팀에 새로 온 신입이 당신한테 관심 있는 것 같던데. 좀 불안하기도 하고."

헌이 그의 의자에 앉아 있는 그녀에게로 허리를 숙이고 그녀의 얼굴을 매만졌다.

"나한테도 이렇게 예쁜데 다른 놈들 눈에도 당연히 예쁠 거 아니에요. 그런데 얼굴이 왜 이렇게 까칠해요? 어제 잠 못 잤어요?"

보율이 화장으로 가린다고 가렸는데 까칠한 것이 밖으로 표가 났나 싶어 얼굴을 손으로 가렸다.

"그렇게 표가 많이 나요? 사실 요즘 좀 피곤하네요. 거기다 오늘 아침 소시지가 너무너무 먹고 싶었는데 못 먹었어요."

"하하. 소시지요? 그게 그렇게 먹고 싶었어요? 그럼 오늘 퇴근 후에 내가 사 줄게요."

보율이 헌의 허리에 손을 두르고 얼굴을 그에게 기댔다.

"어쩌죠? 오늘은 안 될 것 같은데, 민지랑 예솔이랑 저녁 약속 했어요. 요즘 당신이랑만 붙어 다닌다고 친구들 원성이 자자해요. 그래서 오늘은 친구들이랑 저녁 먹을게요."

헌이 그에게 편하게 기대어 있는 보율의 머리를 쓰다듬었다.

"그래요? 그럼 내 카드 줄게요. 이걸로 저녁 식사 해요."

그의 말에 보율이 얼굴을 들고 장난스럽게 그를 쳐다봤다.

"에이, 날 뭘 믿고 덥석 카드를 쥐여 줘요? 내가 확 다 긁어 버리면 어쩌려고."

장난스러운 보율의 코를 한 번 비튼 그가 지갑에서 골드카드를 꺼내 그녀에게 건넸다.

"확확 긁어도 되니깐 저녁에 먹고 싶은 거 다 사 먹어요. 그렇게 먹고 싶어 하던 소시지도. 나 능력 있는 남자예요."

그가 준 카드를 받아 들고 보율이 세상을 다 가진 여자처럼 행복하게 웃었다.

"호호. 그럼 감사히 받겠습니다."

서로만 보고 있어도 시간이 순식간에 지나가 버리는 두 사람은 그렇게 또 사장실에서 한 시간을 넘게 보냈다.

오랜만에 만난 세 사람은 자주 가던 고깃집에 자리를 잡았다. 서로의 눈빛만 봐도 서로의 얼굴만 봐도 무슨 일이 있는지, 기분은 어떤지 척하고 알아차리는 세 사람은 세상에 둘도 없는 친구 사이였다. 보율이 헌이 준 카드를 꺼내 흔들어 보였다.

"짠, 이거 봐라. 우리 애인이 오늘 저녁 이걸로 계산하래."

민지가 보율의 손에 들린 골드카드를 뺏어 들었다.

"우와. 아니, 이게 말로만 듣던 그 골드카드야? 그러면 어디 근사한 데 칼질이나 하러 가지 또 고깃집이야?"

민지의 손에 있던 골드 카드가 다시 보율의 손으로 넘어왔다.

"힘들게 번 돈을 함부로 쓸 수는 없잖아. 우리는 우아하게 칼질하고 그런 거랑은 안 어울려. 그리고 나 오늘 여기 소시지도 먹고 싶단 말이야."

물을 컵에 따른 후 각자 앞에 놓아 준 예솔이 보율의 말에 동의했다.

"그건 보율이 말이 맞다. 우리는 고기 칼질해서 먹다간 답답해서 포기하고 포크로 고기 덩어리째로 찍어 들고 먹을지도 모른다고. 거기다 그런 데는 양도 너무 적어서 우리 양에 안 차지."

보율과 민지는 아주 정확하게 그녀들의 행동을 예상하는 예솔의 말에 고개를 끄덕이며 동의했다. 주문한 삼겹살과 수제 소시지 모듬이 세 사람 앞에 놓여졌다. 언제나 고기 굽기 담당인 예솔이 집게를 들고 불판에 고기를 올렸다. 고기가 다 익기 전에 먼저 익은 소시지를 집어 냉큼 입에 집어넣은 보율이 감탄을 내뱉었다.

"우와, 역시 수제 소시지는 이 집을 따라올 데가 없다니까."

한동안 소시지보다 고기를 더 좋아하는 것 같더니 오늘은 무슨 바람이 불었는지 연신 소시지만 급하게 집어 먹는 보율을 이상하게 여긴 민지가 물었다.

"너 왜 자꾸 소시지만 먹어. 고기도 좀 먹어."

"히히. 아니 이상하게 오늘 아침에 소시지가 너무 먹고 싶더라고."

민지가 잘 익은 고기 한 점을 들어 보율의 앞 접시에 놓아 줬다.

"얼른 먹어. 연애도 체력이 돼야 하는 거야. 든든히 먹어 둬."

민지가 놓아 준 고기를 참기름에 찍어 입으로 넣은 보율이 인상을 썼다.

"으아, 고기 맛이 왜 이래?"

보율의 말에 예솔이 얼른 익은 고기 한 점을 들어 맛봤다.

"괜찮은데? 왜 그래?"

보율이 먹던 고기를 겨우 삼키고는 물을 벌컥벌컥 마셨다.

"고기 맛이 이상해. 상한 거 같아."

"고기가 상하긴 왜 상해? 여기 고기 좋잖아."

보율의 이상한 말에 민지 역시 고기를 다시 먹어 봤지만 평소에 즐겨 먹던 고기 맛과 하나도 다른 것이 없었다. 예솔이 날카로운 눈을 치켜떴다.

"너, 너 설마……."

보율의 얼굴에는 정말 모른다는 순진한 표정만 둥둥 떠 있었다. 결국 예솔이 젓가락을 내려놓고 주위를 한 번 둘러보고는 보율을 향해 속삭였다.

"너 피임은 하니?"

예솔의 말을 듣자 스윽 머리를 지나가는 생각에 보율은 들고 있던 젓가락을 떨어뜨렸다. 그러고 보니 한 달에 한 번 오시는 빨간 날이 지나갔다.

피임은 항상 헌이 철저히 해서 보율은 별 신경을 쓰지 않았다. 그런 그가 딱 한 번 피임을 안 한 적이 있다. 헌에게서 아버지의 이야기를 들었던 밤. 둘 다 무슨 마법에 걸린 것처럼 서로를 애타게 찾았던 그날 밤.

그날은 피임 같은 건 생각도 못 했다. 오로지 서로에게 집중하는 일밖에는 아무런 생각도 들지 않았으니 말이다.

더 이상 세 사람의 눈에는 고기가 들어오지 않았다. 예솔이 굳어 있는 보율의 손을 힘주어 잡았다.

"우선 확실한 건 아니니까, 내일 나랑 같이 병원부터 가. 확인은 해 봐야 할 거 아니야?"

보율은 멍하니 고개를 끄덕이며 조심히 배로 손을 가져갔다. 이 안에 자신과 헌의 아이가 있을지도 모른다? 굳어 있던 보율의 얼굴로 행복한 웃음이 떠올랐다.

더 이상 고기가 입으로 넘어갈 리 없는 친구들은 양옆에서 보호하는 모양새로 그녀를 밖으로 데리고 나왔다.

보율을 조심히 차에 태워 집 앞까지 조심히 모셔다 주고 돌아가는 길. 예솔과 민지는 마냥 즐거워하기보단 걱정이 앞섰다. 민지가 예솔을 보고 조심히 물었다.

"예솔아. 좋은 일 맞지?"

"좋은 일 맞지. 보율이보다 사장님이 훨씬 더 좋아하실 테니."

"그럼 우리 이제 이모가 되는 건가?"

"이모? 오, 이모 좋다."

두 사람 다 어린 조카는 없다 보니 이모라는 말에 설레기 시작했다. 속도위반이긴 했지만 두 사람이 결혼하는 건 당연한 거였고 두 사람의 아이 역시 선물인 건 분명한 일이었으니 말이다. 다른 것보다 가장 친한 친구가 아이를 가졌으니 당연히 기뻐해 줘야 하는 게 맞는 일이었다. 두 사람의 얼굴에는 걱정이 가시고 웃음이 자리 잡았다.

♣

　다음 날 조퇴를 한 보율이 예솔의 손을 잡고 근처 종합병원의 산부인과로 간 사이, 헌은 민지의 소심한 심술을 받아 내고 있었다.

　가장 첫 번째는 아침마다 타 오는 커피의 물 온도였다. 언제나 바로 마실 수 있게 적당한 온도로 커피를 타서 가져오던 그녀였지만 오늘은 혀가 델 정도로 팔팔 끓인 물에 탄 커피를 주었다. 덕분에 뭣도 모르고 컵을 들어 커피를 들이켠 헌의 입에서는 당연히 단말마의 비명이 나왔다.

　"앗, 뜨거!"

　사무실 밖에서 헌의 비명을 들은 민지는 작게 키득거리며 웃었다. 이모가 돼서 좋은 거랑 결혼도 전에 친구를 덜컥 임신시킨 거랑은 별개의 문제다. 지금은 헌의 비서가 아니라 보율의 친구로서 심술을 부리고 있는 거다.

　그녀의 소심한 심술은 거기서 끝이 아니었다. 밖의 서류철의 이름과 안의 내용이 다르게 정렬되어 있다든가, 헌이 자주 쓰는 볼펜을 숨겨 둔다든가 하는 그런 사소한 심술이 이어졌다.

　처음에는 김 비서가 깜빡 실수했나 보다 생각하던 헌도 시간이 지날수록 늘어 가는 실수에 점점 눈치를 챘다.

　김 비서로 말할 것 같으면 여태껏 일하면서 한 번도 이런 실수를 한 적이 없는 사람이었다. 그런 사람이 이렇게 자주 실수를 한다는 것은 김 비서가 자신에게 아주 화난 일이 있음을 쉽사리 짐작하게 했다. 결국 헌은 민지를 안으로 불러들였다. 자신을 보고 세모눈을 하고 있는 민지를 헌이 넌지시 불렀다.

"김 비서."

민지가 한 글자, 한 글자 힘주어 대답했다.

"네. 사. 장. 님."

"나한테 뭐 화난 일 있습니까?"

"그건 사장님께서 더 잘 아시겠죠. 우리 보율이가 지금 병원에……."

민지가 말을 하다 말고 황급히 손으로 입을 막았다.

"보율 씨가 왜요? 무슨 일 있습니까? 어디가 아프기에 병원까지 갑니까? 아…… 피곤해 보이더니. 밤에 너무 붙잡고 있는 게 아니었는데."

민지의 입에서 보율의 이름이 나오자 헌이 안절부절못하며 그녀의 다음 말을 재촉했다.

민지가 입을 단단히 다물었다. 아무리 그래도 이런 중요한 사실은 보율이 직접 말해야 되지 않겠는가. 그래서 민지는 딴청을 부리며 입을 다물어 버렸다.

결국 민지를 닦달하며 참다못한 헌이 보율에게 전화를 걸려는 순간 그의 핸드폰 화면에 보율의 예쁜 얼굴이 떴다. 헌이 재빨리 통화버튼을 눌렀다.

"여보세요? 보율 씨? 지금 어디예요? 병원 갔다면서요? 괜찮아요?"

― 헌 씨, 여기 우리 저번에 갔던 한식당인데 거기로 좀 와 줄

수 있어요?

"알겠어요. 금방 갈게요."

전화기와 차 키만 든 채로 헌이 순식간에 사무실에서 모습을 감췄다. 그리고 민지는 헌이 사라지자 고개를 흔들었다. 지금 바깥은 한겨울인데 걸려 있는 코트와 양복 재킷은 그대로 두고 와이셔츠 차림으로 나갔으니 말이다.

저 반응이면 우려하던 일이 사실이라고 해도 괜찮을 것 같다. 아마 조금 있으면 국수를 얻어먹을 수 있을 것 같단 말이지.

그리고 소심한 민지의 복수는 그렇게 소심하게 막을 내렸다. 저리 걱정되어서 뛰쳐나가는 걸 보니 헌이 자신의 친구를 사랑하는 것이 너무나도 분명했으니 더 이상 심술을 부릴 수가 없었다.

예솔의 예상대로 보율은 임신 4주였다. 산부인과에서 검사를 마치고 보율은 아직도 믿기지 않는지 얼떨떨해 보이는 표정으로 대기실에 서 있었다. 예솔이 그 자리에 움직이지 않는 보율의 눈앞에서 손을 흔들었다.

"보율아. 괜찮은 거야?"

생각에 잠겨 있던 보율이 예솔을 쳐다보며 웃었다.

"어? 어. 당연히 괜찮지. 사실 아직 잘 실감이 안 나기는 하지만 딱 하나 확실한 건, 뛸듯이 기쁘다는 거야."

예솔이 재빨리 보율의 손을 잡았다.

"그렇다고 뛰면 안 돼. 조심해야지."

고개를 끄덕인 보율의 고개가 아랫배로 향했다.

"알고 있어. 이제 무조건 조심. 조심해야지."

보율이 배를 두 손으로 감쌌다. 부축하는 예솔의 손을 잡고 산부인과를 벗어나 복도를 지나 코너를 돌 때였다. 흰 가운을 입은, 너무나 익숙한 남자를 발견했다. 누군지 유심히 살펴보는데 그는 바로 헌의 아버지였다. 보율이 먼저 그를 보고 알은체를 했다.

"아버님. 여기는 무슨 일로 오셨어요?"

"허허. 나야 하얀 가운 입고 있으니 당연히 여기서 근무하는 거죠. 그런데 아가씨는 여기엔 무슨 일로……."

그의 눈이 저절로 보율의 손에 들린 산모수첩으로 향했다. 그의 눈이 커졌다. 산부인과에 같이 와 준 예솔에게 양해를 구하고 친구를 먼저 보낸 뒤 보율은 헌의 아버지의 팔짱을 다정하게 꼈다.

"아버님. 저 임신했어요. 아버님 이제 할아버지가 되신대요."

"그래요? 축하해요."

헌의 아버지는 아직도 얼떨떨한 보율에게 인자하게 웃어 보이셨다. 이때다 싶어 좋은 생각이 난 보율은 그를 졸랐다.

"아버님. 저 배고파요. 저 맛있는 거 좀 사 주세요."

어차피 점심시간도 다가오고 그도 묻고 싶은 것이 많고 해서 그러마 했다.

보율이 이끄는 대로 간 한식당에 마련된 방으로 들어가 자리 잡은 두 사람 사이에는 어색함은 찾아볼 수가 없었다. 아마 이제 두 사람이 가족이 될 것을 확실히 인지하게 되어서가 아닐까.

거기다 어색할 수가 없는 것이 바로 보율의 특유의 친화력 덕분이었다. 연신 이야기를 멈추지 않는 그녀 덕분에 두 사람 사이에 침묵 따위는 찾아볼 수 없었다. 아까 전까지 보율에게 말을 높이던 그도 자연스럽게 말을 놓게 만드는 것이 바로 그녀가 가진 힘이었다.

"아버님. 여기 음식이 정말 맛있어요. 처음에 헌이 씨랑 같이 왔을 때 저는 떡갈비 정식을 시키고 헌이 씨는 백숙을 시켰는데 제가 계속 백숙을 보며 입맛을 다시니까 헌이 씨가 다리는 안 좋아한다면서 두 개 전부 저를 주지 뭐예요?"

"그래? 헌이 놈도 다리를 제일 좋아하는데, 너에게 준다고 거짓말했나 보다. 허허. 살다 보니 별일이 다 있어."

그리고 계속해서 보율이 헌과 있었던 일들을 재미있게 이야기해 주었다. 그것이 오랜 시간 같이 지내지 못했던 아들의 이야기를 자연스럽게 전해 줄 수 있는 방법이라고 생각한 탓이다.

식사 전에 나온 따뜻한 차가 식을 때까지, 헌이 오기 전까지 이야기는 계속 이어졌다. 그리고 자신의 이야기를 하고 있는 것을 알고 있었다는 듯이 갑자기 쿵 하고 문이 열리며 이야기의 주인공인 헌이 뛰어 들어왔다.

그는 보율의 앞에 있는 사람이 누군지는 보지도 않고 덜컥 보율을 향해 달려와 이리저리 살피기 시작했다.

"보율 씨, 어디 아파요? 왜 혼자 병원을 가요? 나랑 같이 가지 않고."

헌이 보율을 보며 흥분을 가라앉히지 못하자 앞에 있던 그의 아버지가 보다 못해 입을 열었다.

"왜 이리 흥분해. 보율이 지금 한참 조심해야 될 때야."

그때야 보율과 함께 있던 사람이 자신의 아버지란 사실을 알아차린 헌의 얼굴이 저절로 굳었다.

아버지가 보기 싫어서 그런 건 아니었다. 다만 너무 오랜만에 만난 아버지가 많이 어색해서 저절로 그를 경직되게 만들었다. 그건 그의 아버지도 마찬가지였다. 두 사람의 어색함을 눈치챈 보율이 말을 꺼냈다.

"우리 배고픈데 식사부터 할까요?"

보율이 메뉴판을 들고 두 남자에게 무엇을 먹을지 묻고는 식사를 시켰다. 또다시 약속이나 한 듯 입을 꾹 닫아 버린 두 사람 사이에서 보율만 쉴 새 없이 종알종알대고 있었다.

얼마 후 식사가 나오자 허기가 진 보율은 가장 어른인 헌의 아버지가 수저를 드는 것만 확인하고 바로 떡갈비를 먹어 치우기 시작했다.

순식간에 없어진 떡갈비에 미련이 남아 빈 그릇을 보며 입맛을 다시고 있는 보율의 접시로 백숙의 오동통한 다리 두 개가 동시에 놓였다. 보율이 빙그레 웃음 지으며 배를 지그시 만졌다.

"우와. 우리 아기는 좋겠다. 이렇게 너를 생각하는 아빠와 할아버지가 있어서."

그 소리에 헌이 놀라 자리에서 벌떡 일어났다.

"아기? 아빠? 지금, 그게 무슨……."

밥 먹다 말고 벌떡 일어서 굳어 있는 헌을 앉아 있던 보율이 손을 잡아 다시 자리에 앉혔다. 그녀의 손에 이끌려 자리에 앉은 그는 여전히 멍한 상태였다. 앞에 앉아 있던 그의 아버지가 그를 나무랐다.

"조심하거라. 보율이는 놀라면 안 돼."

앞에서 여유롭게 다시 수저를 드는 아버지를 보고 헌이 또다시 놀라 물었다.

"아버지는 어떻게 저보다 먼저 알고 계십니까?"

"오늘 우리 병원에 진찰받으러 왔더구나. 너는 같이 왔어야지. 보율이 혼자 보내?"

"알았으면 무조건 따라갔습니다. 그런데 지금 아빠인 제가 아버지보다 늦게 알게 된 거예요?"

"어쩌겠냐. 내가 너보다 운이 좋은걸."

억울한 표정이 역력한 헌이었지만 그리 기분이 나쁜 표정은 아니었다. 어느 순간 두 사람을 막고 있던 어색함의 벽은 어느 정도 무너져 내렸다. 그의 아버지가 그를 보며 당부했다.

"오늘 당장 보율이네 집에 가서 인사드리고 오너라. 남의 집 귀한 딸, 아이부터 가지게 해 놨으니 싹싹 빌고 와야지."

"네. 그렇게 하겠습니다."

싸웠다고 해서, 기분이 상한 일이 있다고 해서 영영 보지 않을 수 없는 것이 가족이다. 그렇기 때문에 가족끼리는 거창한 사과가 없어도 그저 어떤 계기만 있다면, 살며시 건네는 대화만 있다면 화해할 수 있다고 생각하는 보율이었다. 보율은 자신의 배 속에 있는 선물에게 마음으로 속삭였다.

'고마워, 이번에는 네가 그 계기였어. 얼른 만났으면 좋겠다. 아빠랑 할아버지. 그리고 엄마의 식구들까지 너를 예뻐하고 사랑

할 거야. 물론 그중에서도 엄마가 제일 너를 사랑하겠지만.'

두 사람은 안 먹고 남겨 두었던 다른 한쪽의 닭다리를 보율의 접시에 놓아 주었다. 한 치의 오차도 없이 닮은 두 사람의 행동에 보율은 웃었지만 두 사람은 민망한 듯 헛기침을 했다. 그것도 동시에.

세 사람 아니, 새로운 식구까지 네 사람은 배가 부른 것만이 아니라 맘까지 모두 부른 식사를 마쳤다.

식사를 마치고 헌의 아버지와 헤어지고 나서 차에 올라타자 헌이 와락 보율을 끌어안았다.

"진짜, 내가 아빠가 되는 거예요?"

"네. 나도 엄마가 되고요."

보율이 산모수첩에 잘 끼워져 있던 초음파 사진을 그에게 보여 줬다. 사진을 본 헌은 감격을 감추지 못했다.

"정말. 이 작은 게 자라서 우리에게로 온다니. 그런데⋯⋯."

헌이 갑자기 말을 흐렸다. 그 끝에 이상하게 걱정이 생략된 것만 같아 보율의 얼굴도 서서히 굳었다. 하지만 다음에 오는 그의 말은 그녀를 다시 웃게 만들었다.

"보율 씨 형부가 이 사실을 알면 날 죽일지도 몰라요."

"에이, 설마요. 나는 우리 형부가 우리를 축복해 줄 것만 같은데요."

과연 그럴까? 헌은 단단히 마음을 다잡았다. 오늘은 무슨 일이 있어도 무조건 허락을 받아 내고야 말겠다고. 보율이 보민에게 저녁에 중대한 발표가 있다며 헌과 함께 저녁을 먹으러 가겠다고 전화를 넣은 후로 헌의 얼굴에는 긴장, 단단한 각오, 거기다 비장함까지 서렸다.

집으로 가는 길에 헌의 고집으로 두 사람은 백화점에 들어갔다. 이번에도 온 백화점을 털어 보율의 세 가족에게 안길 선물을 잔뜩 산 헌의 손에는 주렁주렁 종이 백이 달려 있었다.

1등급 한우라는 직원의 소개에 그 비싼 한우를 세트로 사질 않나, 보민에게 줄 선물이라며 비싼 식기세트를 선뜻 고르고 일혁을 위한 양주, 그리고 재민을 위한 옷 선물까지 고르는 헌이었다.

옆에서 따라다니며 보율이 말렸지만 전쟁에 나갈 총알을 준비하는 것처럼 그는 멈출 생각이 없어 보였다.

단단히 준비를 마친 헌과 보율이 그녀의 집에 도착했다. 역시나 보율의 언니인 보민과 조카 재민은 그를 반갑게 맞았다. 그러나 보율의 형부인 일혁은 여전했다.

"왔는가? 뭘 이리 많이 사 왔나? 우리 집에도 부족한 건 없는데."

또 투덜거리는 소리에 보민이 일혁의 옆구리를 꼬집었다. 그러자 투덜거리던 그의 입이 다물어졌다. 오늘도 역시나 손님이 온다고 거하게 차린 식탁에 다 모여 앉아 저녁 식사를 시작했다. 일혁이 기다렸다는 듯이 잘 구워진 소시지를 보율의 앞으로 날랐다.

"처제. 그렇게 먹고 싶어 하던 소시지야."

"역시 형부밖에 없다니까. 고마워요, 형부."

보율이 어렸을 때 죽고 못 살던 소시지를 들어 한입 베어 물었다. 역시나 맛이 좋았다. 그런데 이제 아이도 가졌는데 이런 건 먹으면 안 되는 거 아닌가 싶어 그녀는 더 이상 젓가락을 소시지 쪽으로 놀리지 않았다.

식사도 거의 막바지에 접어드는 것을 확인한 보율은 이제 드디어 중대발표를 할 시간이 됐다 싶어 수저를 내려놓았다. 옆에서 그녀를 주시하고 있던 헌 역시 수저를 내려놓았다. 그녀가 이제 무엇을 이야기할지 잘 알고 있었으므로.

보율이 쉽게 입을 떼지 못하고 망설이며 긴장하듯 치맛자락을 쥐자 헌이 그런 보율의 손을 힘주어 잡았다. 보율의 눈이 그를 향했다. 그가 안심하라는 듯 웃어 보였다. 그리고 보율이 아닌 헌이 입을 뗐다.

"저, 드릴 말씀이 있습니다."

밥을 잘 먹고 있던 다른 세 사람의 눈이 헌을 향했다. 헌이 침을 한 번 삼키고는 말했다.

"보율이가 아이를 가졌습니다."

매일 밤늦게 들어오는 보율을 보고 이 정도 일은 예상하고 있었다는 듯이 보민은 여유로운 표정이었고, 재민은 크게 놀란 듯 보였지만 그래도 금방 진정이 되었다.

하지만 일혁은 그야말로 크나큰 충격에 숟가락을 놓쳐 버렸다. 그리고는 굳은 얼굴로 식탁에서 일어나 서재로 들어가 버렸다.

보율이 식탁에서 일어나려는 것을 말리고 헌이 대신 자리에서 일어났다. 보율도 그의 뒤를 따라가고 싶었지만 보민이 고개를 저었다.

헌이 서재의 문을 열고 조심히 안으로 들어갔다. 그리고 일혁

앞에 무릎을 꿇었다. 일혁이 무릎을 꿇고 있는 헌의 어깨를 잡아 일으켰다.

"어허. 이제 아버지가 될 사람이 이렇게 함부로 무릎을 꿇어서 야."

숟가락을 놓칠 정도로 큰 충격을 받았던 사람이 아닌 것처럼 일혁은 담담하게 말했다. 그리고 눈앞에 무릎을 꿇고 앉은 남자를 지긋이 내려다봤다.

일혁이 설마 헌의 조사를 안 해 봤겠나. 업계에서는 당당하고 함부로 뜻을 굽히지도 않고 냉정하기로 소문난 사람이라더니. 처제 앞에서는 한없이 다정하고 처제를 향해 언제나 인상을 찌푸리지 않고 웃어 주는 사람이었다.

거기다 처제를 위해서는 무릎도 굽힐 줄 아는 사람이었다. 지금까지 봐 온 그의 모습들과 오늘의 행동이 그의 맘을 돌리게 만들었다. 헌이 계속 그의 허락을 구했다.

"허락해 주십시오. 허락해 주시기 전에는 안 일어나겠습니다."

헌의 굳은 말에 생각이 많아진 일혁이 그에게 시선을 고정한 채로 긴 시간 동안 아무런 말없이 입을 다물었다. 헌이 다시 한 번 허락해 달라 말하려는데 굳게 닫혀 있던 일혁의 입술이 열렸 다.

"허락할 테니 일어나게."

일혁의 허락에 그제야 헌이 자리에서 일어났다. 일혁이 몸을 돌려 걸어가더니 서재 한쪽에 있는 진열장에서 술을 꺼내 들었다.

"한잔하겠나?"

"네."

"자. 받게."

일혁이 주는 잔을 조심히 받아 들고 고개를 돌려 술을 한 모금 마신 헌이 금세 비워진 일혁의 잔에 술을 따랐다.

"내가 참 유별나다고 생각할지도 모르지만 처제는 나에게 재민이보다 더 자식 같은 아이였어. 세상 천지에 피붙이 하나 없는 나에게 지금 아내와 어린 처제는 내가 처음 가진 가족이자 모든 것이었네. 그러니 처제가 나에게는 딸이나 다름없어."

일혁의 진지한 눈이 헌을 뚫어져라 응시했다. 그의 눈빛이 어딘가 모르게 따뜻했다.

"사실은 자네를 처음 봤을 때부터 두 사람이 결혼할 거라는 것도 알고 있었고 내가 당연히 허락해야 한다는 것도 짐작하고 있었네. 우리 보율이 처제가 부끄러워하면서 그렇게 예쁘게 웃는 건 처음이었거든. 다만 아직 내가 처제에게 받은 것보다 못 해 준 것이 더 많아서 조금 더 내 옆에 붙잡아 두고 싶어서 내가 심술을 피웠어. 미안하네."

"아닙니다. 제가 죄송합니다."

두 사람은 그 후로도 말없이 술잔을 기울였다. 아무런 말도 없었지만 서로에게 술을 따라 줄 때의 모습은 벌써 충분히 친해진 사람들처럼 보였다. 보율이라는 공통분모가 있으니 당연히 두 사람은 벌써 보이지 않는 가족이라는 실로 연결된 거나 마찬가지였다.

일혁에게 된통 맞을 것까지 각오한 헌이었건만 물리적인 것보다 더 굉장한 것으로 맞아 버렸다. 보율을 사랑하는 마음이 가득한 가족들이 그에게 던지는 마음이 너무 컸다. 그런 그녀를 잡아 데리고 가는 건데 더 많이 아끼고 사랑해야겠다고 느끼고, 결심한 밤이었다.

헌이 돌아가고 난 후, 보율은 단번에 일혁의 품에 달려가 안겼다.

"형부! 고마워요."

일혁은 이제 다 커서 엄마가 될 준비를 하고 있는 보율의 등을 토닥였다.

"고맙긴. 그동안 심술부려서 미안해."

"아니에요. 사실 헌이 씨를 좋아하게 된 데는 형부 영향이 큰 것 같아요. 잘 보면 그 사람 형부 많이 닮았거든요. 어렸을 때부터 형부랑 닮은 사람이랑 결혼하겠다고 했는데 정말 그렇게 될 줄이야."

"어허. 닮기는, 어디가. 내가 훨씬 나은 것 같은데?"

보세요. 닮았다니까요. 어쩜 이렇게 닮았을까요? 보율은 속으로 말을 삼키며 일혁의 손을 잡았다. 일혁은 이렇게 될 줄 알고 있었으면서도 괜히 부린 심술이 다시 미안해졌다.

"처제. 내가 너무 심술부려 미안해."

"아니라니까 그러네요. 형부는 충분히 그럴 자격이 되잖아요. 저한테 아버지나 다름없으시니까."

보율이 이렇게 말해 주니 일혁은 남아 있던 일말의 섭섭함도

다 지워졌다. 거기다 좀 있으면 처제를 쏙 닮은 아기가 태어나게 되는 건데, 그게 제일 기대되는 일이었다. 보율이 일혁에게 기대어 말했다.

"형부. 결혼식 날 제 손 잡고 식장에 들어가 주실 거죠?"

"그럼, 당연하지. 나 말고 누가 처제 손을 잡고 식장에 들어가? 그나저나 배가 불러오기 전에 얼른 식을 올려야겠어. 예쁜 드레스 입어야 할 거 아니야."

입 밖으로 내고 나자 이것저것 생각할 것들이 많아졌다. 분주한 머릿속을 정리하던 일혁이 보민부터 불렀다.

"여보! 얼른 식장부터 잡고, 아니다. 저쪽 집이랑 상견례부터 해야 되지? 내일 당장 당신이 전화 좀 넣어 봐요."

"내일 당장이요? 당신 숨넘어가겠어요. 좀 진정해요."

"아니, 좀 있으면 배가 불러올 텐데. 그러면 우리 예쁜 처제 예쁜 드레스를 못 입게 되잖아."

보민은 남편의 말에 핀잔을 줬지만 속으로는 뛸듯이 기뻐했다.

드디어 동생이 결혼한다. 거기다 조금만 있으면 이보율 미니미를 만나 볼 수 있다니. 보민은 그 생각만으로도 행복해졌다.

열심히 잘 챙겨 주려고 하고 부모님이 없는 자리를 채우려 노력했던 보민이지만 어느새 스스로 훌쩍 커 버린 동생이 언제나 아쉬웠다. 태어날 새 생명에게 보율에게 주지 못하고 남아 있던 사랑을 줄 수 있지 않을까 생각하는 그녀였다.

보율의 집에서 허락을 받고 돌아온 헌은 침대에 누워 오지 않는 잠을 청하며 피식피식 웃고 있었다.

드디어 그녀와 결혼한다. 거기다 제일 큰 벽이라 생각하던 일혁이 쉽게 허락해 주는 바람에 일이 너무 쉽게 풀렸다.

침대에 누운 그의 머릿속에 그녀와 처음 어머니의 병실 앞에서 마주쳤을 때가 생각났다. 그리고 시간이 흘러 클럽에서 보율이 그의 차를 박았을 때 역시 연달아 생각났다.

그때 당신이 내 차를 박지 않았다면 어땠을까? 당신이 우리 회사에 지원하지 않았으면 어땠을까? 그래도 우리가 어딘가에서 만났을까? 당신이 내 앞에 나타나지 않았으면 어땠을까? 내가 내 앞에 나타난 당신을 잡지 않고 그냥 지나쳤으면 어떻게 됐을까?

수많은 질문이 떠올랐다. 하지만 그 수많은 질문 속에서 그가 확실히 대답할 수 있는 것은 , 분명히 그는 그녀를 잡았을 거라는 것. 그녀를 본 순간 그녀를 잡아야겠다는 결심했을 것이라고.

늦은 시간임에도 잠들지 못하고 침대에 누워 있는데 핸드폰이 띠리링 하고 문자 수신음을 냈다.

[많이 맞았더냐?]

피식 웃음이 새어 나왔다. 아버지였다. 점심을 먹고 헤어지고 난 뒤로 여태껏 걱정하고 계셨나 보다. 아들이 엄청 얻어맞고 올 줄 아셨던 모양이다.

[그렇다면 어쩌시려고요?]

띠리링. 1분도 지나지 않아 다시 문자가 날아왔다.

[아비가 약은 최상급으로 준비하마. 또 맞더라도 무조건 다시 가서 따님 주십시오, 하고 납작 엎드려.]

헌이 재빠르게 문자를 찍어 보냈다.

[아버지 아들, 그렇게 못나지 않았어요. 단번에 허락받았으니 걱정하지 마세요.]

어김없이 답변은 빠른 속도로 날아왔다.

[그래. 그렇다면 다행이고.]

헌이 핸드폰 화면에 뜬 글자를 썼다 지웠다 하기를 여러 번, 결국 고심해서 쓴 문자를 전송했다.

[내일 병원으로 찾아뵐게요. 저녁 같이 해요.]

[그럼, 기다리마.]

다시 도착한 문자에 헌의 마음이 술렁였다. 전부터 이렇게 했어야 하는데, 아버지는 언제나 자신을 기다리고 계셨던 건 아닐까 하는 것을 이제 어렴풋이 깨달을 수 있었다.

서로에게 누가 먼저 다가갔는지 정확히 알 수는 없으나 이렇게 두 사람이 서로에게 다가갈 수 있게 된 건 전부 이보율이라는 여자 덕분이었다.

그는 자신 있게 말할 수 있었다. 그의 인생에서 가장 큰 행운은 그녀를 만난 것이었고 그의 인생에서 가장 잘한 일이 있다면 바로 그녀를 잡은 일이라고.

그가 그녀를 잡았다.

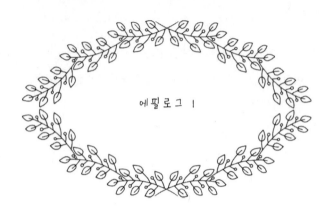

에 필 로 그 ㅣ

딩동딩동.

토요일 점심때가 다 되어 가는 시간. 회사와 가까운 헌의 아파트에 보금자리를 튼 보율의 집의 초인종이 시끄럽게 울려 댔다.

커다란 침대에서 보율을 껴안고 달콤한 잠에 빠져 있던 헌은 침대에서 조심히 몸을 일으켰다. 옆에서 잠이 든 보율이 깨지 않게 조심히 침실을 나온 헌은 바닥에 떨어져 있던 바지를 아무렇게나 주워 입고는 밖으로 나갔다.

"이번에는 또 누가?"

비디오폰에 비친 사람은 다름 아닌 보민과 일혁이었다. 헌의 얼굴이 저절로 굳어졌다. 아니, 오늘은 또 무슨 일이 있어 집으로 직접 왕림까지 하셨는지.

헌이 문을 열자 미안한 듯한 얼굴로 들어오는 보민과 달리 일

혁은 당당하게 들어왔다. 보민은 쉬는 주말에 이리 또 불쑥 찾아
온 것이 미안해서 어쩔 줄을 몰라 했다.

"잘 있었어요? 사실 이제 이렇게 불쑥 안 찾아오려고 했는데.
보율이가 어제 전화해서 감자탕이 먹고 싶다고 해서."

이제 임신 5개월째에 접어든 보율은 참 먹고 싶은 것이 많았
다. 어제저녁 늦게 헌이 만들어 준 잔치 국수 한 그릇을 뚝딱하고
도 갑자기 언니가 만들어 준 감자탕이 먹고 싶다고 노래를 부르
더니 결국 처형에게 전화를 했나 보다.

늦은 저녁이라 주무실 테니 내일 전화하든가 아님 내일 맛있는
감자탕집으로 데려가겠다고 했는데도 언니가 만든 감자탕이 아니
면 소용이 없다고 고개를 내저었었다.

오늘 저녁에 식사하러 가도 되냐고 전화하려고 했더니 도대체
언제 만드셨는지 이렇게 일찍부터 가지고 오셨다. 묵직한 통을 받
아 든 헌이 보민을 보고 감사하다며 인사했다.

"아, 감사합니다. 보율 씨 일어나면 제가 끓여 먹이겠습니다."

"내가 어제저녁에 부랴부랴 끓였어요. 우린 지금 약속이 있어
서 나가는 길이거든요. 문 앞에 두고만 가려고 했는데 저 사람이
굳이 벨을 누르지 뭐예요? 근데 보율이는 아직 안 일어났어요?"

"네. 아직."

"잠이 쏟아질 때긴 하니. 우리는 이제 그만 갈게요. 주말인데
자는 거 방해한 건 아닌지 모르겠네요."

보민은 보율이 얼굴 한 번이라도 보고 가겠다고 하는 일혁을
억지로 데리고 나갔다.

한바탕의 폭풍이 지나가고 찾아온 고요 속에서 헌이 조용히 웃었다. 이런 갑작스런 방문도 이해가 되고 즐거운 일이 되는 것은 이제 보민과 일혁이 그의 가족이었기 때문이다.

오늘 하루 식사 걱정은 안 해도 될 것 같았다. 일혁이 커다란 냄비를 찾아 보민이 가져온 감자탕을 넣고는 팔팔 끓이기 시작했다.

감자탕이 다 되어 갔지만 헌은 보율을 깨우러 부러 방으로 가지 않았다. 그저 밥을 푸고 반찬을 놓으며 식탁을 차리고 있었다. 깨우지 않아도 온 집 안에 맛있는 냄새가 진동하면 저 안에서 죽은 듯이 잠들어 있는 보율이 저절로 일어나 식탁으로 걸어 나올 것이 분명했기 때문이다.

역시나 얼마 지나지 않아 방문이 달칵 열리고 보율이 눈을 비비며 밖으로 나왔다.

"헌 씨, 언니 감자탕 냄새가 나요. 너무 먹고 싶어서 이제 헛것이 보이는 게 아니라 헛 냄새가 맡아지나 봐요."

살짝 나온 배를 가리고 있는 레이스 잠옷을 입은 보율의 모습이 햇살에 반사되어 눈이 부셨다. 그에게 보율의 어떤 모습이 안 예쁘겠냐마는 임신을 해서 전보다 살짝 살이 오른 그녀가 그에게는 더 예뻐 보였다. 헌이 어리둥절한 보율의 손을 잡아 의자에 조심히 앉혔다.

"보율 씨 코를 따라올 자가 없겠네요. 처형 감자탕 맞아요. 아까 주고 가셨어요."

보율의 졸리던 눈이 단번에 커졌다.

"언니가요? 언제요? 나 좀 깨우죠."

"처형이 깨우지 말라고 하셨어요. 주말이라 어디 가시는가 보더라고요. 우리 그럼 다음 주에 처가에 들러요."

그녀의 마음을 먼저 알아차리고 미리 말해 주는 남자. 보율은 또 한없이 그에게 감동하게 된다. 언니가 보고 싶어 우울했던 마음은 어느새 소리 소문 없이 소식을 감추었다.

"정말요? 그래도 돼요?"

"그럼요. 하룻밤 자고 와도 돼요. 그런 건 걱정하지 말고 어서 밥부터 먹어요."

헌이 밥이 수북이 쌓인 밥그릇을 보율 앞에 놓아 줬다. 머슴밥 같이 높이 쌓여 있는 밥을 보고 보율이 놀라 헌을 쳐다봤다.

"너무 많은 것 같은데? 내가 아무리 많이 먹어도 이건 좀……."

"당신은 일인분이 아니라 이인분이니까요."

다 못 먹는다고 계속 이야기하는 보율에게 헌은 다 못 먹고 남기면 자신이 먹을 테니 걱정 말라고 타일러 겨우 아침 식사가 시작되었다. 결국 처음의 앓는 소리가 무색하게 보율은 그 많은 밥한 그릇을 싹 비워 냈다. 밥과 국을 깨끗이 비운 보율이 웃고 있는 헌을 보고 어색하게 웃으며 배를 가리켰다.

"히히. 이건 내가 먹은 게 아니라 얘가 다 먹은 거예요."

"하하. 잘 먹으면 좋죠. 다른 거 먹고 싶은 거 없어요?"

아내가 임신했을 때 먹고 싶은 것 사다 바치는 것이 가장 중요한 일이라고 일혁에게 단단히 교육받은 헌은 주어진 사명을 완수하기 위해 최선을 다하고 있었다.

밥을 배불리 먹고 나서도 후식을 찾는 보율을 알고 물어 온 헌의 물음에 그녀는 갑자기 무언가 생각난 듯 자리에서 벌떡 일어나 전화기가 있는 거실로 달려갔다. 그녀의 갑작스런 행동에 거실로 따라간 그가 무슨 일인지 물었지만 보율은 웃으며 전화기를 들 뿐이었다. 신호음이 몇 번 가고 건너편에서 들려오는 목소리는 익숙한 것이었다.

— 여보세요? 이모?

"재민, 지금 어디야?"

전화를 받은 것은 재민이었다. 그는 뭔가 낌새를 챘는지 바로 대답하지 못하고 잠깐 머뭇거렸다.

— 나? 학교 도서관이지. 무슨 일 있어?

보율이 의미심장하게 미소를 지었다.

"응! 네 사촌 동생이 너희 학교 앞에서 파는 떡볶이랑 순대가 먹고 싶다네. 아 거기 길 건너에 있는 커피숍에 파는 요거트 아이스크림도."

— 이모! 나 지금 공부 중이야. 내일은 쉬니까 내일 사 갈게.

그의 차선책에도 보율은 멈추지 않았다.

"내 미니미. 너희 사촌 오빠가 네가 먹고 싶다는 걸 안 사다 준다? 응? 뭐라고? 슬프다고?"

보율을 사랑하는 만큼이나 아직 태어나지도 않은 사촌 동생에 대한 애정이 넘치는 조카라면 더는 거절할 수 없을 것이다. 아니나 다를까, 수화기 너머에서 재민이 바쁘게 움직이는 소리가 들렸다.

— 아냐, 이모. 나 지금 가고 있어. 사서 갈게. 한 시간 안에 도착해. 뭐 다른 거 먹고 싶은 건 없어?

"아, 따뜻한 아메리카노도. 그건 너희 이모부 거야."

— 알았어. 금방 갈 테니 기다리고 있어.

전화를 끊고 여유만만하게 소파에 앉는 보율을 보며 헌이 고개를 흔들었다.

"재민이 너무 부려 먹는 거 아니에요? 내가 나가서 사 와도 되는데."

보율이 자신의 소파 옆자리를 탕탕 쳤다.

"에이, 당신은 내 옆에 있어야죠. 내 손도 잡아 주고 안아도 주고 그래야 돼요. 그리고 재민이는 좀 부려 먹어도 돼요. 저 녀석 언니 배 속에 있을 때 먹고 싶다는 것도 갖다 바치고 고 녀석 어릴 때는 내가 먹을 것도 양보해서 키웠으니 이제 빚을 받을 때가 됐다고요."

"아무리 그래도, 공부 중이라는데?"

"에이, 공부는 딱 수업 시간에만 집중해서 하면 되지. 뭐하러 쉬는 날까지 해요? 요즘 거의 밤을 새워서 공부하는 것 같던데. 재민이 좀 쉬기도 해야 된다고요."

그제야 헌은 보율의 의도를 알아차렸다. 쉬는 날에도 도서관에서 공부 중인 조카를 쉬게 하기 위해 간식 심부름을 핑계로 불렀다는 것을. 그의 어깨에 기대 오는 보율의 머리에 입을 맞추고는 헌은 그녀에게 넌지시 물었다.

"그럼 우리 재민이 데리고 저녁에 좋은 데서 밥이나 먹을까요?"

"그래요. 아! 아버님께도 전화 드려 봐요. 요즘 너무 안 찾아뵌 것 같아 죄송하단 말이에요."

"아버지가 당신 힘들다고 오지 말라고 하신 거잖아요."

"그래도. 전화 드려 볼 거죠? 아버님, 당신 전화 받는 거 좋아하시잖아요."

보율의 부탁에 헌은 고개를 끄덕였다. 사실 아버지는 자신보다 보율의 전화를 더 기다리시는 것 같았지만 이렇게 해서라도 그가 아버지께 전화를 하게 하는 아내의 마음이 예뻐서라도 전화를 드리겠다고 그녀에게 약속했다.

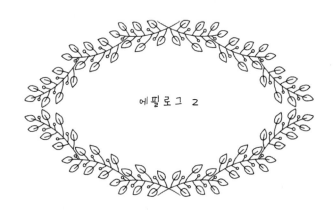

에필로그 2

오늘은 윤주율 양의 6살 생일날이었다. 온 가족이 식사 겸 조출한 생일 파티를 위해 그날 저녁 보민의 집에 모여 있었다.

그리고 오늘도 시작된 선택의 시간. 과연 보율이 미니미인 6살 윤주율 양이 누구의 품으로 가서 안길 것인가? 초조하게 상황을 지켜보며 선택받기를 원하는 자들의 눈이 초조함으로 물들었다.

헌의 아버지는 손녀가 가장 좋아한다는 인형을 사 들고 와 손녀 앞에서 흔들고 있었고 일혁은 주율이 입으면 예쁠 것 같은 공주 드레스를 흔들고 있었다.

한참을 고민하던 주율은 딸칵 하고 현관문이 열리는 소리가 들리자 두 사람이 흔들고 있는 것들을 지나 현관으로 뛰어갔다. 그러고는 마침 들어오는 헌에게 달려가 그의 다리에 매달렸다.

"아빠!"

다리를 잡고 있는 주율을 번쩍 들어 안고는 헌은 딸의 오동통한 볼에 입을 맞췄다.

"우리 공주님, 잘 있었어?"

주율이 헌의 귀에다 대고 속삭였다.

"응! 아빠 내가 사 오란 거 사 왔어?"

"당연히 사 왔시. 아빠 가방에 있어. 엄마한테는 비밀이야."

"우와! 아빠 최고."

주율이 헌의 볼에 쪽 하고 입을 맞췄다.

헌은 아직도 이 사랑스러운 딸이 태어나던 날을 잊을 수 가 없었다.

한 달에 한 번 온 가족이, 그러니까 재민, 보민 그리고 일혁, 거기다 헌의 아버지까지 포함한 온 가족이 매 달 마지막 주 금요일 저녁을 함께 먹기로 한 지 딱 세 번째 되는 날이었다.

아직 예상일이 한 달 가까이나 남아서 보율은 별 준비 없이 편안하게 식사를 하고 있었다. 그런데 밥을 잘 먹던 와중에 갑자기 진통이 오는 바람에 거기 있던 모두가 허둥거렸다. 자신 역시 평소 그렇게 연습을 해 놓고도 막상 상황이 다가오니 허둥거리기는 마찬가지였다.

'아니, 차 키가 어디 있지?'

가장 침착했던 사람은 다름 아닌 보율이었다.

'아까 재킷 안주머니에 넣어 뒀잖아요.'

'아, 맞다! 아! 준비물 가방은 집에 있는데 어쩌지?'

'나중에 가지고 오면 되잖아요. 여보, 우선은 병원에 가야 할 것 같은데.'

허둥거리는 그를 데리고 일혁이 운전하는 차 뒷좌석에 앉아서도 보율은 시종일관 침착했다. 그리고 병원으로 옮겨져 일곱 시간의 진통 끝에 세상으로 나온 아이가 바로 주율이었다.

그렇게 세상 빛을 빨리 보고 싶어 나온 아이는 단번에 온 가족의 사랑을 독차지했다. 팔불출 아빠의 시선으로 본 주관적 관점이 아니라 다른 사람들의 객관적 관점에서도 큰 눈, 오똑한 코가 정말 예쁜 아이였다.

제 엄마의 어릴 시절을 딱 빼닮았다는 딸은 정말 이보율 미니미라는 별명이 붙여지기에 부족함이 없었다.

시간이 지나 차근차근 성장하며 하는 행동마다 저절로 눈웃음을 짓게 만들었고 사랑할 수밖에 없게 만드는 그런 아이였다.

보율은 아이 버릇이 나빠진다고 가족들에게 너무 오냐오냐하지 말라 했다. 그러나 주율을 혼내려고만 하면 이 아이는 떡하니 보민의 등이 아니면 일혁의 등, 그도 아니면 할아버지 등 뒤에 숨는 것이었다. 그럴 때마다 보민은 고소한 웃음을 지었다.

'어쩜. 너랑 저리도 똑같니? 너도 혼이라도 날까 싶으면 너희 형부 뒤에 쏙쏙 숨었잖아.'

그 소리에 보율의 입은 또 꾹 다물어졌다. 거기다 딸은 어렸을 적 그녀를 닮다 못해 식성까지 빼다 박았다. 소시지며 햄버거 같은 걸 너무 좋아했던 것이다. 안 된다고도 해 봤지만 딸의 처량한 눈빛 한 번이면 온 가족이 보율이 원하는 것을 갖다 바쳤다.

헌 역시 오늘 또 딸이 그렇게 먹고 싶어 하는 햄버거를 사서 서류 가방에 몰래 넣어 온 참이었다. 아내가 알면 분명히 한 소리 정도가 아니라 밤새도록 잔소리를 할 것을 각오하고 말이다.

주율의 생일을 맞아 저녁을 함께 한 가족들은 거실에 보민이 만든 케이크를 중심에 두고 생일 축하 노래를 부르고 있었다.

"생일 축하합니다. 생일 축하합니다. 사랑하는 우리 주율이. 생일 축하합니다."

생일 축하 노래를 부르고 언제나처럼 소원을 빈 주율이 단번에 촛불을 껐다. 드디어 축하가 끝나고 받은 선물을 풀어 보는 시간. 가득 쌓여 있던 선물을 신나게 하나하나 다 뜯어 보고 난 뒤 주율이 웬일인지 울상을 지었다. 그러자 온 가족들이 그녀를 달래기 시작했다.

"주율이 뭐 다른 거 갖고 싶은 거 있었어? 할아버지가 우리 주율이 제일 좋아하는 구름빵 인형 사 왔는데?"

옆에서 안절부절못하며 일혁 역시 주율을 달랬다.

"그래, 우리 주율이. 생일 선물로 받고 싶은 거 있으면 말해. 이모부가 사 줄게."

애처롭게 울상을 짓던 주율의 큰 눈에서 뚝뚝 눈물이 떨어지더니 결국 온 집이 떠나가게 대성통곡을 했다.

"으앙! 내가 밤마다 예쁜 남동생을, 앙앙, 선물로 달라고 기도했는데에. 왜 이 많은 선물 중에, 엉엉엉, 동생은 없는 거야? 나 동생 갖고 싶단 말이야아."

모두의 입이 꾹 다물어졌다. 주율이 간절히 받고 싶은 선물은

돈이 있다고 해서 살 수 있는 것이 아니었기 때문이다. 모두의 시선은 보율을 향했다. 보율이 흠칫 뒤로 물러났다.

"왜 나를 봐?"

주율이 서러운 듯 계속 울자 온 가족이 안절부절이었다. 결국 보율은 딸을 보고 말했다.

"윤주율, 뚝!"

보율의 큰 목소리에 주율은 뚝 하고 울음을 멈췄다. 다른 사람은 모르지만 엄마가 뚝 하라고 하면 뚝 해야 하는 걸 너무도 잘 알고 있는 윤주율 양이었다. 울음은 멈췄지만 아직도 뭐가 그리 서러운지 몸을 들썩이는 주율을 보며 보율이 물었다.

"윤주율, 그렇게 남동생이 갖고 싶어?"

주율이 작은 고개를 세차게 아래위로 끄덕였다.

"남동생 태어나면 안 미워하고 예뻐해 줄 수 있어?"

"엉! 미워 안 해. 내가 얼마나 동생 사랑해 줄 건데. 약속할 수 있어."

당당하게 말하며 그녀를 향해 손가락을 내미는 딸을 보자 자연스럽게 웃음이 지어지려는 것을 참으며 보율이 다시 딸에게 물었다.

"그럼 햄버거나 소시지 안 먹을 수 있어?"

다른 건 몰라도 햄버거나 소시지를 포기해야 된다는 조건에 주율이 심각한 고민에 빠졌다. 손가락을 배배 꼬며 고민하던 아이는 엄마를 향해 불쌍한 눈을 했다.

"엄마! 그래도 일주일에 한 번은 먹으면 안 돼요?"

역시, 누가 이보율 딸 아니랄까 봐. 그래, 일주일에 한 번쯤이야. 보율의 고개가 끄떡여졌다.

"좋아. 일주일에 딱 한 번이다. 자! 약속."

작은 딸의 손가락과 이제 어엿한 엄마가 다 된 보율의 손가락이 꼭 감겼다.

"우리 주율이와 약속했으니 이제 엄마도 지켜야겠지? 다음 주율이 생일 전에는 예쁜 동생을 만나 볼 수 있을 거야."

두 사람의 말을 듣고 있던 사람들이 놀라 보율을 쳐다봤다. 그리고 그녀는 온 가족을 보며 중대 발표를 했다.

"나 임신했어요. 5주래요."

헌이 놀라 보율을 향해 다가와 그녀의 손을 잡았다.

"어떻게 된 거야?"

"정말 주율이 기도가 하늘에 닿았나 봐요."

헌이 보율의 어깨를 감싸 안았다. 주율을 낳고 나서 다시 아이를 가지려고 했지만 잘 되지 않아 안 그래도 애를 먹고 있었다.

다시 6년 만에 찾아온 아이. 정말 딸의 기도가 하늘에 닿았기 때문이 아닐까. 헌은 행복해졌다.

좀 있으면 다시 온 집 안에 아기 울음소리가 가득할 것이 기대되는 가족들도 모두 행복하게 웃었다. 헌은 언제나 입버릇처럼 하던 말을 그녀의 귀에 속삭였다.

"내가 늘 말하지만 당신을 잡기를 잘했어."

그럼 보율은 언제나처럼 그에게 대답한다.

"당신이 잡은 게 아니라 내가 잡혀 준 거겠죠."

그가 그녀를 잡은 건지 그녀가 그에게 잡혀 준 건지는 잘 모르겠으나 딱 하나 확실한 것은 서로가 서로를 잡았다는 것이다. 그리고 한 번 서로의 손을 잡은 두 사람은 평생 그 손을 절대로 놓지 않을 것이다.

—*The end*

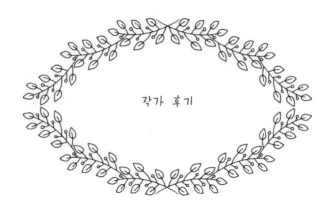

작가 후기

　드디어 '그녀를 잡아요'가 끝났습니다. 글의 마침표를 찍고 나면 왜 이리 아쉬운지 모르겠습니다. 더 잘 쓸 수 있었는데 하는 후회가 남아 있어서 그런 것 같습니다.

　이 글은 생각 외로 잘 풀리지 않아 며칠 밤을 컴퓨터 화면에 깜빡이는 커서만 보고 있는 날이 수두룩했습니다. 머리를 쥐어뜯으며 포기할까 하는 생각도 들었지만 그때마다 댓글로 응원해 주신 로망띠끄의 모든 고운님들 덕분에 글을 마칠 수 있었습니다. 정말 감사드립니다.

　여러분 덕분에 '그녀를 잡아요'가 책으로 나왔습니다. 댓글을 달아 주시고 응원해 주신 모든 분들 한 분 한 분 만나서 감사를 드리고 싶은 마음을 이렇게나마 적어 인사를 대신하려고 합니다. 다시 한 번 감사합니다.

그리고 언제나 상냥한 음성으로 대해 주시는 스칼렛의 주종숙 팀장님 정말 감사드립니다. 다음에도 기회가 된다면 같이 작업할 수 있었으면 좋겠습니다. 수많은 오타와 오류를 고치느라 가장 고생을 많이 하신 편집자 이은정님 감사드립니다.

이제 이 책의 주인공인 보율과 헌을 보내려고 합니다. 마지막까지 책장을 넘겨 주신 모든 분들 감사드립니다. 다음 글은 더 발전되고 신선한 글로 찾아뵙겠습니다.

여러분 일상에 행복한 일만 넘쳐 나시길 진심으로 기도드리겠습니다.

감사합니다.

민(MIN)드림

1판 1쇄 찍음 2014년 11월 24일
1판 1쇄 펴냄 2014년 11월 28일

지은이 | 민(MIN)
펴낸이 | 정 필
펴낸곳 | 도서출판 **뿔미디어**

편집장 | 이재권
기획 · 편집 | 이은정

출판등록 | 2002년 9월 11일 (제1081-1-132호)
주소 | 경기도 부천시 원미구 상동로 117번길 49(상동) 503호
전화 (032)651-6513 / 팩스 (032)651-6094
E-mail | scarlets2012@hanmail.net
블로그 | http://blog.naver.com/dahyangs
홈페이지 | http://bbulmedia.com

값 9,000원

ISBN 979-11-315-3701-5 03810